바람은 감은 눈 위로

1

한 조 장편 소설

바람은
감은 눈 위로

1

가하

바람은 감은 눈 위로 **1**

지은이 한조
펴낸이 이형기
펴낸곳 도서출판 가하

초판 1쇄 2020년 3월 10일
초판발행 2020년 3월 17일
출판등록 2008년 10월 15일 제 318-2008-00100호

주소 서울 영등포구 양평로 67, 1209 (당산동5가, 한강포스빌)
전화 02-2631-2846 **팩스** 02-2631-1846

www.ixbook.co.kr

ISBN 979-11-300-4162-9 04810
     979-11-300-4161-2 04810(set)

값 11,800원

여는 장

너는 망가졌다.

옳고 그름을 구분하지 못하고, 해도 되는 것과 해선 안 되는 것의 차이조차 이해하지 못하는 너는, 그저 '권영'이란 존재에 눈멀어 있다.

"영아?"

옷깃을 붙잡는 그 하얗고 작은 손을 냉정히 쳐냈다.

내쳐진 것을 이해할 수 없는 너는 혼란스러운 눈빛으로, 그렇게 간절하게, 더없이 애타게 묻는다.

"어찌?"

평해왕부의 군주, 해.

산 자의 것이라 믿을 수 없이 창백한 얼굴. 곧 흩어질 안개처럼 흐릿한 눈빛.

"네가 그자를 살려두었어."

지킨다는 것의 의미를 알지 못하고, 아낀다는 것의 참의미조차 깨닫지 못하는 저 무구한 것.

너에게서 돌아섰다.

"죄인 기해의 작위를 박탈하고 평해왕부에 무기한 유폐한다."

한 발 한 발 내딛는다. 차갑던 머릿속이 뜨거워진다.

"영아!"

그 죄 없는 목소리로부터 귀 닫았다.

너는 결코 내가 원하는 것을 주지 않겠지. 천겁이 더 흐르고, 억겁이 더 쌓여도 네가 무엇을 주지 않았는지조차 깨닫지 못하겠지. 그러고도 영문 모를 얼굴로 끝내는 나를 망가뜨리겠지.

너는 그러겠지.

❋ • ❋

현북의 땅주인 일가가 몰살당했다. 황제는 그 범인의 처결을 장왕 권영에게 일임했다. 평해의 기해는 권영의 명이라면 맹목적으로 따르니, 설령 그의 결정이 적법하지 못한들 받들 것이다.

"작위를 박탈하고 무기한 유폐하였다?"

날개 달린 것이 전해준 소식을 황제는 무심히 되뇌었다. 그 처결은 필시 무고한 땅주인 일가를 몰살시킨 죄의 대가처럼 보일 터다.

하지만 아니다. 권영이 화난 이유는 고작 그런 것이 아니다. 몇백, 몇천, 혹은 몇만의 죽음도 권영의 인내를 바닥내진 못한다. 그의 평정을 흩뜨리고, 냉정을 무너뜨리고, 끝내 분노케 한 것은 살아남음에 있다.

"그 애가 현북공위를 이었어."

읊조리는 용음에 체념이 어렸다. 무던히도 바라온 단 하나의 죽음을 얻지 못했으니 그 참담함은 이루 말할 수 없으리.

영겁을 갈망해도 얻지 못할 것을 뒤쫓으니 과연 어리석었다. 그는 이 생에도 끝내 제 염원을 이루지 못할 것이다.

第一章

미치광이

一

    세상은 삼계로 나뉜다.

    가장 신성하고 고고한 존재가 사는 구름 위의 천계, 온갖 무질서한 것들이 태어나는 땅 아래 나락, 그리고 평범한 인간과 짐승들의 지상.

    천인과 신수는 천계에서 영생을 향유했다. 천신의 아홉 아이는 천존이 되어 천계를 다스렸다. 그들은 삼계의 균형을 위해 늘 지상을 세심하게 살폈다.

    지상엔 수많은 나라가 있지만 그중 으뜸은 황야라, 그곳은 천계의 관문 되었다. 천인의 후손은 황제와 땅주인 되어 황야를 수호했다. 황야엔 나락과의 경계 없어 요괴가 들끓으니 천계는 몇 가지 유산과 제약을 안배했다.

    그 후 오랜 세월이 지나 제약은 잊히고 유산만 남았으니, 황야는 천계의 훌륭한 보호막 되어 천칙을 수호했다. 질서가 무너지지 않으니 아주 오랫동안 삼계의 상하는 변함없었다.

    뭇 천인은 황야의 충성을 대가 없이 받아도 마땅하다 여겼다. 천계와 나락 사이에서 바스러지는 생명의 무게는 너무도 하찮아서 관심 두지 않았다. 오직 일곱째 천존 월선만이 그들을 애틋이 여겼다.

무언가를 깨닫기에 인간의 생은 너무 짧았다. 윤회를 반복하는 와중에도 고귀함을 잃지 않는, 그 어떤 천인보다도 천계에 잘 어울리는 영혼조차 천계에 들어설 방법을 알지 못했다. 월선은 그것이 서글펐다.

천신은 일곱째의 마음을 갸륵히 여겨, 월선에게 천연 맺는 능력을 하사하였다. 천연 맺어진 인간이 무수한 고난과 역경을 이겨내고 연을 이루면 하늘길이 열렸다. 인간이 천인으로 거듭날 수 있는 거의 유일한 길.

월선은 수많은 인간의 영혼 중 가장 잘 어울리는 것들을 골라 천연으로 엮었다. 그 영혼들이 천계로 올 날을 기다리는 것이 월선의 기쁨이었다.

분명 그랬었다.

천계는 하나가 아니다. 그곳은 두 권역으로 나뉜다. 천신은 상천계라 불리는, 천계 중 가장 높은 곳에 머물렀다. 그곳은 천인과 신수 중 격 높은 이들만이 출입을 허가받았다. 보통의 천인과 신수가 머무는 곳은 상천계와 구분하여 하천계라 불렸다.

일곱째 천존 월선은 상천계에 거처할 자격을 갖추었으나, 그녀의 궁은 하천계에 있었다.

청옥으로 지어진 월선궁은 연분홍 도화가 항시 만발하였다. 내부도 옥으로 빚어져 차갑고도 청량하였다.

월선은 허공에 질서정연하게 떠 있는 명패 사이를 걸었다. 달빛으로 빚어진 머리카락이 길게 흔들렸다.

황야의 인간이라면 누구나 제 혼백의 일부를 월선궁의 명패에 남겨두고 윤회했다. 명패는 지상의 그 주인과 연결되어, 그 삶의 궤적과 운명을 같이했다. 선하고 아름답게 산 자의 명패는 꽃처럼 향기로웠고, 악하고 추잡하게 산 자의 것은 오물처럼 더러웠다.

명패의 주인들이 황야에서 연 맺으면 명패도 서로 연을 맺었다. 반대로 명패끼리 연 맺어주면 어떤 식으로든 그 주인들 또한 연 맺게 되어 있었다. 많은 이에게 사랑받는 이는 연결된 명패도 많았고, 연의 선도 색이 다채로웠다. 그 성정이 고약하며 주변에 사람이 남아나질 않은 자의 명패는 제 주인과 마찬가지로 고독하였다.

그 오색찬란한 빛깔의 선들 중 가장 붉은 것. 가장 아름다운 것. 그것이 월선이 직접 골라 맺어준 천연이었다.

천연은 절대적인 하늘의 연. 외부의 어떤 방해에도 끊어지지 않는다. 끊어지는 경우는 단 한 가지, 천연의 주인들이 서로를 죽였을 때뿐이다.

천연을 비롯하여 인연, 악연, 그 모든 연의 선들은 오직 천안 열린 자들에게만 보였다. 평범한 인간은 결코 볼 수 없으니 제 연이 누구와 맞닿아 있는지 결코 알지 못한다. 살아가다가 이 사람이 내 연이었구나, 하고 깨닫는 순간을 맞을 뿐이다.

월선은 명패 사이를 계속 걸었다. 명패들은 살아 있는 양 길을 내어주며 물러났다. 작게 몸을 흔들며 천연의 관장자를 환영했다.

그러나 월선의 얼굴엔 빛이 없었다. 한때는 이곳을 걸으며 희망과 기쁨으로 충만했으나 진즉 표정 잃었다.

문득 멈추어 선 월선이 손을 뻗었다. 가장 찬란히 빛날 것이라 믿어 마지않던 붉은 선이 손끝에 닿았다. 수많은 밤낮을 고심하여 맺어준 천연이었다. 가장 바른 자와 가장 강인한 자를 엮었다. 그들이 언젠가 천연 이루어 하늘길을 타고 천계로 오기를 바랐다. 그 천연은 이제 빛바래고 흐려져 곧 꺼질 듯 연약해졌다.

"이효."

넷째 천존 이효. 그가 다 망쳤다. 타오르는 분노를 월선은 억눌렀다.

황야에 대한 개입은 여기까지. 그녀에게 허락된 것은 궁을 거닐며 천연 맺어주는 것뿐. 천연을 이루거나 이루지 못함은 그녀의 영역이 아니다. 더 이상의 관여는 벌을 면치 못한다. 그녀가 천신께 사랑받는 일곱째 천존이라 해도.

"너희가 올 수 있기를 바랐는데."

힘없이 흐려진 천연을 톡톡 건드리며 월선은 걸었다. 겁에 이르도록 윤회를 반복하면서도 끝내 꽃피우지 못한 천연이 가여웠다. 그들은 끝내 연 맺지 못할지도 모른다.

월선이 두 눈을 감으며 돌아섰다. 잠시 후 눈을 뜨자 명패 두 개가 보였다. 깨끗한 청옥의 형상이다. 멈칫한 월선이 홀린 듯이, 혹은 습관처럼 손을 뻗어 개중 가까운 것을 두드렸다. 선명한 붉은 선이 청옥 명패에 연결되었다. 멀리 있는 명패를 향해 날듯이 걸어가던 월선이 우뚝 멈추었다.

청옥과 청옥이다. 맺어주면 이들은 필시 잘 어울리는 한 쌍이 될 것이다. 때와 곳이 합치될 때 만나 분명 서로 사랑하게 되겠지.

하지만 시간이 있을까?

지상의 시간은 천계에서 가늠하기 어렵다. 몇 번의 윤회 후에야 그들이 만나게 될지도 알 수 없다. 천계는 너무 오래 떠 있었다. 잔뜩 썩어 무거워졌다. 천연은 한번 이어지면 돌이킬 수 없고, 남은 시간은 많지 않으니 지금 이 두 아이를 맺어주는 것은 아주 어리석은 짓이 될 것이다.

월선이 손이 힘없이 툭 떨어졌다. 그녀의 손에 잡혀 있던 붉은 선도 빛을 잃고 사라졌다. 울음 고인 두 눈을 꾹 감고서 입술을 깨물었다. 제 무력함에 몸서리쳐졌지만, 더는 할 수 있는 일이 없었다.

"지금은 때가 아니로구나. 가엾은 아이들아."

점점 월선궁에 머무는 것이 힘들어졌다. 이럴 바엔 차라리 한동안 궁을 비워두는 게 옳을지도 모른다.

월선은 얼굴을 문질러 슬픔을 지웠다. 표정 없는 얼굴로 돌아온 그녀가 막 뒤돌아서 나가려는 참이었다. 그녀의 두 눈이 순간 커졌다. 강한 빛이 화악 시야에 들이닥쳤다.

"이게 어찌……."

멍하니 중얼거린 그녀가 뒤돌아보았다. 조금 전까지만 해도 바스러질 듯 힘없던 천연 하나가 잠시나마 눈부시게 빛났다. 순간 소름이 돋았다. 저 아래 황야에서 무슨 일인가가 일어났다.

※ · ※

평해왕부 지하 깊숙한 곳. 일명 철옥이라 불리는 곳.

차가운 옥사 안, 계집 하나가 갇혀 있다. 계집은 산발했고, 오랫동안 걸치고 있던 의복은 더러웠다. 그럼에도 계집에겐 귀티가 흘렀다. 광기로 얼룩진 귀티였다.

벌써 일곱 해째다.

"소제가 누이를 지켜드릴게요."

빛 한 점 들지 않는 철옥에 갇혀 다정히 내밀어지던 그 손을 그리워했다. 그 얼굴, 그 목소리, 그 손짓, 그따위 것들을 떠올리려 애쓰다가 체념했다. 파편적으로 생각나는 약조에 계집은 가빠지는 숨을 참았다.

오늘이 지나면. 오늘만 지나면. 오늘, 오늘 하며 기다리다 보면 언젠가. 그래, 언젠가 네 분노도 봄눈처럼 녹아버릴 거야.

제 마음을 다독였다.

계집이 불현듯 머리를 바짝 들었다. 안광이 번뜩였다. 느긋하게 걸어오는 형체 하나. 그것은 저만치서 양 무릎을 꿇고 앉았다. 공수해 예를 표했다. 퍽 예의 발랐으나 그 창백한 얼굴은 표정 없다. 무정한 시선이 똑바로 계집에게 날아들었다.

"장왕 권영이 전사했습니다."

그것이 뱀처럼 속삭였다. 계집의 새카만 동공이 커졌다. 아무

소리도 내지 못한 채 벙긋대던 입이 마침내 갈라진 쉿소리를 내뱉었다.

"무, 어?"

그것은 잠시 침묵했다. 그에 분노한 계집이 달려들어 철창에 매달렸다.

"백리! 네 감히 무어라 지껄이는 것이냐!"

계집이 벼락처럼 내질렀다. 그 애처롭고 망가진 계집을 백리는 가만히 응시했다. 아무것도 모르면서 제가 다 안다고 믿는 어리석은 계집이 애틋하였다.

계집의 연은 죽었다. 다시 태어나 그 연을 이루기엔 남은 시간이 많지 않으니, 계집은 오래오래 천계의 죄인 되어 윤회의 굴레에 갇히게 될 것이다.

차라리 그 편이 낫다. 천연 이루어 영원히 이 손에서 벗어나는 것보다. 그녀를 안을 자격을 영영 박탈당하는 것보다. 그 바람이 추악할지언정 정녕 그것이 낫다.

계집은 길길이 날뛰었다. 반듯한 눈썹이 좁혀지고, 섬뜩한 살기가 번개처럼 사위로 퍼져나갔다. 백리는 속으로 한숨을 삼켰다.

정녕 저 섶 진 불나방 같은 것.

"현북으로 토벌을 나섰던 장왕이 전사했습니다."

백리가 고저 없는 음성으로 재차 고했다. 장왕이 전사했다. 그 말의 의미를 깨닫지 못했을 리 없다.

계집은 평해왕부의 옛 군주, 기해. 장왕 권영의 내쳐진 수호자. 현북공을 살해한 죄로 주인에게조차 버려진 계집은 금수보다 난폭하고, 요괴보다 잔혹하다. 장왕의 안위에 조금이라도 해되는 것이라면 무엇이라도 갈기갈기 찢어발겨버리는 우악스러움이 계집을 이 철옥에 처박았다. 앞뒤 따지지 않는 무모함이 충성을 맹약한 주인조차 등 돌리게 만들었다.

계집은 극히 위험한 자. 황야의 그 누가 이견 달 것인가.

"그게 누구냐고 묻지 않느냐!"

버럭 외친 계집이 철창을 잡고 흔들었다. 하얗게 튼 입술은 짓이겨져 피 흘렸다. 커다래진 동공은 전언이 뜻하는 바를 거부한다.

어리석고 가여운 것.

백리는 눈 감았다 떴다. 무정한 시선이 계집을 오롯이 향한다.

"오황자 권영입니다."

계집이 듣지 않으려 한다면 백번이고 천번이고 다시 말해줄 뿐이다.

"그럴 리 없다! 그럴 리가 없단 말이다……."

발악하듯 부정하던 음성은 차츰 무너져 내렸다. 처절한 절망이 계집을 집어삼켰다. 백리는 기다렸다. 때론 침묵이 백 마디 말보다 강한 법이다. 계집은 어느 순간 조용해졌다. 쓰러지듯 주저앉아 한쪽 얼굴을 가린다. 그 순간의 그녀는 너무도 유약해 보였다. 도저히 황야 최고의 주술사 같지가 않았다.

"있을 수 없는 일이다."

바짝 야윈 어깨가 덜덜 떨렸다. 백리는 절로 내뻗어지는 손을 가까스로 거둬들였다.

장왕 권영. 황자였으며 친왕이었으며 해의 전부였던 자. 제 보호 미치지 못하는 곳에서 그 전부가 죽어버렸음을 전해 듣는 해의 심정을 짐작하고 싶지 않다.

"그에게 낙인을 새겼다. 그 어떤 위험도 알 수 있도록 그의 영혼 깊숙이 내 증좌를 지져넣었다."

해는 스스로의 어깨를 감싸며 미친 사람처럼 중얼댔다. 비록 권영에 의해 유폐되어 있었으나, 그의 위험을 알았다면 해는 명을 어기고서라도 그에게 갔을 것이다. 영혼의 마지막 한 조각마저 발라내 그에게 바쳤을 것이다. 결코 그가 죽게끔 내버려두지 않았을 것이다.

하지만 아무것도 느끼지 못했다. 이상한 점이라곤 단 하나도 없었다. 그런데 그가 죽었다니?

불가하다. 백리가 저를 속이고 있는 것이다. 그렇게 결론 내린 해의 눈동자가 사납게 발광했다.

"백리! 네가 감히 나를 속이려 드느냐!"

체념한 듯 주저앉아 있던 해가 돌연 살기를 내뿜으며 창살 사이로 손을 내뻗었다. 손끝에서 빠져나온 하얀 도력이 백리의 목을 조이며 휘감았다.

"거짓으로 주인을 우롱하는 요물은 죽어 마땅하다!"

주문조차 외우지 않는 측정 불가능한 도력에도 백리는 겁먹지 않았다. 순순히 자신을 내어줬다. 어차피 그녀는 그를 죽이지 못한다. 그녀를 위해 움직여줄 권속은 그를 제외하곤 단 하나도 남지 않았으니까.

서늘한 기운이 백리의 기억을 샅샅이 훑었다. 작은 거짓 하나라도 잡아낸다면 즉시 백리를 바닥없는 나락으로 떨어뜨려버릴 기세였다. 그의 혼백을 천 갈래로 찢어 억겁이 흘러도 되돌아오지 못하게 만들 것이었다.

백리는 제가 본 것, 들은 것, 겪은 것들을 조금도 숨김없이 드러냈다. 그의 경험은 뚜렷한 형상이 되어 해의 머릿속으로 빨려들어갔다. 어느 순간, 해의 힘이 사그라졌다. 살기가 빠져나간 두 눈엔 의문이 남는다.

"어찌?"

맥 풀린 얼굴로 중얼거린다.

"왜, 거짓의 흔적이 없어?"

백리는 가만히 그녀를 보기만 했다. 애틋함, 안쓰러움, 그 모든 감정을 감추었다.

차마 이해할 수 없을 것이다. 미처 납득하지 못할 것이다. 절대 있을 수 없는 일이라고 부정하고 싶을 것이다.

"영일 리가 없는데……."

"그가 틀림없습니다."

"닥쳐라!"

"저는 주인을 속이지 않습니다."

"아니! 아니다! 그럴 리 없다! 혼자 두지 않겠다고, 지켜주겠다고 약조하였다!"

발작적으로 소리치는 해의 눈동자가 흔들렸다. 그녀가 본 것은 진실하다. 백리는 그녀를 속이지 않았다.

"분명 약조하였는데……."

차가운 현북의 땅. 그 경계에 나락과 지상을 뒤섞는 틈이 있다. 호시탐탐 역천을 꿈꾸는 요괴들은 쉴 새 없이 틈을 기어올랐다. 그 기세는 갈수록 격렬해지니 나약한 현북의 땅주인은 요괴를 제압하지 못했다. 결국 황제에게 지원을 청했다. 특수한 경우를 제외하고 황제를 비롯한 땅주인들은 천계의 명에 의해 제 권역에 묶여 있으니, 오직 장왕 권영만이 자처하여 현북으로 떠났다.

광막하고 황량한 결계 밖의 땅. 주 경계라 불리는 그곳에서 발생하는 검은 틈. 나락으로 이어진 그 틈에 대항하기 위해 드높게 쌓아올려진 태초의 성벽, 유적들. 그리고 널브러진 인간과 요괴의 주검들. 그 숨 꺼진 주검들 사이, 영이 있었다.

앳된 티가 가신 지극히 아름다운 얼굴. 빛 사라진 채 감기지 못한 푸른 눈동자.

온몸에 오한이 들며 벌벌 떨렸다. 그 육신의 주인이 틀림없이 권영이라는 사실을 해는 절감하였다.

"왜, 왜 그를 돕지 않았지? 어째서 지켜보고만 있었느냐?"

"나락과 관계되지 않는 것이 제 조건입니다."

해의 창백한 얼굴에 일순 허탈감이 들어찼다.

나락에 관여하지 않겠다? 그래, 그런 맹약을 했었다. 하늘에서 추락한 저것을 권속으로 거두던 날, 저 건방진 뱀은 나락과 무관한 명만 받들겠다는 조건을 달았다.

권속이 맹약에 조건을 다는 것은 흔한 일. 권속이란 원래 그런 것들이다. 철저히 제 이익을 위해 움직이는 그들은 시작부터 제 이익에 반하는 행동은 하지 않겠다고 못 박곤 한다. 권속이 되어 인간 곁에 머무는 것도 저에게 득이 있을 때뿐이다.

나락의 요괴는 황야의 인간과 마찬가지로 천계를 꿈꾼다. 천계. 생 얻은 것들이 바랄 수 있는 최상의 가치. 그곳은 태어나는 순간 영혼에 각인되어 결코 떨쳐낼 수 없는 간절한 욕망이 된다. 허무로 가득 찬 요괴도, 삶과 죽음의 고통으로부터 벗어나고자 하는 인간도 오직 천계만을 한마음 한뜻으로 원한다.

인간은 그 영혼이 천인의 것과 견줄 정도가 되면 오색찬란한 하늘길이 열린다. 그러나 황야가 열린 이래, 스스로 깨달음을 얻어 하늘길을 연 인간은 없다. 인간의 생은 영혼이 천인만큼 고귀해지기엔 너무도 짧은 까닭이다.

하여 인간에게 하늘길이 열린 것은 오직 천연이 이루어졌을 때뿐이다. 수천수만 번의 생을 반복하며 제 고귀함을 증명한 자에게 일곱째 천존 월선이 천연을 부여하고, 그 천연이 이루어지면 천계에 들어설 자격을 받았다.

요괴는 아주 긴 세월 요력을 쌓아 천계에 오른다. 요괴나 인간을 잡아먹으며 힘을 키운다. 그러나 인간을 해쳐 얻은 힘은 극히 부정하니 강한 요괴일수록 인간을 함부로 해하지 못했다.

부정한 요력은 천계로 향하는 하늘길에 영겁의 시련을 불러들인다. 순수한 힘을 지닌 요괴라면 수일 만에 닿을 수 있는 천계가 하염없이 멀어져 영겁이 지나도 닿을 수 없게 된다. 도저히 버텨낼 수 없는 천벌이 쉴 새 없이 내려치고, 천계는 덧없이 멀어진다. 제 아무리 강한 요괴라도 영겁 동안 시련이 몰아치면 이겨낼 수 없고, 시련을 이겨내지 못하면 하늘의 문을 열지 못한다.

부정함을 씻어내려면 아주 긴 시간이 걸린다. 요괴가 살아온 생에 비례하여 점점 더 길어진다. 하여 인간을 무작정 해하려 드는 것들은 대개 어린 요괴들. 갓 태어나서, 쌓은 죄가 금방 흩어질 것들. 나이 먹어 급 높아진 요괴가 인간을 쉬이 해하지 않고, 제 모든 자존심을 억누르고 권속 되어 인간주인을 섬기는 까닭이 그에 있다.

"내가 네 죄를 받고 있다. 그러니 지켜줄 수도 있는 것이었잖으냐?"

권속의 죄는 인간주인에게 쌓인다. 나이 많은 요괴도 아무런 업보 없이 요력을 증진할 수 있게 된다. 그 이득을 바라 요괴는 저보다 약한 인간을 주인 삼고 복종한다.

득이 없으면 언제든 깨질 수 있는 얄팍한 관계다.

인간주인이 제게 무익하다 판단되는 순간 권속은 으레 맹약을 깨뜨린다. 맹약을 저버린 대가로 제 요력의 절반을 바칠지언정 인간 곁에 남지 않는다.

"영이 내 전부인데! 내 전부였는데! 내가 갈 때까지! 갈 수 있을 때까지만이라도……."

백리는 서늘한 시선으로 해를 마주 보았다. 쏟아지는 원망은 그에게 생채기 하나 낼 수 없었다.

"그는 제 주인이 아닙니다. 그를 구하는 것은 제게 어떤 이득도 없습니다. 그의 죽음은 제게 어떤 손해도 되지 않습니다. 저에게 화풀이하는 것이, 지금 이 순간 주인에게 무슨 소용이 있습니까? 제가 설령 그를 잠시 도왔다 한들 주인이 그의 위험을 알아차리고 시간 내 올 수 있었겠습니까?"

백리의 눈동자가 세로로 수축했다. 제 말이 모두 진심은 아닐지라도 상관없는 일이다. 외면하고 못 본 척하기로 결심했고, 진작 끝나버린 일에 미련 두는 것은 어리석다.

"너⋯⋯!"

소리치려던 해가 이를 악물며 입을 다물었다. 백리의 냉정한 눈동자를 마주하자 그녀의 분노도 차갑게 식었다. 억지로나마 마음을 진정시켰다. 그러자 인정하기 싫은 사실이 보였다. 영의 위험을 감지하지 못했는데, 영이 죽었다. 그 원인은 자명하다.

"영이 내 증좌를 지웠다."

그가 그녀의 낙인을 지웠다. 그녀와의 연결을 끊었다. 그녀를 완전히 버리고 거부했다. 현기증이 일며 토악질이 올라왔다.

"권영! 네가 어떻게! 어찌 나를!"

왈칵 터진 광증이 겨우 되돌아온 이성을 집어삼킬 듯 폭발했다. 가까스로 버티고 섰던 육신이 무너졌다. 땅 짚은 손가락이 새하얗게 변하며 부들부들 떨렸다.

영의 영혼에 제 낙인을 지져넣었다. 그의 무구한 영혼을 죄악의 구렁으로 끌어들여 증좌를 남겼다.

그것은 죄의 낙인인 동시에 명백한 포고. 권영을 위협하는 자는 선한 자, 악한 자, 살아 있는 자, 죽어버린 자, 그 어떤 자라도 불문하고 그 혼백을 갈가리 찢어 지옥에 처박아버리겠다는 공언이었다. 제아무리 하등한 요괴라도 알아볼 수 있도록 선명히 새겨두었다.

그 낙인이 지워졌다. 그녀조차 알지 못하게. 왜? 어떻게?

"영아······."

자그마치 일곱 해다. 온순한 양의 탈을 쓰고서 그의 화가 풀리기만을 기다렸다. 그런데 대가가 고작 이것인가. 절망으로 일그러졌던 얼굴에서 차츰 표정이 사라졌다. 그 아름다운 얼굴에 남은 것은 공허. 텅 비어버린 어떤 것.

"감히······."

상관없다. 왜 권영에게 각인한 증표가 지워졌는지. 어떻게 지운 것인지. 그런 것은 이미 중요하지 않다. 권영이 죽었고, 복수가 남았다. 오직 그것만이 중요하다.

"모두 죽일 것이다."

뼛속까지 얼어붙게 만드는 살벌한 한기에 백리가 멈칫했다. 길게 찢어진 그의 동공이 재차 가늘어진다. 문득 깨닫는다. 그의 주인은 천하에서 가장 위험한 존재가 되었다.

"감히, 감히, 감히!"

분노로 물든 음성이 돌연 커졌다. 깊숙하고도 음침한 곳에서 살의가 터져나왔다. 백리가 한 발 물러났다. 잠시 해의 격노를 피했다.

뭇사람들은 기해를 그저 미치광이라고만 여긴다. 아주 틀린 소리다. 그녀는 그냥 미치광이가 아니라 세상에서 가장 위험한 미치광이다. 하지만 이 위험한 미치광이는 멍청이가 아니니 곧 진정할 것이다. 폭풍이 지나간 바다가 잔잔해지듯 그녀의 노여움 또한 가라앉을 것이다.

해의 분노는 어느 순간 뚝 멈추었다. 광기로 얼룩졌던 두 눈이 차갑게 가라앉았다. 예민하게 치뜬 눈빛이 백리에게 날아든다.

"누가 그를 사지로 몰아넣었느냐?"

"짐작하고 계시지 않습니까?"

해가 주먹을 꽉 움켜쥐었다. 그녀의 두 눈이 잠시 감겼다. 풍성한 속눈썹이 도드라졌다. 백리는 그녀를 물끄러미 응시했다. 계집은 오싹하도록 아름다웠다. 반쯤 나간 정신머리에도 경국지색의 미인이라는 평이 뒤따르는 데는 이유가 있다.

가히 천하절색. 머리가 산발하고, 옷은 누더기여도 미색은 바래지 않았다. 숱 많은 긴 머리카락은 새까맸고, 바짝 야윈 몸은 가냘팠다. 살결은 달빛처럼 창백했고, 섬세한 콧날과 살짝 도톰한 아랫입술이 조화로웠다. 동그란 뺨과 쌍꺼풀진 커다란 눈은 갓 태어난 것처럼 무구해서 도저히 미치광이 폐주로 보이지 않았다.

그러나 저 무구해 보이는 눈동자가 번뜩일 때면 사위를 집어삼킬 듯한 살의가 내뿜어진다.

"백리야."

"예, 주인."

"황제에게 가서 전해라."

해의 꽉 움켜쥐어진 주먹이 천천히 풀어진다. 내리뜬 눈동자가 침착했다. 짧게 내뱉는 음성은 더없이 차분했다. 한차례 광기가 휩쓸고 지나간 자리에 남은 이성은 어느 때보다 명료했다. 그녀는 결정을 내렸다.

"내가 북쪽으로 가겠다고. 장왕을 죽게 한 것들을 하나하나 찾아내 모두 찢어발기고 돌아오겠다고."

백리는 해의 마지막 말을 속으로 읊조렸다.

'돌아오겠다고.'

마지막 복수의 대상은 황제라는 선포다. 당장이라도 황궁으로 달려가 황제의 목을 비틀고 싶은 마음뿐이겠지만, 실현을 미룬 것이다.

황제를 죽이는 것은 쉬울지도 모른다. 하지만 그 다음은 결코 쉽지 않을 터. 작금의 해는 무력하다. 백리를 제외한 모든 권속이 맹약을 깨뜨리고 떠나버린 지금, 도력의 구 할을 속박받는 황제의 땅에서 제국의 주인을 죽이고 살아나올 방도는 없다. 황제의 수호수는 신성한 황룡. 재수 없으면 뿔 돋은 것에게 붙들려 개죽음이나 당하겠지.

그러니 황제의 목숨은 가장 나중이다. 그를 치기 전 영의 죽음에 관여한 것들을 찾아내 모조리 찢어 죽이고, 마지막으로 제 목숨을 제물 삼아 황제의 목을 노릴 것이다.

"황제가 기다리고 있을 것이다."

해의 두 눈이 맹렬히 타올랐다. 백리는 그 속에 똬리 튼 집념을 읽었다.

기필코 복수하겠다.

세상 전부를 부숴버리는 한이 있어도. 세상 모든 영혼을 나락에 처박아버리는 한이 있어도. 섶을 지고 불구덩이에 뛰어드는 꼴이 될지라도!

"예, 주인."

간결하게 답한 백리가 무릎걸음으로 물러났다. 그가 할 일은 이 광기 어린 주인을 지키는 것뿐. 충실히 명 받들 뿐.

곧 어둠이 백리를 집어삼켰고 해는 혼자 남았다. 우두커니 주 저앉은 채 허공을 응시했다. 이내 겨울 나뭇가지처럼 앙상한 손이 얼굴을 덮는다.

"영아……."

너를 지킬 것이라 맹약하였는데. 무엇도 너를 다치게 하지 못하게 하겠다고 맹세하였는데. 그 모든 약조가 허망하구나.

가슴이 찢기어지고 분노로 심장이 타들어간다. 눈물은 흐르지 않았다.

이곳은 나락의 끝이며 천계의 시작인 땅. 차갑고 황량한 제국, 황야. 천계의 아홉 천존이 친히 세운 이 나라의 천지에는 구분이 없어, 나락의 요괴와 지상의 술사가 경계 없이 들끓었다.

※ • ※

황경(皇京).

천계와 나락을 경계 짓는 황야의 중심. 지상 만물의 주인이 기거하는 곳.

"폐하! ……는 장왕이 내리는 명 이외에는……."

짙은 피부. 푸른 눈. 천인을 닮았다 전해지는 황제의 신묘한 외양. 용좌에 앉은 황제는 존재만으로 모든 것을 압도한다. 턱 괸 채로 비스듬히 기대앉은 황제는 무심한 얼굴이다.

28

"……이 전사한 지금 누가 그녀에게 명을……. 그녀를 제거하십이……."

"아니 되옵니다! 기해는 평해왕족 중 유일한……."

"경계가 날로 허물어져 ……가 들끓는 지금, 그녀를 포기할 수는……."

시답잖은 이야기다. 붉은 정복을 차려입은 신료들의 간언을 한 귀로 흘려들으며 황제는 기해를 떠올렸다. 장왕의 전사 소식은 그 계집에게도 전해졌을 터. 유일하게 따르던 이가 죽었다. 평해의 미치광이가 어찌 나올 것인가?

"폐하! 듣고 계시옵니까?"

노신이 애달아서 물었다. 황제가 고개를 들었다. 모두가 마른침을 삼키며 황제를 보고 있다. 황경에서 내로라하는 귀족가의 수장들이다. 그들의 주름이 요 며칠 새 한 치는 깊어졌을 터.

"듣고 있느니."

황제가 계속하라는 듯 고개를 까닥였다. 흥미 없는 표정. 무관심이 묻어나는 눈동자. 그 무성의한 몸짓에도 용기를 얻은 신료들은 다시금 목청 높여 의견을 토해댔다.

기해를 죽여야 하네, 살려야 하네. 평해왕부의 핏줄을 포기할 수는 없네, 누가 포기하자 그랬는가, 잘 찾아보면 어딘가 하나는 남아 있겠지. 웃기지 말게, 남아 있다면 진작 찾아냈을 터. 그녀를 이용해야만 하네. 이용이 가능해야 이용을 하지, 이건 주인 무는 개에 불과하네.

갑론을박이 뒤엉켰다. 언성이 점점 높아지자 황제가 결국 짜증스럽게 용안을 찌푸렸다.

"그만, 그만, 그만!"

태초에 아홉 천존이 지상을 만들었다. 지상을 다스리는 나라 중 으뜸은 황야라, 황야는 황제가 직접 통치하는 황경과 황경의 방패인 평해, 네 변경인 사주(四州)로 구분되었다.

동쪽의 청동, 서쪽의 백서, 남쪽의 주남, 북쪽의 현북. 각 권역의 책임자는 천계에서의 직위를 반영한 땅주인위를 하사받았다. 남북의 주인에겐 각각 공의 지위가, 동서의 주인에겐 각각 후의 지위가 내려졌다.

각 권역에선 그 땅주인의 권위가 우선이었고, 따라서 그들의 지위는 다를지언정 권위만큼은 동등했다. 황야가 존재하는 한 모든 땅주인의 권위와 책무는 똑같이 영원하다. 황제에 충성하고, 요괴로부터 백성을 보호하고, 타국과 교역하여 황야를 흥성케 한다. 황야는 나락의 틈에 둘러싸인 외딴 섬이었으나 땅주인과 술사 있어 고립되지 않을 수 있었다.

술사는 철저히 피로써 계승되는 존재로, 천인의 피를 이은 후손들 중에서만 태어났다. 태초의 땅주인과 그의 가신이 남긴 핏줄만이 술사가 될 수 있었다.

그러나 천인의 피를 받았다 한들 모두가 도력을 지닌 것은 아니라서 술사의 수는 극히 적었다. 기해가 천하의 몹쓸 죄인이라 해도 쉬이 포기할 수 없는 까닭이 그에 있다. 그녀는 평해의 유일한 계승자요, 평해왕의 힘을 지닌 마지막 술사였다.

"폐하! 혈통이 끊어지면 돌이킬 수가 없사옵니다! 통촉하여주시옵소서!"

"황족 중 적임자를 찾아 평해를 맡기면 되지 않겠습니까? 평해왕의 핏줄보다 수호력은 약해지겠으나……."

"사생아를 찾으면 될 일이옵니다! 역대 평해왕이 정비만 총애했다고는 하나 잘 찾아보면 필시……."

"이보시게, 임 공! 벌써 노망이 들었소? 평해왕이 죽은 지 열 해가 훌쩍 넘었소! 그사이 우리가 가만히 있었소? 두메산골부터 외진 섬까지 샅샅이 뒤졌지 않은가! 평해의 힘을 지닌 아이는 단 하나도 없었네! 평해의 피를 가진 아이가 있었다면 천계에서 진작 도력을 안배했을 거란 말이네!"

"다음 세대에 발현할 수도 있지 않소?"

"다음? 몇 년도 아니고 몇십 년이나 평해를 주인 없는 방패로 두잔 말이오? 있을지 없을지도 모르는 후손을 기다리며?"

"주인 없는 방패라니! 황자들 중 적임자가 있을 거요!"

황족은 그 어떤 땅주인보다도 격이 높으니 최악의 경우엔 도력 높은 황자를 평해로 보내는 방법도 고려할 수 있다. 그러나 정당한 땅주인이 아니라면 결계의 힘은 턱없이 약해지고, 평해를 얻은 황족의 권력이 지나치게 커질 것이다. 대안은 있되 썩 만족스러운 방법은 아니다.

"적임자? 그래, 말해보시오. 임 공이 말하는 적임자가 혹시 사위인……."

"그 무슨 불경한 소리요?"

그만하라는 황명에도 신료들의 언성은 높아졌다. 황제는 깊은 피로감을 느꼈다.

도력은 태초의 천인으로부터 이어진 핏줄만이 타고날 수 있는 것. 물론 민가에서 힘을 가진 아이가 태어나는 경우도 드물게나마 있다. 귀족의 밤시중을 들었던 천것들로부터 난 아이였다.

피가 섞이며 묽어진 연유로 그 아이들의 도력은 대부분 미미했다. 하지만 상관없었다. 도력을 말미암아 땅주인의 핏줄임을 확신할 수 있다는 것이 중요했다. 혹여 먼 미래에 땅주인의 직계후손에게 변고가 생긴다면, 천계는 그 방계후손에게 도력을 안배할 테니까. 그렇게 태초의 땅주인들은 천계로 돌아간 뒤에도 줄곧 제 후손들을 보살피고 있었다.

하여 열네 해 전 평해왕 부부가 급사한 후, 신료들은 민가에서 평해의 힘이 발현된 경우가 있는지 샅샅이 뒤졌다. 평해의 핏줄을 이은 자가 기해 한 명뿐인 것은 너무 위험했다.

그러나 평해의 힘을 지닌 아이는 발견되지 않았다. 아무도 도력을 타고나지 못했다. 그 미치광이 일족은 제 고귀한 피가 천것들과 섞여 더럽혀지는 것을 용납하지 않았다. 대대손손 근친혼을 고집하며 철저하게 순혈을 유지해왔던 것이다. 이대로라면 기해가 죽는 순간 평해의 혈통 또한 끊기고 만다.

"기해는……."

황제는 더는 신료들의 왈가왈부를 듣고 싶지 않았다.

"죽이지 않는다."

황제가 선언했다. 순간 고요해졌고, 퍼뜩 정신을 차린 이들이 다급히 읍소했다.

"아니 되옵니다, 폐하! 그 계집은 너무도 위험하옵니다!"

"폐하! 재고하여주시옵소서!"

황제가 용좌에서 일어났다. 섬뜩하리만큼 차가운 안광이 신료들에게 꽂혔다.

"경계가 날로 허물어져 점차 더 강한 것들이 넘어오고 있지. 악독하고 사악한 것들이 호시탐탐 우리의 땅을 엿보지. 천변(天變)이 마침내 코앞까지 다가온 것일지도 모른다. 이 위중한 때에 평해의 힘을 포기하는 것이 옳은가?"

천변. 천하가 전복되는 불가피의 변화. 오랫동안 노래 되어 불렸으나 황야의 누구도 그에 대해 깊이 생각하지 않았다.

"폐하……. 천변이라니요? 그 무, 무슨 황당무계한 말씀이십니까?"

좌중이 술렁댔다. 그들의 눈에 두려움과 거북함이 일시에 떠올랐다. 황제는 냉소하며 신료들을 천천히 둘러보았다.

그들은 천계에서 내린 임무를 성실히 수행 중인 죄인들. 제 죄 모르고, 제 죄 잊은 채로 스스로 황야를 수호한다는 사명에 사로잡힌 연좌의 죄인들.

그 어리석은 것들은 황제가 직접 '천변'을 읊어도 받아들이지 못한다.

황제는 도력 실린 언을 내뱉었다.

"잊어라."

정전은 순식간에 침묵에 휩싸였다. 신료들의 눈빛은 흐리멍덩해졌고, 동시에 빛이 돌아왔다. 그들은 천변에 대해 떠들던 것을

33

모두 잊고서, 기해를 제 뜻대로 처분해달라 처음처럼 성토했다.

그 멍청함은 연민해 마땅했다. 그러나 그런 마음이 들지 않았다. 황제의 측은지심은 전부 다른 한 사람의 것이다.

"기해는 죽이지 않는다."

황제 또한 처음처럼 말했다.

"짐도 알고 있다. 그 계집은 위험해. 단 한 번도 더럽혀지지 않은 그 힘은 사주의 누구보다도 강하지. 그러나 짐은 그 계집을 안다. 물론 경들도 그 계집을 잘 알 것이다. 장왕이 죽은 지금, 누구도 계집을 통제하지 못할 거라 하였나? 그 말은 틀리지 않았다."

단지 해가 유일한 평해의 핏줄이기 때문에 살려두려는 것은 아니다. 이제 와 그녀를 죽인다면 여태 살려둔 의미가 없고, 더욱이 남은 시간조차 넉넉하지 않다. 처음부터 다시 시작할 기회는 없을 것이다. 이 생에 매듭지어야 한다.

황제는 무심히 장왕, 죽은 아우를 떠올렸다. 수많은 황자들 중 특출한 것 없는 그에게 기해가 맹목을 바치는 까닭을 이 자리의 누구도 알지 못했다. 이해하지도 못했다.

대외적으로 장왕의 존재감은 극히 미미했다. 황제를 제외한 선황의 아들 중 지략과 도력 등 모든 면을 통틀어 가장 우수하다 추앙받는 삼황자 수왕이 있고, 올바르고 겸손하여 주변에 사람이 끊이지 않는 사황자 명왕이 있다.

반면 장왕은 흔하디흔한 황자 중 하나. 잘난 핏줄을 타고났으나 딱히 특별한 점도 없는, 무능하진 않으나 낭중지추도 결코 아닌, 황위에서 백만 리는 떨어져 있는 일개 황족에 불과했다.

그 보잘것없는 황자에게 목매는 기해나, 분수 모르고 현북을 수호하겠다고 나섰다가 전사한 장왕이나 귀족들 눈에는 똑같이 멍청해 보일 것이다. 그리고 황제의 눈에는 귀족들이 전부 방자하게만 비쳤다. 누구도 그의 아우를 폄하할 수는 없다.

"그러나 장왕이 죽었기에 기해의 행동을 예측하기란 너무도 쉬워졌다. 통제되지 않는다 한들 예측할 수 있다면 충분하다."

기해는 장왕과 관련되면 분별력이 없어진다. 그 맹목이 일곱 해나 되는 세월 동안 그녀를 얌전히 왕부에 갇혀 있게끔 했다. 그녀는 단 한 번의 항명도 없이 장왕의 부름을 기다렸다.

유폐되었으나, 원한다면 나올 수 있었을 터. 경계의 전장을 떠돌며 혁혁한 전공을 세워, 박탈된 작위를 되찾을 수도 있었을 것이다. 다른 귀족가와 정략혼을 맺어 옥에서 나올 수도 있었을 것이다. 그것도 아니라면, 그저 잘못했다고 납작 엎드리는 것만으로도 충분했을지도 모른다. 그녀는 대체 불가한 존재였기에, 그녀가 한 발만 물러섰다면 황실은 열 발, 백 발도 더 물러서줬을 것이다.

그러나 해는 아무것도 하지 않았다. 그녀가 아무것도 하지 않기를 장왕이 바란 까닭이다.

그런 장왕이 죽었다. 해에겐 갇혀 있을 이유가 없다.

"계집은 복수를 하려 들 것이다. 저 현북으로 가 장왕의 마지막 임무를 마무리 짓고, 그를 죽게 한 것들을 제 손으로 찢어발길 것이다. 잡귀의 혼을 잡아뜯어 지옥에 처박아버리겠지. 장왕을 전장으로 내몬 경들과 짐을 죽이러 오는 것은 그 다음이다. 미치광이라 하여 멍청한 것은 아니니 복수의 선후를 명백히 알 터. 그러니 계집이 현북의 상황을 정리하고 오기 전까지 감히 위해를 가하지 말라. 짐이 용서하지 않겠다. 황궁의 문을 열어라. 계집의 권속을 맞을 준비를 하라."

황제가 돌아섰다. 기해가 올 것이다.

"황명, 받들겠나이다!"

더 이상의 간언은 주제넘은 짓이 될 터.

신료들이 일제히 읍하였다.

❋ • ❋

백리(白鬸)는 나락에서 올라온 흰 이무기다.

칠 년 전, 승천하던 중 누이인 청유에게 한쪽 뿔 뽑혀 추락했다. 그의 누이 또한 큰 상처를 입고 나락으로 돌아간 그날, 백리는 기해의 권속이 되었다.

되돌아간 청유는 뒤늦게 백리의 부재를 알아채고 그를 찾아 온 나락을 뒤졌을 터다. 그 광증에 가까운 애착을 알면서도 백리는 인간 세상에 머무는 쪽을 택했다. 그리하여 얻은 그의 주인은 천계와 가장 가까운 피를 이었다. 천인에 한없이 가까워 순결하였고 동시에 무구하였다.

'천계라……'

천계는 삼계 중 가장 고귀하고 존엄한 곳. 나락의 요괴와 지상의 인간이 바라 마지않는 곳. 태초의 황제와 평해왕과 사주의 땅 주인이 내려온 곳이며, 청유가 애타게 갈망하며 닿고자 하는 곳이다.

그러나 삼계의 위계는 불변의 것이 아니다. 때가 되면 위아래가 뒤바뀌는 것이 하늘의 이치. 언젠가는 하늘 위의 하늘, 천신의 보금자리인 상천계를 제외한 모든 것이 뒤엎어질 터다. 부패한 천인은 추락을 두려워하고 어리석은 인간은 혼돈의 때를 예감하지 못하니, 이변 없다면 그 모든 혼란은 청유의 편이 되리. 긴 세월 품어온 야망을 비로소 이루어내리.

상관없는 일이다. 백리의 관심은 그따위 것들이 아니다. 천계에 오르려고 했던 것도, 땅에 남은 이유도 단 하나. 그가 마음 쓰는 것은 천인에 한없이 가깝다 한들 결국 인간이라 윤회구에 끝없이 처박히는 제 주인뿐.

백리는 천천히 어둠 밖으로 걸어 나왔다. 그림자 속에 묻혀 있던 형체가 차츰 드러났다. 무심한 시선이 똑바로 앞을 향한다.

장엄한 황궁이 우뚝 솟아 있었다. 황야에서 가장 귀하고 값진 것들만 모아 천계의 장인이 직접 빚어냈다는 황궁은 화려하게 짝이 없었다. 금장식은 섬세했고, 양각된 돌담은 아름다웠다. 좌우로 펼쳐진 담벼락은 하늘에 닿을 듯 드높아 앞에 선 이의 기를 죽였다.

"누구냐? 멈추어라!"

불청객을 발견한 수문장이 창을 겨누었다.

백리가 살짝 표정을 찌푸렸다. 나약한 것의 보잘것없는 경계가 그의 인내를 자극했다. 그러나 짜증은 금세 흔적 없이 사라졌다. 백리는 능숙하게 표정을 갈무리하곤 공손히 무릎 꿇었다. 공수한 채 그들을 올려다보며 제 신분을 밝혔다.

"평해왕부의 옛 군주, 기해의 권속 백리가 황제 폐하를 뵙기를 청합니다."

이곳은 황제의 땅, 인간의 세상. 주인을 위해 그들의 법도를 따르는 것은 어렵지 않다. 인간처럼 구는 것이 도움이 된다면 그 어떤 인간보다 인간처럼 굴 수 있었다.

"뭐? 기, 기해?"

수문장은 저들끼리 몇 마디 주고받았다. 굳게 닫혀 있던 황궁의 문은 쉽게 열렸다. 기해의 권속을 맞으라는 황명은 백리가 도착하기도 전 시달되었을 터다. 백치가 아니라면 누구나 기해가 장왕의 전사 소식을 듣자마자 북쪽으로 가고자 할 것을 알았을 테니까. 그것을 위해선 유일한 권속을 황궁에 보내는 것이 먼저이니까.

백리는 열리는 문 너머를 응시했다. 느리게 그 안의 풍경이 인식되었다. 조잘대며 지나가는 궁녀들. 총애다툼에 열 오른 후궁들. 황제의 눈에 한 번이라도 띄어보려 아양 떠는 인간들. 온갖 권모술수들.

"폐주 기해의 권속은 안으로 들라!"

수문장이 소리쳤다. 엄정을 가장한 음성 밑에 희미한 분노와 경멸, 두려움이 묻어났다. 미치광이 폐주. 죽이지도 살리지도 못하는 평해의 유일한 계승자. 온갖 악평을 자랑처럼 달고 다니는 기해에게 응당 품을 만한 감정이나, 그 권속에게 대놓고 드러낼 종류의 것은 아니다. 백리는 보지 못한 척 천천히 몸을 일으켜 수문장을 지나쳤다.

마침내 황제의 땅이다.

문턱을 넘는 순간, 토악질이 올라왔다. 인간의 추악한 욕망이 백리의 속을 온통 뒤집어놓았다. 역한 욕망이 뒤엉킨 이곳에 비하면 주인의 곁은 차라리 평온하다. 그녀는 장왕밖에 생각할 줄 모르니까.

그것이 그를 난도질한다 해도, 그 맹목엔 거짓이 없다.

二

황궁은 태초의 황제가 만든 절대자의 권역이다. 고대의 주술과
결계가 백리를 겹겹이 억압했다. 백리는 일그러지는 표정을 감추
며 무릎 꿇어 인간의 예를 표했다.

"평해왕부의 옛 군주, 기해의 권속 백리가 만물의 주인이신 황
제 폐하를 뵈옵니다."

"그래, 그 계집이 무어라 하더냐?"

황제가 거두절미하고 묻는다.

백리는 고개를 들어 황제를 보았다. 지상에서 가장 고귀하며 강
대한 자. 장왕과 마찬가지로 피부색이 짙고, 바닷물처럼 푸른 눈
동자가 기이하게 번뜩였다.

확실히 지상에선 흔치 않은 외모다. 천인의 한 일족과 같다. 육
신은 인간의 것이나 혈관을 타고 흐르는 피는 천계의 것이란 증좌
일까. 높은 용좌에 앉아 굽어보는 오만함이 천상의 것들을 닮았
다. 찢어져 치켜 올라간 눈매가 날카로웠고, 풍기는 기운이 위압적
이었다.

백리는 어깨를 펴며 습관적으로 상대의 도력을 가늠했다. 그의
눈썹이 살짝 꿈틀댔다.

'아니 보여?'

검뿌연 것이 황제의 내공을 감춘다. 강력한 고대의 주술이 백리의 감각을 흩뜨려놓는다. 가늠할 수 없는 까닭은 단지 이곳이 황궁이기 때문일까, 아니면 저자가 그의 이해를 넘어선 존재인 까닭일까.

황제는 입매를 비죽 말아 웃었다. 가소로운 것. 가늘어진 눈매로 백리를 조롱한다.

도발일 게 분명한 그 웃음으로부터 백리는 눈을 뗐다. 평온히 시선을 내리깔았다.

"주인의 출전을 윤허해주시옵소서."

답 구할 수 없는 물음은 저만치로 치워버리고는 제 목적을 아뢰었다. 도발이 먹히지 않자 황제는 흥이 식은 듯했다.

"기해는 죄인이다. 심문조차 없이 현북공을 살해했지. 그뿐이더냐? 현북의 수호수까지 없애버렸다. 작금에 이르러 현북이 혼란스러운 것은 힘 있는 땅주인과 땅의 수호수를 동시에 잃은 까닭. 모든 원흉이 그 계집이관데, 감히 현북으로 가겠다?"

황제가 용좌 깊이 기대며 조소했다.

"참으로 맹랑한 발상이군."

현북공가는 북의 땅주인 가문으로 북쪽 경계를 수호하며 그 너머로 가는 길을 지켰다. 그것은 황야 건국 이래 끝없이 이어져온 가문의 책무였다. 인간이되 사욕을 탐하는 인간으로 살 수 없었고, 황제의 종복이되 동시에 스스로 땅을 지키는 주인이었다. 양립될 수 없는 가치하에 그들은 명예로웠으나 고독했다. 태초의 땅주인을 지극히 아껴 땅의 수호수를 자처했다는 사신수만이 그 긴 고독을 이해하고 동행했다.

전대 현북공 양윤계는 유능한 자였다. 그 강인한 땅주인을 수호수 현무는 무척 좋아했다고 한다.

뛰어난 땅주인과 다정한 수호수의 노력 덕에 전례 없는 풍요를 누리던 현북이 무너진 것은 일곱 해 전. 평해왕 기해가 일방적으로 현북공과 현무를 살해한 뒤다. 한 미치광이가 당대 현북공과 그 일가 대부분을 몰살해버렸으니, 남은 것은 무력한 막내공자 양섭성뿐이다.

그는 작위를 계승하고서 지금까지 이렇다 할 권속조차 없고, 수호수 현무 또한 돌아오지 못했다. 신수의 영혼은 불멸하나 그 영혼을 담는 육체는 유한한 것. 새 육체를 얻어 강림하기까지 시간이 필요하다.

땅주인이 약해지고 수호수가 사라지자 현북의 주 경계는 요괴로 들끓었다. 그 요괴를 토벌하러 갔던 장왕이 전사했다. 장왕을 지키기 위해 현북공을 죽였는데, 현북공이 죽어 장왕이 죽은 셈이 되었다. 어리석은 일이다.

어쨌든 황제는 선택을 해야 한다. 현북을 지키거나, 버리거나. 버리자면 못 버릴 것 없겠으나 최소한 지키는 시늉은 해야 할 터. 아무 노력 없이 현북을 외면한다면 백성의 반발이 하늘을 씨를 것이다.

문제는 누구를 보내느냐다. 땅주인은 땅에 속박되어 특별한 경우가 아니고선 제 영역을 벗어날 수 없고, 그 땅의 술사들도 제 땅을 지키느라 여력이 없을 것이다. 이미 황자 하나가 죽은 땅에 또 다른 황족을 보낼 수도 없다. 따라서 해는 현재 황제가 보낼 수 있는 유일한 전력이다. 평해왕위를 박탈당한 그녀는 평범한 술사일 뿐이니, 땅주인에게 걸려 있는 여러 제약들로부터 자유롭다. 평해는 사주의 중앙에 위치한 황경을 둘러싸고 있으니 사주가 건재한 한 요괴에 침략당할 일도 없다.

"폐하께서는 주인을 보내실 겁니다."

백리는 확신했다.

"그래, 내 너희의 현북행을 윤허한다 치자. 하나 제 부모와 형제자매를 죽이고 수호수를 소멸시킨 원수가 제 땅에 오는 것을 현북공이 납득하겠느냐?"

"주인은 그러한 사정은 이해하지 못합니다. 장왕을 죽게 한 것들을 죽이고자 할 뿐입니다."

"장왕을 죽게 한 것들을 죽이고자 할 뿐이다?"

황제의 입매가 비틀렸다.

"또한 현북공에겐 나락의 요괴를 상대할 힘이 없고, 주인에겐 있습니다. 북의 땅주인은 무력하나 아둔하진 않으니 주인을 받아들일 것입니다. 하오니 주인을 보내 나락의 요괴를 처리토록 함이 타당하다 아룁니다."

황제는 잠시 입을 다물었다. 무언가 생각하듯 흐려지던 그의 눈빛이 다시금 냉소를 머금었다.

"인간도 아닌 주제에 인간처럼 말하는구나."

백리는 고개를 들었다. 그는 확실히 인간이 아니다. 그 누구도 그를 감히 인간이라고 하지는 못할 것이다. 한낱 하등한 인간 흉내를 내는 그를 보면, 그의 누이는 뒷목을 잡고 쓰러질지도 모른다. 그런 것은 중요치 않다.

"주인이 인간처럼 생각하지 않으니 그 권속이라도 인간처럼 생각해야 할 것입니다."

인간의 법리도 도리도 해에게는 무의미하다. 마땅히 해야 하는 것, 하지 말아야 하는 것, 그 모든 기준은 오직 장왕이다. 장왕에게 해가 되면 없애고, 해가 되지 않으면 무시한다. 그것이 해가 지키는 규칙이며 도리였다. 그 무구한 주인을 대신하여 인간처럼 굴 필요가 있으니, 필요를 행할 뿐이다.

"폐하께 주인은 애초에 버리는 패. 작금에 이르러 나락의 동향이 심상치 않으니, 폐하께서는 북쪽의 혼란을 잠재우기 위해서라도 주인을 보낼 것입니다. 만백성이 지켜보고 있으니, 내키지 않는다 한들 현북을 지키려는 시늉 정도는 하시겠지요."

백리를 응시하던 황제의 짙푸른 눈동자가 요요히 번뜩였다. 흥미롭다는 듯 입매가 말려올라갔다.

"좋다."

마침내 윤허하며 황제가 허공을 향해 손짓했다.

"묵오야."

그림자 뒤에 묻혀 있던 것이 스르륵 모습을 드러냈다. 육 척이 훌쩍 넘는 큰 키에 체격이 다부졌다. 백리의 눈매가 가늘어졌다. 유황색 눈동자가 새 요괴의 본질을 가늠했다.

고작 백 년이나 되었을까 싶은 어린것. 어떤 살생도 하지 않은 순결한 것. 그것은 어린 만큼 순수했다. 긴 세월 힘을 쌓고 깨닫기를 반복하면 필시 신수(神獸)의 자격을 얻을 것이다.

하지만 그 순수성보다 시선을 확 끄는 것이 있었다. 백리의 눈길이 묵오의 이마에 박혔다.

'저것.'

백리의 살벌한 시선을 느낀 묵오가 두려운 듯 황제에게 달라붙었다. 백리는 살기를 갈무리하며 황제에게로 시선을 두었다.

수많은 권속 중 굳이 저것을 제 앞에 꺼낸 이유가 궁금했다. 저것이 무엇을 삼키고 인간의 태를 얻었는지 모를 정도로 황제가 멍청하진 않을진대. 분노를 불러일으키려 함인가, 잃은 것을 되찾으라 종용하려 함인가.

"평해왕부로 가라. 죄인 기해에게 북쪽의 요괴를 처단하라는 황명을 전해라."

"존명!"

새 요괴가 달아나듯 재빠르게 날아올랐다. 순식간에 날것으로 변한 그것에게서 검은 날개깃이 떨어졌다.

'까마귀라.'

날것은 들것, 물것과 달리 감시자로 제격이다. 저 까마귀는 본디 전서의 목적이 아닌 감시의 목적으로 권속 삼았을 터. 만약 황제가 저 까만 것을 이용해 주인을 감시하려 든다면, 실수인 척 잡아먹어버릴까. 저것을 잡아먹으면 뿌리째 뽑혀버린 한쪽 뿔이 다시 자라날 텐데.

'아니 되지.'

백리가 소리 없이 조소했다.

지금은 불필요하다. 힘이 부족해 천계로 갈 수 없는 척 지상에 남았다. 뿔을 되찾고도 떠나지 않는다면 해는 필시 이상하게 여길 것이다. 원치 않는 결과다.

어차피 되찾고자 한다면 언제라도 되찾을 수 있다. 누군가 허락 없이 점유하고 있다고 해서 당장 빼앗을 필요는 없다. 본디 누리지 못할 것을 누리도록 약간의 자비를 베푸는 것도 나쁘지 않다.

지금의 백리가 바라는 것은 오로지 주인의 곁. 안온한 생. 주인은 연 잃었으니, 이번에야말로 겁을 바라온 소망을 이룰 수 있을지도 모른다.

"평해왕부의 옛 군주, 기해의 권속 백리가 만물의 주인을 뵙고 이만 물러가옵니다."

백리는 깊게 엎드렸다 일어났다. 이유야 어찌 되었든 현북으로 보내달란 기해의 청을 들어준 황제에게 최고의 예를 표했다.

"이해가 안 되는군. 이미 자격을 얻었을 터인데, 인세에 머무는 이유가 타당한 것이냐?"

조용히 물러나는 백리의 뒤에서 황제가 혼잣말 같은 물음을 던졌다. 백리의 두 눈이 차갑게 번뜩였다.

❋ · ❋

작고 허름한 주막의 한 귀퉁이에 견은 앉아 있었다.

한때는 붐볐으나, 그 모두 지나간 영광이다. 요괴가 시시때때로 결계를 뚫고 들어오는 고을은 점점 쇠락했고, 지금도 쇠락해가는 중이다.

견은 평소라면 손님이 저를 포함해서 두셋뿐일 주막에서 늦은 끼니를 해결하고 있었다. 희한하게도 다른 날과는 달리 손님이 많아서 북적였다.

옆자리에 앉아 탁주 한 사발로 목을 축이고 있던 중년남자가 견을 힐끗거렸다. 입술을 달싹이더니 결국 못 참겠는지 중년남자가 먼저 말을 걸어왔다.

"자네, 짐이 없는 것을 보니……. 혹 아직 소식 못 들었는가?"

"무슨 말씀이십니까, 어르신?"

생판 처음 보는 남자였지만 견은 무시하는 대신 사근사근 대답했다.

"에끼, 어르신은 무슨."

중년남자는 손사래를 치면서도 그리 싫지 않은 표정이었다. 보기에도 남루한 옷을 입고 있으니 어디에서든 어르신 대접은 받아보진 못했을 터다.

"그년이 온다더군."

남자의 점잖은 얼굴에 순간 살의가 실렸다.

"그년이라 하심은……?"

견은 시치미를 뗐다.

"이 현북에서 그 계집을 원수로 두지 않은 자가 없지! 그 쳐 죽일 년!"

"아, 그 폐주 말입니까?"

그제야 알겠다는 듯 견이 눈을 반짝였다.

"그래, 그 폐주."

폐주, 라고 읊조리는 남자의 음성에 깊은 증오가 깔렸다.

평해왕부. 황실의 피는 흐르지 않으나, 황야를 지키는 군왕으로 책봉받은 황야 최고의 무가. 모든 혈족이 죽고 오직 한 사람만 남았으나, 그자가 군왕위를 박탈당한 채 유폐되었으니 사실상 이름뿐인 왕부였다.

바로 그 평해왕부의 옛 군주, 기해. 현북의 백성은 그녀를 증오했다.

"뻔뻔하기도 하지! 감히 이곳으로 오겠다니!"

탁! 술잔을 내려놓는 남자의 눈빛이 사납게 일렁였다.

땅주인과 수호수가 기해에게 살해당한 후 현북은 몰락했다. 운 좋게 살아남아 현북공위에 오른 자의 도력은 불행하게도 너무나 미력했다. 현북의 주 경계가 아직 유지되고 있는 것은 순전히 유적 덕택이다.

당시의 혈사에 직간접적으로 휘말려 죽은 이가 수백. 그 뒤, 결계가 느슨해진 틈을 타 쳐들어온 요괴에게 가족 잃은 자가 부지기수였다. 현북공 양윤계와 수호수 현무가 살아 있었다면 없었을 참사다. 모든 일의 원흉인 기해에게 증오가 향하는 것은 지당했다.

"그러게 말입니다. 정말 뻔뻔하군요. 한데 황제께서는 그 계집을 왜 이곳으로 보냈답니까? 이제 와서 우리에게 돌팔매질할 기회를 주는 것도 아닐 터인데?"

견이 혀를 찼다. 남자의 표정이 굳었다. 마음 같아서는 당장 폐주를 찢어 죽이고 싶지만 그럴 수 없는 무력감이 그를 괴롭혔다.

"들리는 말로는 경계의 요괴를 처리하라 보내는 것이라더군. 참으로 어처구니없지. 그 계집은 요괴뿐 아니라 우리도 함께 쓸어버릴 걸세! 인간 목숨을 먼지처럼 여기는 계집 아닌가."

"그래서 다들 분주한 것이로군요."

견이 주변을 둘러보았다. 오늘 희한하게 손님이 많더라니. 하나같이 사색인 그들은 굉장히 바빠 보였다. 살림을 한 보따리씩 이고 진 것이 피난이라도 가나 했었다. 딱 맞혔던 모양이다.

중년남자의 표정이 씁쓸해졌다.

"어찌하겠는가. 마음 같아선 그 계집이 이곳에 발 딛자마자 찢어발기고 싶지만, 우리 같은 평것들에게 무슨 힘이 있겠는가? 황실에서도 쉽사리 하지 못하는 계집인데. 실수로라도 근처에 다가갔다간 목숨이 열 개라도 모자라겠지. 현북공께서 청동후께 간청하여 피난길을 열어주셨네. 비참하지만 당분간 피해 있는 게 상책이겠지."

남자의 목소리에선 깊은 혐오가 묻어나왔다. 원수를 눈앞에 두고도 어쩌지 못하는 무력함. 모든 것을 버리고 달려들고 싶지만 그래봤자 개죽음이 될 뿐이라는 현실직시.

견은 그를 동정하는 눈빛을 만들었다.

"천신께서 보고 계시다면 언젠가 그 계집을 벌하지 않겠습니까?"

어둡던 중년남자의 표정이 돌연 밝아졌다.

"하긴 이미 천벌을 받았다고 봐도 무방하지. 유일하게 의미 있는 것을 잃지 않았는가?"

견은 남자가 뜻하는 바를 이해했다.

장왕 권영. 평해의 정신 나간 옛 군주가 유일하게 충성하는 자. 그 장왕이 이 차디찬 북쪽 땅을 구원하러 왔다가 죽었다. 자신들을 지키다가 죽었다는 사실은 남자에게 장왕을 애도할 하등의 이유도 되지 못했다. 자처하여 장왕의 수호자가 되었는데 그 주인을 지키지 못했다. 억울하고 분통하여 제 불같은 성질에 스스로 타들어갔을 터.

중년남자가 흐흐 소리 내어 웃었다. 타인의 불행에 진심으로 기꺼워하는 그를 견은 비난하지 않았다. 잠시 후 언제 웃었냐는 듯 표정을 가다듬은 남자가 진중하게 견을 바라보았다.

"자네도 어서 짐을 싸서 이곳을 떠나게. 살아갈 날이 많지 않은가."

"말씀 고맙습니다."

"사실 피난이 다 무슨 소용인가 싶을 때도 있네. 왜, 그 있잖은가? 그 오래된 노래……."

중년사내는 말문을 흐렸다. 견은 그가 어떤 노래를 떠올렸는지 알았다.

태초부터, 황야가 건국된 그 순간부터 입에서 입으로 전해진 노래 하나. 세 살배기 아기부터 여든 노인까지 모르는 이 없는 그 짧은 노래.

덕 쌓아 오르는 자, 업 쌓아 추락할 자
뒤엉켜 경계 없으니, 천하는 뒤집어지리

천인과 인간과 신수와 요괴의 경계가 불분명해지면 천칙이 그 힘을 잃고, 끝내 천하가 전복될 것이라는 예언과도 같은 노랫말.

황야의 모두가 그 노래를 알았지만, 그 누구도 진정으로 그 뜻을 두려워한 적 없었다. 지금에 이르러 요괴의 습격이 유례없이 극심해지니, 마음 깊이 똬리 튼 본능적 경계심이 슬그머니 고개 든다.

"아니, 내 무슨 쓸데없는 말을⋯⋯."

중년사내가 고개를 휙휙 내젓더니 옆에 내려두었던 등짐을 메고 일어났다.

"여하튼 나는 이만 가봐야겠네."

"몸조심하십시오, 어르신."

견은 황급히 멀어지는 남자의 뒷모습을 물끄러미 바라보았다. 온유해 보이던 얼굴에서 차츰 표정이 빠져나갔다. 얼음처럼 차가운 입매가 문득 열렸다.

"그 유일한 의미조차 그녀가 택한 것이 아니니, 역시나 원망이 되는군요."

낮게 읊조리는 목소리는 바람을 닮았다.

❊ • ❊

달각달각.

수레가 대로를 따라 굴렀다. 역사(力士)의 팔뚝처럼 굵은 철창이 수레 위에 얹혀 있다. 태초의 술식이 가시덩굴처럼 철창을 휘감고서 존재감을 내뿜었다. 사위로 뻗어나가는 술법의 압박감에 기가 약한 이들은 몸서리쳤다.

태초의 평해왕이 만들어 황제에게 바친 수레는 극악무도한 죄인을 이동시킬 때만 쓰기에 지옥수레라고 불렸다. 그리고 그 수레는 역설적이게도 평해왕부의 일족 외엔 가둔 적이 없다. 대부분의 술사는 지옥수레를 필요로 할 만큼 강하지 않았으니까.

제가 만든 수레가 제 후손만 가두게 될 것을 알았다면 태초의 평해왕은 지옥수레를 만들었을까.

해는 갇힌 채로 앞을 응시했다. 원수를 눈앞에 둔 헐벗은 이들이 골목 어귀에 숨어 그녀를 노려보았다. 그 적나라한 적의에 해는 반응하지 않았다. 눈을 감아 무시했다. 하나같이 너무 나약해서 대응할 가치도 없었다. 버러지 같은 것들에겐 짓밟아주는 것조차 과분한 처사다. 영을 빼앗아간 요괴 외의 것들은 전부 무의미하다.

달각달각 굴러가던 수레가 문득 멈추었다. 해가 눈을 뜨고 고개 들었다. 그녀는 야위었으나, 완벽하게 아름다웠다. 창백한 얼굴. 새까만 머리카락. 벼린 칼처럼 날카로운 눈빛. 평해의 폐주는 죄인답게 난폭했고, 가장 고귀한 핏줄답게 오연했다.

현북공부의 거대한 돌담이 그녀를 위협하듯 서 있었다. 솟을대문의 처마가 하늘을 향해 치솟았고, 현북을 상징하는 신수가 지붕에 올라앉아 있었다. 그리고 그 앞에, 남자는 서 있었다.

"수레는 안으로 들 수 없습니다. 성질 다른 결계가 허락지 않을 겁니다."

천천히 다가오는 남자를 해가 말없이 노려보았다. 그는 키가 컸고, 금실로 현무가 수놓아진 검은 정복을 입고 있었다. 남자가 손을 뻗어 황제가 지정한 자만이 열 수 있는 지옥수레의 문을 열었을 때, 해는 그가 누구인지 알았다. 현북공 양섭성. 현북의 무력한 주인.

"내리십시오."

해는 몸을 일으켰다. 죄인이었기에 차림새는 볼품없었다. 홑겹으로 걸친 흰옷엔 아무 무늬도 없었다. 떨잠 하나 하지 않은 머리는 말총 모양으로 질끈 묶었고, 그 덕에 갸름한 얼굴선이 도드라졌다.

천천히 수레에서 내려서 주변을 둘러보는 눈동자는 깊은 밤처럼 검었다. 그녀가 한 발 한 발 걸을 때마다 수많은 시선이 따라붙었다. 같잖은 것들이 저를 보고 있다는 게 짜증났다. 사납고 섬뜩한 기세로 주변을 훑자, 그녀와 눈 마주친 평것들은 소스라치게 놀라며 고개 숙였다. 만족한 해가 마지막으로 제 바로 앞의 남자에게 시선을 고정했다.

오랜 시간 쉬지 못한 것이 분명한 생기 없는 얼굴, 피곤이 묻어나는 목소리. 그리고 무엇보다 아주 약하다. 이런 것이 현북의 주인이라니.

때를 기다렸다는 듯이 남자가 인사를 건넸다.

"어서 오십시오. 기다리고 있었습니다."

해가 입매를 비틀어 올렸다.

"평해의 옛 군주 기해가 현 현북의 주인 양섭성을 뵙소."

공수하며 인사를 건넸다. 그 안에 존경은 없다. 있는 것은 멸시와 괄시뿐.

양섭성은 속내 알 수 없는 눈길로 해를 응시했다. 그의 시선이 잠시 해의 손에 머물렀다. 야윈 손목엔 두꺼운 쇠로 만들어진 형구가 채워져 있었다. 지옥수레와 마찬가지로 태초의 술식이 새겨져 있다. 태초의 황제가 친히 새긴 술식은 해의 도력을 속박하고 저지하며, 만약 그녀가 도력을 쓴다면 맹렬한 천벌을 내릴 것이다.

조금 늦게, 양섭성이 감정 읽히지 않는 목소리로 화답했다. 고저없는 말투엔 그 무엇도 묻어나지 않았다.

"평해군주께서 와주시니 이 마음이 무척 든든합니다. 폐하의 형구는 당분간 풀어드리지 못하니 양해해주십시오."

해는 굳이 지금은 평해군주가 아니라고 정정하지 않았다. 사실 섭성이 그녀를 무어라 부르든 전혀 관심이 없었다. 하지만 다른 말은 무척 거슬렸다.

"성질 다른 결계는 허락되지 않을 것이라 하지 않았소?"

"황제의 술식은 특별하여 그 어떤 결계와도 성질이 다르지 않습니다."

지옥수레는 평해왕의 술법이나 수갑은 황제의 술법. 각각의 땅 주인은 격이 같아 상충되나, 오직 황제만이 격이 높아 모든 것을 초월한다.

"다르지 않다?"

표정을 구긴 해가 수갑을 노려보았다. 태초의 것은 그녀로서도 파훼하기 어렵다. 태초의 황제가 직접 만든 이 수갑은 허락받은 자만이 풀 수 있다. 지옥수레처럼 공부 밖에 두고 갈 수 있으면 좋으련만.

하여간 귀찮은 것들.

'효용도 없는 번거로운 것을 남겨두었어.'

해가 조소했다. 수갑은 확실히 그녀의 도력을 속박하지만, 완전히 막지는 못한다. 방해되는 것들을 모조리 죽여버리기엔 아주 조금의 도력만으로도 충분하다. 천벌이 내리겠지만 죽을 정도는 아닐 터다.

"이런 형구가 내게 무용하다는 것을 알 것이오."

"상관없습니다. 현북의 백성에게 필요한 것은 군주께서 폐하의 통제하에 있다는 믿음뿐입니다. 폐하의 형구가 군주의 손목에 채워져 있는 한 그들은 자신이 안전하다 믿을 것이니 그것으로 족합니다."

"하나같이 멍청하군."

해의 멸시에도 흘러나오는 섭성의 음성은 평온했다.

"금일은 이만 쉬십시오. 땅주인 일족에겐 제 땅을 떠나는 것 자체가 큰 부담입니다. 평해를 떠나오셨으니 많이 피곤하시겠지요. 육신이 나약해지면 땅의 독기가 군주를 잠식할 겁니다. 며칠 휴식하며 적응기를 가지셔야 합니다. 평해군주를 안으로 모시어라."

군더더기 없는 손동작으로 섭성이 해를 안으로 안내했다.

품위가 몸에 밴 남자였다. 조용한 목소리엔 감정의 터럭도 비치지 않는다. 가족의 철천지원수를 대하는 것 같지 않아서 해는 그가 거북했다.

종비를 따라가며 해는 섭성을 흘겨보았다. 잘 단련된 몸은 군살 없이 매끈했다. 키가 꽤 커서, 해의 눈높이는 그의 가슴 언저리에 겨우 닿았다. 해가 눈을 살짝 치떠야 그의 얼굴이 제대로 보였다.

다시 보니 퍽 잘생긴 자였다. 눈썹이 짙었고, 갈색의 눈동자는 부드러웠다. 눈을 내리뜰 때면 길고 숱 많은 속눈썹이 두드러졌고, 얇은 속쌍꺼풀 때문에 온화한 분위기가 풍겼다. 반듯한 코와 흠 없는 얼굴선은 정성 들여 다듬은 조각 같았고, 호를 그리는 입술은 우아했다.

둥글게 말아 올려 머리꽂이로 마무리한 머리는 단정했고, 햇빛을 받을 때면 밝은 갈색으로 반짝거렸다. 머리를 빗어 넘겨 훤히 드러낸 귀는 흔한 장신구 하나 걸치지 않았는데, 모양이 좋으니 그것조차 근사했다.

아름다운 자였다. 어떤 흐트러짐도 없이 빈틈없는 몸가짐은 해가 마음 깊은 곳에서 선망해온 귀족의 모습 그 자체다. 굳이 흠을 찾자면 피로해 보인다는 것 정도. 황금 현무가 수놓아진 검은 의복은 색 옅은 그의 얼굴을 더욱 창백해 보이게 했다.

그 고아한 얼굴에 이띤 표정도 깃들지 않으니, 아마도 해의 탓일 것이다.

'저것을 왜 살려두었을까.'

해는 순수하게 의문했다.

일곱 해 전, 이곳에서 현북공을 비롯해서 그 일가라면 눈에 띄는 족족 죽여버렸다. 양섭성은 그 와중에도 운 좋게 살아남았다. 저 나약한 것이 어찌 살아남았는지는 도통 알 수 없다. 그의 도력이 너무 미미하여 신경 쓰지 않았던 것뿐일지도 모르지만, 정의되지 않은 불쾌감이 마음에 걸린다.

어찌 되었건 간에 저것은 현북공이 되었고, 나약하여 경계를 보위하지 못했다. 저 무능한 것을 구원하기 위해 영이 이곳으로 와야 했고, 결국엔 이 사달이 났다.

영이 죽었다. 모두 약해빠진 현북 것들 때문이다. 제가 유폐당한 것도 저것들 때문이고, 영이 죽게 된 것도 저것들 때문이다. 분노가 터질 듯 용솟음친다. 저 양씨 일가가 영을 위협해서 없앴는데, 결국 저것들이 모자라서 영이 사지로 내몰렸다. 어처구니없는 결과다.

'그때 다 죽여버렸어야 했는데.'

현북을 아예 패망시켰어야 했다. 요괴가 창궐하여 사람 하나 없는 죽은 땅으로 만들었어야 했다. 그랬다면 이곳을 지키려고 영이 위험을 무릅쓸 일도 없었을 텐데. 영이 죽지 않았을 텐데.

웅웅.

형구가 가늘게 진동했다. 도력이 되어 새어나온 살의에 형구가 반응한다. 쩌릿한 고통이 순간 심장을 옥죈다. 여기서 조금만 더 살의를 내뿜는다면 필시 천벌이 심장에 내리칠 것이다.

'참아. 아직은 아니 돼.'

해는 이를 악물었다. 무슨 일인지 파악하듯 가만히 저를 바라보는 양섭성의 눈빛이 가증스럽다. 당장이라도 그를 찢어 죽이고 싶었다. 그럴 수 없으니 말로써 그를 모욕하기를 택했다.

"가문의 원수라도 붙잡아야 할 만큼 공의 도력이 보잘것없나 보오."

적나라하게 드러낸 무시에 섭성은 웃었다.

"필요하다면 가문의 원수보다 더한 이도 붙잡을 것입니다."

그는 도발에 넘어오지 않았다. 감정을 드러내지도 않았다. 해의 미간이 확 찌푸려졌다. 양섭성을 맹렬히 노려보았다.

싫은 소리를 듣고도 아무렇지 않은 척하는 저것은, 분명 구밀복검하는 부류일 것이다. 추악한 속내를 꽁꽁 감춰두는 혐오스러운 족속들. 겉과 속이 다른 자들은 속이 뒤틀리도록 끔찍하다.

그런 의미에서 저자는 아주, 몹시 불쾌하다.

단박에 양섭성이 싫어졌다.

❋ • ❋

섭성은 후원에 있었다. 붉어진 하늘이 심상치 않았다. 현북공위에 오르고 단 하루도 잠들지 못했으나, 오늘은 특히나 힘든 밤이 될 것 같단 직감이 고개 들었다.

'점점 더 어려워서. 그 애가 크려면 아직은 시간이 필요해.'

그에게 밤은 여름이나 겨울이나 똑같이 길고 버거웠다. 사위가 잠들고 풀벌레 울음마저 잦아들면 요괴가 찾아온다. 틈의 바닥. 그 깊은 나락에서 날고 기어 올라오는 것들. 경계를 무시하고 결계를 파훼해, 기어이 인간을 찢어 먹고, 발라 먹고, 씹어 먹는 그것들. 그 행위에 악이 없으니 더욱 잔악하다.

결계 밖의 틈은 규모가 일정하지 않아서 커졌다 작아지기를 반복했다. 보통 보름밤에 가장 컸고, 큰 피해가 났다. 달 기운을 업은 요괴는 광병 걸린 짐승처럼 날뛰었다.

틈이 클수록 밤하늘은 붉게 물들었다. 한 번도 가본 적 없는 나락이 피처럼 온통 붉으리란 것은 누가 알려주지 않아도 알 수 있었다.

오늘 밤도 하늘이 붉었다. 보름도 아닌데 노을처럼 타올랐다. 좋지 않은 징조다.

전대 현북공과 현무가 살아 있었다면 이 정도 위기는 아무것도 아니었을 터다. 그들은 섭성이 비할 수 없게 강했을 뿐만 아니라 합이 무척 잘 맞았다. 제아무리 기세등등하여 쳐들어온 요괴라도 그 앞에선 속수무책이었다. 되돌아오지 않는 평온의 시대다.

섭성은 살아남은 현북공가의 일족 중 유일하게 도력이 발현하여 땅주인위를 계승하였다. 땅의 심장에 제 피를 바쳐 자격을 증명하였다. 사지를 찢어내는 고통을 감내하고 땅주인이 되었다.

그러나 그의 도력은 북쪽 경계를 수호하기에 턱없이 부족하다. 후계자조차 없으니, 땅주인이 된 날부터 단 하루도 쉬지 못했다.

한계라는 말은 떠올리고 싶지 않았다. 해낼 수 있다고 믿고 싶었다. 하지만 그도 사람이고, 점점 버거워지는 것은 어쩔 수 없었다.

"나리께선 너무 유하십니다."

느닷없이 날아든 힐난에 섭성이 고개를 돌렸다. 기척을 느끼지 못했는데, 입이 댓 발은 나온 사내종이 곁에 있었다.

"견이구나."

몇 달 전 들어온 아이였다. 경계 근처에서 정신을 잃고 쓰러져 있는 것을 주워 왔더니, 견은 요괴에게 친지를 모두 잃어 오갈 데 없다며 곁에서 모시게 해달라고 간청했다. 숙식만 해결해달라고 애걸복걸하기에 세 해란 기한을 조건으로 달아 곁에 두었다. 비슷한 사연으로 공부(公府)에 들어온 이가 여럿 되었다.

"이 늦은 시각에 예서 뭘 하는 게냐?"

가만히 웃으며 되묻는 섭성을 보며 견은 인상을 찌푸렸다.

"또, 또! 천하디천한 천것이 유하네 어쨌네 막말을 지껄이는데도 웃음이 나오십니까? 회초리를 들고 와 경을 치셔야지요!"

제 속이 다 터진다는 듯 견이 투덜거렸다.

"그리 열 내지 말고 예 앉아라."

섭성이 옆자리를 툭툭 두드렸다. 뭔가 하고 싶은 말이 있으니 이 밤중에 찾아온 것일 터다.

"그 계집은 나리의 원수입니다. 아주 철천지원수입지요. 한데 그리 살랑살랑 웃으면서 맞이하시는 건 대체 뭡니까?"

입술을 비죽이며 앉은 견이 못 참겠다는 듯 성토했다. 섭성은 입을 다물었다. 그의 고개가 살짝 기울어진다.

"글쎄, 잘 모르겠구나. 무엇을 그리 미워해야 하는지."

평해의 옛 군주, 기해. 그녀가 그의 일족을 몰살시켰다. 그가 사랑했던 모두를 찢어 죽였다. 그 참혹한 날을 잊은 적 없다. 그때의 슬픔은 영원히 섭성의 가슴 한가운데 응어리로 남아, 이따금 그를 더없는 고통으로 밀어넣을 것이다.

그녀를 만나면 어떤 기분이 들지 생각해본 적이 있다. 그녀는 폐위됐다 한들 유일한 평해왕족이고, 그는 현북의 땅주인이 되었으니, 살다 보면 만날 일이 한두 번은 필시 있을 터였다.

미울까. 저주스러울까. 아니면, 혹 용서하게 될까.

답은 나오지 않았다. 그녀를 만난 지금도 마찬가지다.

"그녀를 미워하는 것에 무슨 득이 있느냐?"

"득이 있고 없고가 문제입니까? 욕이라도 한 사발 해버리시지! 침이라도 퉤 내뱉으시지!"

"죄를 모르는 자다."

"그게 무슨 상관입니까?"

"의미 없는 짓이다."

죄 모르는 자를 미워하고 저주하는 것은 어리석다. 뉘우치지 않는 그 모습에 섭성의 마음만 무너질 것이다.

"어휴, 속 터져!"

견이 제 가슴을 팡팡 두드렸다.

"소인은 이만 가보렵니다. 나리랑 말해봤자 소인만 열불 나지."

콧김을 씩씩거리던 견이 벌떡 일어나 휘적휘적 걸어가버렸다. 잔잔한 미소를 머금고 있던 섭성의 얼굴에서 표정이 사라졌다.

퍽 아름다운 얼굴이었다. 반듯한 이목구비는 조화로웠다. 속눈썹이 길게 드리워진 눈매와 호를 그리며 말려 올라간 입술은 언뜻 온화해 보였다. 그러나 가만히 들여다보면 그 인상은 완전히 달라졌다. 웃음기 거둔 그의 눈빛은 너무나 서늘하고, 말 없는 그는 지나치게 무정해 보였다.

그의 본성은 분명 온화했을 것이나, 밑도 끝도 없이 자비를 베풀기엔 처한 상황이 녹록지 않았다. 몰아치는 좌절과 절망을 딛고 일어서는 동안 섭성은 냉정해졌다. 그 어떤 이보다 자기 자신에게 가장 엄격해졌다.

그는 땅주인이었다. 도력 미미하니, 아비와 형제가 살아 있었다면 현북의 땅주인위는 결코 그의 것이 되지 않았을 터다. 그러나 혈혈단신 남겨져 땅주인이 되었으니 어찌하랴. 주어진 책무를 다할 뿐이다.

"머리로는 그녀가 내 원수라는 것을 안다. 마땅히 증오하고 저주해야 한다는 것도 알고 있지. 가족과 평온한 삶, 그 모든 것을 빼앗겼으니 그것이 지당해."

홀로 남은 섭성이 작게 중얼거렸다. 피로가 묻어나는 얼굴에 찰나 자조가 스쳤다.

"한데 그런 마음이 들지 않는구나. 스스로 죄 깨닫지 못하는 자를 미워해 무어하겠느냐? 죄 모르기에 사죄 또한 하지 않는 이에게 대체 무엇을 바라겠느냐?"

일곱 해 전 혈사에서 기해는 분명 많은 사람을 죽였다. 아버지, 어머니, 형님, 누이. 섭성이 사랑했고 소중히 여겼던 모든 이들.

해가 움직인 이유는 필시 권영이었을 것이다. 그녀가 미치광이라 한들 이유 없이 평해를 벗어나 칼부림했을 리 없다. 그리고 권영을 노리면 해가 움직인다는 것을 그의 아비는 분명 알았을 것이다.

알면서도 대처하지 못했다면, 준비가 부족한 쪽의 죄다. 삼척동 자라도 예측할 수 있는 기해의 행동을 막지 못했다면, 능력이 모 자란 쪽의 죄다. 해는 알려진 대로 움직였을 뿐이다. 알고도 막지 못한 것을 어찌 오직 해의 탓이라 할 수 있을까.

그녀의 원칙은 단순명료하여 오히려 이해하기 쉽다. 권영에게 위협이 되면 없애고, 권영에게 무해하면 무시한다. 해에게 있어 선 은 권영이고, 악은 권영을 빼앗는 자다. 그녀가 듣는 것은 오직 권 영의 명이고, 그나마도 그의 안위에 위협이 될 땐 듣지 않는다. 황 제 또한 그런 해를 알고 있기에 그녀의 현북행을 허락한 것이다.

섭성이 이해할 수 없는 자는 따로 있다. 이기지도 못할 싸움을 건 아버지. 질 것이 뻔한 패를 골라버린 그 어리석음. '왜?'라는 의 문은 아직도 남아 있다. 하여 섭성은 아무도 원망하지 않는다. 단 한 사람, 제 아비를 제외하곤.

三

"폐하, 장왕의 운구행렬이 북문으로 도착했다 하옵니다."

"알겠다."

늦었다. 전사 소식이 들리고도 한참 만이다. 현북엔 장왕의 주검을 호위할 병력이 없으니 어쩔 수 없는 일이다. 황제가 친히 호위를 보낸 후에야 운구가 시작되었다.

사실 현북의 현 전력을 고려하면 그 난장에서 주검을 불태우지 않고 보존해낸 것이 차라리 기적에 가깝다. 황족의 육신은 도력이 깃들어 있어 요괴에게 좋은 먹잇감이 되니, 상황이 여의치 않았다면 불태웠어야 옳다. 현북이 피해를 감수하고도 주검의 보호를 택한 것은 아끼는 아우의 죽음 앞에 분노할 황제를 달래기 위함일 터다.

주검을 지키기 위해 몇이나 죽었을지 황제는 신경 쓰지 않았다. 현북의 어려움을 살피기엔 황제의 애정이 너무도 편중되어 있다.

"영존(永存)으로 뫼실까요?"

"그리하여라."

편전 지하에 있는 영존은 황족의 무덤이다. 공간 확장술이 걸려 있는데, 태초의 술법이 대개 그러하듯 술식이 밝혀지지 않았다.

재현은 불가하며, 각 땅의 모든 역사가 보관되는 기록관과 황족의 무덤인 영존에서만 볼 수 있다.

공간이 무한히 확장된들 모든 황족을 영존에 안치하지는 않는다. 영존에 주검 뉘일 자격 있는 자들은 황제와 그 황제의 직계후손뿐. 황제가 되지 못한 황자의 자손은 어디에도 묻히지 못한 채 화장된다. 장왕은 전대 황제의 아들이니 영존에 묻힐 자격이 있다.

초대 황제부터 전대 황제까지, 잠들어 있는 황야의 주인들 사이, 이제 장왕이 추가될 것이다. 장례는 그걸로 끝이다. 혼인하지 않은 황자의 상은 따로 치르지 않으니까. 이 생에도 장왕은 부인을 들이지 않았다.

황제가 영존에 도착했을 때 장왕의 관은 이미 한곳에 안치되어 있었다.

"관을 열어라."

"폐하……."

"내 아우를 보고 싶구나."

저어하는 환관에게 황제가 말했다. 그것은 명보다 청에 가까웠고, 듣는 이의 심장을 쥐어뜯는 슬픔을 품고 있었다.

결국 관이 열렸다. 장왕은 살아 있던 때와 마찬가지 모습으로 누워 있었다. 굳게 감긴 두 눈과 꽉 다물린 입술이 금방이라도 열릴 것 같았다. 황제는 그 뺨을 어루만졌다.

"영아. 네 청하여 그곳으로 보냈거늘."

황제의 손끝에서 황금빛의 도력이 희미하게 새어나왔다. 빛은 천천히 장왕의 육신을 구석구석 살폈다. 텅 빈 육신. 혼백의 흔적은 그 어디에도 없다. 없는 것은 혼백뿐이 아니다. 어린 시절, 기해가 새겨둔 낙인 또한 없다. 황제의 표정이 어둡게 가라앉았다. 평해왕의 주인이란 그 표식이 남아 있었다면 요괴들이 감히 손대지 못했을 터.

황제는 살짝 고개를 저었다. 표식의 유무는 문제가 되지 못한다. 요괴들은 장왕에게 아무것도 아니다.

"그렇게까지 하여, 얻고 싶은 것이냐?"

용안이 힘없이 무너졌다.

"결국 그 무엇도 남지 않게 될 터인데……."

스스로 지옥불에 뛰어든 집념에 진저리가 났다. 억겁을 갈망해도 가질 수 없는 것에 매달리는 집착이 끔찍했다. 그릇된 애정을 포기하지 못하는 것은 저와 똑같으니, 황제는 참혹한 심정으로 장왕의 뺨에서 손을 뗐다. 한 번 더 아우의 얼굴을 바라본 그가 돌아서며 명했다.

"관을 닫아라. 지금부터 그 어떤 것의 접근도 허하지 않겠다."

황제의 뒤에서 관이 닫혔다. 황명은 그대로 강대한 주술이 되었다. 지금부터 억지로 장왕의 관을 열고자 하는 자는 혼백이 갈가리 찢기는 고통을 겪게 될 것이다.

보호의 술식은 황금색으로 빛나더니 관 속으로 스며들었다.

빛 스며든 관은 어둡고 고요했다. 텅 빈 것처럼. 그 어떤 존재도 담지 않은 것처럼.

※ · ※

요기가 멀리서 날뛰었다. 나락에서 기어 올라온 요괴들이 현북을 위협했다. 요력이 강해지는 밤엔 특히 심각했다. 결계는 게걸스럽게 땅주인의 도력을 탐했다.

후원에서 처소로 돌아온 섭성은 문을 걸어 잠그며 이를 악물었다. 약한 도력을 만회하기 위하여 섭성은 결계에 제 영혼을 직접 이었다. 부족한 만큼 생명을 깎아 대체했다. 그럼에도 결계는 불완전하여 보름밤이면 꼭 피해가 났다. 침입은 갈수록 격렬해져 이젠 보름밤이 아니더라도 안심할 수 없는 지경에 이르렀다.

능력의 문제였다. 부단히 노력하고 모든 수단을 동원해도 어쩔 수 없다. 그래도 섭성은 포기하지 않았다. 무너지지도 않았다. 버틸 수 있는 한 버텼다. 영혼을 바쳐서라도 지켰다. 그것이 살아남아 땅주인 된 그의 책무였다.

울컥. 섭성의 표정이 일그러졌다. 속이 뒤틀렸다. 기어이 외곽 쪽 결계 하나가 무너졌다. 강제로 파훼된 충격이 고스란히 그를 덮쳤다. 결계가 무너지면 무력한 백성은 요괴에게서 달아날 재간이 없다. 이번엔 몇이나 먹힐까. 몇이나 희생될까.

자책을 이어가기조차 힘겨웠다. 통증이 격렬해졌다. 오장육부가 쥐어짜이는 것만 같다. 거칠게 두방망이질하는 심장 부근을 쥐어 잡고 섭성은 신음을 억눌렀다. 처소 주변에 아무도 다가오지 못하게 조치해두었지만 고통에 찬 신음이 누군가의 귀에 닿을까 염려했다. 제가 생명을 깎아 결계를 유지하고 있음을 다른 이들이 알게 되는 것 또한 바라지 않는다.

두어 차례 더 거센 고통이 들이닥쳤다. 열두 겹 결계 중 세 겹이 뚫렸다. 섭성은 무너지듯 엎드려 숨을 참았다. 이토록 아플 때면 차라리 숨조차 쉬지 않는 편이 낫다. 식은땀에 온몸이 젖어갔다.

'괜찮다. 아직은 괜찮아.'

괜찮다. 괜찮아.

무너지는 자신을 일으켜 세우며 되뇌었다. 고통받는 것은 그라고 해도 죽는 건 그가 아니다. 그의 육신은 현북의 그 어떤 이들보다 안전한 곳에 있다. 결계와 결계로 둘러싸인 이곳은, 만약 현북이 나락의 요괴에게 점령당한다면 가장 최후에 점령될 성지다.

바깥이 조금 잠잠해졌다. 섭성이 힘겹게 숨을 골랐다.

요괴들도 세 겹의 결계를 부수느라 요력을 많이 낭비했을 것이다. 망가진 결계는 섭성의 생명을 먹고 복구되었다.

요괴들은 더 파고들기를 망설였다. 나락으로 돌아가려면 다시 결계를 부수고 나가야 하는데, 깊이 들어갔다가는 자칫 힘이 달려 결계 사이에 갇힐 우려가 있다. 그러다가 밤이 지고 낮이 오면 요괴들은 무력해진다. 사냥꾼과 사냥감은 뒤바뀌고, 요괴는 쫓는 자에서 쫓기는 신세가 된다.

요괴가 결계를 부수지 않는 이 약간의 틈에 최대한 몸을 회복해야 한다. 섭성은 바르게 앉았다. 검은 기운이 몸 구석구석 돌며 피로를 누그러뜨렸다. 자신이 가진 도력의 구 할 이상을 오직 결계 유지에 쏟아붓는 섭성이 유일하게 스스로에게 힘을 쓰는 시간이기도 하다.

그때, 예고되지 않은 충격이 섭성에게 거세게 들이쳤다. 신음을 삼키며 가슴을 부여잡았다. 순식간에 하얗게 질린 얼굴이 일그러졌다. 두 눈이 당혹감에 흔들렸다.

이 충격은 밖에서 온 것이 아니다. 내부에서 온 것이다. 다른 곳도 아닌, 바로 현북공부의 결계가 흔들린 충격이다.

"기해?"

설마, 하는 생각이 확신이 되기도 전, 섭성은 뛰쳐나갔다. 별채를 향해 달렸다.

'대체 무슨 짓을!'

미쳤다, 미쳤다 했지만 이리 무모한 미치광이일 줄은 미처 몰랐다.

파지직.

결계를 타고 일어났던 기운이 스스스 사라졌다.

"감히 나를 막느냐?"

꼴에 태초의 힘이 깃들었단 것인가. 광기 어린 눈동자에서 시뻘건 불길이 치솟았다.

해가 파훼하려고 했던 것은 태초의 현북공이 만든 결계였다. 강력한 죄인을 가두기 위해 만들어진 특수옥인 만큼 쉽게 부수어지지 않았다. 그 대단한 평해왕이라 해도 황제의 형구까지 찬 채로는 파괴하기가 어렵다.

"불구대천지원수가 저 바깥에 있거늘!"

밤이 깊어지자 요괴가 날뛰기 시작했다. 나락에서 올라온 그것들은 해를 비웃듯이 현북의 결계를 부수고, 보란 듯이 안으로 기어 들어왔다. 그걸 뻔히 아는데 아무것도 할 수 없다는 게 해를 미치게 했다.

"죽일 것이다. 죽여버릴 것이다!"

요괴들이 감히 영을 해했다. 모조리 잡아서 그 더러운 영육을 천 갈래 만 갈래 찢어 지옥불에 던져버릴 것이다. 이 앞을 막는 것은 무엇도 용납하지 않겠다.

해는 다시 도력을 내뿜었다. 가녀린 손목에 채워진 형구가 웅웅 진동하며 위험하게 번쩍였다. 순간 벼락이 내리꽂힌 듯 온몸이 전율했다.

"흐윽!"

형구가 내리는 천벌이다. 더 이상의 반항은 용서되지 못한다는 경고다.

웃기는 헛소리다. 입안에 고인 핏물을 탁 내뱉은 해가 비웃었다.

이깟 수갑이고, 저깟 결계고, 모두 부수어버릴 것이다. 산산조각 내고, 저 밖으로 나가 요괴들의 숨통을 끊어놓을 것이다. 그러기 위해 이곳에 왔다. 이따위 하찮은 감옥에 갇혀 있으려고 온 게 아니다.

해의 손끝에 하얀 빛이 모였다. 태초의 결계든 뭐든 깨뜨려버릴 작정으로 힘을 끌어모았다. 모든 술법엔 한계가 있다. 한계 이상으로 도력을 퍼부으면 제아무리 뛰어난 제약이라도 깨지게 된다.

"지금 뭐 하시는 겁니까?"

힘을 폭발시키기 직전, 불청객이 끼어들었다. 팩 고개를 돌린 해가 앞에 서 있는 자를 노려보았다. 분노로 이글거리는 그녀의 눈빛은 마주하는 자를 섬뜩하게 만들고, 영혼까지 타버릴 것 같은 두려움에 빠지게 했다. 그러나 남자는 고요하게 해를 응시하다가 인상을 찡그릴 뿐이다.

"양섭성."

"이 결계는 정통성 있는 자가 허락하지 않으면 열리지 않습니다. 아무리 군주라 해도 파훼할 수 없습니다."

"파훼되지 않는 결계란 없다."

"정당한 방법이 아니라면 많은 것을 내놓아야겠지요. 현북의 가장 큰 전력이 되어주실 군주께서 고작 결계 따위에 힘을 퍼붓다가 망가지는 것은 바라지 않습니다."

"그렇다면 잘되었군. 당장 열어라. 밖에서 요괴가 날뛰고 있다는 것을 안다. 내 그것들을 당장 찢어발겨 네놈 앞에 대령해주지."

섭성이 미간을 살짝 모았다. 듣자 하니 언사가 무례했다. 그녀가 평해의 마지막 계승자라 한들 지금은 작위를 박탈당한 폐주고, 그는 북의 땅주인이다. 상하가 분명하다. 막 도착했던 때는 겉으로나마 최소한의 예의를 갖추었는데, 보는 눈이 없으니 그것마저도 없다.

섭성의 표정이 묘하게 풀어졌다.

"처음엔 예의를 차려주신 것이었군요."

"중요한 건 그게 아닐 터인데? 당장 결계를……."

평해의 폐주는 오만불손하며 통제 불가능한 미치광이다. 그것이 황야 내의 정론이다.

섭성은 그 평을 정정했다. 해는 그냥 미치광이가 아니다. 생각할 줄 알고, 필요에 따라선 굽힐 줄 알고, 인내할 줄 안다. 단순한 미치광이라면 그럴 수 있을 리 없다. 그녀는 처세를 안다. 불필요하여 행하지 않았을 뿐이다.

"지금은 군주께서 날뛸 때가 아닙니다. 전황도 모르지 않습니까? 더욱이 아직 땅에 적응이 되지 않으셨을 겁니다. 언제 땅의 독기가 군주를 잠식할지 알 수 없습니다. 중독된 상태로 날뛰다간 위험을 초래할 뿐입니다."

"그따위 것이 중요하더냐? 당장 결계를 열지 않으면 내 이곳에서 나가는 순간 너부터 죽여버릴 것이다."

해는 영의 원수를 갚기 위해 이곳으로 왔다. 요괴란 요괴는 모두 쓸어버릴 마음으로 왔다. 자신이 두 눈을 시뻘겋게 뜨고 있거늘, 약해빠진 요괴들이 분수 모르고 날뛰는 꼴을 견디기 힘들었다. 약한 것도, 강한 것도 모두 그녀에겐 영을 빼앗아간 악에 불과했다. 당장 처단해야 이 분노가 누그러질 것이다. 그녀는 그렇게, 오직 권영에게 눈멀어 있다.

"그렇게는 안 될 겁니다."

섭성이 고개를 내젓고는 결계 안으로 들어섰다. 해가 뚫고자 해도 꼼짝도 하지 않던 결계가 아무런 거부 없이 그를 수용했다. 무력하기 짝이 없는 그가 정통성 있는 현북공이라는 증좌다.

해의 눈빛이 사납게 번뜩였다.

"분수도 모르고 내 범위 안에 들어서는 것이냐? 아주 죽여달라고 시위를 하는구나. 그게 소원이라면 들어주마!"

해가 한 손을 들었다. 그녀의 손끝에 응축된 도력이 정확히 섭성을 노리고 폭발했다.

섭성이 가볍게 옆으로 피했다. 다른 곳에서라면 어림도 없었겠지만, 여기는 태초의 현북공이 만든 결계 안. 정당한 현북공의 힘을 배로 강화하고, 죄인의 힘은 십분지일로 약화시키는 특수결계. 황제의 형구에, 현북공의 결계까지 이중으로 힘을 제한받는 해는 적어도 지금만큼은 섭성을 압도할 수 없다.

어느새 해의 바로 곁까지 다가온 섭성이 그녀의 손목을 잡아챘다. 그의 미간이 팔(八)자를 그렸다.

"무슨 짓이냐?"

"다치셨잖습니까?"

"당장 놓지 못할까!"

"벌써 천벌을 받으셨군요."

해의 손목을 홱 잡아당긴 섭성이 얕은 한숨을 내쉬었다.

"놔라! 감히 어디 손을 대느냐? 너도 네 아비처럼 내 손에 죽고 싶은 것이냐?"

해가 과격하게 손목을 비틀었다. 섭성의 손아귀에서 힘이 풀린 틈을 타 손목을 빼냈다. 사납게 눈을 치뜨며 그를 노려보았다. 섭성은 가만히 해를 응시했다. 기이한 일이다. 분노해 마땅한 소리를 들었는데 분노가 일지 않았다.

일곱 해였다. 어린 나이에 부모, 형제, 식솔 모두를 잃고 늘 원수에 대해 생각했다. 원수가 눈앞에 있으면 어떤 기분이 들지 상상해보곤 했는데 언제나 답을 알 수 없었다. 그 원수를 다시 만난 순간에도 알 수 없었고, 부모를 모욕하는 말을 들었는데도 마찬가지다.

죄를 모르는 자다. 그가 분노한다고 그녀가 그 죄의 깊이를 알게 될까. 그의 책망에 뉘우치며 후회하게 될까. 아니다. 그럴 리 없다. 길 잃은 짐승에 불과한 이 계집에겐 화낼 가치조차 없다.

"작은 상처라 해도 우습게 보면 안 됩니다. 이리 오십시오."

섭성이 다시 해의 손목을 잡았다. 그녀가 결계 밖으로 나오는 날, 이번에야말로 현북의 땅주인 일족이 완전히 멸족당할지도 모른다는 생각이 들었다.

"당장 놓아라! 내 너를 죽일⋯⋯."

"군주께선 누구보다 강하시겠지만, 이 안에선 아닙니다. 군주께서는 지금 저를 죽일 수 없습니다."

냉정히 대꾸하며 섭성이 손에 도력을 모았다. 깊은 밤을 닮은 기운이 흘러나왔다. 어둡고 고요하며 평온한 기운. 해는 그 기운이 유해하지 않다는 것을 즉시 알았다. 그럼에도 경계를 거두지 않은 채 섭성을 노려보는데, 형구에 쓸리고 까진 손목의 상처가 차츰 아물어갔다. 그녀의 고운 미간이 잔뜩 구겨졌다.

"너⋯⋯."

보이는 상처뿐만 아니다. 천벌에 입었던 내상도 사라졌다. 섭성이 해의 손을 놓아주었다. 해가 그를 빤히 쳐다보았다. 그녀의 얼굴에 미약한 의문이 떠오른다.

뭇사람들은 양섭성을 두고 가장 무력한 땅주인이라 일컬었다.

직접 경험한 그의 도력은 미미하여 과연 가장 무력하다 칭할 만했다. 하지만 이 순간, 해는 그 평이 단지 도력이 약한 데서만 기인하는 게 아님을 깨달았다. 더 큰 문제가 있었다.

"치유술사였더냐?"

"의술사입니다."

"그 둘에 차이가 있어?"

해가 의문했다. 섭성의 입가에서 가벼운 한숨이 흩어졌다.

"군주께는 의미 없을 차이입니다."

치유술사는 의학적 지식 없이 순수하게 도력만으로 사람을 치유한다. 의술사는 의학을 바탕으로 사람을 치유하는데, 더 빠른 치유를 위해 자신의 도력을 쓰는 것뿐이다. 무엇이 주가 되느냐는 치유술사와 의술사를 구분하는 데 있어 아주 큰 차이다. 그러나 그 차이는 해에게 별로 중요치 않을 것이다. 그녀뿐 아니라 다른 대부분의 사람들 또한 치유술사와 의술사를 구분하지 않는다.

"그런 힘으로 잘도 땅주인이 되었구나."

치유의 힘은 파괴적인 속성과 합이 맞지 않는다. 여차하면 뒤는 후계자에게 맡기고 최전방에 서야 하는 땅주인에게 가장 필요한 것은 살생 가능한 힘이다. 아주 드문 경우를 제외하고 치유와 살생은 양립할 수 없으니, 요괴와의 전장에서 양섭성은 도력 없는 평것과 다를 바 없을 터.

그의 도력은 싸움에 적절하지 않다. 위급 시 누구보다 선봉에 서서 결계를 수호해야 하는 땅주인으로서는 치명적인 약점이다. 저따위 도력과 속성으로 여태 현북을 지켜오다니, 기적에 가까운 일이다.

"군주께서 하실 말씀은 아닌 것 같군요."

섭성이 조소했다.

"무어?"

해가 눈을 치떴다.

"약해빠진 땅주인조차 어찌하지 못하는 게 지금 군주의 처지입니다."

해의 표정이 일그러졌다.

"감히!"

해가 도력을 내뿜었다. 동시에 천벌이 내려졌다. 갑작스러운 고통에 숨이 턱 막혔다. 섭성은 어느새 결계 밖에 서 있었다. 그녀의 범위에서 벗어난 그가 난처한 표정을 지었다. 곧 흔적 없이 사라질 감정이다.

"기껏 치료해드렸더니 무용한 짓이었군요. 부디 이 밤만큼은 군주의 몸을 소중히 하십시오. 군주께서 타고난 힘을 믿고 유한한 육신을 함부로 다루는 것을 보니 제 마음이 좋지 않습니다."

"당장 결계를 열지 못할까? 죽여버리겠다, 양섭성!"

잘 벼려진 분노에도 섭성은 동요 없었다.

"지금은 밤입니다, 군주. 군주께서 아무리 날고뛰어도 달 기운을 업은 요괴를 상대하게 놔두지는 않을 겁니다. 내일 군주께서 저를 죽이신다 해도 오늘은 그곳에 계셔야 할 겁니다. 장왕 전하는 결코 약한 분이 아니었습니다."

섭성의 입에서 장왕이 언급되는 순간, 해의 눈에서 불길이 치솟았다.

"네가 감히 그 이름을 입에 담느냐? 네깟 것이 감히!"

섭성은 물러나지 않았다. 벼락같은 분노를 고스란히 받아냈다.

"세간에서 무어라 떠들던 장왕 전하는 분명 강한 분이셨습니다. 그럼에도 이리되었잖습니까? 슬픈 일이지요. 그러니 밤에는 안 됩니다, 군주. 뭇사람들이 모두 당신을 미치광이라 해도 저는 그렇게 생각하지 않습니다. 침착하게 생각해보세요."

머리를 툭툭 두드린 섭성이 돌아섰다.

"거기 서라! 거기 서란 말이다! 죽여버리겠다!"

해가 윽박질렀다. 섭성은 그녀를 등지고 앞으로 나아갔다.

그 순간, 그의 수명을 먹고 잠시 복구되었던 세 번째 결계가 다시 무너졌다. 요괴들이 돌아가기 시작했다. 두 번째, 첫 번째 결계가 연달아 깨졌다. 그때마다 사지를 쥐어짜는 듯한 통증이 일었다. 이를 악물어, 섭성은 비명을 되삼켰다.

기해 앞에서 비틀거리며 주저앉을 수는 없다. 그는 현북의 주인이요, 당분간 기해를 가두는 강력한 족쇄가 되어야 한다. 실제로 덧없이 약하다 해도. 하여 그녀의 털끝에도 견줄 바 되지 못한다 해도. 그래도 현북의 땅주인은 흔들림이 없어야 한다.

❈ · ❈

"소인 천소라고 합니다."

해는 눈앞의 계집을 노려보았다. 까만 두 눈이 조약돌처럼 빛났고, 콧등에 주근깨가 점점이 박힌 동그란 얼굴은 선량해 보였다.

동이 트자마자 웬 계집이 찾아오더니 묻지도 않은 제 이름을 나불댄다.

"몸종은 필요 없다 전해라."

밤새 처소에 갇혀 해는 분노를 삭였다. 당장 양섭성을 죽여버리고 싶은 충동과 그 충동이 얼마나 비합리적이고, 영의 복수에 도움이 되지 않는지 생각했다. 분노로 타들어가는 마음을 다독여 인내를 끄집어냈다. 뜨거워 터질 것 같던 머리가 차츰 식어내려 제법 이성을 되찾았다. 그 덕에 눈앞의 계집이 아직 살아 있는 것이다.

"현북공께서 아씨를 모시라 명하셨습니다."

천소는 덜덜 떨면서도 할 말은 했다.

"그 아씨가 지금 몸종 따위 필요 없다 하지 않으냐?"

해가 날카롭게 쏘았다.

"어휴, 아씨께서는 지금 몸종이 엄청 필요하십니다."

천소는 과장스럽게 양손으로 허리를 짚으며 한숨까지 내쉬었다. 해의 미간이 구겨졌다.

"목숨이 아깝지 않으면 당장⋯⋯."

"이곳은 현북공의 땅입니다. 나리께서 친히 보낸 몸종을 설마 죽이실 참입니까?"

죽일 수 있다. 계집을 죽여도 이곳엔 해를 막을 수 있는 자가 없다. 저 계집이 믿고 있는 현북공도 마찬가지다. 태초의 천인이 만든 결계 안이라 해에게 불리한 면이 많지만, 그녀가 작정하고 덤빈다면 현북공도 어쩔 수 없을 것이다. 치유 쪽으로 치우친 그의 힘은 두려워할 게 못 된다. 해는 여러 경우의 수를 저울질했다.

저 계집을 죽인다. 살린다. 찢어 죽인다. 살린다. 쳐 죽인다. 살린다…….

'굳이 황제의 분노를 살 필요는 없겠지.'

해는 이성적으로 결정했다. 당분간이라도 계집종을 참아보기로 했다. 현북에 오자마자 날뛰어 황제의 분노를 사고 싶지는 않다. 황제는 대적하기 힘든 자다. 수호수인 황룡에, 여러 권속에, 사방의 다른 수호수들까지 들이닥친다면 제 모든 수명을 깎아내도 승리를 장담할 수 없다.

물론 고작 몸종 하나 죽였다고 황제가 분노할 가능성은 적다. 그녀의 난폭함을 익히 알고도 현북행을 허락했으니 그냥 작은 소동으로 치부할 가능성이 농후하다. 그러나 긁어 부스럼 만들 필요 없는 것 또한 사실이니, 해는 잠시 인내하기로 했다. 영의 복수는 아직 시작도 하지 못했고, 그 무엇보다 복수를 우선시하는 게 옳다.

해가 잠잠히 있자 용기를 얻은 천소가 표정을 풀고 조잘거렸다.

"역시 소문이 과장된 것이지요? 세상에, 아씨처럼 고우신 분이 천하에 둘도 없을 살인자에, 냉혈한에, 악한이라니요. 소인은 처음부터 그 소문 믿지 않았답니다. 사리분별 밝으신 분이신 걸 굳게 믿고 있었다니까요? 그러니 주인나리께서도 소인을 아씨께 보낸 것이겠지요. 헤헤."

말 많은 계집은 정말 질색이다. 해의 표정이 일그러졌다. 참자. 얼마 없는 인내를 싹싹 긁어모았다.

"아씨, 아씨께서 지금 하실 일은 욕간에 가시는 거랍니다. 경계에 가면 어차피 더러워지겠지만, 그래도 깨끗한 게 좋잖아요. 소인이 물을 따뜻하게 덥혀놨답니다. 어서 따라오시어요."

해는 욕간으로 끌려갔다. 가는 내내 천소는 지치지도 않고 떠들어댔다. 간이 부은 건지, 겁을 상실한 것인지, 아니면 둘 다인 것인지 모를 노릇이다. 보통 계집아이는, 아니, 사람이라면 남녀노소 가리지 않고 해의 앞에서 기죽게 마련이다. 그녀는 타고난 도력을 감추는 편이 아니라서 오감이 예민하고 소심한 자들은 그녀와 눈이 마주치는 것만으로도 다리에 힘이 풀려 털썩 주저앉곤 했다.

"여기, 여기예요. 소인이 온도도 딱 맞춰놨답니다."

욕통에 손을 집어넣어 물 온도를 잰 천소가 방긋 웃었다.

"그럼 이제 의복을 벗으시고……."

종종 다가온 천소가 조심스럽게 해의 옷을 벗기려고 했다.

"아."

천소의 얼굴에 난감한 빛이 떠올랐다. 해의 손목에 채워진 형구 때문에 상의를 벗길 수가 없었다.

"잠깐만 기다리셔요."

잠시 고민한 천소가 가위를 가져왔다. 그녀가 시원스럽게 가위질해 해의 옷을 잘라냈다.

"이 옷은 버려도 되겠지요? 너무 더럽고 낡아서 차라리 새 의복을 짓는 게 낫겠어요."

이미 잘라놓고 버려도 되겠느냐고 묻는 말투가 의기양양하다.

해는 계집을 노려보고는 욕통 안으로 들어갔다. 오랜만의 목욕이었다. 단순히 '오랜만'이라는 표현으로는 모자랄 만큼 퍽 오랜만이었다. 철옥에 갇힌 후로는 뜨거운 물에 한 번도 씻지 못했으니까.

"아씨, 살결이 정말 백옥 같으셔요. 세상에. 어쩜 이리 어깨가 가냘프신지……."

물속은 의외로 기분 좋았다. 육신이 나른해진다. 해는 몸을 쭉 펴고 천장을 바라보았다. 천소는 정성스럽게 해를 닦아주었다.

"그런데 너무 야위셨어요."

안타깝다는 듯한 그 말투에 해는 코웃음 쳤다.

기분 나쁜 계집애였다. 양섭성도 그렇고, 저 계집도 그렇고, 이곳엔 불쾌한 족속밖에 없는 것 같다. 권영 외의 누가 해에게 불쾌하지 않겠느냐만, 현북은 그 정도가 심했다. 천소는 겉으로 드러나는 게 아무것도 없어서 불쾌했던 양섭성과는 또 다른 의미로 몹시 불쾌했다. 혐오스러운 것을 만지듯 손끝이 닿을 때마다 움찔거리는 주제에 거짓된 찬사를 늘어놓는다.

"처음 뵈었을 때는 정말 놀랐지 뭐예요. 생각과는 달리 너무 아름다우셔서."

천소가 해의 머리를 정성스럽게 빗어주었다. 허리까지 내려오는 머리카락은 숱이 많고 흑단처럼 새까맸다. 조심스럽게 빗은 머리카락이 바닥까지 닿아 둥글게 고였다. 따뜻한 물에 몸을 담그고 있던 덕에 입술과 뺨이 복숭앗빛으로 물들었다.

"소인만 그런 게 아니라 다들 그랬대요. 다 똑같은 눈, 코, 입인데 아씨의 것만 어쩜 이리 오밀조밀 조화로운지. 정말 신기해요."

천소가 재잘댔다. 참새처럼 시끄러운 계집이다. 해는 미간을 찌푸리며 눈을 감았다.

저 삿된 것. 입에 침이 마르도록 거짓된 칭찬을 내뱉는 저 천박한 것. 더 듣고 있다가는 얌전히 있자는 결심과는 다르게 계집의 목을 부러뜨려버릴 것 같았다. 바닥 드러낸 인내를 겨우 긁어모았다. 계집의 말을 전부 한 귀로 흘렸다.

"가만, 이제 옷을 고르셔야 하는데……."

미리 준비해둔 여벌의 옷 중 무엇이 좋을지 고민하던 천소가 말끝을 흐렸다.

"아."

짧은 탄식이 당혹을 담는다.

옛 옷이야 워낙 낡고 더러웠으니 잘라버려도 상관없었지만, 새 옷을 입히는 건 달랐다. 손목에 차고 있는 황제의 형구를 빼내지 않고서는 옷을 입힐 수가 없다. 소매에 손을 집어넣을 수가 없으니까. 문제는 그 형구가 마음대로 빼고 채울 수 있는 물건이 아니란 점이다. 황제의 수갑을 풀 수 있도록 허락받은 자는 현북공 양섭성뿐이다. 그리고 그 현북공도 아마 다시 채우지는 못할 것이다.

"아씨, 아무래도 주인나리를 모셔와야겠어요."

천소가 난처한 목소리로 고했다.

四

　평해의 옛 군주, 미치광이 폐주 기해의 유일한 권속. 그 긴 칭호
를 받은 백리는 사실 해를 빼놓고 보아도 황야에서 꽤 유명했다.
모든 권속을 잃은 기해의 옆에 어느 날 갑자기 나타난 아름다운
백색의 요괴는 이목을 끌기에 충분했다. 평것들은 몰라도 술사라
면 그에 대한 소문 한두 가지 접해보지 않은 자가 없었다.
　백리의 정체에 대해서는 여러 설이 떠돌았다. 개중 황경이나 사
주와는 달리 수호수가 없다고 알려진 평해에 사실 수호수가 있고,
그게 백리가 아닐까 하는 추론이 가장 큰 힘을 얻었다. 있던 권속
도 떠나가는 마당에 새로운 권속을 얻었다는 것은 말이 안 되었으
니까.
　섭성은 백리를 처음 본 순간, 그 추론이 틀렸다는 걸 알았다. 백
리는 해의 권속이 맞았다. 그는 요괴였다. 신수에 아주 가깝다고
는 해도 신수인 것과는 차이가 있다.
　그러니 백리를 만나 몇 가지 확인해야 했다. 모든 요괴는 이해
타산이 확실하다. 백리도 요괴니 마찬가지일 터다. 그가 어디까지
자기의 이득 범주에 넣고 있는지 알아야 했다. 전력을 정확히 파
악하는 것은 요괴와의 싸움에서 무척 중요하니까.

백리를 찾아 온 공부를 뒤지고 다니다가, 나뭇가지를 휘감고 일광욕 중인 그를 겨우 발견했다. 섭성이 그에게 다가섰다.

"여기 계셨군요. 한참 찾았습니다."

전날엔 해에게 신경을 쓰느라 제대로 보지 못했던 백리를 비로소 똑바로 보았다. 새하얗고 커다란 뱀. 기묘할 정도로 깨끗한 기운. 다시 보아도 요괴의 것보다는 신수의 것에 가깝다. 어떤 부정함도 묻어나지 않는 그가 기해의 권속이란 게 기이했다. 권속의 죄를 인간주인이 대신 짊어진다고 해도 그 죄의 티끌조차 남지 않는 것은 아니다. 해를 주인으로 받들어 백리가 득 볼 점이 있을 것 같지가 않다.

섭성을 본 백리가 바닥에 스르륵 내려섰다. 능숙하게 인간의 태를 갖춘 그가 예를 표했다.

"북의 주인을 뵙습니다."

백리의 움직임은 퍽 공손했다. 섭성은 그 놀라우리만큼 자연스러운 예의가 의아했다.

"저를 찾아오신 연유가?"

생각에서 벗어난 섭성이 무안한 듯 웃으며 거두절미하고 물었다.

"백리 님도 경계로 나갈 생각이십니까?"

신수에 한없이 가깝다 하여 신수인 것은 아니다. 그 기운의 깨끗함은 신수에 비하고도 넘치니, 무언가 살생하는 백리의 모습은 상상하기 어려웠다.

"나락의 요괴와는 대적할 생각이 없으나, 주인이 가겠다면 그 곁을 지키는 게 권속의 책무 아니더이까."

"돌이킬 수 없는 선택이 될 겁니다."

필시 더럽혀질 것이다. 신성한 그의 요력은 부정해져 신수의 길로부터 멀어지고 말 것이다. 모든 요괴는 신수가 되길 갈망한다. 그 꿈이 눈앞에서 산산조각 날 것을 뻔히 알면서도 망설임 없이 해를 따르겠다고 말하는 백리의 저의를 가늠하기 어렵다.

백리의 눈매가 가늘어졌다. 수축한 동공이 번뜩였다.

"너, 눈이 좋구나."

소리 없이 바짝 다가온 백리가 속삭였다. 당황한 섭성이 살짝 물러나며 미간을 모았다. 저를 바라보는 백리의 표정이 기묘했다. 형언되지 않는 감정이 그 고요한 눈동자 아래 소용돌이쳤다. 인간의 눈으로 보면 무한에 가까운 시간을 살아온, 하여 그 어떤 감정에조차 무뎌졌을 존재의 깊은 곳에서 밉고, 그립고, 후회하고, 동시에 후회하지 않는 감정이 몰아쳤다. 어울리지 않는 것들이 뒤엉켰다. 누구를 향한 감정인지 알 수 없으나 숨이 꽉 막혀서 섭성은 우두커니 굳었다.

백리는 긴 시간 제 정체를 감추며 살았다. 평범한 요괴인 척 뱀요괴의 거죽을 뒤집어썼다. 그 아래 있는 그의 본질은 쉽게 꿰뚫어 볼 수 없는 종류였다. 만약 그것을 꿰뚫는 자가 있다면, 필시 천안 열린 자일 터였다.

백리가 가늘어진 눈으로 제 앞에 선 자를 빤히 바라보았다. 양섭성. 현북의 무력한 땅주인. 긴 머리를 뒤로 단정히 묶은 퍽 잘생긴 사내였다. 행동거지가 흠잡을 데 없었고 원한에 흔들리지 않는 평정을 갑옷처럼 둘렀다.

치유에 국한된 제 속성의 한계를 일찍이 인정한 땅주인은 그럼에도 포기 모르고 정진해왔다. 그 꺾이지 않는 의지와 신념은 결코 약한 자의 것이 아니다. 홀로 현북을 일곱 해나 지켜온 그를 단지 약하다 평하는 세간의 의견에 백리는 동의하지 않았다. 그는 백리가 본 어떤 인간보다도 단단하게 단련되어 있었다.

"어디까지 볼 수 있지?"

"예?"

굳어 있던 섭성이 겨우 한마디 반문을 내뱉었다. 백리는 그의 눈동자를 들여다보았다.

부드러운 갈색 눈. 저 다정하고 심지 강한 눈. 제 속은 감추고 남을 꿰뚫어 보는 저것. 순간 오래전 알았던 이가 겹쳐 보였다.

"그 애는 죽었어."

"백리 님?"

"눈 좋은 이는 얼마든지 있어."

의아해하는 목소리를 듣지 못한 채 백리가 중얼거렸다. 말도 안 된다고 생각하는데도 마음 어딘가가 뒤흔들렸다.

어떤 것도 보지 못했던 주제에 모든 것을 보았던 아이. 천리안을 지닌 죄 아닌 죄로 망루에 올라 평생을 감시자로 살았던 아이. 해의 전부였던 자.

그 아이는 죽었다. 그 아이였던 모든 이들이 죽었다. 귀할 때도 천할 때도. 강할 때도 약할 때도 그 아이는 단 한 번도 제 명과 연을 누리지 못했다.

그것은 이 생에서도 마찬가지. 천하가 뒤바뀌기 전, 연을 이룰 마지막 기회라는 걸 알면서도 외면했다. 만나지도 않은 채 멀리서 죽게 내버려두었다. 눈앞에 두면 약해질 테니까. 흔들릴 테니까. 그것이 싫어서 지긋지긋한 질투를 감춘 채 어둠 속에 숨어 두 눈 감았다. 그렇게 스스로 비겁자까지 되었는데.

그래, 눈 좋은 이는 얼마든지 있다. 천안에 가까운 시력을 지닌 이도 찾아보면 분명 열 손가락은 넘게 있을 것이다. 그러니 겹쳐볼 필요가 없다. 후회인 것도 후회 아닌 것도 이제 와 품을 필요 없는 마음이다. 어쨌든 그 아이는 기회 잃었고, 앞으로의 기회는 모두 백리의 것이다.

"괜찮으십니까?"

백리는 가늘게 떨리는 손을 주먹 쥐었다 폈다. 하찮은 인간 따위가 감히 누굴 걱정하느냐고 비웃는 대신 고개를 돌렸다. 헐레벌떡 달려오는 작은 계집종이 보였다.

"나리! 나리!"

그 다급한 목소리를 들은 섭성도 고개를 돌렸다.

"나리! 헉헉……."

겨우 지척에 도착한 계집종이 털썩 주저앉았다.

"천소야, 어찌 그리 뛰어오느냐? 그러다 숨넘어가겠구나."

"나리, 그것이……. 헉헉. 소인이 그만 실수를……."

"네가 실수하는 것이 하루 이틀 일이더냐? 무어 그리 새삼스러운 일이라고."

87

"나, 나리!"

무안해진 천소의 얼굴이 빨갛게 변했다.

"한두 번 있는 일도 아니니 서두르지 말고 천천히 말해보려무나. 그래, 이번에 무슨 사고를 쳤다고?"

섭성이 바로 손 뻗었다. 지친 계집종에게 기운을 불어넣는 섭성을 바라보는 백리의 표정이 미미하게 굳었다.

숨 쉬듯 베푸는 저 친절.

그 애는 죽었어, 다시 한 번 속말로 중얼거렸다.

잠시 후, 호흡이 진정된 천소가 번쩍 정신이 든 얼굴로 자초지종을 고했다. 해의 옷을 찢은 후 씻긴 것까지는 좋았는데, 수갑 때문에 옷을 입힐 수 없어 난감하다는 내용이었다.

"혼내실 겁니까?"

천소가 큰 눈을 또록또록 굴렸다. 섭성이 짐짓 엄한 표정을 지었다.

"잘못을 했으면 당연히 혼이 나야지."

천소는 금세 울상이 되었다. 당장이라도 눈물을 퐁퐁 떨어뜨릴 것 같은 그녀를 보고 섭성이 표정을 누그러뜨렸다.

손목에 형구를 찬 채로 옷을 입거나 벗을 수 없음은 당연하다. 그래도 명색에 평해의 옛 군주인데 꾀죄죄한 모습으로 돌아다니게 둘 수도 없었을 것이다. 해를 씻기려는 천소의 노력은 지당했다. 문제는 형구를 한번 풀면 다시 채울 수 없다는 점과 황제의 제약을 벗어던진 해가 아주 제멋대로 굴 것이라는 점 정도였다.

"딱히 네 잘못도 아니잖으냐? 혼내지 않을 터이니 그런 표정 하지 마라."

"하오면 어찌할까요, 나리?"

조금 안도한 천소가 조심스럽게 물었다.

"어찌하긴. 군주를 발가벗긴 채로 돌아다니게 할 수는 없지."

섭성이 백리를 돌아보며 살짝 묵례했다. 그도 천소의 이야기를 들었으니 구구절절 설명할 필요는 없을 것이다.

"사정이 이리되어 군주께 가보아야겠습니다."

섭성이 돌아서려는데, 불쑥 백리가 그 앞을 막아섰다.

"잠깐."

"예?"

왜 그러냐고 묻기도 전에 백리가 그림자 속으로 사라졌다. '잠깐'의 의미를 헤아리며 섭성은 잠깐 서 있었다. 명백히 잠깐이 지났는데도 백리가 돌아오지 않자 천소가 어서 해에게 가보자며 성화를 부렸다. 요괴의 잠깐이 어느 정도인지 가늠되지 않아 망설이던 섭성도 마지못해 발걸음을 옮겼다.

눈을 감아야 할까.

섭성은 욕간으로 걸음을 옮기며 고민했다. 역시 눈을 감아야겠다고 결정한 순간 천소가 그를 가로막았다.

"소인이 먼저 들어갈게요."

"그럴 필요 없습니다."

"에구머니나!"

갑자기 벌컥 문이 열리자 천소가 화들짝 놀랐다. 백리였다. 천소가 두 눈을 동그랗게 떴다. 백리의 뒤에 해가 서 있었다. 그녀는 두꺼운 천에 둘둘 말린 채 손목만 빼고 있었다.

섭성은 잠시 입을 다물었다. 백리가 말한 잠깐의 의미를 비로소 이해했다. 그의 눈매가 가늘어졌다. 요괴는 본디 인간의 나신에 별 흥미를 느끼지 못한다. 남에게 나신을 보이는 행위에도 의미를 부여하지 않는다. 그런데도 백리는 굳이 먼저 와서 해의 나신을 가렸다. 태연하게 물러나는 백리의 뒷모습을 물끄러미 응시했다.

남들 눈에는 평범한 뱀 요괴로 보일 것이나, 섭성의 눈에는 다른 것이 보였다. 그의 두 눈은 상대의 본질을 꿰뚫는다. 저것은 요괴 중의 요괴. 그 어떤 요괴보다 월등한 자. 나락의 규칙을 일찍이 초월한 자. 인간보다 더 인간답게 사고하며, 인간들이 의미 두는 바를 정확히 깨우친 자.

섭성이 해의 나신에 아무 감정 느끼지 않을 것을 알면서도 실오라기 걸치지 않은 제 주인을 내보이기 싫어하는 까닭은 무엇일까. 그 행동이 단지 권속의 책무 때문일까.

섭성은 냉소를 되삼켰다. 미치광이 군주를 애지중지하는 권속에게서 생각을 거두었다. 제 할 일을 다 한 백리는 이미 흔적 없이 사라진 후였다. 백리가 서 있던 자리를 지나쳐 섭성은 해의 앞에 섰다. 해가 그에게 태연하게 손목을 내밀었다.

"해체해라."

"장왕 전하의 옥체를 보존하기 위해 현북의 장수 둘이 죽고, 군졸 삼백이 죽거나 다쳤습니다."

하라는 해체는 하지 않고, 섭성이 느닷없이 쏟아내는 말에 해의 미간이 사납게 꿈틀거렸다.

"군주께서 전하를 지키지 못함이 원통해 이곳에 복수하러 오신 것이라면, 정녕 그런 절의로 이 땅에 오신 것이라면, 결코 현북의 백성이 두 번 눈물 흘리게 하지 마십시오. 현북이 군주의 주인께 바친 충의를 똑똑히 기억하십시오."

"네 말인즉, 함부로 날뛰지 말라?"

"군주를 향한 이 땅의 원망은 사라지지 않았고, 증오 또한 유효합니다. 그럼에도 군주의 현북행을 막지 않음은 군주께서 오직 장왕 전하의 복수에 집중할 것을 믿은 까닭입니다. 만약 사사로운 감정을 앞세워 이 땅의 백성을 해하려 든다면, 무슨 악독한 수를 써서라도 군주를 저 나락 밑바닥에 처박아버릴 겁니다."

"네까짓 게 날 협박하는구나."

해가 날카롭게 비웃었다.

"땅주인의 권능은 그 땅에서 절대적입니다. 군주께서도 모르진 않으실 테지요. 방법은 있습니다."

해가 섭성을 노려보았다. 살의로 가득한 그 눈빛을 맞받아치며 섭성은 망설임 없이 손을 뻗었다. 그녀의 도력을 단단히 속박하고 있는 형구를 미련 없이 벗겨냈다.

툭.

바닥에 떨어진 형구는 웅웅 울더니 이내 빛이 꺼졌다.

"약해빠진 것이, 감히!"

외부로 분출되지 못하고 해의 내부에 쌓여 있던 도력이 난폭하게 소용돌이쳤다. 손 뻗는다면 양섭성의 목을 단숨에 비틀어버릴 수 있을 것이다.

"의복을 챙겨 입고 나오십시오."

장수 둘과 군졸 삼백. 돌아서 나가는 그를 보며 그 생명의 무게를 가늠해본다. 경계를 지킬 강자는 모두 사라진 현무의 땅. 남은 것은 약해빠진 의술사 하나. 그리고 그에게 충성하는, 마찬가지로 약해빠진 자들뿐. 단 한 사람의 장수와 단 한 사람의 군졸조차 너무나 귀할 저것들.

그들이 입은 피해는 결코 적지 않다. 주검이나마 지키기 위해 막대한 희생을 감수했다. 본디 해의 일이었으나 그녀가 하지 못한 일. 그녀가 지키지 못한 권영의 육신을 저들이 대신 지켰다. 해는 꿈틀대는 도력을 가까스로 거두었다. 힘없이 팔을 늘어뜨렸다. 지금 양섭성을 죽이는 것은 옳지 않다. 후에는 모르겠지만, 적어도 당장은 아니다.

해는 양섭성이 서 있던 자리를 물끄러미 바라보았다. 분노 사그라진 음성이 나직하게 흘러나왔다.

"양섭성, 너는 원망과 증오를 말하면서 그 속에 아무것도 없구나."

이 땅에 서린 원망과 증오를 말하던 양섭성의 속내는 고요했다. 그 어떤 동요도 없었고, 일말의 분노도 없었다. 여태 만나보지 못한 족속. 가족의 원수에게 증오의 터럭조차 내비치지 않는 저것은, 어쩌면 그녀와 마찬가지로 무언가 결핍되어 있는지도 모른다.

해가 뿜어내는 살기에 덜덜 떨고 있던 천소가 뒤늦게 정신을 차리고 다가왔다.

"아씨, 옷 입으셔야지요. 비단이 참 곱답니다."

천소가 해죽 웃었다. 어딘가 덜떨어져 보이는 웃음을 해가 가만히 응시했다.

"아씨? 어디 불편한 곳이라도……."

해의 입술이 살짝 달싹거렸다. 얇은 침묵이 그녀의 입가에서 부서졌다. 한숨과 함께 해가 양팔을 들었다.

"아니, 입혀라."

해의 몸을 둘둘 말고 있던 것이 툭 떨어졌다. 몸종은 바지런한 손길로 단정히 의복을 입혔다.

언뜻 미움 보이지 않는 네 표정, 말투, 눈빛. 그러나 원망과 증오를 말하지 않는 네 속은 그것들로 가득하구나. 굳이 내뱉을 필요 없어 삼킨 말을 해는 속으로만 읊조렸다. 검은 눈동자 가득 분류되지 않은 감정이 작게 소용돌이쳤다.

가벼운 비단옷을 입고 해는 밖으로 나갔다. 공부의 모습을 제대로 본 것은 처음이다. 공부는 화려했으나 낡았고, 사람들로 가득했으나 삭막했다. 다해버린 영광을 억지로 등에 지고 있는 늙은 거북 같았다.

"좋은 곳이지요? 다 주인나리 덕분이랍니다. 처음엔 도력이 약하다고 다들 걱정했지만, 혼자서 이만큼이나 해내신걸요. 나리가 아니었다면 이곳은 진작 사라졌을 거예요. 정말 대견스러우세요."

천소가 떠들어댔다. 나이는 양섭성보다 어릴 것이 분명한데 제 자식 자랑이라도 하듯 가슴을 내밀며 의기양양해하는 것이 같잖았다.

해는 말없이 천소를 노려보았다. 섭성에 대한 칭송이 곧 그녀에 대한 비난과 직결된다는 것을 이해하지 못하는 어리석은 계집이었다. 눈치가 저리 없어서야 여태 목이 붙어 있는 게 신기할 지경이다. 그만큼 양섭성이 아랫것들에게 관대하거나, 관심이 하나도 없다는 뜻이다.

"그만 떠들어라. 네 혀를 뽑아버리는 수가 있으니."

"힙!"

천소가 화들짝 놀라며 얼른 입을 틀어막았다. 하지만 그 침묵은 오래가지 못했다. 해가 순간 비틀거린 까닭이다.

"아씨?"

두 눈을 동그랗게 뜨며 저를 부축하려는 천소의 손길을 해가 반사적으로 쳐냈다.

"감히 어디에 그 천한 손을 대느냐?"

"소, 송구합니다."

서슬 퍼런 기세에 금세 겁을 집어먹은 몸종은 온몸을 사시나무처럼 떨었다.

하찮은 것. 같잖은 것.

해는 인상을 쓰며 고개를 돌렸다. 이상하게 어지러웠다. 토악질이 날 것처럼 속이 뒤틀렸다. 땅의 독기가 어쩌고 했던 양섭성의 말이 얼핏 떠오른다.

"아씨? 괜찮으셔요? 의원을 불러오리까?"

해가 연신 비틀대자 천소는 그녀를 부축하지도 못하고, 그냥 보지도 못한 채 우왕좌왕했다.

"시끄럽다 하지 않으냐? 네가 하도 조잘거리니 시끄러워 견딜 수가 없다."

짜증을 내며 멈춘 해가 숨을 몰아쉬었다. 몸 상태가 좋지 않았다. 굳이 땅의 독기 때문이 아니더라도, 강한 도력과는 별개로 육신은 평범한 인간의 것이라 간혹 이런 일이 있긴 했다. 어느 쪽이든 잠시 쉬면 나아질 일이다. 가만히 서 있자 어지럼증이 조금 가셨다.

"양섭성이 있는 곳으로 안내나 하여라."

신경질적으로 천소를 노려본 해가 그녀를 앞장세웠다. 양섭성에게 전황에 대해 들어야 했다. 알아야 할 게 많았다. 거대 틈이 벌어진 곳은 어디인지, 주요 전장은 어디인지, 중심 유적은 어디이며, 영이 전사한 곳은 또 어디인지. 어디서부터 족치면 영의 복수를 가장 빠르고 완벽하게 할 수 있는지…….

"예, 아씨. 이쪽으로……. 아씨?"

순간 천소의 목소리가 멀어졌다. 흐려지는 시야에 누군가가 담겼다. 그게 누구인지 구분할 겨를도 없이 해는 완전히 정신을 잃었다.

"나, 나리!"

쓰러지는 해를 단단히 받쳐 안은 건 양섭성이었다. 황제의 형구를 풀어준 후, 해가 옷을 입자마자 저를 찾아올 것을 알아서 주변

95

에서 기다리는 중이었다. 혼절한 해를 담는 두 눈에 염려가 스몄다. 자세히 살피지 않으면 알아채지 못할 만큼 희미한 감정이다.

"제 한계를 이해하지 못하니 어리석구나."

가족과 친지를 모두 빼앗아간 계집을 환대하고 염려하는 마음을 천소는 납득할 수 없었다. 그 마음이 거짓되지 않았으니 더더욱 이해할 수 없었다.

"나리……."

천소의 눈빛이 차가워졌다.

❋ • ❋

땅주인에겐 권능이 있다. 땅주인으로 인정받으면 고대의 술법이 땅주인의 육신에 새겨진다. 대를 이어 계승되는 술법은 땅주인을 보호하고, 나락에 맞서 싸울 힘을 주었다. 오직 자신이 주인 된 땅의 경계 안에서만 그러했다.

"땅이 어지간히도 안 맞나 보군."

섭성이 작게 중얼거렸다.

주인 된 땅의 경계 밖. 자신의 권역을 벗어나면 그 권능은 되레 독이 된다. 땅주인이 타주에 발 딛는 순간, 땅은 이질적 존재를 알아차린다. 술법과 술법이 맞부딪히니, 제게 속하지 않은 자를 땅은 전력을 다해 거부한다. 그것은 그대로 땅의 독기 되어 경계를 넘어온 타주의 주인을 속박하고 약화시켰다.

정도의 차이는 있지만 그 어떤 땅주인도 땅의 독기로부터 자유로울 수는 없다. 땅주인의 후손들 또한 마찬가지. 경계를 넘어 타주에 가는 것 자체가 땅주인 일가에게는 큰 부담이다. 당장 죽지는 않아도 내상이 너무 컸다.

하여 사주의 땅주인은 아주 특별한 경우가 아니고서는 제 권역을 벗어나지 않았다. 땅주인이 제약 없이 드나들 수 있는 땅은 황경뿐이다.

황제의 도력은 그 어떤 것보다 격이 높으니, 태초의 술법도 황제 앞에서는 고개 숙였다. 술법도 독기도 황야의 주인 앞에서는 무력했다. 황제가 어디에 있든 그 주변은 황경과 같아졌다. 황제가 있는 곳이 바로 황경이니, 그를 황경화라 불렀다.

다섯 해에 한 번, 황실요괴대사냥전이 각 권역을 돌아가며 열릴 수 있는 것도 황제의 황경화 능력 덕분이다. 황제가 지나간 땅은 독기가 정화되니, 타주의 땅주인이라도 땅의 거부 없이 입성할 수 있었다.

과거 청동후가 제 여식을 보기 위해 매년 현북에 방문할 수 있었던 것도 황제의 배려 덕분이다. 황제는 제 허수아비에 주변을 일시적으로 황경화할 수 있는 도력을 심어 청동후에게 하사했다. 청동후는 그 허수아비 덕에 무리 없이 현북을 드나들 수 있었다. 추후엔 현북의 독기에 적응하여 허수아비 없이도 오갈 수 있게 되었지만, 그래도 청동후는 황제의 은혜를 되새기기 위해서 허수아비가 힘을 잃기 전까지는 늘 품고 다녔다.

"소인이 의원을 불러오겠다고 했는데, 아씨께서 고집을 피우셔서……."

천소의 조심스러운 변명을 들으며 섭성은 품 안의 해를 응시했다. 미간 찡그린 채 기절한 계집은 무척 연약해 보였다. 죄 없이 말간 얼굴이 갓 태어난 것 같았다.

일곱 해를 철옥에 갇혀 살았다. 그 망가질 대로 망가진 육신으로 땅의 경계를 넘어왔다. 황경화된 타주가 아니라면 땅주인은 땅의 독기에 고스란히 노출되고 만다. 땅주인의 권능을 잃었다 해도 거부는 피할 수 없다. 몸속의 혈관에 흐르는 것은 여전히 땅주인의 피일 테니까.

그러잖아도 만신창이인 육신인데, 무리하게 결계를 부수려다 천벌까지 맞았다. 제가 강한들 목숨은 하나뿐이고, 맞으면 아프고 쓰러지는 인간에 불과하다는 걸 전혀 인식하지 못하는 이였다.

"소인이 정말로 계속, 계속 말렸는데……."

말 없는 섭성의 눈치를 살피는 천소의 목소리에 두려움이 묻어났다. 그제야 해에게서 눈을 뗀 섭성이 알겠다는 듯 고개를 끄덕였다.

"그랬을 테지."

평해의 폐주가 기절했다고 하여 몸종을 자처한 가엾은 아이를 탓할 생각은 없다. 무엇보다 저 천둥벌거숭이 같은 성정에 '아이고, 어서 의원을 불러오렴.' 했을 리 만무하고.

"부디 몸종을 바꾸지 말아주셔요. 소인이 더 잘할게요. 네?"

"누가 몸종을 바꾼다 하더냐?"

"그것이……. 소인이 자꾸 실수만 하니까……."

"되었다. 그럴 일 없으니 염려 마라."

"참말이어요?"

"참말이다. 그러니 어서 가서 맹 의원님을 군주의 처소로 모셔 오너라."

천소 얼굴이 화악 밝아졌다.

"예! 예, 나리! 소인이 얼른 가서 모셔올게요!"

천소는 고개를 꾸벅 숙이고는 뒤돌아서 후다닥 뛰어갔다. 그 모습을 물끄러미 바라보다가 섭성은 해의 처소를 향해 몸을 돌렸다.

사실 몸종을 바꾸고자 해도 나서는 이가 없었다. 사람 목숨을 개미 목숨보다 하찮게 여긴다는 자. 조금만 수틀려도 금세 목을 비틀고, 심장을 뽑아내고, 혼백을 갈가리 찢어 나락에 처박아버린 다는 자. 황야에 떠도는 온갖 흉흉한 소문의 주인인 자. 그런 자를 모시게 해달라고 청하는 이는 천소뿐이었다.

해의 처소로 가는 동안 몇몇 사람들과 마주쳤고, 의아한 듯 그와 해를 번갈아 보는 무언의 호기심이 뒤따랐다. 섭성은 당황하지도, 허둥대지도 않고서 천천히 걸었다.

궁부 후미진 구석, 단청 하나 칠해지지 않은 낡은 건물이 해에게 제공된 별채였다. 데려온 종비 하나 없어 텅 빈 공간으로 섭성은 들어섰다.

휑한 방에 침상 하나만 덩그러니 놓여 있었다. 원수라서 홀대한 것은 아니다. 아직 죄인인 그녀에게 황제는 어떤 편의도 제공하지 말라 엄명했다.

섭성은 해를 조심스럽게 침상에 내려놓았다. 독기가 점점 더 올라오는지 해가 작게 신음했다. 괴로워하는 모습을 보고 있자니 기분이 썩 좋지 않았다.

"먼저 치유를……."

문득 손을 뻗다가 멈추었다. 맹 의원이 진맥하기 전에 치료해버리는 것은 좋은 선택이 아니다. 땅의 독기를 다스리려면 약을 처방해야 하는데, 제가 끼어들어 해의 상태를 호전시켜버리면 정확한 약량이 나오지 않을 것이었다.

"송장 하나 더 치자고 받아들인 것이 아닙니다, 군주."

그의 앞에 놓인 것은 세상 무엇보다 잘 벼려진 칼. 너무도 날카로워서 적뿐만 아니라 자신까지도 베어버릴 그런 칼. 제 몸이 축나는 것도 알지 못하고, 혹은 알면서도 개의치 않으며, 오직 한 가지만 바라보고 뛰어드는 지독한 맹목. 그녀는 장왕 권영밖에 모른다. 그래서 무구하다. 죄도, 죄 아닌 것도 그녀 앞에서는 무의미하다.

허공에 멈추었던 손을 움직여 섭성이 해의 땀 젖은 이마를 매만졌다.

기해는 다음 날 깨어났다.

공부에 머물고 있던 맹조위는 바로 해의 처소에 들었다. 처방은 이미 전날 끝냈지만, 정신이 든 환자에게 제대로 설명해주고 주의 사항을 주지시켜두는 게 나았다.

"소인, 의원인 맹조위라 합니다."

옆에 있던 섭성에게 눈인사를 한 후, 맹조위가 해에게 제 소개를 했다.

"의원?"

"예. 진맥하여야 하니 손목을 내어주십시오."

해가 못마땅한 얼굴로 손을 내밀었다. 바짝 야윈 손목이 앙상했다.

"중독증세가 무척 심합니다. 당분간 밖으로 나가는 건 불가하겠군요."

"무어라?"

해의 미간이 살벌하게 구겨졌다.

"땅주인의 핏줄은 제 땅의 경계를 벗어나면 여러 제약을 받습니다. 알고 계시겠지요?"

해의 붉은 입술이 꾹 다물어졌다. 알고 있는 이야기이긴 했다. 땅주인의 핏줄은 오직 제 땅에만 속해 있다. 땅은 다른 땅주인의 핏줄을 강하게 거부한다. 성질이 다른 까닭이다.

황제의 허수아비를 받지 못했다면 최대한 기력을 보전하며 여유를 두고 땅에 적응해야 한다. 약화시킨 땅의 독에 꾸준히 노출돼 내성을 기른 뒤에야 내상 없이 움직일 수 있다. 내성을 기르지 못한 채 지속적으로 독기에 노출되면 도력에 문제가 생긴다. 땅주인의 핏줄들이 열 살 이전에 자신들의 권역을 벗어나지 못하는 것도 그 까닭이다.

"예전엔 아무렇지도 않았는데?"

해는 일곱 해 전을 떠올렸다. 그녀는 아무런 제약 없이 현북에서 날뛰었다.

"그때와 지금은 다른 점이 있을 겁니다."

"없다."

"분명히 있습니다. 군주께서 기억하지 못할 뿐, 비정상적으로 땅 경계를 넘어온 땅주인의 몸에 그때에도 아무 타격이 없었을 리는 없습니다. 황제의 허수아비라도 품고 있었다면 모를까."

맹조위가 단언했다. 해가 풍기는 살벌한 적의에도 태연자약한 그는 현북 최고의 의원이었다. 혹자는 그가 천의의 영역에 도달했다고 평하기도 했다.

"과거야 어쨌든 지금 군주의 몸은 현북에 적응하지 못했습니다. 태초의 술법들이 군주께 독이 되고 있는 겁니다. 허약해진 육신으로 출전은 어림도 없습니다."

해가 살기등등하게 맹조위를 노려보았다. 짜증이 났다. 현북에 오기만 하면 당장 요괴들을 쓸어버릴 수 있을 줄 알았는데, 사사건건 방해되는 일뿐이다.

"하면 어찌해야 하는데?"

"적응을 하셔야지요. 내성을 기르셔야 합니다."

"여유 부릴 때가 아니다."

"시간은 많습니다."

해는 헛웃음 지었다. 시간이 많다니? 틀렸다. 그녀에게는 시간이 없다. 감히 영을 죽인 것들에겐 하루를 더 주는 것도 치욕스럽다.

"웃기지 마라! 단 한시도 아깝거늘."

맹조위는 못 들은 척 말을 이었다.

"소인이 약을 지어 올리지요. 땅의 독기에 적응하려면 첫째로 몸이 강건해야 합니다. 군주의 몸은 많이 망가졌습니다. 냉기 가득한 철옥에서 끼니도 제대로 하지 않으셨겠지요. 당분간은 기력을 회복하고, 땅에 적응하는 것에만 신경 쓰십시오. 출전은 그 이후입니다."

"내 분명 단 한시도 아깝다고 하지 않았느냐?"

이번에도 못 들은 척하며 맹조위가 섭성에게로 고개를 돌렸다.

"소인은 약방에 갔다가 다시 오지요."

"예, 스승님."

맹조위가 일어나 약재를 챙기러 나갔다. 생전 처음 당해보는 무시에 황당해하는 해를 보며 섭성이 확인 차 물었다.

"알아들으셨습니까?"

해의 표정이 홱 찡그려졌다. 섭성을 사납게 노려보는 해의 입매가 비틀렸다.

"알아들었다마다."

그녀가 기습적으로 손을 뻗었다. 그녀의 손끝에서 빠져나온 도력이 순식간에 섭성의 목을 휘감았다.

내 아무리 약해져도 너 따위는 아무것도 아니다. 손끝에 싣는 자그마한 도력으로도 네 숨통 정도는 끊어버릴 수 있다. 손가락 하나 까닥하는 것으로 네 식솔들을 모두 죽일 수도 있다. 감히 나를 약자 보듯 하지 마라.

명명백백한 협박에도 섭성은 동요 없었다.

"감히……."

그 고요함에 해의 속이 뒤틀렸다. 울컥 화가 치밀었다. 영을 지키지 못한 것도 원통한데, 그 복수를 가로막는 것들이 넘쳐나서 속이 상했다.

해는 도력을 거두며 벌떡 일어났다.

"다 필요 없다! 나는 갈 것이다. 당장 요괴란 요괴는 모두 다 찢어 저 지옥에 처박아버릴 거란 말이다! 독기? 땅주인? 그깟 게 대체 무어야? 감히 누가 날 막는단 말이냐?"

분노를 내지르며 밖으로 뛰쳐나갔다. 눈앞이 검게 빙글거리며 어지럼증이 일었다.

"군주!"

곧장 뒤따라온 섭성이 휘청거리는 해의 손목을 잡아챘다.

"놔라! 당장 놓지 못할까?"

해의 인내는 진즉 밑천을 드러냈다. 득득 긁어 모아봤자 바닥이다.

주 경계로 나가서 요괴를 몰살시키겠다. 영을 빼앗아간 것들이 더 이상 숨 쉴 수 없게 만들겠다. 그것들의 혼백을 산산조각 내어 지옥불에 불태워버리겠다. 그 맹렬한 감정만 남았다.

"정녕 무모하시군요. 그 창백한 얼굴로 대체 무얼 하시겠다는 겁니까?"

"닥쳐라!"

홱 눈을 치뜨는 해를 섭성이 끌어당겼다. 해의 두 눈이 커다래졌다. 있을 수 없는 일이다. 힘으로 누구에게든 밀릴 리가 없는데. 해의 미간이 구겨졌다. 순간 토악질이 올라왔다.

"욱!"

구역질하며 비틀대는 그녀를 섭성이 받아냈다.

"군주."

"놓아라!"

해가 발작적으로 그를 뿌리쳤다. 저따위 약한 것의 도움은 필요 없다. 세상 누구도 그녀를 도울 수 없다. 아무도 그녀를 지킬 수 없다.

오기를 부렸지만, 몸이 마음을 따라잡지 못했다. 약해진 육신이 균형을 잃었다. 두 사람은 뒤엉켜 넘어졌다.

해를 보호하듯 끌어안은 채 뒤로 넘어진 섭성이 신음을 흘렸다. 해는 헛숨을 터트리며 섭성의 품에서 고개를 들었다. 어처구니가 없었다.

"너…….."

양섭성. 사사건건 마음에 안 드는, 나약해빠진 북의 땅주인.

"괜찮으십니까?"

밑에 깔린 것은 그였다. 그녀의 몫까지 두 배로 다친 것 또한 그일 터였다. 벌컥 화가 치밀었다. 제 주제도 모르고 걱정하는 꼴이 같잖았다. 씹어 먹어도 시원치 않을 철천지원수를 앞에 두고도 증오 한 터럭 내비치지 않는 그 여상함이 역겨웠다.

"괜찮으냐는 물음은 네 몫이 아닐진대?"

해의 검은 두 눈이 맹수처럼 이글거렸다. 내 비록 폐주 되어 비참한 꼴을 당했으나, 무능하고 무력한 네깟 것의 염려를 받을 만큼 궁색하지는 않다. 너 따위에겐 감히 괜찮으냐고 물을 자격이 없다. 그 모든 경멸은 섭성에게 가닿지 못했다.

"다친 곳이 없으시다니 다행입니다."

그가 부드럽게 웃었다. 명백히 안도한 기색에 해는 기가 질렸다. 사납던 표정이 순간 허물어지다 일그러졌다.

어처구니없는 것. 마주하게 되리라 상정한 적 없던 자. 네가 무슨 자격으로 날 염려하지?

"군주의 몸 상태가 더 악화되면 곤란하니 부디 이성적으로 행동하세요."

"시끄럽다."

벌떡 일어난 해가 팩 돌아섰다.

"소제가 누이를 지켜드릴게요."

그 누구도 그녀를 보호할 수 없다. 그 어떤 누구도 그녀에게 간섭하지 못한다. 제 모든 것을 내바쳤던 권영조차 끝끝내 주지 못한 것이다. 언제나 지켜주겠다는 맹세는 그 주검과 함께 영존에 파묻혔다.

그런데 이 분수도 모르는 양섭성이 감히 그녀를 보호하려 들고, 그녀에게 간섭하려고 든다.

약해빠진 주제에. 덧없이 사라져버릴 것이면서.

속이 울렁거렸다. 두 눈을 질끈 감았다.

第二章

북의 주인

一

세상에 이토록 쓸모없는 몸뚱이는 없을 것이다.

"아씨?"

검은 물을 앞에 두고 해는 세상 심각한 표정으로 굳어 있었다.

"꼭 먹어야 하느냐?"

"맹 의원께서 하루 세 번은 꼭 챙겨 드시라고 하셨잖아요. 그래야 적응이 되신댔어요."

"차라리 죽이지."

해가 웅얼거렸다.

"예?"

"아니, 아무것도 아니다."

마침내 결정이 선 결연한 얼굴로 해가 약그릇을 들어올렸다.

맹조위는 땅의 독기에 적응할 수 있게 도와주는 탕약을 준비했다. 내성을 기르는 방법은 간단했다. 현북에서 채취한 온갖 약재를 번갈아가며 달여 먹으면 된다. 현북의 모든 것들이 해에게 영향을 주는 독성을 약하게 지니고 있고, 약한 것에 익숙해지면 더 강한 것도 버틸 수 있게 된다. 황제의 허수아비를 얻지 못한 자들은 땅에 적응하기 위해 그렇게 시간과 공을 들여야만 했다.

그 약이 싫다. 끔찍한 기분이 된다. 차라리 사지가 찢겨나가는 게 나을 정도다. 약을 들이켠 목구멍부터 위장 깊은 곳까지 살갗이 한 겹 한 겹, 천 번은 벗겨지는 것만 같다. 기이할 정도로 참기가 힘들었다. 고작 약일 뿐인데.

뒤늦게 황제의 허수아비를 기다리지 않은 것이 후회된다. 그것은 일종의 분신. 만드는 데만 보름이 걸리기에 허수아비를 하사하겠다는 성지를 무시하고 현북으로 왔다. 그런 쓸모없는 데 지체할 시간은 없었다. 한데 이게 무슨 꼴인가.

"아씨……."

망설이는 해를 천소가 걱정스럽게 바라보았다. 세심한 척하는 되바라진 몸종도 해를 괴롭게 하기는 매한가지다. 허약해진 몸을 어서 회복시켜야 한다며 틈만 나며 음식을 가져와 먹여대는 통에 해는 하루도 속 편할 날이 없었다.

끔찍할 정도로 성미에 맞지 않는 짓이었다. 해는 지금껏 권영의 명 외에는 따른 적이 없다. 이토록 순순히 살아본 적도 없다. 내키는 대로, 기분 가는 대로 살아왔다. 그런데 이게 뭔가. 땅에 적응하지 못해서 본성을 억누르고 쩔쩔매는 제 꼴이 너무도 우스웠다.

'영아.'

이것도 네 명일까. 네 마지막 명일까.

해는 고소를 삼켰다.

그래, 영의 명이라면, 영이 바라는 것이라면. 참을 수 있다. 견딜 수 있다.

하지만 이제 영은 없다. 황궁 깊은 곳의 영존에 묻혀 영원히 눈

감았다. 어떤 말도 하지 않을 것이고, 아무런 명도 내리지 못할 것이다. 그것이 참담하다. 너무도 비통하다.

"다른 땅주인의 핏줄들도 이랬느냐?"

"예?"

"장왕이 오기 전, 청동후가 지원을 보냈다고 들었다."

청동후 명우현. 현북공에게 가장 우호적인 땅주인이다.

"아뇨, 그분들은 괜찮으셨어요. 탕약 몇 번이면 금세 적응을 하셨지요. 청동후 나리를 따라 자주 오가셔서 그랬던 것일지도 모르지만⋯⋯."

"자주?"

"주인나리의 어머니께서 청동후 나리의 따님이셨잖아요."

천소가 두 눈을 동그랗게 뜨며 말했다. 청동후 명우현이 막내딸을 지극히 귀애하여, 여식을 혼인시킨 후에도 황제께 청해 땅의 경계를 넘나든 것은 유명한 일화다. 그러나 권영 외의 모든 것에 무관심한 해는 전혀 알지 못하는 이야기였다.

"마님께서 살아 계실 적에 황제 폐하의 은혜로 이곳에서 여름을 나곤 하셨어요."

천소가 추억을 더듬으며 덧붙인 말을 해는 곱씹었다.

살아 계실 적.

이젠 죽은 사람이란 뜻이다. 아마도 해의 손에 죽었을, 얼굴조차 기억나지 않는 여인이 청동후의 딸이며, 현북공의 어미였다.

"어쨌든 땅주인들도 각각 느끼는 독기의 정도가 다르대요. 아씨는 제국의 제일술사이니, 땅이 더 크게 거부하는 게 아닐까요?"

일리 있는 말이다. 땅주인위를 박탈당했으나 해는 평해의 일족이다. 태초의 천인부터 대대로 내려온, 그 어떤 지상의 것과도 섞이지 않은 순수한 피가 그녀의 혈관을 타고 흐른다.

그 피는 평해의 기씨 일가를 강하게 만드는 것과 동시에 나약하게 만들었다. 그들의 나약한 면은 대를 거쳐 겹겹이 쌓여 손댈 수 없는 광증이 되었다. 그것으로도 모자라서 이젠 평해 밖의 땅에서 일족을 속박하는 저주가 되었는가.

독기에 적응해 주 경계로 나가기 위해서라도 약은 절대 거르지 말라고 맹조위는 신신당부했다. 늙은 의원의 근엄한 얼굴을 떠올리며 해는 마침내 약그릇을 입으로 가져갔다. 그녀가 혹여 약그릇을 팽개치지 않을까 초조하게 지켜보던 천소의 얼굴이 활짝 폈다.

"아씨, 어서 드셔요. 꾸울꺽! 옳지, 잘한다!"

해는 두 눈을 꾹 감고 약을 목구멍 안으로 퍼부었다. 몸이 독기를 이기지 못할 만큼 허약해졌다면 회복하면 된다. 땅이 그녀를 거부한다면 내성이 생길 때까지 버티면 된다. 사지가 찢겨나가는 게 나을 고통이라고 해도 실제로 찢겨 죽는 것도 아니다. 생살이 천 겹으로 나뉘어 벗겨지는 고통이라 해도 실제로 거죽 벗겨지는 것도 아니다. 못 마실 이유가 하나도 없다.

정녕 하나도 없는데…….

"우욱!"

구역질이 밀려왔다. 견딜 수 없는 역겨움이 영혼 깊은 곳에서 치밀었다. 이어서 사지를 뒤트는 고통이 뒤따랐다.

"아씨, 여기 물이요! 이걸 드셔요. 오구, 잘 마신다!"

천소가 반강제로 해의 입에 물그릇을 물렸다. 해가 얼른 입안을 헹궜다.

고통스러워서, 괴로워서 머리가 어떻게 되어버릴 것만 같다. 정말 싫다. 며칠이나 지났는데 나아지는 기미는 조금도 보이지 않아서, 차라리 죽어버릴까 싶을 정도였다. 하지만 곧 이를 악물어 정신을 차렸다. 어리광을 부릴 때가 아니다. 머저리처럼 전투 중 독에 정신을 잃고 죽을 생각은 없다. 영을 빼앗아간 것들을 모조리 죽이기 전에는 결코 죽을 수도 없다.

그러니 세상에서 제일 쓴 약을 강물처럼 퍼다 준다고 해도 종래엔 전부 들이켤 것이다. 사지가 떨어져나가고, 살점이 한 점 한 점 벗겨지는 것 같은 고통이라 해도 견딜 것이다. 위장 깊은 곳에서 거칠게 올라오는 구역질을 억지로 밀어넣었다. 든 것을 게워내고자 하는 속을 억눌렀다. 입을 두 손으로 틀어막았다. 참았다. 인내했다.

"우욱, 욱!"

"아씨, 괜찮으셔요? 에구, 이를 어째. 약을 어쩜 이리 못 드셔요?"

천소가 해의 등을 토닥여줬다. 해는 핏발 선 눈으로 천소를 노려보았다. 뒤집히는 속을 내리누르느라 군데군데 실핏줄이 터졌다.

저 천연덕스러운 것.

천소가 태연하게 굴고 있지만, 그것은 겉모습뿐이다. 해의 오감은 예민하게 상대의 감정을 읽어냈다.

저 계집은 그녀를 두려워한다. 혐오한다. 그러면서 감히 아닌 척한다. 가늘게 떨리는 손끝이, 쿵쾅거리는 심장 소리가, 그녀와 닿을 때마다 진저리치는 감각이 이토록 분명한데. 겉으로 웃으며 살갑게 굴어도 기저에 깔린 것은 공포라, 저것은 해가 사라지면 무척 안도할 것이다. 세상 대부분 사람들이 그러하듯이.

상관없는 일이다. 천한 것들이 그녀를 두려워하며 우러름은 당연하다. 제 작은 머리로 이해할 수 없는 도력에 덜덜 떠는 것도 당연하다.

하지만 지금은 그 두려움을 모른 척하는 것도 피곤하다. 거짓된 웃음을 얼굴에 바르고서 친근하게 구는 것을 참아주기 역겹다. 쉬고 싶다.

"됐다. 가서 백리를 불러와."

"백리 님이요?"

두 눈을 동그랗게 뜨던 천소가 고개를 얼른 끄덕였다.

"예, 아씨. 지금 이때쯤이라면 뒷마당에서 햇볕을 쬐고 계실 거예요. 얼른 모셔올게요."

천소가 쪼르르 밖으로 나갔다. 혼자 남은 해가 굳은 표정으로 바깥을 노려보았다.

백리. 그녀의 유일한 권속.

일전에 있던 것들은 모두 그녀를 떠났다. 일곱 해 전, 현무를 소멸시킨 직후다. 해의 권속이었던 요괴들은 저들이 신으로 떠받들던 신수가 한낱 먼지로 화하자, 주인에 대한 존경보다 공포를 더욱 크게 느꼈다. 그것은 주인이 언제든 자신들 또한 소멸시킬 수 있다는 실질적인 두려움이었다.

그들은 곧 권속의 맹약을 저버리기로 결정했다. 제 요력의 절반이 응축된 심장을 뜯어내 맹약의 증표를 터트렸다. 그 이후, 하늘에서 떨어진 한 요괴만이 그녀의 권속으로 곁에 남았다.

"주인."

백리의 목소리가 들렸다.

"들어와."

"분부대로."

해가 고개를 돌렸다. 백리가 앞에 부복해 있다. 잔뜩 짜증나 있던 해의 표정이 살짝 누그러졌다.

이것은, 이 세상에서 그녀를 두려워하지 않는 몇 안 되는 것. 하여 그녀를 쉬게 해주는 것.

'양섭성은…….'

문득 현북의 주인을 떠올렸다. 이 땅의 무력한 주인은 해를 증오하지도, 두려워하지도 않는다. 예민한 그녀조차 속을 알 수 없는 눈으로 가만히 바라볼 뿐이다.

"피곤하다. 쉬고 싶구나."

해가 살짝 고개를 털었다. 양섭성을 생각하고 싶지 않다. 생각할수록 불쾌해지기만 하니까.

"가까이 와라."

백리가 그녀 곁에 와 앉았다.

"통 잠을 이루지 못하시더이다."

그가 익숙한 듯 천천히 둔갑을 풀었다. 머리 한쪽에 돋아난 뿔이 기묘했다. 본래는 한 쌍이었을 그것은 이젠 하나만 남았다. 길고 매끈한 것이 해를 감쌌다. 순백의 아름다운 요괴였다. 살결을 스치는 그의 비늘이 건조하고 서늘했다. 그 감각을 해는 좋아했다. 해가 좋아하는 몇 안 되는 것들 중 하나였다. 금세 해의 눈이 감겼다.

"복수하겠다는 마음만으로는 아무것도 이루지 못할 겁니다."

깨어 있다면 권속 주제에 감히 참견하느냐고 역정부터 낼 텐데, 해는 가타부타 말이 없었다.

곧 새근거리는 숨소리가 들려왔다.

백리는 입을 다물고서 해를 응시했다. 황금색으로 둘러싸인 눈동자가 가늘게 수축했다.

그의 주인은 확실히 수면이 필요하다. 지난 수년간 그녀는 깊이 잠들지 못했다. 첫째로 혹여 제가 잠들어 있는 사이 권영에게 무슨 일이 생길까 봐 잠들지 못했고, 둘째로 그가 자신을 용서해준다며 보내오는 서신을 즉시 받지 못할까 봐 잠들지 못했다.

겁을 엇갈려온 연은 이 생에도 엇나갔다. 연을 관장하는 천존월선은 지금껏 연을 잘못 맺어준 적 없었을 것이나, 이번만큼은 틀렸다. 이토록 오래 꽃피우지 못하는 연이라면 애초에 잘못된 것이다. 애정의 가치조차 모르고, 깊이 새겨둔 증좌를 스스로 파내고, 그 끝에 허무하게 죽어버릴 것에게 맺어줄 필요가 없는 연이었다. 주인의 맹목은 무용하고, 영영 보답 없을 것이다.

그러니 차라리 내게 줘. 제발, 이 내게 줘.

굳게 두 눈 감긴 얼굴에 백리가 제 뺨을 비볐다.

'무용하고 보답 없는 것은 이쪽이 더하겠지.'

아주 오래, 시작의 순간을 망각할 만큼 긴 시간 바라온 것. 신수의 관문을 눈앞에서 닫아버리고, 생 짧은 인간의 곁에 남는 쪽을 택한 이유. 정말로 무용하고 보답 없을 맹목이다.

자조가 흔적 없이 흩어졌다.

※ · ※

"아씨가 엄청 오래 주무셔요."

천소가 싱글벙글 웃었다. 해가 잠든 것을 확인하고, 그녀의 일과를 보고하러 섭성을 찾은 참이다.

"처소가 마음에 드셨나 봐요. 아무렴, 소인이 밤낮으로 치우고 정리한 곳인데."

의기양양 가슴을 내미는 천소의 머리를 섭성이 쓰다듬어주었다.

"그래, 어련하겠느냐?"

대낮인데 자고 있다니, 의외지만 다행인 일이다. 당장 주 경계로 가겠다고 고집을 피울 줄 알았는데 뜻밖에도 해는 선뜻 물러났다. 제 육신의 회복에 집중하기로 한 모양이다. 해가 약을 얌전히 받아 마시며 처소에 머물러 있자 섭성도 비로소 한시름 놓았다.

"소문처럼 흉포한 분은 아닌 것 같아요. 갑자기 뺨을 때리거나, 매질을 하는 거 아닐까 조마조마했는데 괜한 걱정이었나 봐요."

해죽 웃은 천소가 계속해서 조잘댔다.

"그나저나 백리 님도 대단하지요? 권속이 되었다 한들 근본이 인외의 것인데, 어찌 그리 아씨보다 더 인간처럼 행동하시는지. 소인이 귀를 쫑긋 세우고 들어보니 그간 아씨를 대신하는 대외적 일들은 백리 님이 다 처리하고 계셨던 것 같아요."

섭성은 백리를 생각했다. 백리와 같으면서 또 다른, 인외의 것들을 생각했다.

나락의 요괴부터 저 높은 곳의 신수까지, 모두 인간 아닌 것들. 그것들은 인간과 다르다. 하나부터 열까지 같지 않다. 소중히 여기는 가치가 다르고, 살아온 시간이 다르며, 살아갈 시간 또한 다르기에 그들은 인간과 결코 같아질 수 없다. 인간이 소중히 여기는 것들을 그들은 이해하지 못하며, 그들이 가치 두는 것을 인간 또한 이해할 수 없다.

나락의 요괴가 가장 중히 여기는 것은 힘. 요력이라 통칭되는 그것을 쌓는 것이 요괴들의 목표다. 개중 욕망 큰 것들은 강력한 요력을 바탕으로 나락뿐 아니라 지상도 지배하길 원하며, 종래엔 지상을 뛰어넘어 천계로 올라가길 원한다.

어린것들은 요력을 위하여 죄를 마다 않는다. 인간의 생명과 정기는 흡수하는 즉시 힘이 되어 요괴를 강하게 한다. 목숨을 걸고 결계를 파훼하고 들어와 인간을 해할 이득이 있었다.

그러나 무방비한 생명을 해하는 것은 그 자체로 업보가 되니, 결국 인간을 해하여 얻은 요력은 무척 부정하였다. 요력이 부정할수록 천계로 가는 길은 멀어지고 왜곡되었다. 아무리 강해도 수천

수만 년 헤매다 보면 결국 미아 되어 추락할 수밖에.

하여 신수가 되길 바라는 요괴들에게 인간을 해하는 일은 금기시되었다. 부정한 요력을 정화시키는 데에는 그들이 살아온 시간의 곱절이 필요했다. 어린 요괴에게 곱절은 금방 지나갈 시간이었으나, 이미 오래 묵은 요괴들에게 있어선 영원처럼 길다.

극히 일부만이 천계의 시련을 이겨내고 진정한 하늘의 문을 찾았다. 신수의 바람을 이뤘다.

인간은 요괴보다 상황이 더 나빴다. 요괴가 '힘'으로써 길을 연다면, 인간은 '앎'으로써 길을 열었다. 스스로 바름을 알고 그릇됨을 행하지 않으며 만물의 이치에 통달할 때, 하늘길을 걸을 자격을 얻는다. 아홉 천존이 만장일치로 그 깨달음을 인정하면 그들은 천인이 되었다.

극히 일부라도 요괴 중에는 분명 신수가 된 것들이 있었으나, 인간 중 천인 된 자는 단 한 사람도 없었다.

천계. 천인과 신수의 낙원. 꿈과 같은 곳이다. 황야의 인간과 나락의 요괴라면, 그 어떤 누구나 바라는 화려한 꿈이다.

"무엇보다 백리 님은 아씨께 무척 다정하신데……."

섭성은 다시 백리에 대해 헤아렸다. 모두가 바라는 화려한 꿈과 미치광이 폐주 옆의 권속을 생각했다.

천소는 쉴 새 없이 백리에 대한 감상을 늘어놓았다. 두서없이 이어지는 말은 대개 '백리 님은 대단하다' 또는 '백리 님은 특별하다'로 끝났다. 섭성은 간간이 웃었다.

"평해왕의 권속이니 평범한 요괴일 리는 없지."

천소의 이야기가 거의 끄트머리에 도달했을 즈음, 섭성이 흘리듯 말했다. 천소가 두 눈을 크게 끔뻑거렸다.

"하지만 나리, 아씨는 더 이상 평해왕이 아니신걸요."

"다른 계승자가 없으니 왕위를 박탈당했다 해도 여전히 왕인 것이지."

"무슨 말씀이신지 모르겠어요."

천소가 콧잔등을 찡그렸다. 그녀의 이마를 톡 건든 섭성이 웃으며 타박했다.

"인상 좀 펴려무나. 주름만큼 고난이 깊어지는 게다. 박복하고 못난 네게 아무도 장가들려 하지 않으면 어쩔 테냐?"

"치. 소인은 아무에게도 시집 아니 갈 거거든요! 장가온다는 놈도 다 사절이어요."

천소가 입술을 비죽였다. 마치 투정 부리는 누이 같았다. 아니면, 형과 누이에게 투정 부리는 제 모습 같았을까. 섭성의 눈빛이 가라앉았다.

불시에 피붙이가 떠오를 때가 있다. 불가항력적인 그리움이 섭성을 좀먹는다.

"나리?"

천소의 걱정 가득한 눈빛에 섭성이 살짝 웃으며 서둘러 화제를 돌렸다.

"그나저나 백리 님은 어디 계시느냐? 통 안 보이시는구나. 햇볕을 쬐고 계실 시간 아니더냐?"

"백리 님은 아씨와 함께 계셔요."

섭성이 살짝 고개를 기울였다.

"군주는 주무신다며?"

"그니까 함께 계신대도요! 소인 생각엔 아무래도 두 분 사이가 보통이 아닌 것 같아요. 다른 권속들이 맹약을 저버리고 다 떠나는 와중에도 백리 님은 오히려 찾아왔다 하잖아요. 백리 님이 나락에서 올라온 뱀 요괴긴 해도 인간 모습은 멀끔하고 근사하시니까, 아마 아씨께서도……."

가만히 듣고 있던 섭성의 표정이 굳었다. 더는 못 듣겠다 싶었는지 손을 들어 만류했다.

"그만. 해괴한 소리 말아라. 확실하지 않은 이야기는 떠들 게 못 돼. 네가 '소인 생각으로는'을 붙여 건넨 말이 한두 다리 건너다 보면 마치 진짜인 척 퍼져있을 것이다. 설마 출처가 현북공부인 헛소문을 퍼트리는 것이 네 뜻이냐?"

"소인은 그런 뜻이 아니라……."

"네 뜻은 무관해. 소문은 진실을 가리지 않는 법이다."

섭성의 꾸짖음에 천소는 당황한가 싶더니 얼른 엎드렸다. 화내는 일이 거의 없는 섭성이 싫어하는 행위 중 하나가 없는 이야기를 사실인 양 옮겨대는 짓이라는 걸 뒤늦게 떠올렸다. 추측으로 꺼낸 이야기가 부풀려지고 왜곡되어, 종래는 진실인 척 사람을 옥죄는 것을 섭성은 혐오했다.

"송구합니다, 나리. 소인 생각이 짧았습니다. 용서해주세요."

"다신 그러지 마라."

"예, 나리. 다신 그러지 않을게요."

천소의 어깨가 가늘게 떨렸다. 그 모습을 물끄러미 바라보던 섭성이 누그러진 말투로 그녀를 달랬다.

"잘못을 알았다면 되었다. 이만 일어나라."

머뭇머뭇 일어난 천소는 섭성의 눈치를 살피더니 슬그머니 도망갈 궁리를 했다.

"소인은 할 일이 있어서 이만……."

혹여 더 혼날세라 재빠르게 사라지는 천소를 보며 섭성이 쯧 혀를 찼다. 저 철없는 것, 한숨을 쉬다가도 이내 부드럽게 눈웃음 짓는다.

철이 없어도 괜찮다. 실수하고, 이따금 그가 싫어하는 짓을 해도 괜찮다. 가족을 전부 잃고 살아갈 의미조차 찾지 못했던 작은 아이가 울고, 웃고, 떠들고, 화내고, 겁먹으며, 그렇게 살아 있는 것만으로도 섭성은 고마웠다.

잊는 것은 쉽지 않다. 소중한 이를 잃어버린 기억은 억겁의 시간 동안 철퇴가 되어 남은 자를 내려친다. 그 슬픈 기억으로부터 벗어나는 데는 아주 큰 용기가 필요하다. 어린 천소가 한 발 한 발 앞으로 나아가기를 섭성은 바랐다. 그는 하지 못한 일이다.

뭇사람들은 그가 다 잊은 줄 안다. 괜찮아진 줄로만 안다. 웃음도, 다정도 그 속은 문드러져 있는데. 가슴의 고통이 너무 커, 다른 그 어떤 것도 고통스럽지가 않았다. 아랫것이 건방지게 굴어도, 원수가 안하무인으로 굴어도 이미 너덜거리는 심장은 더 아플 수가 없다.

"뱀 요괴."

섭성은 천소의 표현을 따라 읊조리며 백리를 떠올렸다.

진짜를 보지 못하는 눈은 때론 편리하다. 경외도, 공포도 느낄 필요 없을 테니.

신성한 흰 이무기가 하등한 뱀 요괴 취급이나 받으며 지상에 머물러 있는 까닭은 무엇일까. 그 이유가 현북을 지키는 데 득이 될까, 실이 될까.

섭성의 입가에 문득 자조가 번졌다.

"득실이라……."

사람도, 요괴도 이해득실로 따지게 된다. 사적인 감정을 배제하고 계산적으로 움직이는 것이 현북을 지키는 데 도움이 되니까.

그게 바르지 않다는 걸 안다. 옳지 않다는 것도 안다.

하지만 이제 섭성에겐 현북을 지킨다는 신념 외엔 아무것도 남지 않았다. 다른 무언가가 아직도 남아 있다면 그는 진작 말라서 죽어버렸을 것이다.

※ · ※

해가 약을 발작적으로 못 마신다는 소문은 금방 퍼졌다. 칼로 찔러도 피 한 방울 안 나올 것 같은 미치광이가 보인 의외의 약점이 사람들의 흥미를 샀다.

"매번 혼절할 듯이 구역질을 하시더군요. 물론 소인이 드린 약에는 문제가 없습니다."

맹조위는 훌륭한 의원이다. 그 사실은 누구보다 섭성이 확신한다.

"통상적인 일이라고 보십니까?"

맹조위가 의미심장한 표정으로 섭성을 응시했다. 섭성은 맹조위의 답을 기다리는 대신 스스로 덧붙였다.

"비정상적이군요."

"그렇습니다. 태초의 평해왕께서 돌아온다 해도 그토록 격렬한 거부반응을 보이지는 않을 겁니다."

섭성이 잠시 입을 다물었다. 굳이 저를 찾아와 기해의 증상이 비정상적이라고 말하는 이유가 있을 터다.

"스승님께선 제가 그 증상을 해결할 수 있을 것이라 생각하시는군요."

맹조위가 슬쩍 웃었다.

"잘 모르는 자들은 공을 약하다 비웃지요. 소인은 그리 생각하지 않습니다."

섭성의 도력은 극단적으로 치유 쪽으로 치우쳐 있다. 살생의 힘이 전무하다. 땅주인으로서는 최악의 상성이다. 이에 섭성을 모르는 자들은 그를 무시했다. 현북의 일족 중 도력 있는 자가 단 한 사람이라도 더 살아남았다면 그가 결코 땅주인위를 계승하지 못했으리라 숙덕거렸다. 따를 이가 없어 무력한 땅주인을 따라야 하는 현북의 백성이 가엾다며 낄낄거렸다.

맹조위는 그들의 좁은 시야를 비웃었다. 현북의 백성이 섭성을 따르는 것은 그 외에 따를 자가 없는 까닭만은 아니다. 평해의 백성 또한 기해 외에 따를 자가 없지만 그들은 기해를 공경하지 않는다.

현북 밖의 인간들은 섭성이 현북을 지키기 위해 얼마나 많은 노력을 기울이고 있는지 결코 알지 못한다. 그를 약하다고 평하면서 정작 그 누구도 그가 싸우는 모습은 보지 못했다. 섭성이 어디까지 할 수 있고 어디까지 버릴 수 있는지 또한 타주의 인간들은 모른다.

"물론 선택은 공의 몫입니다."

맹조위가 섭성을 고요히 응시했다. 모진 풍파를 견뎌온 노의원의 눈매는 인자했다. 섭성은 그 인자함 속 연민을 눈치챘다.

"제가 가여우십니까?"

맹조위는 섭성의 시선을 피했다. 원치 않는 운명에 등 떠밀려 땅주인위에 오른 자. 현북공이 되지 않았다면 여전히 그의 제자로서 수많은 환자를 살리며 인술을 펼치고 있을 터였다. 섭성의 그 평탄하고도 행복한 인생을 해가 박살냈다. 그것이 가엽느냐고 묻는다면 맹조위는 그렇다고도, 그렇지 않다고도 대답할 수가 없다. 그는 대답 대신 하던 말을 이었다.

"그녀는 공께 큰 죄를 지었고, 소인이 아는 한 단 한 번도 용서를 구한 적이 없습니다. 약을 먹는 게 죽는 것보다 고통스러울 뿐, 실제로 죽는 것도 아니니 굳이 원수의 고통을 덜어주는 수고를 자처할 필요는 없을 수도 있지요. 용서 구하지 않은 원수가 조금이라도 더 고통받길 바라는 마음은 이상한 게 아닙니다. 소인은 단지 의원으로서 아셔야 할 부분을 알려드리는 것뿐입니다."

섭성이 맹조위가 가져온 약을 바라보았다. 심하게 고통스러워하긴 하지만 실제로 몸이 망가지는 것은 아니라고 했다. 과정이 아무리 괴로워도 시간이 지나면 결국 그녀는 땅에 적응할 것이다.

"고통스러워하는 오만한 폐주라……."

돕거나 돕지 않거나. 선택은 그의 몫. 설령 그가 돕지 않는다 한들 그 누가 그를 냉정하다 비난할 수 있을까.

"그 모습을 한 번은 보고 싶군요."

섭성이 조용히 한숨처럼 내뱉었다.

저녁 즈음, 섭성은 맹조위에게 받은 약을 들고 해의 처소로 향했다.

땅은 땅주인과 황제 외에는 받들지 않는다. 타주의 땅주인은 작든 크든 땅의 거부를 겪을 수밖에 없다. 하지만 육신이 강건한 상태라면 금방 내성이 생긴다.

해가 며칠이 지나도록 적응치 못함은 오랜 투옥생활로 그녀의 육신이 쇠락한 까닭일 터다. 땅을 임시로 황경과 같이 만들어주는 황제의 허수아비도 없고, 땅의 독에 내성을 길러주는 약조차 제대로 마시질 못하고 있다.

이 모든 악조건 중에서 그나마 다행인 것은 유적에 인원을 충원할 수 있는 다음 그믐까지 여유가 있다는 점 정도다. 그래도 마구 늘장 부려도 될 만큼은 아니다. 온갖 수단과 방법을 강구해서 해를 최대한 빠르게 적응시켜두는 게 좋다. 그녀가 같은 하늘 아래 살아갈 수 없는 원수라 해도 현재 현북의 가장 큰 전력이라는 사실만은 부정할 수 없다. 원한은 사적이고 무가치한 것. 현북을 지킬 수 있다면 섭성은 그녀보다 더한 악한이라도 받아들일 수 있다.

"군주, 섭성입니다."

섭성이 인기척을 냈다. 들리는 대답이 없자 조금 더 큰 목소리로 해를 불렀다.

"군주?"

살짝 늦게 약간 잠긴 듯한 목소리가 돌아왔다.

"들어와."

퍽 오만한 말투. 섭성이 흐리게 조소했다. 이곳은 그의 성이다. 그럼에도 오만한 것은 평해의 폐주고, 공손한 것은 주인인 그였다. 태생적으로 고귀하게 태어난 옛 평해왕은 어디를 가든 주인이 되나 보다.

땅주인을 불청객 대하듯 하는 뻔뻔함에 신기할 정도로 아무 감정도 들지 않았다. 오만함에 미움 또한 일지 않았다. 증오도 분노도 그럴 가치가 있는 자를 위한 것이다.

드륵.

문을 열고서 안으로 들어섰다. 치렁치렁한 휘장이 내려온 침상에서 해가 부스스 일어나고 있었다. 낯선 땅에 온 피로가 뒤늦게 몰려든 모양이다. 정오가 조금 지난 후부터 내리 잤을 터인데도 여전히 졸린 표정이었다.

섭성의 시선이 해의 몸을 부드럽게 감고 있는 하얀 뱀에게로 향했다. 길고 유연한 그것은 무척 아름다웠다.

"백리 님도 함께 계셨군요."

스르르 바닥에 내려선 백리가 인간으로 화했다.

"북의 주인을 뵙습니다."

공수하는 백리의 표정에 티 나지 않을 만큼 작은 짜증이 묻어났다. 보통이라면 알아보지 못했을 그 짜증을 섭성은 예민하게 알아챘다.

"백리 님께서는 제가 온 게 달갑지 않으시군요."

"주인은 휴식이 필요합니다."

"소인 생각엔 아무래도 두 분 사이가 보통이 아닌 것 같아요."

천소 목소리가 기억 속에서 속살거린다.

"됐다. 나가보아."

백리의 잔소리가 귀찮다는 듯 해가 손을 휘저었다. 못마땅한 기색을 지운 백리가 고개 조아렸다.

"예, 주인."

고개 든 백리가 섭성을 노려보고는 어둠에 녹아들듯 사라졌다. 섭성은 백리가 서 있던 자리를 가만히 바라보았다. 그 일련의 움직임을 느낄 수 없었다.

뱀 요괴? 헛웃음을 삼켰다.

그런 것일 리가. 단지 그런 하등한 것일 리가.

하등한 것의 탈을 쓰고 인간 곁에 남은 까닭이 아득하다. 마음이 황량해진다. 필시 보답 없을 터인데.

"약을 가져왔습니다."

상념을 떨쳐내며 섭성이 새까만 탕약을 내밀었다. 날카롭게 치켜 올라가 있던 해의 눈썹이 꿈틀거렸다.

"그 계집이 가져다준 것을 분명 마셨는데?"

"그건 점심 약이고 이건 저녁 약입니다. 그리고 그 계집이 아니라 천소라는 이름이 있습니다."

"하찮은 것의 이름까지 내가 기억해야 하느냐?"

"천소는 군주께 이름 정도는 기억될 자격이 있습니다."

해의 입이 꾹 다물어졌다. 섭성은 조용히 그녀를 응시했다. 심통 난 얼굴. 속에 불만이 가득하나, 일단은 참는 표정이다. 참을성 없다는 세간의 평과 달리 그녀는 인내할 줄 안다.

기해. 평해의 옛 군주. 현북에서는 어쩌면 황제보다도 유명할 이. 그러나 그녀에 대해 알려진 것은 놀라우리만치 없다. 경국지색의 미색을 지녔다는 것과 오직 장왕 권영에게 충성한다는 것 정도가 고작.

단지 미인이라는 칭송이 부족할 만큼 그녀는 아름다웠다. 붉은색이 도드라진 입술은 도톰한 동백 같았고, 티 없는 백옥 같은 살결은 가까이 다가갈수록 돋보였다. 새까만 머리카락은 길고 풍성했으며, 커다란 눈은 밤하늘의 별 같은 반짝임을 품었다. 이목구비가 조화로워 과연 절색이었고, 흠잡으려야 잡을 구석이 없었다. 그 포악한 성정을 알면서도 여럿 상사병에 걸려 쓰러졌다는 풍문은 결코 과장이 아닐 터다. 그 아름다움이 섭성에게는 와닿지 않았다.

껍데기뿐일 미색은 섭성에게 무의미하다. 그에게 의미 있는 것은 그 속. 아름답고, 장왕에게 충성한다는 것 외의 다른 것. 사람이라면 사람을 이루는 어떤 것들이 있게 마련이다. 그녀의 대부분을 권영이 차지하고 있는 것은 사실이겠지만, 오직 권영만이 있을 리 없다.

"드시지요."

"그 계집……. 천소를 불러와."

"제게 약한 모습을 보이고 싶지 않으신 겁니까?"

"무슨 헛소리냐?"

해가 당장 눈을 치떴다. 섭성을 노려보는 새까만 두 눈에서 불똥이 튀었다. 섭성은 무심히 그 눈길을 받아쳤다. 이상할 정도로 두렵지가 않았다. 그는 오래전 텅 비어 두려움이란 것을 느끼지 못하게 되어버렸는지도 모르겠다.

"군주께서 약을 잘 드시지 못한다는 것은 이미 알고 있습니다. 이곳은 제 땅이고, 제가 바로 이곳의 주인이니 모르려야 모를 수가 없습니다."

"닥쳐라!"

"평해의 땅주인 가문은 긍지 높고 자존심 강하지요. 남에게 약한 모습을 보이기 싫어하는 게 당연합니다. 이 약이 정오에 마신 것과 같은 것이라면 군주는 필시 고통에 몸부림치게 될 터인데, 그 순간 제가 곁에 있는 게 좋으실 리 없지요."

해가 맹렬히 섭성을 노려보았다. 그의 말이 맞다. 남에게 약한 모습을 보이는 것은 끔찍하다. 평해의 일족이라면 응당 그럴 것이다. 목구멍으로 넘기기도 싫은 이것을 마시고, 추하게 괴로워하는 모습을 보이고 싶지 않다.

더욱이 그녀가 그의 부모와 식솔과 친우를 죽였다. 잔악무도한 원수가 괴로워하는 모습을 기꺼워하지 않을 자 없다. 제 고통을 기꺼워할 자에게 약점을 드러내는 것은 치욕이다. 해에게도 그 정도 자각은 있었다.

평소라면 약점을 들키는 즉시 죽여버리겠지만, 지금은 그럴 수 없다. 양섭성을 죽일 수는 없다. 주제도 모르고 영을 빼앗아간 나락의 요괴를 절멸시키고, 황궁으로 돌아가 영을 사지로 내몬 자들의 숨통을 모조리 끊어놓기 전까지는 양섭성이 필요하다.

"하지만 지금은 그 싫은 감정은 넣어두십시오. 우리의 목적은 같습니다. 군주는 하루라도 빨리 주 경계의 유적으로 나가길 원하고, 저 또한 마찬가지입니다. 제가 원인을 찾을 수 있을지도 모릅니다."

섭성이 약그릇을 해에게 쥐여주며 침상 맡에 걸터앉았다. 얼떨결에 약을 받아 든 해의 얼굴이 일그러졌다. 사납게 드러난 이가 맹수의 것처럼 번쩍였다. 이대로 그녀에게 물어뜯긴다 해도 섭성은 놀라지 않을 것이다.

"어떤 이는 그저 군주가 어린애처럼 쓴 약을 싫어한다고 여기지만, 맹 의원의 생각은 다르더군요. 제 생각도 그와 같습니다. 군주는 고통에 무딘 분입니다. 제가 이 자리에서 군주의 심장을 뜯어낸다 해도 군주는 견딜 수 있을 겁니다. 군주의 살갗을 한 점 한 점 벗겨낸다 해도, 그 또한 군주는 참아낼 겁니다."

섭성은 능력은 오직 치유에 국한된다. 해가 위대한 주술사라면,

그는 최고의 의술사였다.

술사의 체내엔 도력이 담기는 그릇이 있고, 그릇에 도력을 채우는 물줄기가 있다. 그릇의 크기와 물줄기의 세기는 대개 비례한다. 해는 그릇이 크고 물줄기도 센 경우다. 그릇에 담긴 도력을 일시에 비워도 강한 물줄기가 금세 그릇을 채운다. 반면 도력이 약한 자는 그릇도 작고, 물줄기도 약하다. 한 번에 사용할 수 있는 도력의 양이 적고, 그 양을 모두 소진하고 나면 채워지기까지 긴 시간이 걸린다.

섭성은 그 보통의 경우에서 벗어나 있다. 도력의 한계치는 낮은 것이 분명한데, 도력을 채우는 물줄기의 세기는 전례 없을 정도로 강했다. 간혹 도력의 최대치와 그 회복속도가 비례하지 않는 경우가 있기는 하였지만 섭성처럼 차이가 큰 경우는 없었다. 그에겐 수백, 수천의 환자를 한 번에 치료할 능력은 없었으나, 서너 명의 환자를 무한히 치료할 수 있는 힘이 있었다.

그럼에도 섭성은 제 목숨이 위태로운 상황이 아니고서는 절대 스스로를 위해 도력을 사용하지 않았다. 굳이 의식적으로 치유의 힘을 쓰지 않아도 체내를 타고 흐르는 도력이 스스로를 치유한다는 것이 표면적 이유였다.

어쨌든 그처럼 의술사에 적합한 도력을 지닌 자는 황야에 없으니, 섭성은 땅주인이 되지 않았다면 지금쯤 아주 유명한 의술사가 되었을 것이다.

"의술을 배우던 시절 각지를 돌아다니며 많은 환자를 보았습니다. 군주와 같은 경우도 몇 번 있었죠. 일단 그걸 먼저 드십시오. 괜찮을 겁니다."

"먼저?"

해가 의심스러운 눈초리를 보내다가 인상을 확 찌푸렸다. 가만 보니 섭성이 들고 온 약그릇이 두 개였다.

"두 그릇이나?"

"그건 괜찮을 겁니다."

섭성은 인내심 있게 해를 기다렸다. 잔뜩 짜증이 난 표정으로 섭성과 약그릇을 번갈아 노려보던 해가 마지못해 그릇에 입술을 가져다 댔다. 탕약을 홀짝이는 그녀의 얼굴에 의아함이 피었다. 약이 쓴 것은 똑같은데 의외로 마실 만했다. 아니, 아주 괜찮았다.

"이건 왜 괜찮은 것이냐? 약인 것은 똑같을진대?"

해의 표정이 밝아졌다. 반대로 섭성의 표정은 굳었다. 그가 남아 있는 약그릇을 바라보았다. 하나가 괜찮다는 것은 다른 하나가 괜찮지 않다는 뜻일 뿐이다.

"이것도 드셔보시겠습니까?"

"이 정도라면 무어."

의기양양하게 약을 받아 마시던 해가 당장 구역질을 했다.

"우욱!"

반응이 극렬하다. 평범하지 않다.

고통에 몸부림치는 해를 섭성이 가만히 응시했다. 이로써 확실해졌다. 그녀가 견디지 못하는 것은 오직 현북에서 난 약재로 만든 약이다. 어쩌면 이 약이 만들어낼 몸의 상태를 거부하는 것일 수도 있다.

"우욱! 나를 속인 것이로구나, 양섭성!"

해가 격노하며 제 입을 억지로 틀어막았다. 다 토할 것 같았지만, 그래선 안 된다는 것을 안다. 이 약을 마시지 못하면 내성이고 뭐고 물 건너간다. 주 경계의 유적으로 가긴커녕 공부에 묶인 귀신이나 될 것이다.

아무리 고통스러워도 약을 소화시키고 말겠다는 의지를 내보이는 해를 향해 섭성이 손을 내뻗었다. 분노에 차 약을 쓰면서도 약을 게워내는 방법은 결코 고려치 않는 고집스러운 맹목을 보았다. 그 주인은 차디찬 주검 되어 결코 이 충성에 답할 수 없을진대, 버림받은 수호자는 여전히 죽은 주인밖에 모르니 과연 어리석었다.

섭성은 연민 지운 낯빛으로 가만가만 해의 등을 두드렸다. 검은 도력이 흘러나와 해의 몸속으로 스며들었다. 차츰 진정되는 해를 보며 섭성은 생각에 잠겼다.

"무디디무딘 사람이 어느 한 가지를 끔찍할 정도로 견디지 못하는 경우가 있습니다. 그것은 어떤 색일 수도 있고, 어떤 향일 수도 있고, 어떤 맛일 수도 있습니다. 그 고통은 기억과 관련되어 있어 영혼에 새겨집니다. 시간이 흘러도 흐려지지 않지요."

가족의 사지가 찢겨 죽은 것을 본 이는 붉은색을 못 견뎌 했다. 눈앞에 붉은 기가 떠오르기만 해도 경기를 일으키며 쓰러졌다. 어떤 이는 자정향 내음만 맡으면 혼절했다. 그 향이 풍기던 어느 날, 제 정인이 제 이복누이와 눈 맞은 것을 알게 된 이후부터라고 했다.

해는 그 환자들과 비슷했다. 커다래진 해의 두 눈이 섭성에게 향했다.

"이, 어찌?"

할 말을 찾지 못한 표정이 흔들렸다.

"치유술은 본디 육신에만 국한되지 않고 영혼 깊은 곳에까지 관여합니다. 의원이 고치지 못하는 병도 고칠 수 있지요. 이제 와서는 거의 필요 없는 능력이지만……."

습관처럼 설명하던 섭성의 목소리가 어느 순간 끊겼다. 드러내지 않은 서글픔이 마음속 깊이 소용돌이쳤다.

지금은 정말 필요 없는 능력이다. 제 생명을 깎아 바치지 않으면 결계조차 정상적으로 유지할 수 없는 이 힘은 너무도 미약하다. 도력의 회복속도는 빠르지만, 그것만으로는 결계를 정상적으로 유지할 수가 없다. 결계를 유지하는 데 필요한 것은 큰 그릇이었다. 한 번에 쏟아낼 수 있는 도력의 크기가 커야만 했다.

"군주께선 현북에 오셨던 적이 있으십니까?"

"그걸 몰라서 묻느냐?"

그녀가 현북공 양윤계를 비롯해 수많은 이를 몰살했다는 것을 모르는 자는 없다. 그때 그녀는 현북에 들자마자 섭성의 가족을 죽였다. 느긋하게 탕약을 마시고 내성을 기를 여유는 없었다. 권영을 위협하는 자를 없애겠다는 일념에 빠져, 땅의 독이 저를 잠식하든 말든 신경 쓰지 않았을 터. 어쨌든 섭성이 궁금한 것은 그때가 아니다.

"그보다 더 오래전을 묻는 겁니다."

"나는 평해에서 평생을 살았다."

생각할 가치도 없다는 투로 해가 즉답했다.

"역시 그렇겠지요."

수긍하며 섭성은 두 약그릇을 번갈아 보았다. 처음 먹인 것은 청동에서 난 약재로 달인 것이고, 두 번째로 먹인 것은 현북에서 난 약재로 달인 것이었다. 넣은 약초의 종류는 완벽히 같았다. 약초 자체에 문제가 있다면 해는 청동에서 난 것으로 만든 탕약에도 같은 증세를 보였어야 했다. 그러나 해는 현북의 것에만 반응했다.

고려할 수 있는 가능성은 한 가지다. 해는 현북에 왔다. 땅의 독기에 내성을 길러주는 탕약을 마셨고, 어쩌면 적응한 상태가 되었을 것이다. 그때 끔찍한 일을 당했다. 혼백 깊숙이, 지금까지 낫지 않은 상처를 입었다. 그것이 가능한가?

섭성과 해는 두 살 차이밖에 나지 않는다. 땅주인의 핏줄들은 열 살 이전에는 제 핏줄의 권역을 벗어날 수 없다. 황경으로 가는 것이 허락되는 것도 열 살 이후다. 해가 만약 현북에 왔다면 적어도 열 살 이후였을 터.

그때라면 섭성 또한 여덟 살이 넘었을 테니 해가 온 것을 알았을 것이다. 해에게 끔찍한 상처를 입힐 만한 무슨 일인가가 일어났다면 더더욱 몰랐을 리 없다. 그러나 기억에 없다. 해의 기억에도, 섭성의 기억에도. 여기서 의문이 남는다.

왜 기억하지 못하는가? 혼백이 상처 입을 정도의 큰 사건인데, 어째서 기억의 흔적조차 없는가?

"이제 어찌하면 되느냐?"

해가 조금 머뭇거리며 입을 뗐다. 약 먹는 걸 도와달라 하고 싶은 것이 분명하나 평생 누군가에게 도움을 요청한 적 없는 자다. 저보다 약해빠진 사내에게 도움을 구걸하는 경우는 꿈에서도 겪어보지 못했을 것이다. 그 오만한 자존심에 섭성은 분노하지 않았다. 땅주인으로서 해야 하는 일을 할 뿐이다.

"앞으로 제가 도와드리지요. 약 드시는 게 수월해지면 땅에 적응하기도 훨씬 쉬워질 겁니다. 그래야 하루라도 빨리 주 경계로 나가 요괴를 일망타진할 수 있겠지요."

개인의 원한도, 원망도 작금엔 무의미하다. 그의 마음은 아주 오래전 이미 고통으로 가득 차, 죄 모르는 자를 미워할 여력조차 없다. 가치 없는 감정을 담아둘 공간이 없다.

二

하늘이 어둑했고 바람이 어지러웠다. 생이 꺼진 자리에 남는 서늘한 기운이 도처에 깔려 있었다. 해도, 달도 없는 괴이한 곳이었다.

'그'는 그곳에 우두커니 서 있었다.

"형님, 소제는 정말 지쳤어요."

느릿하게 흘러나오는 목소리는 영혼마저 쇠진해버린 듯 처연했다. 가슴이 미어졌다. 마음이 무너졌다.

"장왕."

그는 돌아보지 않는다.

"온몸이 타들어가도록 뜨겁게 갈망해도 얻을 수가 없습니다. 모든 것을 내어주겠다 맹세하고도 그 뜻을 헤아리지 못합니다. 쏟아붓고 쏟아부어도 채워지지 않으니, 결국 다시 또 제 영혼만 넝마가 되고 말 겁니다."

황제는 돌연 깨달았다. 이것은 꿈이다.

"영아."

어찌 그토록 긴 세월 헤매고 있느냐?

무엇 때문에 영겁 동안 고통받고 있느냐?

이럴 수는 없다. 이런 결과를 바랐던 적 없다. 그 어떤 상실도, 고통도, 절망도 허락한 적 없다. 한데도 그 괴로움을 자초하여 불 속에서 영원히 타들어가는 저 가엾은 것을 어찌해야 하나.

황제는 손을 내뻗었다. 그는 잡히지 않는다. 손끝이 허무하게 지나친다.

"이 사랑이 저를 말려 죽이고, 끝내는 집어삼킵니다. 몇 번이고, 정녕 몇 번이고 돌이켜 다시 시작해도 이 굴레를 벗어날 수가 없어요."

황제의 몸이 떨렸다. 영혼에 커다란 구멍이 난 듯 괴롭다.

"거스르지 못할 것이라면 보여주질 말았어야지. 관여하게 하지 말았어야지!"

처량한 목소리가 문득 아득해졌고, 동시에 격앙됐다. 마침내 그가 고개 돌렸다. 저와 꼭 닮은 얼굴. 원망과 증오와 저주와 체념이 뒤엉켜, 종래는 무엇도 남지 않은 눈동자.

"억겁을 견뎌도 얻을 수 없는 것이라면, 차라리 형님께서 부숴주시렵니까?"

"아우야."

"소제, 이제 그만 벗어나길 원합니다."

그 차가운 뺨을 타고 피눈물이 흐른다.

황제의 두 눈이 번쩍 뜨였다. 차갑게 식은 이마를 매만지며 침상에서 몸을 일으켰다. 금빛 휘장을 무성의하게 걷는 그의 시선이 허공에 고정되었다.

모두 꿈이었다. 그러나 흔한 악몽도 흉몽도 아니다. 그것은 환상몽. 장왕 권영의 의지가 깃든, 그가 보여주고자 한 장면만 선택적으로 나열된 꿈.

"영아."

권영은 황야 최고의 술사였다. 다른 누구도 알지 못해도 황제만큼은 그 사실을 안다. 모두가 기해더러 최고라 했지만, 영은 대부분의 분야에서 일찍이 그녀를 넘어섰다. 도력이 기형적으로 살생 쪽으로 치우친 해와 달리 영은 그 운용이 자유로웠다. 누군가의 꿈에 제 흔적을 남기는 것쯤은 그에게 아무것도 아니다.

그런 장왕 권영이 북쪽에서 전사했다. 설령 방심했다 해도 쉬이 일어날 수 없는 일이고, 피곤이 누적되어 제 실력을 발휘하지 못했다고 해도 결코 납득할 수 없는 결과다. 권영을 그저 그런 황자들 중 하나라고만 알고 있는 이들은 황실에 우환이 생겼다며 혀를 차고 말았지만 황제는 그럴 수 없었다. 그 죽음에 목적 없을 리 없다.

황제가 입술을 굳게 깨물었다.

"내 무얼 해주랴? 네 바라는 게 무어냐?"

그 차갑고도 맹렬한 눈동자로 바라는 것. 억겁을 고통받으면서 여전히 포기하지 못하고, 기어이 형제의 꿈에 나타나 피눈물 흘릴 정도로 저주하는 것.

"네 정말 모든 것이 부서지길 원하느냐?"

황제는 어둠을 노려보았다. 답은 들려오지 않는다.

❋ · ❋

맹조위는 매일 아침저녁으로 찾아와 해를 진맥했다. 시간은 속절없이 흘러 유적으로 나갈 수 있었던 첫 그믐은 이미 지나갔다. 섭성의 도움으로 쓰디쓴 약도 꼬박꼬박 마셨는데, 여전히 올 때마다 어두운 표정으로 고개를 젓는 맹조위가 해는 거슬렸다.

"먹으라는 약을 한 번도 거르지 않았건만, 그 작자는 대체 왜 날마다 고개를 젓는 것이지?"

"군주의 몸이 많이 상해 회복이 늦어지는 겁니다."

해가 신경질을 부리는데도 섭성은 차분했다. 그 동요 없는 모습이 역겹다. 해의 표정이 구겨졌다.

현북공 양섭성. 땅주인보다는 의원이 걸맞은 자. 약해빠져서 현북을 지켜내지 못할 것이라는 중론을 깨뜨리고, 홀로 일곱 해나 이 경계를 지켜온 자. 죽이는 것보다 살리는 것에 능하고, 빼앗는 것보다 잃는 것에 익숙할 자. 황금 현무가 수놓아진 검은 정복을 입고, 단 한 번도 흐트러지지 않으며, 분노하지도 슬퍼하지도 않는 자. 가족 죽인 원수조차 기꺼이 받아들이는 나약한 자.

그 속에 무엇을 품고 있는지 알 수 없어 해는 양섭성이 거북했다. 할 수만 있다면 껍데기를 벗겨내 속내를 낱낱이 파헤치고 싶었다.

"하고 싶은 말씀이 있으시면 그냥 하시면 됩니다."

해의 맹렬한 시선을 눈치챈 섭성이 눈을 마주쳐왔다. 명백히 경멸 어린 시선에도 그는 냉담했다. 치솟는 짜증을 감추며 해가 눈을 돌렸다.

"그런 것 없다."

"그렇다면 되었습니다. 쓴맛은 견딜 만하십니까?"

애초에 해가 무언가 의미 있는 말을 건네올 것이란 기대는 없었는지 섭성은 곧장 화제를 돌렸다. 그 와중에도 그의 손은 부드럽게 해의 마른 등을 토닥였다.

해는 가타부타 입 열지 않은 채 입술을 꾹 깨물었다. 양섭성의 손길은 신기하다. 끔찍한 고통을 물러나게 한다. 사지가 찢기는 것보다 고통스럽고, 심장이 뜯기는 것보다 진저리나고, 영혼이 천만 갈래로 찢겨 넝마가 되는 듯한 감각을 무디게 만든다. 따뜻하고 포근하다. 이 순간만큼은 해도 온순했다.

치유술이라 하였다. 해는 얻지 못한 힘이다. 오로지 살생만을 위해 갈고닦아진 그녀의 도력과는 상극이다.

"굼벵이도 구르는 재주가 있나 보군."

순간 멈칫한 섭성이 냉소했다.

"그걸 칭찬이라고 하시는군요."

토닥이던 손길을 거두고서 빈 그릇을 정리하는 그를 해가 곁눈질했다. 정갈한 자세. 군더더기 없는 움직임. 귀하게 태어나 바르게 배운 몸가짐. 어느 하나 흠을 잡으려야 잡을 수 없었다. 그래도 해는 속으로 '멍청한 것.' 하고 중얼거려 보았다. 그러고 나자 그 판단은 어떤 말보다 강한 진심이 되었다.

양섭성은 멍청하다.

아프다고 하여 죽는 것은 아니다. 참기 힘들다 한들 실재하는 고통도 아닐 것이다. 그가 돕지 않아도 그녀는 억지로라도 약을 삼키고, 또 삼켰을 테니 주 경계로 나가는 날이 늦춰지지도 않았을 것이다.

그럼에도 굳이 시간을 내어 원수의 고통을 덜어주고 있다. 정말로 멍청한 짓이다. 가족의 원수라면 더 고통스럽기를 바라는 것이 지당할 텐데 수고를 자처하는 이유를 알 수 없다.

"예상보다 늦어졌지만, 나쁘진 않습니다. 처음보다 많이 나아지셨으니 이번 그믐에는 밖으로 나갈 수 있을 겁니다. 그때가 되면 언제라도 참전할 수 있도록 몸 상태를 최상으로 만들어두십시오. 군주께서 이곳에서 꾸물거리는 동안에도 피해는 중첩됩니다. 이 땅의 피해는 군주의 알 바 아니겠지만, 장왕 전하를 죽게 한 것들이 살아 날뛰는 꼴은 단 한시도 견디기 어려우실 테지요."

돌아가려고 일어나는 섭성을 해가 노려보았다. 그의 말 하나하나가 고까웠다. 누가 들으면 그가 아니라 그녀가 현북의 땅주인인 줄 알겠다. 요괴들이 결계 밖에서 떼 지어 날뛰는데 저 태연자약한 꼴이라니. 무리를 해서라도 나가주십사 간청하는 게 분수에 맞을 텐데 오히려 그녀가 어서 내보내달라고 안달복달하는 처지다.

그런데 첫 그믐이 지나버렸으니 다음 그믐까지 꼼짝도 못 하게 생겼다. 몇 발자국 걷다가 현기증에 쓰러지는 일은 지난 닷새 동안 없었지만, 아직도 내성이 완성되지 않았다. 그래도 한 육신 가뿐히 운신할 정도는 되니, 해는 요괴와의 싸움에 대비해서 준비할 게 더 없을지 내내 고민했다. 옴짝달싹 못 한 채로 처소에 우두커니 앉아만 있는 것은 무척 성미에 맞지 않았다.

"양섭성."

섭성이 말해보라는 듯 해를 바라보았다. 그를 올려다보던 해가 새삼 깨달았다. 양섭성은 키가 크고 체격이 다부지다. 온화해 보이는 인상과 달리 강건한 육체다. 도력의 미약함을 극복하기 위해 노력해온 결과일까. 그의 지략과 검술이 황야 내에서도 손꼽힌다고 떠들어대던 아랫것들의 말이 떠오른다. 그래봤자 전장으로 나가 활약할 기회조차 없지 못한 땅주인이다.

보통의 땅주인이라면 위급 시 후계자에게 결계를 맡기고 바로 유적으로 가 모든 장수의 선봉에 섰을 것이다. 하지만 현북의 상황은 보통과 억만 리는 떨어져 있다. 치유력밖에 없는 양섭성은 결계 밖으로 나가자마자 요괴에게 뜯어 먹힐 것이다. 후계자가 없음은 차치하더라도 싸울 줄 모르는 땅주인을 요괴소굴로 몰아넣을 멍청이는 없다.

그러니 양섭성은 결코 전장에서 요괴와 싸우지 못하리라. 만약 그가 활약해야 하는 순간이 온다면, 그때는 이미 땅의 결계가 모두 무너져 아비규환이 도래해 있을 것이다.

"말씀하세요, 군주."

잘 단련된 육신은 그 아비규환이 도래해도 포기하지 않겠다는 선언이다. 어떤 절망에도 끝까지 버티겠다는 다짐이다. 약해빠진 주제에 포기 모르고. 미련해서 안타깝게도.

해는 뻐근해지는 심장의 감각을 무시했다.

"시장이 언제 열리지?"

"예?"

거두절미한 물음에 섭성이 미간을 모으자 해가 설명을 덧붙였다.

"나락에서 기어 올라온 요괴를 잡아 파는 기시가 언제 열리느냐?"

그믐을 전후하여 사주에서는 흔히 기시라 불리는 기묘시장이 열린다. 해는 기시에 가본 적은 없지만, 공부에 갇혀 있는 동안 요괴를 사고판다는 기시의 존재를 떠올렸다.

기시는 땅백성의 원한에 의해 탄생했다. 가족 잃고, 친우 잃고, 그렇게 제 모든 것을 잃고 분노를 가누지 못해 울부짖는 땅백성의 절망을 위로하기 위해 황제는 기묘상인을 앞세웠다. 요괴를 잡아 바쳤다. 그들은 황야에서 유일하게 국법으로 보장받는 상인회를 세웠다. 황야가 곧 망한다 해도 약해빠진 요괴 한 마리를 구해 원한을 갚고 싶어 하는 자는 바닷가의 모래알처럼 많았고, 기시는 늘 북적였다.

기묘상인은 사주를 넘나들며 장사했다. 다양한 물건이 거래되었고, 어느 기시에서나 하급 요괴 한두 마리는 구할 수 있었다.

기시는 해 질 무렵부터 자정까지 열렸다. 비교적 안전한 낮은 이동이나 요괴사냥에 써야 했기 때문이다.

섭성은 자신의 답을 기다리고 있는 해를 물끄러미 보며 입을 열었다.

"별로 좋은 생각은 아닙니다."

"너 따위가 내 생각을 어찌 알고?"

해가 인상을 찌푸렸다. 본론에 대해서는 아직 한마디도 꺼내지 않았는데, 대체 뭘 안다고 대뜸 아니라고 하는 것인지.

"기시에서 팔리는 요괴는 하등합니다. 요력 강한 것들은 사냥꾼에게 잡히지 않고, 설령 잡힌다 한들 상인들이 취급하지도 않습니다. 그들은 요괴를 두려워하지는 않지만 쉽게 보지도 않아요. 자신이 판 요괴가 사람을 해할 수 있는 상황 자체를 혐오합니다. 그러니 기시에서 구할 수 있는 요괴는 아주 약합니다. 아는 것도 없고, 애초에 말이 통하지도 않을 겁니다."

"백리가 있으니 말 같은 건……."

"하등한 것들을 고문해 나락의 상황을 캐내는 것은, 단언컨대 불가능합니다. 도력만 낭비하게 될 겁니다."

섭성이 단호하게 고개 저었다. 해는 울컥했다. 제가 힘겹게 머리 굴려 세운 계획을 듣지도 않고 무용하다 치부하니 부아가 치밀었다.

"운 좋게 쓸 만한 놈이 잡혔을지도 모르지 않으냐?"

확실히 다음 보름 때 어떤 놈들이 상승해 쳐들어올 건지 알 수 있다면 술법 구축이 쉬워진다. 도력 없는 자들에게 알맞은 부적을 써줄 수도 있다. 그러나 섭성은 고려할 가치도 없다는 듯 한숨을 내쉬었다.

"인간에게 붙잡힐 정도의 요괴는 보나 마나 하등합니다. 군주나 제가 바라는 정보를 가지고 있을 리 없습니다. 그나마 날개 달린 것들은 타고 다닐 수는 있겠군요. 딱 그 정도입니다."

해는 괜히 오기가 올랐다. 전에 소용없었다고 이번에도 소용없다는 보장이 어디 있느냐고 쏘아붙이려는데, 섭성이 별안간 표정을 풀었다.

"그나저나 경축할 만한 일이로군요."

피로해 보이던 두 눈이 묘하게 밝아졌다. 해가 경계하며 섭성을 노려보았다.

"무엇이?"

"군주께서 전략이란 걸 생각하셨지 않습니까?"

그가 살짝 웃었다.

황당해서 잠시 굳었던 해의 눈썹이 사납게 치켜 올라갔다. 저 하찮은 것이 감히 그녀를 무시했다.

"나를 바보 취급하는 것이냐?"

해가 섭성을 당장 찢어 죽일 듯이 노려보았다. 분노 앞에서도 섭성은 태연했다.

"세상 사람들은 평해의 옛 군주가 생각이 없다고들 합니다. 무작정 돌진하고 부수고 짓밟고 뭉개는 것밖에 할 줄 모른다고 떠들지요. 하지만 그게 아니란 걸 방금 증명하시지 않았습니까?"

듣자 하니 점점 가관이다.

"네까짓 게 감히!"

"그리고 저는 군주를 바보 취급한 적이 없습니다. 말을 있는 그대로 받아들이지 않고 곡해하시는 것은 아주 나쁜 버릇입니다."

어처구니가 없어 헛웃음이 탁 터졌다. 그녀가 말뜻을 곡해한 것이 아니라 저놈이 표리부동한 것이다. 겉과 속이 다른 것을 꿰뚫어 보았더니, 그것을 곡해라는 나쁜 버릇으로 몰고 간다. 아주 악질적인 놈이다.

"나쁜 버릇이라니? 네가 분명……."

"어쨌든 전략을 생각하시는 것은 좋은 태도입니다."

섭성이 해의 말을 잘라냈다.

"위험은 최소화하는 것이 상책이고, 전략이 우리가 가진 전부입니다. 요괴보다 약한 인간이 지금까지 지상을 지배할 수 있었던 것은 남녀노소 무관하게 생각할 줄 알기 때문이지요. 그 유일한 이점을 늘 기억하는 것이 결계 밖에서는 특히 중요합니다."

인간은 사고할 줄 안다. 항상 많은 것을 고려한다. 요괴는 오직 요력에 미쳐 있다. 그것들은 전략을 모른다. 쳐들어와서 사냥하는 것 말고는 아는 게 없다.

그 천지분간 못 하는 하급의 요괴들은 사주 땅백성의 천적이다. 그것들은 두려움 모르고, 죄 생각하지 못하며, 부정 겁내지 않으니 닥치는 대로 인간을 집어삼킨다. 전략만이 그 무자비한 적으로부터 인간을 지킬 수 있다.

해는 양섭성에게 반박할 말을 찾아 머리를 굴렸다. 반절은 이해하고, 반절은 납득 못 했으나 이대로 입 다무는 것은 싫었다. 수년간 철옥에 갇혀 만난 이라곤 백리가 고작. 백리는 그녀와 말싸움하려 들지 않으니, 해가 조리 있는 언변을 구사치 못하는 것이 당연했다. 그것을 빤히 아는데도 해는 굽힐 수 없었다. 양섭성 따위에게 말로라도 밀리고 싶지 않다. 평해의 자존심이 허락지 않는다.

"요괴라고 하여 생각을 하지 못하는 것은 아닐진대?"

마침내 반박할 구석을 찾아낸 해가 의기양양하게 입꼬리를 말아올렸다. 섭성은 그녀를 물끄러미 바라보았다. 가벼운 한숨이 부서졌다.

"군주의 기준은 아주 잘못되었습니다."

"무어?"

해가 눈을 치켜떴다.

또, 또. 아주 멍청이 취급이다. 멍청이 주제에!

"백리 님을 기준으로 삼아선 안 됩니다. 그분은 인간보다 훨씬 더 인간 같으시지요. 군주께서 철옥에 유폐되어 있는 동안 대내외적 업무는 모두 알아서 처리해주셨을 겁니다."

섭성이 지적했다. 백리는 영리하고 약았으며 단호하다. 그는 하급하지 않으니까. 결코 하급할 수 없으니까. 당장의 요력에 눈먼 것들과 그를 동일선상에 놓고 생각하는 것은 명백한 모욕이다.

"하나 백리 이외에도……."

"군주의 옛 권속들을 기준 삼아서도 안 됩니다."

해가 말을 다 꺼내기도 전에 섭성이 말허리를 가로챘다. 분한 마음에 섭성을 노려보던 해가 입술을 달싹이다가 꾹 닫았다. 더 반박하고 싶었으나 마땅한 게 떠오르지 않았다. 운을 떼기 무섭게 그건 틀렸다며 양섭성이 비웃을 게 뻔해서 쉽사리 아무 말이나 내뱉을 수도 없었다. 결국 풀 죽은 목소리로 해가 되물었다.

"어찌?"

"어디서부터 바로잡아드려야 할지 감조차 잡히지 않는군요. 군주의 지식은 보통은 상식과 동떨어져 있습니다."

해의 얼굴이 구겨졌다. 멍청한 양섭성에게 멍청이 취급을 받으니 정말로 불쾌했다.

저것을 역시 죽여버렸어야 했나?

해가 무시무시한 생각을 하는 걸 아는지 모르는지 섭성은 설명을 이었다.

"요괴 중 절대다수는 힘만 센 짐승에 불과합니다. 본능대로 움직일 뿐이지요. 나락에서 기어 올라오는 것도, 기어이 틈으로 빠져나와 인가를 덮치는 것도 오직 요력을 얻기 위해서입니다. 감정은 없습니다. 인간이 미워서도 싫어서도 아니지요. 그렇게 태어난 겁니다."

"그렇게 태어났다?"

"네, 단지 그뿐이지요. 그러다가 요력이 쌓이면 이야기가 달라집니다. 요력을 위해서라면 불구덩이에라도 뛰어들던 것들이 몸을 사리기 시작합니다. 더는 천둥벌거숭이가 아니게 된 그것들은 생각하고 사고하며 선택합니다."

바로 그때가 힘센 짐승에 불과하던 것들이 위험천만한 괴물이 되는 순간이다. 하급에서 중급이 되는 것이다.

요력이 쌓일수록 요괴의 행동은 인간을 닮아간다. 그러나 도덕이나 신념은 없다. 업보의 무게를 깨닫기 전까지, 먹고 먹어도 굶주린 아귀처럼 인간을 집어삼킨다.

그러다 어느 순간을 기점으로 그것들은 중하급을 탈피한다. 요력이 쌓여 상급으로 올라서는 때에, 비로소 업보의 무게를 깨닫는다.

전장을 벗어나 인간을 해하는 행위의 무거움을 알게 된다. 결계를 파훼하고 침입해 들어가, 무방비한 인간을 씹어 삼키는 것이 득되지 않음을 이해한다. 지성 지닌 인간을 해쳐 얻은 요력은 부정하고, 부정한 요력이 정화되려면 살아온 시간의 곱절이 필요하니까. 하여 부정을 받아줄 인간주인을 둔 경우가 아니라면 그들은 늘 업보로부터 안전한 결계 밖에 있다.

그렇게 이성 얻고 판단력 얻어 상급이 된 요괴 중 극히 일부만이 이치를 깨달아 하늘의 문을 열 자격을 얻었다. 아주 긴 세월 살아가는 요괴는 갈수록 영리해지고 야비해지니, 태초의 땅주인들이 남겨둔 유적이 없었다면 인간은 진즉 요괴에게 멸절당했을 것이다.

"권속 삼을 수 있는 요괴의 급은 대개 주인의 도력에 비례합니다. 군주께서 권속 삼으신 것들은 상급 중 상급, 귀족 요괴 이상이었을 겁니다. 당연히 어느 정도 지략을 갖추고 있었을 테지요. 그들을 일반적인 기준으로 삼지 마십시오. 아시겠습니까?"

해가 뚱하게 입을 다물었다. 삼척동자도 아는 사실을 하나하나 되짚어주어야 하는 상황이 섭성은 피로했다.

물론 해를 탓할 일은 아니다. 그녀는 황야의 제일술사고, 주변에도 대단한 자들이 넘쳐났을 터다. 모두 똑같이 대단하다면, 그 무리에 속한 대단한 이들 눈엔 서로가 평범하게 보이는 법. 백리가 얼마나 대단한지, 자신의 옛 권속들이 얼마나 요력 높았는지 해는 알 필요가 없었다. 황당할 정도로 다른 세상을 살아온 이다. 그 세상에서 상식은 무가치하고, 불필요했을 것이다. 그러나 현북으로 온 이상 그녀는 상식에 발 디뎌야 한다.

"아시겠습니까?"

섭성이 재차 대답을 촉구했다. 마지못해 고개 끄덕인 해가 시무룩하게 대꾸했다.

"기껏 생각해낸 것이 무용하다는 것은 알겠다."

의외로 순순히 나온 긍정에 섭성이 잠시 해를 응시했다. 잔소리를 하느라 보지 못한 모습이 뒤늦게 보인다.

기죽은 평해의 폐주.

상종하게 될 리 없기에, 역시 보게 되리라 상정한 적 없던 모습.

어쩌면, 아주 어쩌면. 포악하고 잔혹하며 오만방자한, 황제조차 어찌하지 못하는 미치광이라는 선입관에 저 역시 사로잡혀 있었던 것은 아닐까. 장왕 권영에게 눈멀어 그 어떤 것에도 가치 두지 않았을 뿐, 가만 들여다보면 생각하고, 인내하고, 결정하는 평범한 계집인 건 아닐까.

해가 현북에 도착한 직후부터 섭성은 줄곧 그녀를 지켜보았다. 그녀는 좀 난폭하긴 해도 아예 예측 불가한 방향으로 튀지는 않았다. 설득하고 설명하면 납득하고 기다렸다. 남들 앞에선 제법 폐주답게 굴었고, 섭성을 무시할지언정 막무가내로 깎아내리지는 않았다.

섭성은 비로소 확신한다. 기해는 소문처럼 미치광이가 아니다. 그녀는 미치지 않았다. 권영에게 눈멀었을지언정 마구잡이로 사람을 죽이는 살인자는 아니다. 권영을 위태롭게 하는 자가 아니라면 그 어떤 관심조차 두지 않는다. 오직 권영을 위태롭게 하는 자만을 죽이고 찢어발겼다.

그렇다면 현북의 누가 이미 죽은 권영을 위태롭게 하여, 끝내 기해의 분노를 살 수 있을까.

양섭성은 선택의 기로 앞에 섰다. 지나치게 잘 벼려진, 하여 그조차도 단칼에 베어버릴 위험한 무기를 응시했다. 언제까지고 그녀를 공부에 묶어둘 수는 없다. 결국엔 어떤 속박도 없는 바깥으로 내보내야 한다.

첫 번째 그믐은 지나갔다. 좋든 싫든 해는 현북의 원군이고, 출정을 위해서라도 현북에 한시바삐 적응시켜야 한다. 땅의 독기에 대한 내성은 그 땅의 것들에 자주 노출될수록 빠르게 길러지니, 그녀를 밖으로 내보내 새로운 것을 겪게 하면 도움이 될 것이다.

섭성의 두 눈이 굳게 감겼다 떠졌다.

"기시 때문이 아니더라도 나가는 건 좋은 생각입니다. 현북의 다양한 땅과 공기를 많이 접할수록 적응은 빨라질 겁니다. 지난 며칠, 군주께서 하신 고민이 아주 무용한 것은 아니었습니다."

구겨져 있던 해의 표정이 풀어졌다.

"좋은 생각이라고?"

황제의 형구조차 없이, 그 어떤 태초의 속박도 없는 곳으로 그녀를 내보내는 것은 위험한 짓이다. 섭성의 판단을 비웃듯 해가 진짜 미치광이가 되어 요괴처럼 날뛸지도 모른다. 그녀의 도력에 죄 없는 땅백성이 찢겨나가도 막아낼 힘이 섭성에겐 없다.

그래도 섭성은 결정을 했다. 위험한 걸 알면서도 칼을 끌어안아야 할 때가 있다면 바로 지금일 테니까.

"예, 아주 좋은 생각입니다."

지금의 기해는 안전하다. 요괴가 아니라면.

언제 풀 죽었냐는 듯 완전히 기운 차린 해의 두 눈이 빛났다. 그녀가 무구한 아이처럼 묻는다.

"너는?"

"저 대신 천소가 뒤따를 겁니다."

"그래?"

"외출 전에 알려만 주십시오. 어쨌든 군주의 거취는 제 책임이니."

알겠다며 고개를 끄덕이는 해를 두고 섭성은 밖으로 나왔다. 빈 약그릇을 종복에게 건넨 후, 조금 고민하다가 발길을 정했다.

찾아야 할 게 있다. 며칠째 찾고 있지만, 아직 찾지 못한 것. 어쩌면 영영 찾지 못할지도 모르지만, 무언가 그릇되었다는 것을 알면서도 손 놓고 있을 수는 없다.

잠시 후, 그는 거대한 전각 앞에 섰다.

태초의 천인은 황야 곳곳에 유산을 남겨두었다. 이제는 실전되어 재현조차 할 수 없는 비술들이 유산들 속에 살아 있었다. 양섭성이 멈춰 선 '기록관'도 그중 하나다.

각 권역마다 하나씩 존재하는 기록관에는 땅주인 일가의 모든 일이 활자화되어 보관되었다. 하여 기록관은 땅의 기억이라 불렸고, 오직 땅주인만 자유롭게 드나들었다. 평범한 겉보기와 달리 진짜 규모는 가늠 불가하였고, 땅주인조차 구조를 정확히 알지 못했다. 한없는 기록 앞에 선 자는 생의 유한함과 미력함에 짓눌렸다.

태초의 손길이 남아 있는 기둥은 번들거렸고, 푸르스름한 결계가 정문에서 빛났다. 결계는 팔방으로 뻗어나가 문서고 전체를 휘감았다.

섭성이 결계를 향해 손 뻗었다. 손이 닿자 푸른 기운이 강하게 진동했다. 오싹한 감각이 전신을 훑고 심연을 들여다본다. 섭성의 몸이 절로 떨릴 즈음이 되어서야 결계는 방문객을 허락했다.

육중한 문이 열렸다. 눈부신 빛이 쏟아져 나오는가 싶더니 이내 잠잠해졌다.

섭성은 천천히 안으로 들어갔다.

현북의 역사가 이곳에 있다. 셀 수 없이 많은 서책들. 그것들은 태초의 현북공 때부터 섭성의 아버지 시대까지, 모든 시간을 품는다. 아주 큰 사건부터 사소한 소란까지 현북공가와 관련된 모든 것이 기록되어 있다. 무수히 많은 이야기와 사건과 행복과 상실이 이곳에 잠들어 있다.

섭성은 태산처럼 쌓인 방명록 앞에 섰다.

"여기까지 봤으니……."

연도를 확인한 섭성이 보지 않은 방명록을 꺼냈다. 현북의 기록은 현북공가 위주이고, 현북을 찾는 땅주인의 핏줄은 어떤 식으로든 현북공가와 연결되어 있다. 덕분에 땅주인 핏줄의 방문은 항상 기록된다.

기해의 나이는 올해 스물넷. 최근 일곱 해 동안 철옥에 유폐되었던 그녀가 만약 현북에 왔었다면, 그 가능성이 있는 기간은 그리 길지 않다. 기껏해야 팔 년. 타주로의 이동이 허락되는 열 살부터 철옥에 갇히기 전인 열일곱 살까지. 섭성의 나이가 여덟에서 열다섯이 되기까지의 시간이다.

섭성의 기억은 아주 어릴 때부터 시작된다. 서너 살 때의 일도 중요한 사건은 선명하다. 여덟 살이 넘은 그가 평해공주처럼 귀한 손님이 현북에 온 것을 잊었다는 것은 말이 안 된다. 해는 일곱 해 전 현북공 일가를 모두 죽였던 그날 현북에 온 것이 처음이라 말했다. 섭성의 기억으로도 그가 해를 본 것은 그때가 처음이었다. 그의 기억에서도, 해의 기억에서도 그녀는 칠 년 전 처음 온 것이 맞다.

그러나 증상은 다른 말을 한다. 해가 더 오래전에 현북에 왔었다고. 땅의 독기에 내성을 만들어주는 약을 복용하던 중이나 그 후에 혼백에 끔찍한 상처를 입었다고.

일곱 해 전 생긴 상처일 리는 없다. 그때 그녀는 현북에 들어서자마자 땅의 독이고 뭐고 전부 무시한 채 살육에 전념했다. 당시에 내성을 기르는 약을 복용한 적 없으니 혼백 깊숙이 상처를 입었다 한들 약을 거부하는 방식으로 나타났을 리 없다.

그러니 문제가 있었다면 분명 그 전이다. 섭성의 기억에도, 해의 기억에도 없는 더 먼 옛날의 순간이다. 기록은 거짓말을 하지 않으니 방명록을 살핀다면 그녀의 흔적을 잡아낼 수 있을 것이다. 그런 믿음으로 며칠째 틈만 나면 기록관에 들러 방명록을 확인했다. 이제 마지막 한 권이 남았다.

섭성은 열네 해 전 방명록을 펼쳤다. 해가 정상적인 방식으로 현북에 왔다면 여기 기록되었을 터다. 비정상적인 방식으로 왔다면 더 어릴 때 왔을 수도 있지만, 섭성은 그 가능성은 접어두었다. 공주를 끔찍하게 아꼈다는 선대 평해왕 부부가 제 어린 딸을 타주에 보냈을 리 없으니까.

섭성은 천천히 기록을 살폈다. 일자별로 주요행사와 방문자 명단이 정리되어 있었다. 행사마다 적게는 수십에서, 많게는 수백의 이름이 올라 있었다. 그의 시선이 어느 순간 고정되었다.

[황실요괴대사냥전]

열네 해 전 이루어진 요괴사냥.

대사냥전은 황족과 땅주인의 핏줄들이 공식적으로 제 권역을 벗어날 수 있는 유일한 정기행사다. 사냥대회의 형식을 빌리고는 있지만, 주 경계의 상황이 가장 나쁜 곳을 도와서 어려움을 헤쳐나가자는 의미가 더 컸다.

대사냥전은 황제가 직접 행차하거나, 황경화 능력이 아주 강력한 허수아비를 대리자와 함께 보내 진행한다. 그 덕에 땅주인도 자유로이 원군을 보낼 수 있었다. 땅주인과 귀족들은 제 가문의 영향력을 뽐내기 위해 최정예를 선발해 출전시켰고, 황제는 가장 많은 요괴를 사냥한 자에게 큰 상을 내렸다. 공이 월등한 경우에는 황경의 일부를 식읍(食邑, 영지)으로 내리기도 했으니, 몰락한 귀족들은 대사냥전 참전을 최고의 영예로 쳤다.

대사냥전은 다섯 해마다 열리는데, 최근 대사냥전은 네 해 전이었다. 현북을 비울 수 없는 섭성은 당연히 참석하지 못했다. 그 누구도 보내지 못했기에 땅주인의 자격이 없다는 조롱이 뒤따랐다. 아홉 해 전 열린 사냥전에도 가지 않았다. 맹조위의 밑에서 의원의 길을 걷던 때였고, 배움이 더 시급했다. 그리고 열네 해 전은…….

"……."

섭성은 가만히 명단을 살펴 내려갔다.

평범한 이라면 살면서 한 번 만나기도 힘든 고위귀족의 이름이 줄줄이 나열되어 있었다. 사주와 평해의 땅주인 가문은 물론이고, 황경의 황족과 귀족, 땅주인의 가신들까지 참가한 대규모 사냥전이었다. 이름을 살피던 섭성의 눈빛이 점점 가라앉더니, 얼굴이 눈에 띄게 굳어갔다.

첫 장에는 사냥전의 주최지인 현북과 관련된 이름이 있었다. 현북의 기록인 만큼, 기록관은 황족보다도 현북공가를 우선시했다. 두 번째가 황족과 황경의 귀족들, 이어서 평해의 일족들, 마지막으로 사주의 관계자들. 한 명 한 명, 손가락으로 짚어가며 누락되는 이름 없이 머릿속에 차곡차곡 쌓았다.

톡. 톡.

섭성이 손가락이 내려가길 멈추고 같은 곳을 톡톡 두드렸다.

[태황자 권운]

일황자도, 이황자도 아닌, 역사 이래 유일한 태황자.

"폐하께서?"

황제가 황자이던 시절, 현북에 온 적이 있었다. 섭성의 기억에는 없는 일이다. 이 오래된 방명록을 펼쳐보지 않았다면 영영 몰랐을 것이다. 잊어버렸을 리가 없는데. 다른 사람도 아니고, 황제의 방문을 잊었을 리가 없는데.

그런데 잊어버렸다. 왜? 어째서? 떠오를 듯 떠오르지 않는 일들. 짙푸른 안개에 휩싸인 모호한 진실. 형체 없는 답답함에 가슴이 조였다.

섭성은 마저 읽었다. 그의 손가락이 재차 멈추었다.

[오황자 권영]

장왕 권영. 기해의 주인.

"장왕……."

본디 이 명단에 있을 수 없는 이름이다. 아주 예외적인 경우를 제외하면 열 살이 되지 않은 땅주인의 핏줄은 제 권역을 벗어날 수 없다. 황족도 예외는 아니다.

황제의 땅은 넓게 보면 황야 전체지만, 좁게 보면 황경뿐. 제국 전체가 황제의 땅이므로 황경 밖의 영토도 황족에게 치명적일 수 없다고도 하지만, 알려지지 않은 부작용이 있을 수도 있다. 당연히도 황실은 열 살이 되지 않은 황족을 황경 밖으로 내보내는 일을 극도로 꺼렸다.

열네 해 전의 권영은 고작 여덟 살이었다. 열 살도 되지 않은 어린 황자가 어떻게 북쪽으로 와서 사냥대회에 참가할 수 있었을까?

괴이한 일이다. 무언가, 어떤 것인가가 있다. 섭성이 모르는 것. 알지 못해온 것. 영영 알 수 없을지도 모르고, 영영 몰라도 상관없을지도 모른다.

그러나 잊어버린 것을 납득할 수 없는 두 방문자의 이름을 본 순간, 섭성은 알았다. 해가 처음 현북에 온 것은, 분명 이때다.

섭성은 기록을 넘겼다.

마침내 보았다.

[평해공주 기해]

그 이름이 있었다.

"기해……."

심증이 증좌를 얻었다. 열네 해 전, 해는 현북에 왔었다. 그녀도, 그도 잊었지만, 분명 이곳에 있었다.

섭성이 얕게 신음했다. 손끝이 차갑게 식는다. 문득 깨닫는다. 황제, 장왕, 기해뿐 아니라 대사냥전 자체가 기억에 없다. 잊었다는 것조차 잊어버릴 만큼 깨끗하게 잊혔다. 기억의 빈자리는 흔적조차 남기지 못했다.

三

기해는 열네 해 전, 현북에 왔었다. 그 사실이 섭성의 머릿속에 없다. 원인조차 모르는 구멍이 있었다. 어쩌다가 생긴 공백일까, 자문하던 섭성이 고개를 들었다.

"양섭성."

바로 앞에 해가 서 있었다. 창백하던 얼굴엔 혈색이 돌아와 생기로웠고, 선 고운 입술과 초승달 같은 풍성한 속눈썹이 도드라진다. 섭성의 가슴께나 올 법한 작은 체구와 바짝 야윈 손목은 개미한 마리 죽이지 못할 듯 연약하기만 하다. 새까만 눈동자는 지극히 깨끗하니, 그녀를 처음 본 자에게 이 무해해 보이는 계집이 황야에서 가장 냉혹한 미치광이라 평받는 평해의 폐주라고 말한다면 백 중 백 믿지 못할 것이다.

새삼 생각한다. 참 아름다운 얼굴이라고. 한 번 보면 어떤 방식으로든 인상이 남을 수밖에 없을 것이라고.

"어쩐 일로 오셨습니까?"

"오늘 밖에 나가야겠다."

잊을 수 없는 자인데 잊었다. 있을 수 없는 일인데 일어났다. 섭성의 미간이 살짝 모였다.

그의 표정을 외출하겠다는 말에 대한 반응으로 받아들인 해가 퉁명스레 쏘았다.

"돌아다니는 게 적응에 도움이 된다며?"

맹조위가 예상한 것보다 적응이 늦어지고 있어 해는 초조했다. 이번 그믐도 놓칠 수는 없다. 바깥을 돌아다니는 게 도움이 된다면 마다할 이유가 없다. 나가도 좋다 할 땐 언제고 이제 와서 미간을 구기는 양섭성의 작태가 짜증난다.

"하루라도 빨리⋯⋯."

그가 행여 한 입으로 두말할세라 몰아붙이려는데, 섭성이 고개를 끄덕였다.

"조심히 다녀오십시오."

명료한 허락이었다. 이번엔 해가 미간을 살짝 구겼다. 일단 원하는 바를 얻긴 얻었는데, 그의 말이 기묘했다. 조심히 다녀오라니. 이 세상에 해가 조심해야 할 것은 없다. 감히 누가 그녀를 위험하게 만들 수 있겠는가.

그 말인즉, 경고였다. 해는 가해하는 쪽이었지 피해받는 쪽이 아니었으니까.

"현북의 백성에게 피해 가지 않도록 조심하란 뜻이냐?"

"그렇습니다."

"그리 걱정이 되면 네가 따라오면 되지 않으냐? 하긴 따라온들 무슨 도움이 되겠느냐마는, 네 백성은 안심하겠지."

해가 대놓고 그의 무력함을 조롱했지만 섭성은 보일 듯 말 듯 웃었다. 날렵하던 눈시울이 조금 처졌다.

"나들이를 별로 좋아하지 않습니다."

섭성은 고개를 저었다. 물론 가능하다면 따라나서는 게 그도 마음 편할 것이다. 그러나 그는 땅에 묶인 몸. 더 정확히는 공부에 매였다.

공부의 중심에 있는 땅의 심장에서 멀어질수록 결계와 섭성의 연결은 약해진다. 그의 미력한 힘으로는 중심에서 멀어질수록 결계를 유지하기 위한 도력의 소모가 심해진다. 타고난 수명이 길어도 그 생명을 깎아 부족한 것을 메꾸는 데도 한계가 있다. 최대한 소모를 줄이는 방향으로 행동할 수밖에 없다. 그런 사정을 굳이 구구절절 해에게 이해시킬 필요는 없다.

"그래? 무어, 그럼 다녀오겠다."

의문스러운 눈초리로 섭성을 지켜보던 해가 돌아섰다. 조심하라는 말 외엔 가타부타 조건을 달지 않는 것이 의아했지만, 이건 안다. 만약 자신이 사고를 친다면 섭성은 그간 베풀어온 호의를 더는 베풀지 않을 것이다.

약을 마실 때 섭성의 도움은 꽤 쓸 만했다. 혼자 마시던 때에 비하면 식은 죽 먹기처럼 쉬웠다. 해는 분명 제멋대로지만 일의 선후를 안다. 지금의 최우선은 현북에 적응하는 것이고, 이 외출도 전부 빠른 적응을 위해서다. 고의로 사고를 쳐 일을 그르칠 생각은 없다.

그리고 섭성은 유적으로 가고 싶어 안달 난 그녀를 믿어야 했다. 해는 아군이고, 그녀를 내보내는 것은 그에게도 중요한 일이니까.

섭성은 멀어지는 해를 조용히 응시했다. 목적을 정하면 내달리는 성정과 꿍꿍이 숨길 줄 모르는 오만함이 읽기 쉬우니 차라리 편했다.

해에게서 시선을 거두며 문득 중얼거렸다.

"참 이상한 일입니다, 군주. 군주와 저는 하나의 하늘 아래 함께할 수 없는 악연일진대, 지금의 저는 군주께 다녀오라고 말하고, 군주는 제게 다녀오겠다고 말하는군요."

찰나 입가에 걸린 고소가 이내 흩어졌다.

열네 해 전, 그들은 분명 만났다. 그는 현북공의 적자였고, 그녀는 평해의 공주였다. 먼 길 달려온 귀객을 환대하는 자리에 그가 없었을 리 없다.

한 번 보면 잊을 수 없는 외모다. 그 아름다움이 경국지색이라, 어려서도 크게 다르지 않았을 것이다. 아름다운 것에 무딘 양섭성이라 해도 잊었을 리 없고, 쳐다보지 않았을 리도 없다.

그럼에도 그녀를 포함한 대사냥전 자체가 기억에 없다는 것은, 필시 그때 무슨 일이 생겼다는 방증. 그 문제가 현재에도 영향을 끼쳐, 땅의 독기가 그녀를 잡아먹으려 드는 것이다.

문제의 정체를 알고 싶다. 이제 와 상관없는 일일지도 모른다. 잊어버리고도 멀쩡히 잘 살아왔으니, 굳이 긁어 부스럼을 만들 필요가 없을 수도 있다.

그러나 일곱 해 전, 기해가 벌인 혈사는 명백히 비정상적이었다. 아무리 권영에게 무조건적인 충성을 보내고 있었다고 해도 하나의 땅주인 가문을 그리 멸문시켜서는 안 되는 것이었다. 장기적으로 황야 전체의 안위를 위협하고, 지금에 이르러서 결국엔 권영을 죽게 만든 선택이 되었다. 해는 멍청한 미치광이가 아니니, 제 행동이 초래할 위험을 몰랐을 리 없다.

어디선가, 무언가가 잘못되었다.

그리고 섭성은 해를 망가뜨린 어떤 일이 열네 해 전 있었으리라 생각한다. 그때 일어난 일을 알 수 있다면 기해의 광증을 가라앉힐 수 있을지도 모른다. 장왕이 죽은 지금, 기해의 광증을 제어하는 것은 제국의 안위를 위해서도 꼭 필요하다.

'숙부님께 다음 그믐 때 와달라고 청해볼까?'

유적에 있는 양세계라면 사냥전에서 있었던 일을 알지도 모른다.

'아니, 좋은 생각이 아니야.'

섭성은 곧장 고개를 저었다. 양세계는 유적을 지키는 대장군이다. 도력은 없어도, 그의 혈관을 타고 흐르는 현북공가의 피가 유적을 움직였다. 유적에 새겨진 태초의 결계는 현재 그 누구보다 양세계에게 호의적으로 반응한다. 그가 없으면 유적의 무사를 장담할 수 없다. 한낱 궁금증을 위해 그 중요한 대장군을 불러들이는 건 말이 안 된다.

'기록관을 더 뒤지는 게 낫겠어.'

기록이란 것은 하루 동안에도 엄청나게 생성된다. 사냥전이 열린 보름 동안 얼마나 많은 기록이 생성되었을지는 알 수 없다. 그 안에 섭성이 찾는 답이 없을지도 모른다.

하지만 섭성은 기록관을 뒤지기로 했다. 땅에 묶인 무력한 땅주인이 할 수 있는 일이란 그런 일들뿐이다. 도력을 소모하지 않고 오로지 시간만 투자하면 되니 천계에 바칠 것이라곤 목숨뿐인 양 섭성에게 딱 어울리는 일이다.

섭성이 자리에서 일어났다.

"나리, 안색이 안 좋으셔요. 맹 의원님을 불러올까요?"

밖으로 나오자 마당을 치우고 있던 견이 말을 걸어왔다.

"되었다. 신경을 좀 써서 그런 것이니 염려 마라."

비질을 멈춘 채 섭성을 빤히 보던 견이 살짝 한숨을 내쉬었다.

"역시 맹 의원님을 한번 만나뵙는 게 좋겠어요."

어느 틈엔가 바짝 다가온 견이 맹 의원을 만날 것을 다시 청했다. 섭성이 순간 당황했다. 지나치게 기척 없는 움직임이다.

"되었……."

반사적으로 고개를 젓던 섭성이 말끝을 삼켰다. 맹 의원. 맹조위. 돌연 떠오르는 바가 있었다.

맹조위는 열네 해 전에도 현북에 있었고, 의원이었다. 그는 그때도 공부에 자주 드나들었고, 고위귀족도 종종 진맥했다.

어떤 사건이 있었다면, 양세계보다도 맹조위가 알고 있을 가능성이 더 컸다. 누군가 아프거나 다쳤다면 필시 그를 불렀을 테니까.

"스승님께……."

맹조위를 찾아가는 게 실마리 하나 없이 광활한 기록을 뒤지는 것보다 훨씬 나을 터다. 공부를 떠나야 한다는 단점이 있지만, 한낮이니 잠깐은 괜찮을 것이다. 답을 위해 약간의 모험을 할 가치가 있다.

"나리?"

혼자 생각에 잠긴 섭성을 견이 불렀다. 정신을 차린 섭성이 견을 물끄러미 바라보았다.

수더분한 외모였다. 눈매가 처져 온순해 보였고, 슬며시 웃을 때면 뺨에 볼우물이 팼다. 목청 높이는 일 없이 조용했고, 몸가짐에도 조심성이 있어 어디서 사고 한번 친 적 없다. 눈치가 빠르고 영민하여 윗사람 심기를 거스르는 일도 없고, 늘 문제의 핵심을 꿰고 있다. 어딜 가든 호감을 사고, 신뢰받을 것이다. 그 영특함을 탐내는 자는 필시 많을 터.

그런데도 견은 섭성의 곁에 있다. 가족을 다 잃은 이 땅에 남아, 제 가족을 지켜주지 못한 땅주인에게 헌신한다. 왜? 어째서? 물음은 차마 소리 되지 못한 채 바스러졌다. 사고는 더 전진하지 못한 채 사라졌다.

"그래, 스승님을 뵈어야겠다."

섭성이 고개 돌렸다.

※ · ※

사주의 대부분을 차지하는 주 경계는 요괴와의 전장이다. 황무지인 데다 언제 열릴지 모르는 틈 때문에 평것들이 나다닐 수 없다. 인간이 살 수 있는 곳이라곤 성벽 모양의 고대유적이 고작이다.

그 거대한 황무지를 넘어가면 바깥세상이 펼쳐지는데, 그곳엔 인간의 나라가 무수히 많았다. 황야는 술사를 이용해서 그들과 교역했다. 안타깝게도 현 현북공 양섭성의 도력이 지극히 미흡하니 밖으로 통하는 교역로는 그 역할을 잃었다.

현북엔 상단을 보호할 술사가 남아 있지 않았다. 안전한 무역으로는 도저히 이익을 낼 수 없는 상단만 간간이 교역을 시도했다. 도박과 다름없는 도전은 대개 실패로 끝났다. 이내 바깥세상은 현북에서 잊힌 세계가 되었다.

매달 보름이 가까워지면 사람들은 극도로 예민해졌다. 달 기운을 받은 요괴는 여느 때와 달라서 현북의 결계는 왕왕 무너졌다. 결계를 부수고 들어온 요괴는 식인에 몰입했다. 공포에 질린 이들은 하나둘 현북을 등졌다. 남은 이들은 힘없고 나약한 자들과 책임감 충만하여 차마 이 땅을 저버리지 못한 자들뿐.

그러나 모든 어려움과 별개로 현북은 아름다웠다. 연분홍 꽃나무가 검회색 돌담과 대조되어 도드라졌다. 바람이 불면 손톱만 한 꽃잎이 흩날렸다. 재잘거리는 웃음은 절망 속에서도 피었다. 백성은 좌절하되 다시 일어났다. 그 강인함은 포기 모르는 땅주인을 닮았다.

"아씨, 저자에 가보실는지요?"

천소는 현북을 제대로 구경시켜주겠다며 의욕 넘쳤다.

"소인이 아씨께 어울릴 패물을 파는 점포를 알고 있습니다. 이쪽으로 오셔요."

발밭게 안내하는 천소를 해는 군소리 없이 따라갔다. 가는 도중 몇몇 사람들과 마주쳤는데, 천소는 그때마다 꾸벅꾸벅 예의 바르게 인사했다.

"천소 아니냐?"

웬 중년남자가 친근하게 말을 걸어왔다.

"아저씨! 이게 얼마만이지요? 잘 지내셨지요?"

"늘 그렇지. 현북공께선 건강하시냐? 너무 무리하시는 건 아닌
지 염려가 되는구나."

"주인나리께서는 건강하셔요. 타고난 강골이시잖아요."

천소가 주먹을 불끈 쥐며 자부심 넘치는 웃음을 지었다.

"건강하시다니 다행이구나. 한데 그 계집은……."

"아저씨!"

그 계집이라 표현했을 뿐인데도 천소는 남자가 누굴 언급하는
지 바로 알아들었다. 사색이 되어 도리질 치며 황급히 손가락을
입에 가져다 댔다. 중년남자는 그제야 뒤에 있던 해를 발견했다.
주름진 얼굴이 무섭게 굳었다. 찰나 살의가 피어올랐다.

어처구니가 없어서 해가 미간을 구겼다. 하룻강아지 범 무서운
줄 모른다지만, 하찮은 벌레 같은 것이 저를 보고 살기를 뿜는 게
같잖았다. 손가락 한 번 튕기면 주검 되어 땅에 널브러질 주제에.

"저는 아씨와 갈 곳이 있어서 이만 가볼게요. 다음에 또 뵈어요.
분이한테도 안부 전해주시고요. 조만간 한번 들를게요."

심상치 않은 분위기를 감지한 천소가 서둘러 만남을 마무리했
다.

"어어, 그래. 그러마. 별일 없어도 가끔 안부 전해다오. 분이가
네 소식을 많이 궁금해한다."

"네에, 그럴게요. 조심히 가셔요."

천소는 과할 정도로 꾸벅 인사해서 중년남자를 등 떠밀었다. 그리고는 천연덕스럽게 웃으며 해가 묻지도 않은 것을 조잘조잘 늘어놓았다.

"소인이 공부에 들어오기 전에는 저 아래 남사골에 살았거든요. 분이는 그곳에서 어려서부터 함께 커온 죽마고우인데, 저 아저씨는 분이 아버지셔요. 소인이 요 몇 달 일이 바빠 통 안부를 전하지 못했더니 이리 만나지네요. 안부라도 전하라는 하늘의 뜻인가 봐요."

태연한 척 구는 천소의 낯빛에 긴장한 기색이 역력했다. 땋은 머리를 연신 만지작거린다. 분이 부친이 내뿜고 간 살의가 못내 걱정스러운 것일 터다. 해가 조금만 수틀려도 그의 목숨은 장담하지 못하게 될 테니까.

"그래?"

해는 천소를 빤히 보다가 대수롭지 않은 투로 대꾸했다.

이런 적의는 흔히 있는 일이다. 그녀에게 주제 모르고 살의 내뿜는 것들은 무수히 많다. 대부분 벌레만도 못하여 신경 쓸 가치조차 없었다. 주변에 날아다니는 모든 날파리를 일일이 수고스럽게 잡는 이는 없지 않은가. 유독 귀찮게 들러붙는 것이라면 이야기가 달라지겠지만.

"언제까지 그리 서 있을 것이냐?"

"예? 아, 가요. 어서 가요, 아씨."

화들짝 정신을 차린 천소가 얼른 발걸음을 옮겼다.

저자로 가는 내내, 천소는 이따금 아는 사람을 만났다. 그 때문에 목적지까지 그리 먼 거리가 아닌데도 시간이 꽤 걸렸다. 천소는 지인을 만날 때마다 반갑게 인사를 나누었고, 그들이 해를 알아보고 분위기가 싸늘해질 즈음이면 급히 자리를 파했다. 사람들과 헤어질 때마다 천소는 해의 눈치를 살폈고, 친근하게 웃음 짓는 그 입매가 파르르 떨려댔다.

계집의 불안으로 쿵쾅거리는 심장 소리와 식은땀에 전 체취가 거북했다. 해의 인내는 점점 바닥을 드러냈다. 짜증이 치밀었고, 눈초리는 이내 흉포해졌다. 분수 모르고 돌아가며 달라붙는 날파리를 모조리 치우고 싶은 충동이 들끓었다.

조심하라는 양섭성의 말을 떠올리며 바닥난 인내를 재차 긁어모았다. 적응이고 뭐고 공부에 있어야 했나, 후회가 밀물처럼 밀려들 무렵이었다.

"에잇!"

"죽어라, 악귀!"

골목에서 웬 아이들이 튀어나왔다. 아이들이 소리를 질러대며 무언가를 던졌다. 해가 무의식적으로 손을 들어 투척된 것을 막았다. 코를 찌르는 듯한 악취가 훅 풍겼다. 오물이다. 참을성이 바닥을 쳤다. 치밀던 짜증이 결국 폭발했다.

"하찮은 것들이, 감히!"

분노한 안광이 번뜩였다.

"아, 아씨!"

해의 손에서 빠져나간 하얀 기운이 아이의 목을 노리고 날카롭게 날아갔다. 해의 노기를 가라앉히려고 천소가 그 잘난 입을 나불거려볼 틈도 없었다.

"악! 아, 안 돼!"

천소는 손을 뻗으면서도 이미 늦었다는 걸 알았다. 살의 품은 도력이 예리한 칼날처럼 날아가는 것을 차마 끝까지 볼 수 없었다. 다리에 힘이 풀려 풀썩 주저앉았고, 두 눈은 질끈 감겼다. 두려움에 덜덜 떨리는 손으로 양 귀를 틀어막았지만, 새어나오는 흐느낌은 막을 수가 없었다.

"흑흑, 어, 어떡해……. 애들…….."

천소가 울음을 터트렸다.

기해를 둘러싼 흉흉한 소문의 백 중 구십구는 진실이어서, 내용을 부풀리고 과장해도 해의 난폭한 성정을 설명하기엔 부족했다. 그러니 아이들은 필시 죽었을 것이다.

"흐윽, 흑…….."

이러려고 나온 것이 아니었다. 이것은 천소가 바란 결과가 아니다.

이럴 줄 알았으면 막았을 텐데. 현북에는 볼 것이 없다며 해를 공부에 꽁꽁 숨겨두었을 텐데. 그랬다면 아이들은 죽지 않았겠지. 저리 어리석게 죽는 일은 없었겠지.

천소는 울며 자책했다. 눈 감고 귀 막고 있다고 벌어진 일이 사라지는 것도 아닌데 차마 눈을 뜰 수도, 귀 막은 손을 내릴 수도 없었다.

"양섭성?"

귀를 틀어막은 손가락 사이사이로 당혹감 스민 음성이 들려왔다.

양섭성. 현북공의 이름. 주인나리의 이름…….

천소의 두 눈이 번쩍 뜨였다. 고개를 홱 들자 두 아이를 감싸 안은 익숙한 뒷모습이 보였다. 단정하게 묶어 올린 머리가, 현무가 수놓아진 검은 의복이 누구의 것인지 모르는 자는 현북에 없다.

어깨에서부터 흘러내린 핏방울이 그의 손끝을 타고 바닥으로 뚝뚝 떨어졌다. 천소는 상황을 이해했다. 현북공 양섭성이 아이들을 감싸 대신 다쳤다. 그를 할퀴고 간 도력은 치명적인 살기를 품었으니, 제아무리 튼튼한 현북공이라 해도 상처가 얕을 리 없다.

"나, 나리!"

주근깨 가득한 천소의 얼굴에서 핏기가 완전히 빠져나갔다.

아이를 감싸고 있던 섭성이 천천히 몸을 일으켰다. 뒤돌아서는 그의 두 눈에 깊은 혐오가 어렸다. 당혹감 숨기지 못한 해의 두 눈이 그의 것과 마주쳤다.

"군주."

냉랭한 눈빛. 해의 얼어붙은 심장이 곤두박질쳤다.

섭성은 맹조위에게 가는 길이었다.

당초 섭성이 해를 혼자 보낸 것은 그녀의 성질머리가 어떻든 아군이니 믿어야 한다는 판단 때문이었다. 믿지 못하면 유적에는 어찌 내보내겠는가. 오만한 미치광이라는 평과 다르게 사고할 줄 아는 그녀가 권영의 죽음과 무관한 이들에게 위협적이지 않기를 섭성은 바랐다.

또한 그는 공부에 매인 몸. 결계의 유지를 위해 되도록 공부를 떠나지 않는 것이 원칙이었다.

그렇게 사정과 사정이 겹쳐 그녀의 외출을 허락했다. 백성을 다치게 하지 말라고 단단히 경고하였으니, 머리가 달려 있는 이상 섣부른 행동은 않을 것이라고 생각했다. 안일했다. 믿을 만한 자를 믿어야 했던 것인데. 아군이든 적군이든, 그녀에게 이성적인 면모를 기대하는 게 아니었는데. 미치광이 폐주라는 그 평을, 더 깊게 새겨들었어야 했는데.

섭성은 뒤늦게 후회했다.

맹조위에게 바로 가려다가, 이왕 나온 김에 해를 조금 지켜보기로 마음먹은 것이 천만다행이었다. 걸음을 빨리하여 해와 천소에게 합류하는 대신 섭성은 뒤에서 따라가는 쪽을 택했다. 만약 해가 섭성의 기대 이상으로 행동한다면 그녀를 더 자유롭게 풀어둬도 괜찮을 것이었다.

해는 그의 믿음과 기대를 짓밟았다. 그녀의 인내는 살얼음처럼 얇고, 그녀의 이성은 볏짚처럼 쉽게 타버릴 것이었다.

"저것들이 잘못한 것 아니냐? 감히 내게 오물을 던졌다. 즉결처분해도 되는 사안이란 말이다."

억울함을 성토하는 해를 섭성은 가만히 바라보았다.

불현듯 깨닫는다. 목숨 하나가 해에게는 고작 그 정도. 적법한 판결도 없이 빼앗아도 되는 것. 평해의 폐주는 목숨을 파리처럼 여기고, 장왕 권영이 아니라면 그 어떤 가치도 섬기지 않음을 새삼

절감한다.

이런 자임을 알고 있었다. 현북의 그 누구보다 처절히 알고 있으면서도 믿고자 했다. 제 안일함에 실망이 치밀었지만 억지로 내리눌렀다. 두 눈이 터질 듯 뜨거웠다.

저 맹목적인 계집에게 그토록 많은 도력을 허락한 자는 대체 천계의 누구인가.

내처 제 행위의 정당성을 역설하는 해를 보며 섭성이 조용히 입을 열었다.

"군주께서 잊으신 게 있군요."

흘러나온 목소리는 그조차 예상하지 못했을 정도로 냉랭했다.

"폐하께선 군주를 현북으로 보냈을 뿐, 복권시켜드린 것은 아닙니다."

"무어라?"

"군주의 신분은 이 아이들과 하등 다를 바가 없다는 말입니다."

해의 얼굴이 일그러졌다.

"그 천한 것들과 내가 같다?"

분노한 목소리가 날카로워졌다.

"평것이 귀족을 모욕했다면 중죄가 맞겠지요. 그러나 신분 같은 것들끼리의 다툼이 어찌 중죄가 되겠습니까? 군주의 행위는 지나쳤고, 그것은 현북의 땅주인인 저를 멸시하고, 나아가 폐하를 모독하는 것과 같습니다."

뚝, 뚝.

붉은 핏방울이 계속해서 양섭성의 손끝을 타고 떨어졌다. 하얀

게 질려 있던 천소가 안절부절못하며 납작 엎드렸다.

"나리! 전부 소인의 불찰입니다! 소인에게 벌을 주세요! 소인에게 벌을 주시되, 지금은 어서 치료를……."

섭성의 시선은 해에게 박혀 꼼짝도 하지 않았다. 머리가 타버릴 듯 뜨거웠고, 동시에 얼어붙을 듯 차가웠다. 극도의 분노는 극도의 냉정과 맞붙어 있는지도 모른다. 모두가 저와 같을 것이라는 기대가 산산조각 난 지금, 섭성은 분노하는 동시에 아주 냉정해졌다.

그는 모두가 이성적일 수도, 합리적일 수 없다는 걸 인정했다. 누구나 현북을 지킨다는 대의를 위해 사적인 원한쯤은 마음 깊이 묻어두리란 기대를 버렸다.

두 눈을 굳게 감았다 떴다. 생각을 정리했다. 결론은 명료하다. 아이들의 잘못을 감싼 채 이 일을 마무리 짓는다면 같은 일이 반복될 뿐이다. 분노에 눈먼 가엾은 이들은 주제 모르고 날뛰다 하나둘은 필히 죽게 될 것이다. 평해의 폐주에게 자비란 없는 단어일 터이니, 그녀는 어린아이라 해도 용서하지 않을 것이다.

같은 실수를 반복할 수는 없다. 해의 난폭함은 그녀의 기저에 깔린 본성. 그것을 제어하는 것은 오직 장왕뿐. 죽고 없는 장왕의 명을 빙자할 수 없으니, 힘의 차이를 실감하지 못한 채 그녀에게 덤비는 이를 없게 만들어야 했다.

"이 아이들의 부적절한 행동에 화가 났다면 군주께서는 더 현명한 방법을 찾으셔야 했습니다. 이곳의 주인은 저입니다. 제게 이들의 죄에 걸맞은 벌을 청하셨으면 될 일입니다."

섭성이 시선을 내려 아래를 살폈다. 겁먹은 아이들은 서로를 부둥켜 끌어안고 벌벌 떨고 있었다.

"일어나라."

아이들은 주저하며 간신히 일어났다. 사시나무처럼 떨리는 두 다리는 금방이라도 힘없이 풀썩 꺾일 것만 같다.

"왜 그랬느냐?"

"나, 나리, 소인들은 그저 악귀에게 복수를……."

"원한이 있었느냐?"

"부모님이 요괴에게……."

아이들의 목소리는 심하게 떨려서 알아듣기 힘들었으나, 흔한 사정이었기에 그 내용을 유추하기가 어렵지는 않았다.

"감히 그따위 하찮은 이유로 내 손님께 해를 끼치려 들었느냐?"

섭성이 자기들 편이라 믿고 있던 아이들의 얼굴에서 핏기가 가셨다. 늘 다정하던 눈빛이 차가웠고, 딱딱하게 굳은 표정이 살벌했다. 입술까지 파랗게 질린 아이들이 털썩 주저앉아 읍소했다.

"소, 송구합니다, 나리! 용서해주십시오!"

섭성은 몸을 낮추어 아이들과 눈을 맞췄다. 얼핏 평소의 온화한 땅주인처럼 보였으나, 그 입가엔 냉소가 걸려 있다.

"용서?"

아이들은 기해에 대한 소문만 들었을 것이다. 소문이 아무리 흉흉한들 직접 당하기 전엔 실감 못 할 것이다.

모욕적인 복수를 한 후 도망칠 수 있으리라 믿은 어리고 어리석은 아이들을 섭성은 차갑게 응시했다. 그가 끼어들지 않았다면 도망은커녕 한 줌 먼지 되어 사라졌을 제 땅백성을 바라보았다. 무감정의 탈을 썼다.

"감히 벌받지 않고 용서를 바라느냐?"

그가 한 아이의 머리를 붙잡아 끌어당겼다. 무슨 일인지 깨닫지 못한 아이가 당황해서 바동댔다. 섭성은 그대로 아이를 내던졌다. 돌담에 부딪힌 아이가 고꾸라졌다.

"컥!"

남겨진 아이들의 두 눈이 휘둥그레졌다. 소리도 못 내고 입만 벙긋대던 아이들은 섭성이 다가오자 엉엉 울며 바닥에 머리를 찧었다.

"나, 나리! 용서해주십시오! 제발, 잘못했습니다!"

"살려주세요, 나리. 잘못했어요. 잘못……."

섭성은 참혹한 마음을 숨기고 무정한 눈으로 아이들을 내려다보았다.

두려움은 체감되어야 한다. 어설픈 복수심으로 사선으로 뛰어드는 이가 없게 하여야 한다. 그들의 서툴고 힘없는 복수조차 해는 용납하지 않는다. 그 작은 모욕조차 감내하지 않는다. 그것을 감당할 가치가, 그들의 목숨에 없으니까.

그렇다면 감히 덤비지 못하게 해야 한다. 현북의 가엾은 백성이 원한에 눈멀어 제 무덤을 파는 꼴이 없게 만들어야 한다.

그를 위해서라면 잠시간 광인이 되는 것도 나쁘지 않다. 적어도 그는 화가 났다고 하여 아이들을 죽이지 않을 테니까. 아무리 분노해도 이 가엾은 아이들의 목숨을 대가로 받아내지는 않을 테니까.

"나, 나리! 나리! 잘못했습니다!"

섭성은 바닥에 머리를 쿵쿵 찧고 있는 아이 하나를 그대로 걷어찼고, 남은 하나의 머리채를 붙잡아 내동댕이쳤다. 아이들은 컥 소리를 내며 축 늘어졌다.

섭성은 제 모습이 해에게 충분히 난폭해 보이기를 바랐다. 그녀가 모욕감을 이유로 아이들에게 더 큰 벌을 청할 수 없을 만큼 넘치게 화나 보이기를 빌었다. 마찬가지로 아이들 역시, 그렇게 보기를 원했다. 아이들은 돌아가서 현북의 손님께 누를 끼치는 것을 현북공 양섭성이 절대 참지 않는다고 널리 소문낼 것이다.

흐트러진 머리카락을 쓸어넘기며 아이들에게 다가가 무릎을 구부려 앉았다.

"일어나라."

아이들은 미동도 하지 않았다. 이 정도로 기절했을 리는 없다. 한숨을 살짝 내뱉은 섭성이 뒷말을 덧붙였다.

"죽고 싶다면 그대로 누워 있어도 될 것이다. 셋을 세겠다."

아이들은 여전히 움직이지 않았다.

"하나. 둘……."

섭성이 칼을 뽑아 들었다. 스르릉. 서늘한 금속음이 낮게 퍼졌다. 그의 입에서 '셋'이 나오는 것과 동시에 기절한 척하고 있던 아이들이 발딱 일어났다.

"셋."

"나, 나리! 잘못했습니다! 살려주셔요, 나리."

엉엉 울음을 터트린 아이들을 바라보며 섭성은 칼을 도로 집어 넣었다.

"가서 알려라. 평해의 옛 군주는 현북공의 귀한 손님이라고. 행여 누구라도 그분께 해를 끼친다면 북의 주인이 결코 용서하지 않을 것이라고. 알겠느냐?"

"예, 예, 나리!"

"당장 꺼져라."

아이들이 눈물을 펑펑 쏟으며 후다닥 도망갔다.

섭성이 돌아섰다. 한때는 깊고 다정했을, 지금은 그 무엇도 남지 않은 어두운 눈동자에 해가 비쳤다.

해는 지금의 양섭성이 낯설었다. 유약하고 무력하다고만 여겼다. 배알도 없이 제 가족의 원수에게 빌붙어 목숨을 구걸하고 있다고 비웃었다. 정녕 눈앞의 이자가 그 양섭성이 맞나? 목덜미의 솜털이 쭈뼛 섰다.

"저 아이들에게 내리는 벌은 이 정도면 충분할 겁니다. 다신 군주의 곁에 얼씬거리지도 않겠지요."

그의 목소리는 나직하고 차분했다. 조금 전까지 광인처럼 폭력을 휘두르던 자라고는 도저히 생각되지 않아서 해는 아무 대꾸도 할 수 없었다.

"군주께 누를 끼치는 자가 있다면 그 처분은 제 몫입니다. 독단적인 판단으로 제 백성을 해하지 마십시오."

해는 그제야 깨달았다. 이것은 양섭성의 경고다. 현북의 백성이 아닌, 바로 그녀에게 하는 경고. 땅주인으로서 직접 백성을 벌하였으니, 이 일을 빌미 삼아 저 아이들을 건들지 말라는 엄포. 악인을 자처하여 그녀의 개입 가능성을 밟아 없앴다.

가만히 양섭성을 바라보는 해의 두 눈에 미약한 의문이 떠올랐다. 무력하다 멸시받는 와중에도 그는 제 백성을 버리지 않는다. 저보다 몇 곱은 강한 이를 앞에 두고도 물러서지 않는다. 정면으로 맞붙어 지킬 수 없다면, 역으로 도망쳐서라도 지키고야 만다. 스스로의 약함을 외면하지 않고, 제 무력함에 절망하지 않으며, 길이 없다면 만들어서라도 나아가고 마는 저 의지는 어디에서 나온 것일까?

해의 새까만 두 눈이 미세하게 흔들렸다. 꾹 입술을 다물고서 주먹을 쥐었다 폈다. 양섭성을 보며 생각한다. 저것은 약하지 않다. 무력하지 않다. 멍청하지도, 어리석지도 않다. 그녀가 권영을 지키고자 했듯, 그는 현북을 지키는 것뿐이다. 그 둘은 다르지 않다. 그 맹목은 알아주는 이 없어 애처롭다. 가슴이 저릿했다. 울컥, 무언가가 치밀며 숨이 막혔다.

해가 겨우 입을 열었다.

"죽이려고…… 한 것은 아니었다."

서툰 변명을 내뱉었다. 섭성의 미간이 살짝 구겨졌다. 그의 표정이 묘하게 복잡해졌고, 깊이 모를 한숨이 입가에서 흩어졌다. 해는 그 안에 소용돌이치는 감정의 종류를 헤아릴 수 없었다.

"지금까지 군주가 만나온 이들은 그 정도 살의에 죽지 않았겠지요. 그들은 범인이 아니었을 테니까요. 하나 무릇 사람들은 그 정도 살의라면 필히 죽습니다. 군주께 사람이 죽지 않을 만큼의 살의만 실어 공격하는 건 물거품을 꺼뜨리지 않고 들어올리는 것과 같을 겁니다. 군주의 기준과는 다르게 사람은 많이, 정말 아주 많이 약하다는 걸 기억하십시오."

해는 대답 없이 고개를 떨어뜨렸다. 섭성의 어깨가 시야에 스쳤다. 찢어진 옷 사이로 드러난 상처는 얼핏 보기에도 그 깊이가 깊었고, 출혈이 멈추지 않았다. 살의 품었던 도력이 곧 그의 살을 썩게 할 것이다.

"치유하지 않으냐?"

"근처에 맹 의원댁이 있습니다."

"인간의 의술로는 회복에 오래 걸릴 것이다. 치유술이 네 주특기라 하지 않았더냐?"

"신경 쓰지 마십시오."

"하지만……."

섭성의 시선이 해에게 고정되었다. 해의 입이 꾹 다물렸다.

"군주께서 지금 제게 할 말은 그게 아닐 텐데요."

섭성이 작은 한숨을 흘리며 고개 돌렸다. 애초에 들을 수 있으리라 기대하지 않았다. 해의 입에서 그리 쉽게 미안하다는 말이 나올 리 없다. 그럴 성정이 아니고, 그런 말은 애초에 배우지 않았는지도 모른다. 그 뜻을 알고나 있을까?

"저는 군주처럼 도력이 남아돌지 않습니다. 한계가 분명하지요."

그의 도력은 기형적이다. 소비된 도력이 채워지는 속도는 타의

추종을 불허하나 그 최대치가 높지 않다. 그 대부분은 결계에 퍼부어지고 있다. 자칫 잘못 운용했다가는 금세 결계에 빈틈이 생기니, 결코 원치 않는 일이다.

하여 타인을 위해서가 아닌 자신을 위해서 도력을 쓰는 것을 섭성은 극히 꺼렸다. 사사로운 편안을 위해서 도력을 낭비하는 몰염치한 짓은 용납할 수 없다. 지금처럼 땅의 심장에서 멀어진 상태라면 더더욱.

"다행인 점은 제가 무척 회복력이 좋은 편이라는 겁니다. 이 정도 상처는 약만 잘 쓰면 하루 이틀이면 낫습니다. 도력은 저보다 더 시급한 이를 위해 아껴두는 게 옳습니다."

해가 미간을 찌푸리며 팩 고개 들었다.

"헛소리 마라. 이 현북에 너보다 시급한 이가 어디 있지?"

약해빠졌다고 조롱해도 그가 현북을 지탱하는 하나뿐인 축이라는 것을 안다. 현북의 땅백성 모두의 목숨이 그 하나의 목숨만 못한 것은 당연하다.

한데 저를 위해 쓸 도력이 없다니? 결계를 유지하는 것만으로도 벅차다는 그는 요 며칠 새 몇 번이나 해를 도왔다. 원수를 위해서 펑펑 써댄 도력은 대체 뭐고? 어이가 없어 마음이 심란해졌다. 도무지 이해가 되지 않았다. 표정이 제멋대로 일그러졌다.

"군주?"

양섭성에게 해야 하는 말이 있는 것 같았다. 입술을 달싹여보았지만, 소리 되어 나오지 않았다. 무슨 말을 해야 하는지 모르니 아무것도 입 밖으로 나오지 않는 게 당연했다.

"어디 불편하십니까?"

입만 벙긋대는 해를 보는 섭성의 얼굴에 염려가 어렸다. 아이들에게 화를 낼 때 보였던 차갑고 냉정한 모습은 오간 데 없다. 평소와 같이 다정한 눈. 다감한 말투. 모두 해가 받아보지 못한 것이다. 받을 필요도 없던 것들이다.

"안색이 안 좋으시군요. 땅에 적응도 못 한 상태로 무리하게 도력을 운용한 까닭일 겁니다. 이리 오세요."

섭성이 팔을 뻗었다. 해가 반사적으로 한 발 물러났다. 그의 손을 피하고자 했으나 무의미한 짓이었다. 사내의 큰 손이 해의 뒷머리를 감쌌다. 따뜻한 기운이 스며들었다. 바로 조금 전까지만 해도 더 요긴하게 쓰일 때가 있다며 아끼던 도력이다. 한계가 분명하기에 함부로 쓸 수 없다던, 바로 그 도력이다.

"좀 괜찮아지셨습니까?"

섭성이 걱정스럽게 묻는다. 꼭 다문 해의 입매가 굳었다. 까만 두 눈이 흔들렸다.

멍청한 것. 어처구니없는 것.

제 육신이 찢기는 고통은 하루 이틀이면 나을 상처로 여기면서, 왜 타인은 고작 안색이 나쁜 것조차 염려하는가? 아끼고 아낀 도력은 저 아닌 타인을 위해서라면 아깝지 않은 것인가?

까닭 알 수 없는 답답함이 차올랐다. 여태 들여다본 적 없는 마음 깊은 곳에서 이름 모를 감정이 꿈틀거렸다. 그것은 자꾸만 부풀어 올라, 가슴을 가득 메웠다. 뜨거운 것이 눈가로 치밀었다.

해는 억지로 심호흡을 계속했다. 터질 것 같은 무언가를 억눌렀다. 그것이 한번 터지고 나면 다시는 지금의 기해로 돌아올 수 없으리란 직감이 들었다. 두려움이 용솟음쳐 온몸이 떨렸다.

"군주?"

두 눈을 굳게 감았다 뜬 해가 눈앞의 양섭성을 차근차근 살폈다. 이 땅에 온 순간 마주 봤어야 마땅하나, 괄시하느라 제대로 보지 못한 그를 보았다.

희생이 체화된 자. 긍지와 책임감 외엔 아무것도 남기지 않은 자. 원망도 증오도 그의 앞에선 무력하다. 양섭성이 어떤 자인지 어렴풋하게 와닿는다.

"안색이 안 좋은 건 내가 아니라 너겠지."

겨우 한마디 내뱉었다. 섭성이 가볍게 웃었다.

"세상 오래 살고 볼 일입니다. 군주께 걱정도 받고."

섭성이 농처럼 던진 한마디가 해의 심장을 후벼 팠다.

네가 내 걱정을 할 위치가 되더냐?

감히 그럴 자격이 되느냐?

섭성이 하지 않은 말이 해의 귀에 들렸다. 속이 울렁거렸다. 앞이 빙빙 돌듯 어지러웠다.

"군주?"

"냄새가, 오물 냄새가……."

입을 틀어막은 해가 중얼거렸다. 오물 냄새 따위는 사실 아무것도 아니었다. 둘러댈 핑계가 그것뿐이라는 게 구차했다.

섭성이 다급히 다가와 비틀거리는 해의 어깨를 붙잡았다.

四

　맹조위는 현북에서 아주 유명한 의원(醫員)이다. 그러나 그 유명세에 비해 알려진 것은 거의 없다. 고향이 어디인지, 나이는 몇인지, 가족은 있는지 등등 개인사는 철저히 비밀에 싸여 있다. 현북에 머문 것은 스무 해쯤 되었다 하는데, 언제나 꽃병을 방 안에 둘 만큼 꽃을 좋아했다.

　수상하기 짝이 없는 그 남자는 현북을 통틀어, 어쩌면 황야를 탈탈 털어도 가장 유능한 것이 분명해서 그의 의원(醫院)은 늘 아프고 병든 이들로 붐볐다.

　오늘도 여느 때와 마찬가지로 환자의 순번을 정리하던 의녀가 섭성을 발견했다.

　"나리? 세상에! 이게 웬 상처십니까?"

　황급히 다가와 섭성의 어깨를 살피는 의녀의 안색이 삽시간에 어두워졌다.

　"맹 의원님을 당장 모셔오지요."

　"되었다. 이 정도로는 죽지 않아."

　"나리는 그게 문제이십니다! 어쩜 몇 번을 말씀드려도 듣는 체도 하지 않으셔요? 나리께선 조금 특이한 체질이실 뿐, 베면 베이고, 찌르면 찔리고, 죽이면 죽습니다. 그래요, 남들보다야 잘 살아 남으시겠지요. 웬만한 상처는 금방 회복되시겠지요. 하지만 그렇다고 해서 아프지 않은 것도, 무뎌지는 것도 아니지 않습니까? 제발, 제발 그 몸을 소홀히 여기지 마세요."

의녀가 잔소리를 늘어놓았다. 섭성은 못 들은 척 고개를 돌렸다.

"그보다 군주께서 입을 만한 옷을 좀 빌릴 수 있겠느냐?"

"군주요? 군주라면……."

의녀가 섭성과 함께 온 해를 뒤늦게 발견했다. 소매에 얼룩덜룩 묻은 오물이 역한 냄새를 풍기고 있었다.

평해의 옛 군주, 기해. 그녀가 현북에 왔다는 소식은 들었다. 그러나 이런 모습일 줄은 몰랐다. 소문 속 그녀는 아주 악랄하고, 흉포했다. 그런데 눈앞의 여인은 너무 가녀리고 지나치게 아름다워 이 세상 사람 같지 않았다.

그 안색이 금방이라도 쓰러질 듯 창백하니 의녀는 고개를 돌려 섭성의 표정을 살폈다. 의녀에겐 당연히 폐주보다 섭성을 챙기는 게 중했으나, 그의 뜻은 달라 보였다. 염려 가득한 시선이 해에게 머물러 있다. 결국 의녀는 섭성의 뜻을 존중하기로 했다.

"예, 물론이지요. 다만 제가 입는 옷뿐이라 지체 높으신 분께 어울리지 않을 터인데."

"도움을 구하는 처지에 어울리고 어울리지 않고를 따지겠느냐? 무엇이든 고맙지."

"알겠습니다. 그럼 아씨는 소인이 모시지요. 나리께서는 방으로 가서 조금 쉬고 계십시오."

"그리하마."

해를 데리고 가려던 의녀가 갑자기 무언가 생각난 듯 발을 멈추었다.

"아! 나리."

섭성이 의녀를 보았다.

"약재를 구하러 징금에 갔던 이래하가 돌아왔습니다. 소식, 아직 못 들으셨지요?"

"이래하가?"

"예, 간밤에 돌아왔습니다. 나리께 당장 인사하러 간다는 걸 겨우 말렸답니다. 맹 의원께서 약재를 다 분류하기 전에는 한 발짝도 나갈 생각 말라고 단단히 엄포를 놓으셨는지 꼭두새벽부터 약방에 틀어박혀 있어요."

섭성의 표정이 부드러워졌다.

징금은 온갖 약재가 나는 신령한 산으로 반인반요의 익족이 태동한 곳이기도 했다. 익족 아닌 자는 흔히 길을 잃고 헤매게 되니 대부분의 인간은 징금산 근처에 가는 것조차 꺼렸다. 오직 어린 익족인 이래하만이 자유롭게 징금에 드나들며 필요한 약재를 찾아왔다.

"알겠다. 내가 왔다고 따로 알리지는 마라. 가기 전에 들러서 보고 갈 테니."

"이래하가 무척 기뻐할 겁니다."

의녀가 빙긋 웃었다.

의녀는 나무로 된 욕통에 물을 가득 채워주었다. 해는 옷을 벗고서 물에 몸을 담갔다.

"이것은 어찌할까요, 아씨? 버리오리까?"

의녀가 물었다.

상대는 평해왕부의 주인이다. 옷이라면 넘치게 가졌을 것이고, 돈이라면 한평생 다 쓰지도 못할 만큼 쌓여 있을 것이다. 오물로 더러워진 옷을 다시 빨아 입으리라 생각하기 어려웠다.

"그래, 버려라."

역시나. 의녀는 군말 없이 옷을 한쪽으로 치웠다. 고급비단으로 만들어진 옷이었고, 빨래만 제대로 하면 새 옷처럼 깨끗해질 것이다. 버리기 아까웠다. 낭비는 귀족이나 하는 짓이다. 평범한 의녀에겐 누덕누덕 기워진 옷조차도 귀하다. 나중에 잘 빨아서 팔아야지. 값이 꽤 될 터이니, 의원 살림에 조금이나마 보탬이 될 터.

잠시 후 의녀는 단정히 개켜진 연갈색 의복 하나를 가져왔다.

"아씨께 드릴 옷이 이런 것뿐이라 송구합니다."

물속에서 얼굴을 든 해가 옷을 쳐다보았다. 약물이 튀어도 티나지 않을 무난한 색이었다. 가볍고 품이 넓어서 움직임에 편리해 보였다.

몸을 깨끗이 씻은 해가 물에서 나와 옷을 갈아입었다. 오물 냄새는 더 이상 나지 않았지만 머릿속은 여전히 어지러웠다. 무엇 때문에 이리도 속이 복잡한지 정녕 모를 일이다.

"현북공과 꽤 친밀해 보이던데?"

문득 튀어나간 물음에 해가 두 눈을 크게 뜨며 입을 다물었다. 머릿속이 온통 양섭성뿐이라는 걸 그제야 자각했다. 어이가 없었다.

"예? 아, 예, 아씨."

뜻밖의 물음에 당황한 것은 의녀도 마찬가지였다. 동그란 눈을 또록또록 굴리던 의녀가 급히 고개를 끄덕이며 덧붙였다.

"나리께서 현북공으로 봉작되기 전 함께 수학하던 사이였습니다."

이제 와 입을 계속 닫고 있는 것도 우스워서 해는 다른 질문을 건넸다.

"현북공은 의원이 되려고 했었나?"

"예. 나리의 능력이 출중하시어 의원이 되셨다면 황야 만 리에 명성을 떨치셨을 것입니다."

자부심 넘치는 표정. 자신의 땅주인을 경애하는 자들만이 지니는 애정. 이곳 백성은 지위고하를 막론하고 현북공 양섭성에게 깊은 애정이 있다. 평해의 그 누구도 해에게 보여준 적 없는 신뢰를, 이들은 섭성을 향해 보낸다. 무능하고 무력하여 땅백성을 제대로 보호조차 못 하는 땅주인을 마음으로 섬긴다.

이해할 수 없는 일. 이해되지 않는 일.

"내가 그의 앞날을 망쳤다고 생각하는구나. 나 때문에 그가 의원이 되지 못했다고 탓하고 있어."

해는 형형한 눈빛으로 의녀를 노려보았다. 의녀는 황급히 고개를 내저었다.

"아닙니다, 아씨. 그럴 리가요."

"나는 천치가 아니야. 내가 장왕에게 미쳐 있다고 너희 현북 것들이 나를 얼마나 증오하는지조차 모르리라 여기느냐?"

양섭성 외엔 전부 똑같다. 모두 그녀를 증오하고, 저주하고, 원망한다. 일곱 해 전 해의 손에 현북공 양윤계와 그 일가가 목숨 빼앗긴 순간, 증오는 자연스럽게 태어났다. 강력한 주인을 잃고, 가질 수 있던 모든 것들을 잃은 이들은 그녀를 저주할 수밖에 없다.

부모 잃은 자, 자식 잃은 자, 친우 잃은 자, 정인 잃은 자……. 그 모두를 잃은 자는 있을지언정 아무도 잃지 않은 자는 없어서, 이 땅엔 해의 자리가 없다. 그녀가 가는 곳마다 혐오가 따라붙을 것이며, 그녀가 발 닿는 데마다 분노가 치솟을 것이다.

지독히 피로해졌다. 땅의 독기 때문인지, 하루 내내 받아내야 했던 악의 때문인지 모르겠다.

"현북공에게 안내해라."

불청객.

해는 자신의 처지를 자각했다. 단 한 번도 누군가에게 초대받은 적 없는 삶이었으나, 이토록 명명백백 불청객이었던 적은 없었기에 제 처지가 새삼스러웠다.

"예, 아씨."

의녀가 짧게 답했다.

❋ · ❋

"저 꽃가지는 신기하군요."

창가에 놓인 화병을 보며 섭성이 말했다. 섭성이 어려서 맹조위 밑에서 수학하던 때에도 늘 그 자리에 있던 꽃가지였다. 계절이 바뀌어도 꽃은 늘 봄처럼 피어 있었다.

그 꽃가지를 볼 때마다 맹조위의 제자들은 스승이 도력 없는 평범한 의원이란 건 거짓이 아니냐 의심하곤 했다. 사실은 도력이 있어 꽃을 사시사철 피어 있게 하는 것 아니냐며 떠들었다. 그때마다 맹조위는 빙그레 웃기만 했다.

"역시 도력이 없으시다는 건 다 거짓말……."

"지독한 상처로군요."

섭성의 말을 맹조위가 잘라냈다. 옛 기억에 잠겨 시답잖은 농을 건네려던 섭성이 입을 다물었다.

꽃가지엔 신령한 기운이 흘렀다. 그토록 애틋한 기운을 내뿜는 것은 여태 보지 못했다. 하지만 맹조위는 꽃가지에 얽힌 비화를 말해준 적이 없다. 스치듯이 실수로라도.

"환부를 도려내야겠습니다."

날카로운 칼로 맹조위가 썩은 부위를 도려냈다. 회복 추이를 보고 한 번 더 도려내야 될지도 모른다 생각했는데, 대강 수습이 됐다.

"공은 회복력이 좋으니 도력까지 쓰시면 금방 재생될 겁니다."

"도력은 쓰지 않을 겁니다. 더 급한 이를 위해 아껴야지요."

"공의 도력은 한계치가 낮으나, 회복되는 속도만큼은 평해의 옛 군주를 능가한다는 평이 있지요. 약간의 부침이 있다 한들 큰 문제가 되지 않을 것인데, 스스로를 위해 조금도 쓰지 않으려 하심은 정녕 단지 다른 이를 위한 것입니까, 아니면 스스로를 벌주고 계신 까닭입니까?"

섭성의 표정이 순간 흔들렸다.

"여전히 과거에 붙잡혀 스스로를 책망하고 계신 것이 아닙니까?"

부모와 형제를 살리지 못했다. 가장 소중한 이들을 지키지 못한 주제에 오직 스스로를 구원하는 것은 지나치게 몰염치하다. 차라리 몹시 고통스럽고 싶다. 육신이 괴로우면 마음의 상처는 조금 잊혔다. 오히려 숨 쉴 수 있었다.

그 나약한 마음을 맹조위에게 들킨 것 같아서 섭성이 고개를 돌렸다. 갸륵하게 바라보는 스승의 눈빛을 외면했다.

"타인의 상처는 작은 것조차 크게 보면서, 자신의 상처는 큰 것조차 작게 보려 함은 아주 나쁜 버릇입니다."

"어차피 곧 나을 상처입니다."

치유에 국한된 섭성의 도력은 언제나 그의 내부에 있다. 웬만한 상처는 금세 흔적 없어지고, 죽음 직전까지 간 부상도 극복해낸다. 길고 깊은 고통에 빠져 제 곁에 아무도 없음을 잠시라도 망각하고 싶지만 그의 도력은 그 짧은 안온조차 허락하지 않는다.

"그보다 스승님, 여쭙고 싶은 것이 있습니다."

섭성은 화제를 돌렸다. 맹조위가 못마땅한 기색을 역력히 내비치며 눈썹을 치켜올렸다.

"말씀하십시오."

"열네 해 전에 현북에서 대사냥전이 열렸지 않습니까."

맹조위의 눈매가 가늘어졌다.

"그랬지요."

"그때 무슨 일이 있었습니까?"

현 황제와 죽은 장왕과 폐주 기해가 참여했던 대사냥전. 쟁쟁한 가문이 모두 모였는데, 섭성의 기억에는 그들 중 단 한 사람도 없다. 단편적인 기억조차 없다.

"흠."

맹조위는 눈을 감고서 침음했다. 주름진 얼굴에 많은 이야기가 스쳐간다.

섭성은 인내심 있게 기다렸다. 마침내 맹조위가 눈을 떴다. 기다란 흰 눈썹이 가늘게 떨렸다. 내리떴던 눈을 똑바로 든 맹조위가 고개를 내저었다.

"말할 수 없습니다."

'모른다'가 아니다. '말할 수 없다'다.

"어째서요?"

"소인에게 허락되지 않았습니다."

점점 더 알 수 없는 대답. 섭성이 미간을 찌푸렸다.

"그럼 누구에게 물으면 됩니까?"

"아무도 말할 수 없을 겁니다. 말하고자 하여도 말할 수가 없습니다."

맹조위가 확언했다. 섭성이 매달렸다.

"저는 그때 있었던 일을 알아야 합니다. 아무도 말해줄 수 없다면 어디에서 답을 구할 수 있습니까?"

힘없이 웃은 맹조위가 들릴락 말락 작은 목소리로 중얼거렸다.

"이 가여운 것……."

"예?"

맹조위는 아무것도 모르는 제자가 안타까웠다. 다른 모든 마음이 거짓이라 해도 섭성이 애틋한 것만은 사실이었다.

무언가 잃어버린 사실조차 알지 못하고, 잊었다는 것조차 깨닫지 못하며, 제가 헤매고 있다는 것조차 모르고 있던 저 어리석은 것. 누구보다 상냥하고 다정하여, 하다못해 원수를 상처 내느니 차라리 제가 아프기를 택할 저 고귀한 것.

비록 위선일지라도 지금 이 순간만큼은 진실한 연민과 애정이 뒤엉켜 맹조위의 목을 졸랐다.

"답은 공께 있습니다."

"기억에 없습니다. 없으니 여쭈러 온 것이지요."

"틀렸습니다. 답은 공의 안에 있습니다. 잊었다고 하나 잊히지 않았으며, 망각했다 한들 기실 영혼 깊숙이 각인돼 있습니다. 누구도 알려줄 수 없으니 심연 깊이 들어가 자문해야만 할 것입니다."

"만약 제가 기록관의 기록을 전부 살피면요? 그럼 알아낼 수 있겠습니까?"

맹조위는 천천히, 그러나 확실하게 고개를 내저었다. 섭성이 입술을 깨물었다. 맹조위는 누차 단언했다. 말할 수 없다고. 자격이 없다고. 그렇다면 어떤 순간에 사람은 알고 있는 것조차 말하지 못하게 되는가?

섭성은 갑작스레 알아챘다.

그건 바로 천계와 엮였을 때이다. 저 위, 천계의 속박에 매여 있을 때이다. 캐묻고, 절박하게 애원해도 맹조위가 아무 대답도 내줄 수 없음을 섭성은 이해했다. 맹조위가 아닌 그 누구라도 열네 해 전 일어난 일을 섭성에게 알려주지 못할 것이다.

천기에 대한 것은 금언술에 묶여 있어, 관련자가 그에 대해 모른다면 결코 입 열 수 없다. 열네 해 전 일어난 사건과 무관한 자들은 금제 없이 떠들 수 있겠으나, 그 일과 직접 관련된 섭성에게는 언질조차 할 수가 없는 것이다.

기록관을 뒤져도 알아낼 수 없을 터. 천기에 대한 것은 결코 기록되지 않는다.

무언가 일어났음을 안다. 이젠 그것이 천계와 관련된 일이라는 것도 알게 되었다. 무슨 일이 있었기에 기해는 미치광이 폐주가 되고, 그는 기억을 모조리 잃어버렸나?

진실에 다가가는 길은 여전히 요원하다. 답을 구하려면 심연에 물어야 한다. 보통은 꿈을 이용하는데, 현재의 섭성에게는 불가한 방법이다.

"저는 심연 깊이 들어가 자문할 수가 없습니다. 꿈을 이용할 수가 없어요. 잠들어선 안 됩니다. 아시지 않습니까? 다른 방법을 알려주세요."

"방법은 하나뿐입니다. 답을 구할 수 없다면 잊어버리는 것도 하나의 선택이지요. 소인은 공께서 영영 모르시는 것도 나쁘지 않다고 봅니다."

맹조위가 자리에서 일어났다.

"스승님!"

"환자가 밀려 있어 이만 가봐야겠군요."

섭성에게 붙들릴세라 맹조위가 재빠르게 사라졌다.

말할 수 없다. 포기하는 것도 방법이다. 모르는 것도 나쁘지 않을 것이다.

맹조위의 말을 되뇌는 섭성의 표정이 무거웠다. 사냥전에서 무슨 일이 있었는지 쉽게 알아낼 수 있을 거라 생각하지는 않았다. 다만 단서 하나 찾기도 힘들 줄은 몰랐다. 방향조차 알 수 없어서 막막했다.

절로 한숨이 새어나오는데, 우당탕 소리를 내며 의녀 하나가 뛰어 들어왔다.

"섭성!"

작은 체구에 오랜 수련으로 다져진 몸매가 다부졌다. 언뜻 인간과 다를 것 없는 외양이나 그 눈동자는 날짐승의 것이었다. 형형한 이채가 숨은 두 눈은 사위를 빠르게 탐색하고, 먹잇감을 파악해낸다. 맹금류 같은 날카로움이 계집의 눈 속에서 번뜩였다. 오감 살아 있다면 목뒤의 솜털이 곤두서며, 능히 눈앞의 계집이 인간 아님을 알아챌 것이다.

"이래하?"

익족 계집 이래하. 반인반요의, 날개 달린 족속의 후계자 중 하

197

나.

과거 익족은 현북에서 인간과 함께 살았다. 징금에서 태동하여 그 인근에 터를 잡고 영화를 누렸다. 그러나 평화는 덧없이 짧고 갈등은 하염없이 길어서 사특한 무리가 인간과의 분란을 조장하였다.

무고한 목숨이 무수히 스러지니 분노한 현북공은 그들을 내쫓았다. 익족의 족장은 제 모든 명예를 걸고 다시는 인간을 해하지 않겠다고 맹세하였으나 현북의 마음을 되돌리기엔 역부족이었다. 결국 사주 중 오직 청동의 땅주인만이 그들을 받아들이니, 익족의 족장은 후세에 단 한 번, 청동이 위기에 처할 때 원군을 보내줄 것을 약조하였다.

그 적대의 역사 아래 인간과 익족의 사이는 당연히 좋지 않았다. 때로는 가면을 쓰고 화친을 하고, 때로는 웃음 지으며 손을 내밀어도 기저에 깔린 미움은 사라지지 않았다.

그런 까닭에 변화기를 겪은 익족은 인간 세상에 거의 모습을 드러내지 않았다. 요력 품은 비늘이 온몸을 뒤덮으며 시작되는 변화기는 익족이라면 피할 수 없고, 비늘이 돋아난 순간 눈에 잘 띄는 사냥감이 되니 익족 수장은 제 일족을 둥지로 불러들여 보호했다. 나이 어려 일족의 특징이 도드라지지 않은 익족만이 이따금 유랑을 허락받았다. 이래도 그중 하나였다. 그리고 다른 모든 익족이 그러했듯 그녀 또한 변화기가 도래하면 둥지로 돌아갈 것이다.

"세상에! 대체 어디서 다친 것이야?"

종족의 호전성은 전무하고, 오직 다정과 친애만 남은 눈으로 이래하가 섭성의 어깨를 살폈다. 바짝 달라붙어 울상을 짓는 그녀를 섭성은 가만히 바라보았다. 맹조위가 한차례 치료를 했는데도 이래하는 잔뜩 걱정하고 있었다.

"별거 아니다. 약방에선 어찌 나왔어? 약재를 다 분류하기 전에는 나올 수 없던 것 아니더냐?"

"스승님이 날 막을 수 있겠어?"

이래하가 의기양양하게 웃어 보였다. 섭성의 표정이 어두워졌다.

"혹시 스승님께 엎어치기를……."

"설마! 환자 돌보시느라 바쁘시잖아. 나에게 신경 쓸 틈도 없을 걸? 그나저나 이 상처, 대체 뭐야? 어쩌다가 이랬어? 또 금방 낫는다고 치유하지 않은 것이지? 왜 네 몸을 함부로 쓰는 것이야? 그러다가 정말 큰일 나!"

섭성이 미간을 찡그렸다. 하여간 잔소리꾼. 이리 잔소리를 쏟아낼 것이 뻔해서 나중에 만나러 갈 것이라 한 터인데. 그새를 못 참고 제 방문을 이래하에게 알린 작자는 대체 누구인지. 용의자가 워낙 많으니 특정할 수 없다는 게 안타깝다.

"호들갑 떨 것 없어. 괜찮으니 염려하지도 말고."

"염려를 안 하게 해야 염려를 안 할 것 아니냐? 잠깐 좀 보자."

이래하가 야무진 손길로 옷을 젖혔다. 그녀의 눈매가 사납게 올라갔다.

"완전히 도려냈네. 요괴에게 당했어? 이런 대낮에?"

섭성이 몸을 뒤로 빼며 어깨를 가렸다. 도려낸 환부에 아직 살이 차오르지 않았다.

"그냥 좀 스쳤어."

"좀 스쳐? 좀? 대체 무엇에 좀 스치면 이리돼?"

이래하가 섭성의 어깨를 탁 쳤다. 섭성이 인상을 썼다. 익족은 인간보다 힘이 수배는 세다. 이래하는 가볍게 친 것이었겠지만, 당하는 입장에서는 전혀 가볍지 않았다.

"시간 지나면 나으니 신경 쓰지 마."

"됐고. 일단 가만히 있어."

"이래하, 내가 의술사라는 걸 자꾸 잊는 모양인데…….."

"의술사면 뭐 해? 자신을 위해서는 그 힘을 전혀 쓰지 않으면서."

이래하가 상처에 약을 덕지덕지 발라주었다.

"네가 이 모양이니 내가 마음 놓고 징금에도 못 가는 것이야."

"네 걱정이나 해라. 조막만 한 게."

이래하가 눈을 치켜떴다.

"뭐야? 내가 꼬맹이 취급하지 말랬지? 내가 나이도 너보다 곱절은 많다고! 진짜 꼬맹이가 누군데!"

"애 취급이 싫으면 한 뼘만 더 자라면 되지 않으냐? 한데 그 한 뼘이 몇 년이 지나도 영 자라질 않으니 어찌해야 할까?"

"이, 이!"

말문이 막혀 식식거리는 이래하를 보던 섭성의 눈에 불쑥 무언가가 들어왔다. 이래하의 허리춤에 감겨 있는 보자기였다. 심상치 않은 기운이 이글거리는 어떤 것이 곱게 싸여 있었다.

"이래하, 네 허리에 그건……."

"아, 얘 말이야?"

언제 분에 못 이겨 씩씩댔느냐는 듯 이래하가 생기 돋은 얼굴로 보를 토닥였다.

"내가 막 징금에서 돌아오던 길이었는데 까마귀 한 마리가 땅에 떨어져 있는 거야. 혹시 죽었나 싶어서 봤더니 다행히 살아 있더라. 어찌 된 건가 가만 살펴보는데, 글쎄, 나무에 머리를 박고 기절한 거였지 뭐야? 새가 나무에 머리를 박고 기절하다니. 황당하지? 떨어지는 바람에 다리도 좀 다친 것 같은데, 혹시 낫기도 전에 도망갈까 봐 이리 싸매두고 있지."

다시 생각해도 어이없다는 듯 이래하가 키득 웃었다.

섭성이 고개를 절레절레 내저었다. 누가 날개 달린 족속 출신 아니랄까 봐 새만 보면 사족을 못 쓴다. 아무 새나 덥석 집어 오지 말라고 누누이 주의를 줬는데도 이 모양이니, 언젠가 새의 탈을 쓴 요괴에게 잡아먹혀도 이상할 게 없다.

"너, 그게 뭔지나 알고……."

오늘 주워 온 건 다행히 위험한 기운을 풍기지는 않았다. 하지만 평범한 새가 아닌 것도 모르고 덥석 들고 온 무방비함이 기막혀 한 소리 늘어놓으려는데, 닫혀 있던 방문이 열렸다. 섭성과 이래하가 동시에 문 쪽을 돌아보았다. 기해였다. 그녀는 딱 달라붙어 있는 섭성과 이래하를 보고는 안으로 들여놓으려던 발을 멈추었다.

"군주?"

무슨 생각을 했는지 발을 도로 빼낸 해가 아무 말 없이 문을 닫았다.

양섭성은 현북의 땅주인이다. 땅주인이란 지엄한 지위가 있어 감정표현에 박해졌다. 감정에 휘둘리는 것은 바르지 않다. 웃는 얼굴도, 화난 얼굴도, 기쁜 얼굴도, 슬픈 얼굴도 대개 바람처럼 스쳐 지나간다. 언제나 평정을 유지하는 것이 땅주인의 덕목이니까.

하여 해는 섭성의 분노는 희미하고, 기쁨은 미약하며, 울음은 눈물 없고, 웃음은 빛 없는 줄로만 알았다. 그녀가 본 그의 표정은 늘 찰나였다. 조소도 고소도 찰나 스러져서 어떤 감정인지 명확하지 않았다. 분노도 원한도 잿빛처럼 흐릿하고 다 식은 찻물처럼 미지근했다.

그런 양섭성이 그토록 다채로운 감정을 내보일 수 있을 줄은 몰랐다. 장난기 어린 웃음과 다정한 말투, 티끌만 한 적의조차 없는 애정이 해의 눈에도 선명히 보였다. 저를 대하던 태도와는 명명백백 달라서 어찌해야 할지 순간 알 수 없었다. 짧은 기간 겪은 양섭성은 껍데기란 사실이 강렬히 체득되어 저도 모르게 문을 닫았다.

해가 느낀 양섭성의 증오와 분노와 원망은 아주 옅었다. 겉으로 드러내는 부분은 전연 없어서 이따금 제가 그의 원수가 맞는지조차 헷갈렸다. 그러나 이제 알겠다. 그녀가 받은 그의 다정과 배려는 그가 다른 이들에게 내보이는 무게의 천분지일도 되지 않는다. 그것은 그녀를 아주 많이 미워하고 싫어하는 것과 같은 무게다.

그 사실을 부지불식간에 깨달았다. 별안간 속이 뒤집어졌다. 문을 닫는 그녀를 보고 당황한 섭성이 뛰쳐나와 방에 앉혀놓지만 않앗다면, 해는 그대로 어디론가 뛰어가 속을 전부 게워냈을 것이다.

"이래하는 누이 같은 아이입니다. 나이로는 저보다 위이지만, 하는 행동을 보면 마치 손아래누이 같은…….."

평온한 말투로 이래하와의 관계를 설명하는 섭성을 해가 물끄러미 바라보았다. 그들이 어떤 관계인지 그는 해명할 필요가 없다. 단둘이 방 안에서 무엇을 하고 있었는지 해명할 필요도 없고, 그것을 해에게 할 이유는 더더욱 없다.

"너와 그 계집의 관계가 내가 이곳에 있는 것과 무슨 상관이 있지?"

"저는 휴식이 필요합니다, 군주. 이래하는 제가 세 살 때부터 함께 동문수학하였는데, 제가 여기 있는 것을 알아버린 이상 저를 그냥 두지 않을 겁니다. 또…….."

구구절절 설명하려던 섭성은 돌연 입을 닫았다. 심한 피로감이 밀려왔다. 뒤늦게 깨닫건대, 해에게 저와 이래하가 평범한 친우 사이라는 걸 납득시켜야 하는 이유가 없었다. 해의 뚱한 표정도 그로 인한 것일 터다.

섭성은 생각을 정리했다. 거두절미하고 짧게 결론만 말했다.

"이래하는 군주를 싫어하니 군주께서 계시는 한 이곳으로 오지 않을 겁니다. 그러니 잠시만 같이 있어주십시오."

"내가 왜 그래야 하지?"

해가 당위를 물으니 섭성은 당위를 설명했다.

"이곳은 태초의 의원이 자리 잡은 터입니다. 곳곳에 환자의 회복을 돕는 고대의 술법이 깔려 있지요. 모든 술법이 그러하듯 이곳의 술법도 운용에 도력이 필요합니다. 안타깝게도 현재 의원의 주인께는 도력이 없으니, 제가 대신하여 도력을 충당해왔습니다. 아직 조금 이르기는 하나 저는 공부를 자주 비울 수 없고, 기왕 왔으니 도력을 충당해두는 게 타당합니다. 이곳의 술법은 제게도 도움이 되니 제 회복도 빨라지겠지요. 제 부상은 군주로 인한 것. 그러니 잠깐 함께 있는 것 정도는 해주셔야 하지 않겠습니까?"

해의 눈길이 섭성의 어깨에 머물렀다. 상처가 깊었다. 죽일 생각이 아니었다고 해도 아이들이 맞았다면 필시 죽었을 터. 사람을 죽지 않을 만큼 공격하는 것보다 사람의 흔적조차 남기지 않고 찢어발겨버리는 게 해에게 더 쉬웠다.

"네 회복에도 도움이 된다고?"

해가 한참을 침묵하다 물었다.

"예."

"얼마나 있어야 하느냐?"

"반 시진 정도면 될 겁니다."

"다 나을 때까지?"

"반 시진은 술법의 유지에 필요한 도력을 충당하는 데 걸리는 시간입니다. 제 상처는 반나절은 소요될 터인데, 도력만 충당되면 방을 비울 겁니다. 고작 이 정도 부상으로 귀한 술법을 독점할 수는 없지요. 밖엔 저보다 훨씬 치료가 급한 이들이 많습니다."

해가 얼굴을 구겼다.

또 그 소리다. 더 급한 이. 더 아픈 이. 제 육신이 찢기는 고통보다 타인의 손톱만 한 상처를 더 크게 보는 저 나약한 것. 멍청한 고집쟁이. 급하고 아픈 이가 백 명이든 천 명이든 대관절 무슨 상관이랴. 그들의 가치를 모두 더해도 너 하나만 못하다는 것을, 대체 왜 모르지?

"도력을 충당하는 일이 아니라면 반 시진도 머물 생각이 없다는 뜻이구나."

"그야 당연히……."

"입 다물어라. 좋다. 네 곁에 있겠다. 이래하인지 뭔지 오면 내쫓아주마. 대신 너도 다 나을 때까지 이곳에 있어."

해의 말뜻을 헤아리듯 섭성이 미간을 살짝 모았다. 짜증난 투로 해가 덧붙였다.

"네 말대로 나로 인한 부상이니, 그 부상이 빨리 나을 수 있다면 협력하겠다는 뜻이다. 그 좋은 머리로 이해가 안 되느냐?"

섭성의 표정이 풀어지며 살짝 웃음기가 스쳤다.

"예상 밖의 조건이라 당황한 것뿐입니다. 저랑 반 시진도 같이 있기 불편하실 것 아닙니까. 어쨌든 알겠습니다. 그리하지요."

그가 손을 뻗었다. 허공에 진을 그리자 고대의 술법이 제 존재를 드러냈다. 복잡한 무늬를 보고 있으면 절로 어지러웠다. 양섭성의 손끝에서 흘러나온 도력이 빠짐없이 술법 안으로 빨려들어갔다. 기이하면서도 경이로웠다. 그렇게 제 도력이 술법과 무사히 결착된 뒤에야 섭성은 침상에 누웠다.

"제가 좀 쉬어도 될는지요?"

"쉬려고 들어온 방 아니더냐?"

섭성이 조금 웃었다. 다시 표정 지운 땅주인은 단 하루도 마음 편히 쉬지 못했을 눈꺼풀을 내렸다.

해는 가만히 그를 바라보았다. 피로가 묻어나는 얼굴은 퍽 아름다웠다. 세상 모든 선량함으로 빚어낸 듯 반짝거렸다. 입매는 평정 잃는 일 없이 온화하였고, 눈꺼풀 뒤의 다갈색 눈동자는 유순하고 다정하였다. 눈매를 따라 풍성한 속눈썹이 도드라졌고 반듯한 코는 모양 좋았다. 미색에 아둔한 자조차 길 가다 마주치면 필히 뒤돌아보게 될 터였다.

하지만 웃을 때의 양섭성은 지금보다 만 배는 더 반짝였다. 동문수학하던 벗과 격 없이 티격태격할 때는 나뭇잎 사이 햇살처럼 청량하였다. 해의 앞에서 보여주는 이성적이고 무감정한 모습은 본디 그의 것이 아닐 터다.

해는 새삼 깨달았다. 이 아름다운 얼굴에 깃들 온갖 감정을 제가 빼앗았다. 웃음도 울음도 찬란한 빛깔 잃고 잿빛 되게 만들었다. 그가 응당 걸어갔을 길을 부수고, 생각조차 해본 적 없는 운명으로 내몰았다. 그가 아끼고, 사랑하고, 좋아하는 모든 것들을 처절히 망가뜨렸다.

바로 그녀가. 다른 누구도 아닌 그녀가.

빼앗기고, 잃어버리고, 길 없게 된 어린 양섭성은 어떻게 여기까지 왔을까?

돌연 숨이 막힐 듯 가슴이 답답해졌다. 황급히 고개 돌렸다.

해는 살면서 그 누구도 궁금히 여긴 적이 없다. 권영 외의 사람에게 관심 둔 적도 없고, 그럴 필요도 없었다. 이곳에 오지 않았다면 양섭성이란 자가 현북공이란 것도 몰랐을 것이고, 어쩌면 현북이란 곳이 있다는 것조차 잊어버렸을 것이다. 제가 저지른 죄를 떠올릴 일 없이, 그리 살아갔을 것이다.

그러나 이곳에선 그럴 수가 없다. 양섭성이, 제 죄의 결과가 코앞에 있어서 못 본 척 외면할 수가 없다. 주인을 섬길 땐 그 어떤 행위도 충이라는 이유로 망설이지 않았는데, 주인 잃은 지금엔 모든 죄가 오로지 제 몫이다.

해가 두 손바닥에 얼굴을 파묻었다. 고개 돌려도, 얼굴 가려도 앞에 있는 양섭성은 사라지지 않는다. 찰나 감정이 요동쳤다. 제어되지 않은 감정은 도력이 되어 흘러넘쳤다. 순간 해의 두 눈이 커다래졌다. 벌떡 일어난 해가 멍하니 중얼거렸다.

"어째서?"

술사끼리는 도력을 나눌 수 있다. 도력이 남아 있는 한 술사의 숨은 끊어지지 않으니, 중상을 입은 술사에게 도력을 퍼부어 치료할 시간을 버는 일이 왕왕 있었다. 주변에 의원이 없을 때 쓰는 임시방편이다. 해도 어릴 때 크게 다쳐 부모의 도력을 받으며 버텼던 적이 있다.

그러나 그것은 오직 도력의 성질이 비슷할 때에만 가능하다. 하여 이해되지 않았다. 양섭성의 도력은 치유에 치우쳐 있고, 해의 것은 오직 살생을 위해 갈고닦였다. 상극인 힘. 원칙적으로 공유가 불가하다.

"양섭성, 방금 느꼈느냐? 분명 도력이……."

해가 당혹스러워하며 섭성을 보았다. 그의 미간에 미묘하게 접혀 있던 주름이 펴졌다. 반대로 해의 표정은 딱딱하게 굳었다. 곧 장 창가로 달려가 창문을 열어젖혔다.

열두 겹 결계에 동시에 금이 생겼다. 보고도 믿을 수 없었다.

"이건 불가해."

현북의 결계가 일제히 무너졌다.

五

"헉!"

섭성이 비명과 함께 깼다. 곧바로 입을 틀어막았다.

울컥 토혈했다.

"양섭성!"

그 순간 사라졌던 결계가 일제히 복구되었다. 섭성은 창백하게 질린 채 입가에 묻은 핏자국을 닦아냈다. 사위에서 감지되는 기운에 해는 몸을 떨었다. 그녀의 눈동자가 거칠게 흔들렸다.

"너……."

"제가 기절했습니까?"

"그래."

"말도 안 됩니다. 저는 잠들지 않아도 되는 몸입니다. 그런데 왜……."

섭성의 얼굴이 고통으로 일그러졌다. 순간 이유를 알아챘다. 최대치를 넘어 채워진 낯선 도력이 느껴졌다. 곧 흔적도 없이 사라져 버리겠지만.

"어째서?"

섭성이 멍하니 중얼거렸다.

"내가 묻고 싶은 바다. 네 도력, 치유력뿐인 게 확실하더냐?"

해가 사납게 다그쳤다. 입술을 꾹 깨문 섭성이 미간을 모았다. 그는 수많은 말을 삼키고 짧게 답했다.

"제 도력은 그릇이 작아 여러 종류를 담을 것이 못 됩니다."

그가 치유력 외의 힘을 얼마나 바랐는지, 이를테면 해가 가진 것처럼 파괴적인 살생력을 그 얼마나 간절히 바랐는지 누가 감히 짐작할까. 보름이면 어김없이 기어들어오는 요괴들을 막아낼 수 있는 힘을 그 얼마나 갈망하고, 또 갈구했는지.

섭성의 답에 해는 잠시 생각에 잠겼다. 섭성이 제 도력의 성질을 잘못 파악했다고 여기기는 어려웠다. 도력이 약하다는 건 결코 다양할 수 없다는 뜻이니까. 차라리 그녀가 잘못 알고 있었다고 보는 쪽이 타당하다. 여태 몰랐지만 제 몸 깊숙한 곳에 치유력이 숨어 있을지도 모른다. 지금으로선 그렇게 숨어 있던 자신의 치유력이 섭성에게 공유되며 흘러들어갔을 가능성이 가장 크다.

전후야 어찌 되었든 회복을 최우선으로 삼는 그의 육신은 이 기회를 놓치지 않았다. 동질의 도력을 게걸스럽게 탐했다. 갑작스럽게 흘러든 도력은 그의 심신에 충격을 주었고 찰나 의식을 빼앗았다.

비틀거리며 침상에서 내려온 섭성이 겉옷을 챙겼다. 늘 침착하던 그의 손이 가늘게 떨리고 있었다. 잠깐이었지만 분명 모든 결계가 무너졌다. 그 좋은 기회를 요괴들이 보고만 있었을 리 없다. 발 빠른 것들이 침입하고도 남을 시간이다.

"너."

해가 이를 악물며 그를 불렀다. 어째서 상극인 그들의 힘이 공유되었는지는 더는 중요하지 않았다. 중요한 것은 양섭성이 잠시 기절했고, 그 순간 현북의 열두 겹 결계가 사라졌으며, 그가 깨어난 후 복구되었다는 것. 그 일련의 일들은 인과가 분명하다.

밖으로 나가려는 섭성의 옷깃을 해가 붙잡았다. 돌아본 그와 시선을 마주했다.

해가 지금껏 생각하지 않았던 것. 생각할 가치조차 없어 자세히 들여다보지 않았던 것. 그것들이 비로소 두 눈에 보였다. 갖지 못한 양심이, 배우지 못한 자책이 어디선가 고개 들었다. 심장이 쿵쾅거리며 아플 정도로 강하게 뛰었다.

양섭성을 바라보는 새까만 눈동자가 뜨겁게 타올랐다. 굳은 입매를 겨우 움직였다.

"불가능한 짓을 하고 있었구나."

결계의 유지는 대부분 땅주인이 감당하지만, 항상 그런 것은 아니다. 땅주인이 결계를 유지하는 것은 의식이 있는 순간뿐. 땅주인이 정신을 잃거나 잠든 경우 결계를 맡아줄 자가 필요하다. 천계의 신수 중 으뜸이라는 수호수는 태초의 맹약 아래 그 역을 자처했다. 그렇게 땅주인은 수호수와 한 쌍으로 움직였다.

그러나 수호수도 불멸의 존재는 아니기에 부재할 수 있다. 윤회의 굴레에서 벗어난 것은 그들의 혼백뿐, 육신은 망가지고 흩어질 수 있다. 모든 기억을 간직한 채 새 육신을 얻을 수 있으나, 그 육신이 장성하기까지는 시간이 필요하다.

하여 수호수의 부재에 대비하여 땅주인은 후계자를 정한다. 수호수와 별개로 그들은 최소한 한 명 이상 깨어 있도록 계획을 세워 움직인다. 이중삼중으로 결계를 유지할 방법을 준비해두는 것이다. 역사 이래 수호수가 없던 적은 거의 없지만, 수호수가 부재했던 때에도 후계자가 있어 황야는 무사했다.

그런데 양섭성이 잠든 순간 결계가 깨어졌다. 태초의 결계가 힘을 잃었다. 그 의미가 자명하다.

"수호수도 없는 주제에 왜 후계자를 두지 않았지?"

현북의 수호수 현무는 일곱 해 전 육신이 흩어졌다. 새 육신을 성장시켜 돌아오려면 몇 년이 더 걸릴 것이다. 수호수 없이는 그 어떤 땅주인도 홀로 결계를 감당할 수 없다. 양섭성처럼 도력 미미한 자라면 더더욱. 수호수가 없다면 적어도 후계자라도 있어야 한다.

혼자 모든 결계를 감당하는 것은 불가한 일이다. 무모하며 어리석은 짓이다.

해는 똑바로 섭성을 바라보았다. 공부에 안주인이 있었던가? 안주인의 것처럼 보이는 흔적이, 단 하나라도 있었던가?

없었다.

뒤늦게 의문한다.

"왜 혼인조차 하지 않았지?"

천계로 돌아간 태초의 땅주인은 언제나 황야를 굽어살폈다. 그 덕분에 지금까지 땅주인의 명맥은 끊어질 듯하면서 기어이 유지되어왔다. 저 위엣것들은 온갖 수단과 방법을 동원하여 술사의 핏줄을 안배해냈다.

현재 현북공가에 도력을 가진 자가 양섭성 하나뿐이므로 만약 그가 혼인해 자식을 보았다면 태초의 현북공은 태어난 아이에게 바로 도력을 안배했을 것이다. 그들은 절대 땅주인의 힘이 단절되는 것을 두고만 보지 않았을 테니까.

해가 아는 이 모든 것을 양섭성도 알 것이다. 그럼에도 그는 혼인하지 않았다. 자식을 보지 않았다.

물론 양섭성의 핏줄이 아니더라도 술사는 태어날 수 있다. 땅주인 가문의 핏줄이기만 하면 되니까. 아주 먼 방계라 해도, 그 피가 섞이기만 하면 되니까. 그러나 여태 후계자의 자리는 공석이다. 방계조차 술사를 낳지 못했다는 뜻이다. 방계라도 후계가 태어날 것을 기대치 못하는 상황이라면, 땅주인이 미혼으로 남아서는 안 되는 것이다.

"생각이 있다면 부인을 들여도 열은 더 들였어야지! 대체 왜!"

책망이 쏘아져 나갔다. 스스로 혹사시키며 고집스럽게 버티어선 땅주인을 노려보았다. 섭성의 표정이 차갑게 굳었다. 그가 조소했다.

"군주께서⋯⋯."

흘러나온 섭성의 목소리가 얼음장처럼 차갑다.

"제게 그런 것을 물을 입장이 되십니까?"

서늘한 한기가 해의 심장을 훑는다. 순간 할 말을 잃은 해의 입이 다물어졌다.

"세상 사람 모두가 절 추궁할 수 있다고 해도 군주는 아닙니다. 군주께는 자격이 없습니다."

이것은 그녀의 죄악이다. 오직 권영에게 눈멀어 앞뒤 가리지 못하고 현북공과 그 일가를 몰살시켜버린 죄의 대가다. 그녀의 죄는 무고한 이의 참혹한 고통으로 되돌아왔다. 그토록 자명한 사실을 단 한 번도 체감하지 못했다. 피해자들은 그녀에게 먼지처럼 하찮아서, 그들의 고통, 상실, 절망. 그 어떤 것도 신경 쓸 바 아니었다.

"너……."

살아오면서 권영 말고는 그 어떤 것에도 관심 둔 적 없다. 알고 싶지 않았고, 알 필요도 없었다. 확실히 그녀는 미치광이였다. 오직 권영에게 미쳐 있었다. 이제 권영은 죽고 없다. 죄악은 더 이상 충의라며 덮어두고 모른 척할 수 없다.

"네 목숨을 깎고 있구나."

당신은 자격 없다는, 당신이 신경 쓸 바 아니라는 경고가 저 멀리 떠밀려 사라진다.

"저는 체질적으로 잠을 자지 않아도 됩니다."

"헛소리 마라. 이치를 거스르는 일이다. 불이익이 없을 리 없다. 잠을 자지 않는 대신 내처 다른 무언가를 바쳐왔겠지!"

끝없이 도력을 탐욕하는 저 고대의 결계에게 그가 내어줄 수 있는 것이 목숨 말고 대체 무엇이 더 있었을까.

해가 이를 악물었다. 지난날의 제 맹목은 누군가의 인생을 무수히도 망가뜨렸을 것이다. 처절히 망가진 그 인생의 주인을 난생처음으로 만났다. 제 죄악과 마주쳤다. 찬란한 감정도, 다채로운 꿈도 진창에 처박아 저버린 땅주인을 보았다.

가족 모두를 잃고 홀로 살아남은 자. 살아남기 위하여 가족의 원수를 제 땅에 들인 자. 그의 원망은, 미움은, 증오는 안개처럼 흐릿한데, 어찌 이리도 짙고 무거운가.

이름 붙일 수 없는 감정이 휘몰아쳐 가슴이 미어졌다. 나면서 배우지 못한 죄책과 양심이 고개 들더니, 끝내 번쩍 눈을 떴다.

손끝에서 시작된 떨림은 처음엔 손을, 다음으론 팔을 잠식하더니 이내 온몸을 집어삼켰다. 혈관 구석구석 타고 흐르는 핏물이 천만 개의 칼날이 되어 그녀를 난도질했다.

"그리 아등바등 지킬 가치가 있느냐?"

제 살과 뼈를 바치고 수명을 깎아 지켜낸들 그 끝에 무엇이 남느냐. 이미 아무것도, 정녕 아무것도 남지 않았으면서. 결국 혼자 울게 될 것이면서. 너의 노력과 너의 희생은 시작부터 부질없었을 터인데.

"수십만 백성이 살아가는 땅입니다."

"이곳을 버려도 되잖아. 다른 곳으로 떠나도 되는 것이잖아."

섭성의 눈동자가 일순 사납게 타올랐다.

"군주, 이 세상엔 살던 곳을 쉬이 떠날 수 있는 자보다 그럴 수 없는 자가 훨씬 많습니다. 당장 땅이 갈라지고 하늘이 무너져도 오갈 데 없는 이들이 넘쳐납니다. 그 모두를 버리고 저 하나 살자고 도망쳐야겠습니까? 그리는 못 합니다. 안 합니다. 저는 현북의 땅주인입니다. 이 땅에서 피 토하고 죽으면 죽었지, 도망은 안 갑니다."

해는 아무것도 남지 않았어도 기어이 지키겠다는 미련한 땅주인을 보았다. 그녀의 표정이 무너졌다. 울음 참듯 일그러졌다.

저 고집스러운 것. 정녕 이해할 수 없는 것. 그러나 한편으론 너무도 이해된다. 세상 그 무엇보다, 자기 자신보다도 중요한 가치. 그것을 지키기 위해서라면 제 영혼을 송두리째 지옥불에 내던져도 괜찮다. 그 맹목이, 그 신념이, 권영을 위해서라면 물불 가리지 않던 그녀와 같다. 그러나 방법은 조금도 닮지 않았다. 땅주인의 자리로 내던져진 그의 선택들이 해를 숨 막히게 했다.

답답하나 안쓰럽고, 모른 척하고 싶으나 빌어먹게도 알아버렸다. 심연 깊이 모든 것이 뒤흔들렸다. 기해라는 존재의 근간을 이루어온 것들이 송두리째 뒤엎어진다.

두 눈을 질끈 감았다. 속으로 탄식했다.

몰랐으면 좋았을걸. 만나지 않았다면 좋았을걸. 우연으로라도 스치지 않았다면 정녕 좋았을걸. 너는 왜 눈에 밟혀서. 왜 이토록 마음이 뒤흔들려서.

"이제 좀 놓아주시지요?"

해는 그제야 아직도 자신이 그의 옷깃을 붙잡고 있다는 것을 알았다. 그녀의 손에서 힘이 풀렸다. 섭성이 빠르게 옷매무새를 정리했다.

"어딜 가려고? 네 몸은 아직⋯⋯."

"결계가 깨졌습니다. 순간이었지만 피해가 있을 겁니다. 요괴란 것들은 시간만큼은 하염없이 많아서 이제나저제나 결계가 무너질까 지켜보고 있었을 테니까요. 제 불찰로 일어난 일이니 희생자가 있다면 응당 사죄하고, 그 피해를 보상해야만 합니다."

"사죄하고, 피해를 보상해야 한다고?"

해가 멍하니 되물었다.

"예."

섭성의 답은 간결했으나 해는 이해가 되지 않았다. 현북의 백성은 모두 양섭성에게 목숨을 빚지고 있다. 그들은 양섭성의 희생으로 삶을 영위하고 있다. 양섭성이 무력하여 수백수천이 죽는다 한들 그들은 양섭성을 탓할 처지가 못 된다. 설령 그들이 양섭성을 원망한다 해도 그는 사죄할 필요가 없다. 그는 이 땅의 주인. 이 땅의 모든 생명보다 고귀하며 고결한 자. 누구도 땅주인을 고개 숙이게 할 수 없다.

"땅주인은 사죄할 필요가 없다. 모두가 너에게 빚을 지고 있지 않으냐?"

잘생긴 미간이 예민하게 찌푸려졌다. 해를 일순 한심하게 쳐다본 섭성이 한숨을 삼켰다.

"땅주인이기에 해야 하는 것입니다."

해는 여전히 이해가 안 갔다.

사죄할 필요가 없는데, 양섭성은 사죄하겠다고 한다. 모두가 그의 목숨에 빌붙어 목숨을 부지하는 형국인데, 지은 잘못 없이 피해를 보상하겠다고 한다.

왜 그래야 하지? 왜, 그런 멍청한 짓을 하지?

그런 짓을 하지 않아도 현북의 백성은 그에게 충성해 마땅하다. 제 마지막 살 한 점까지 발라내 그의 발밑에 바치는 것이 타당하다.

"이해가 아니 돼."

해가 작게 중얼거렸다.

"사죄란 당연히 해야 하는 것이고, 땅주인이기에 더더욱 해야 하는 겁니다. 이해가 안 된다면 굳이 이해하실 필요 없습니다."

부드러운 다갈색의 눈동자에 언뜻 경멸이 어렸다. 움찔한 해의 몸이 천천히 굳었다.

다정과 친애보다 증오와 원망에 가까운 삶이었다. 저로 인해 망가지고 죽어가는 것들을 알면서도 무시하고 신경조차 쓰지 않았다. 모두에게 미움받아도 상관없었다. 그 차가운 눈초리가 영의 것이 아니라면 무가치했으니까.

그런데 왜. 대체 왜.

뜨거운 눈가를 꾹꾹 눌렀다.

"군주?"

해의 안색이 나빠진 것을 알아챈 섭성의 눈빛에 염려가 들어찼다. 그 다정한 두 눈에 어렸던 경멸은 흔적 없다.

"어디 안 좋습니까? 혹 제게 도력을 너무 많이 빼앗긴 탓입니까? 우선 치유를……. 아니, 휴식부터……."

당황해서 횡설수설하는 그를 해는 고개 들어 반히 바라보았다. 이상한 일이다. 무가치해야 할 텐데. 그 눈에 어린 것이 경멸이든 다정이든 상관없어야 할 텐데. 그의 두 눈에 재차 경멸 어리는 순간을 상상하자 괴로울 정도로 심장이 꽉 조여들었다.

사죄. 응당 해야 하는 것이라는, 땅주인이기에 더더욱 해야 하는 것이라는 그 의미를 이해하지 못해서 네가 날 경멸하는 것이라면.

달싹이던 해의 입술 사이로 얕은 한숨이 새어나왔다. 주먹을 한

번 꽉 그러쥔 그녀가 힘없이 중얼거렸다.

"치유도, 휴식도 필요 없다. 네가 내 도력을 삼켜봤자 거북이 눈물만큼이지. 아무렇지도 않아."

형체 이루지 못한 말은 응어리져 가슴속에 가라앉았다.

"정말 괜찮습니까?"

"내가 혹 안 괜찮다면 날 여기 혼자 두고 갈 것이냐?"

섭성이 잠시 입을 다물었다. 해가 가볍게 냉소했다.

"그렇게는 못 하겠지. 천소도 먼저 돌려보냈는데, 날 혼자 두는 건 네가 불안해서 안 될 거야."

그들 사이에 혹 있었을지도 모르는 티끌 같은 신뢰도 해가 다 날려버렸다. 제 백성을 해하지 말라던 그의 경고를 짓밟았다.

"그러니 같이 가겠다. 할 일이 있다며."

말을 마친 해의 두 눈이 커졌다. 이마에 서늘한 체온이 닿았다. 그 섬세한 손길은 따스한 기운을 남기고 멀어졌다.

"다행히 열은 없군요. 군주만 이곳에 두는 건 불안해서 안 되지만, 몸이 조금이라도 안 좋아지면 바로 말씀해주셔야 합니다."

거북이 눈물만큼이든 현무 눈물만큼이든 잃은 건 잃은 거라고, 도력을 쓰는 것과 갑자기 빼앗기는 건 분명 다르니 드러나지 않은 내상이 있을지도 모른다고, 이러쿵저러쿵 덧붙이는 잔소리는 하나도 들리지 않았다. 제 이마에 닿았다 떨어진 그의 손을 물끄러미 보았다. 어쩐지 눈을 뗄 수가 없었다.

"가시지요."

해는 앞장서는 양섭성을 뒤따랐다.

지나가는 이들은 섭성을 알아보고 벽에 붙어 허리 숙였다. 길 가다 귀족을 만나 두려워하는 기색은 전연 없었다. 결계가 느닷없이 사라진 변고에 땅주인의 안위를 걱정했다가, 그의 무사를 확인하고 안도하는 면면이 눈에 박혔다.

양섭성의 다정은 평것, 천것 가리지 않았다. 따라서 그를 향한 땅백성의 애정도 남녀노소 구분 없었다.

저와 정반대의 사람. 너무나도 다른 사람.

해는 알고 싶지 않았다. 양섭성이 누구인지, 어떤 자인지 영영 모르고 싶었다. 모른다는 건, 기어이 알게 되었을 때 모든 것이 달라질 수 있다는 뜻이었다.

"소제가 누이를 지켜드릴게요."

불현듯 그 작은 손을 떠올렸다.

언제나 저를 살피고 이끌어주리라 믿었던 손의 주인은 차디찬 주검 되어 영존에 파묻혔다. 간절히 바랐던 등불은 꺼져 빛 잃었고, 길잡이는 구름 뒤로 사라졌다. 선악 모르는 계집이 유일하게 기준 삼았던 것을 잃었다.

그런데 왜 너는. 왜 너만.

해가 두 눈을 질끈 감았다 떴다.

현북공 일가를 죽인 것은 틀리지 않았다. 영을 지키기 위해서 스스로 진창에 처박힌 그 순수한 충의는 그릇되지 않았다.

하지만 잘못이 아님에도 사죄해야 하는 때가 있다. 그릇되지 않았어도 잘못했을 수는 있다. 모든 일엔 면면이 있다. 영을 지키기 위해 북쪽 땅주인 일가를 몰살시킨 것은 그릇되지 않았어도, 그로 인해 누군가의 인생을 망가뜨린 것은 잘못일 수도 있다.

그렇다면 그 부분에 대해 사죄해야 하는 것은 아닐까. 사죄라는 것이 응당 해야 하는 것이라면, 마땅히 바쳐야 하는 것이라면, 그에게 사죄해야 하는 것은 아닐까.

양섭성의 두 눈에 떠올랐던 경멸을 생각한다. 지금은 다시 무심해진 그 눈에 비칠 증오를 생각한다. 급작스레 몸이 떨려와서 평해의 기해라면 결코 하지 않을 생각을 했다.

양섭성, 너는 내 사죄가 받고 싶으냐.

내 사죄하면, 네 나를 더 이상 경멸하지 않을까. 네 증오가 조금은 옅어질까.

✳ · ✳

태초의 술법이 땅주인을 변방으로 인도했다. 섭성은 반쯤 무너진 초가 앞에 섰다. 결계가 무너진 피해는 미미했다. 그러나 그 작은 피해가 누군가에겐 전부였을 것이다.

한 가족이 몰살당했다. 부녀로 이루어진 단출한 가족이었다. 뼈 한 점 남기지 못한 아이는 대신 핏방울을 남겼다. 나무를 해 먹고 살던 가난한 아비는 세 살배기 딸애의 비명을 듣고 허겁지겁 달려왔다. 이빨 빠진 낡은 도끼를 들고서 유유히 사라지는 요괴의 뒤를 미친 사람처럼 쫓아갔다고 한다. 그것이 부녀의 마지막이었다.

섭성은 바닥에 머리 찧었다. 아무 말 없이, 몸을 깊게 숙였다. 사죄의 예를 다한 그가 일어나 뒤돌아섰다. 무구한 계집을 바라보았다.

"남겨진 자가 없으니 그것만은 복이군요."

고저 없는 목소리가 나직이 흩어졌다. 그가 정신만 잃지 않았으면 없었을 피해다. 막을 수 있었는데, 그러지 못한 것이 뼈아프다.

의식이 끊긴 시간은 아주 잠깐이었다. 섭성은 그 찰나를 더듬었다. 꿈을 꾸었다. 잠들 수 없기에 얻을 수 없으리라 여겼던 답의 일부가 망각 저편에서 되살아났다. 붙잡고자 했으나 기억은 희끄무레한 망령처럼 손가락 사이로 빠져나갔다.

"이만 돌아가지요."

살짝 고개를 끄덕이는 해를 응시했다. 감정이 곧잘 드러나는 눈이었다. 무언가 숨길 필요도, 숨길 것조차 없이 살아왔을 것이다. 장왕 권영에 대한 맹목은 끝없이 드러내야 하는 것이었으며, 그 외의 것들은 전부 무가치했을 테니.

그래서 알겠다. 기해는 미치광이가 아니다. 멍청이도 아니다. 권영에게 눈멀었을 뿐. 누군가 해야 하는 것과 해선 안 되는 것을 구분시켜주었다면 지금 이 지경이 됐을 리 없다. 도리 가르쳤다면 배우지 못했을 리 없고, 차근차근 인도했다면 천둥벌거숭이가 되었을 리도 없다.

해는 줄곧 섭성을 보고 있었다. 이해가 되지 않는다면서 그의 행동을 하나하나 좇았다. 밤이 담긴 그 까만 두 눈에 혼란이, 동요가 일었다. 존재 몰라 이름 붙이지 못한 감정들이 그 안에서 소용돌이쳤다. 그래도 그녀는 눈 돌리지 않았다. 외면하지 않았다. 계속 지켜보았다. 아마 권영에게도 그리했을 것이다. 쉼 없이 그를 좇았을 터.

문득 의문이 든다. 해의 절대적 신뢰와 보호를 받았던 권영은 왜 그녀에게 선을 알려주지 않았지? 왜 그녀에게 시시비비를 가르치지 않았지?

그의 원수인 자. 미워하고 증오해 마땅하나 그럴 마음조차 들지 않는 자. 마땅히 배워야 할 것을 배우지 못하고 깨쳐야 할 것을 깨치지 못해서, 황야 그 누구보다 강한 도력을 가지고도 그 힘을 온당하게 베풀지 못하는 가엾은 자.

섬광처럼 깨닫는다. 세상 모두가 그녀를 미치광이로 취급할 뿐, 정당한 길을 알려주려는 시도조차 하지 않았다.

반파된 초가에서 먼지가 피어올랐다. 돌아가자는 말에도 고개만 끄덕일 뿐, 우두커니 서 있는 해를 향해 홀린 듯 손 뻗었다.

"이쪽으로 오세요, 군주. 위험하니까……."

흠칫 커진 두 눈이 그의 손을 향했다. 섭성이 그녀를 제 쪽으로 잡아끌었다.

거의 다 무너졌던 초가가 풀썩 주저앉았다.

나들이의 본 목적은 이미 잊었다. 해는 어쩌다 이런 상황이 된 것인지 곱씹다가 저를 끌어당긴 손을 가만히 바라보았다. 소매 아래 드러난 손등의 도드라진 힘줄이, 살 붙지 않아 마디마디 단단해 보이는 손가락이 금욕적인 그를 닮았다.

"요괴가 휘젓고 가면 지반이 약해져 추가 붕괴가 일어날 수 있습니다. 항상 주변을 살펴야 해요."

나락의 왕도 아니고 그깟 건물 붕괴 따위가 나를 다치게 할 수 있겠느냐고 비웃는 대신 해는 입을 다물었다.

보호받은 적 없고 올바른 길로 이끌어진 적 없는 삶이었다. 과거 평해왕 부부가 살아 있던 때에는 그런 적이 있었을지도 모르나, 너무 오래되어 이미 잊었다.

무너진 초가를 돌아보며 해는 제 주인을 떠올렸다.

'영아.'

한때는 잊어버린 모든 것을 영이 돌려주리라 믿었다. 매일 꿈꾸고, 매 순간 바라고, 영원처럼 갈망했다. 그 바람은 영과 함께 땅 아래 파묻혔다.

절망보다 분노가 더 컸다. 오직 복수를 위해 북쪽으로 왔다. 존재의 근간을 뒤집고, 하찮은 것들에게 수없이 모욕당해도 견딜 각오를 했다. 부수고 망가뜨리고 짓밟아서 지키는 법밖에 배우지 못했으나, 해야 한다면 능히 고개 숙이고 개처럼 기겠다고 결의했다. 권영의 복수 외엔 모두 무가치해서 그 어떤 것도 의미 될 수 없었다.

그런데 왜 너만.

어째서 너는.

아무도 보호하지 않는 미치광이를 보호하려고 하지?

해가 입술을 꾹 깨물었다. 두 눈이 뻑뻑했다.

소중히 여기며 매달릴 가치라곤 하나도 남지 않았다. 망해버려도 미련 없는 세상이다.

그럼에도 만약, 정말 만약에 아직 가치 있을 무언가가 있다면.

"군주?"

쓴웃음이 해의 입가에 걸렸다 사라졌다. 두 눈을 질끈 감아 머릿속 바람을 지웠다.

자격 없는 욕심이다. 정녕 몰염치한 맹목이다.

❀ · ❀

"보자."

천소는 부채를 하나씩 펼쳐보았다.

해와 함께한 나들이는 최악이었다. 섭성이 아니었다면 아이들은 이미 저세상 사람이 되었을 것이다.

섭성과 해가 의원으로 향하고, 천소는 십년감수하느라 쪼그라든 심정으로 점포를 찾았다.

차라리 잘됐다. 못된 것들 때문에 많이 불쾌하셨지요, 이 부채 받으시고 기분 푸셔요, 하고 건네면 제아무리 콧대 높은 기해라도 기특해하며 받을 것이다.

부채엔 기개 높은 소나무장군과 죽령, 매혹적인 꽃나무 요괴가 각각 잠들어 있었다. 마치 살아 있는 것처럼 생동감 넘치는 그림엔 사람을 빨아들이는 뭔가가 있다.

"이게 좋지 않겠수?"

부채장수가 씩 웃으며 꽃나무 부채를 권했다. 동공이 세로로 찢어진 푸른 눈이 기이했다.

"모처럼 외출일 텐데 함께 오지 못해 서운하겠수다. 이럴 때 선물 하나 안겨드리면 그 얼마나 좋아하시겠수?"

"흐음."

턱을 긁으며 고민에 잠겼던 천소가 마침내 결연히 꽃나무 부채를 받아 들었다.

"좋아요. 이걸로 하겠어요."

"흐흐, 잘 생각했수."

천소는 부채를 잘 갈무리해 품에 넣었다. 꽃 같은 이가 꽃 그려진 부채를 든다면 얼마나 아름다울까. 천소의 눈매가 가늘게 늘어났다. 심장이 콩콩 뛰었다.

"부채엔 하자가 없겠지요?"

"하자가 있을 리가 있겠수? 우리 주인님을 무시해도 정도가 있지. 이것들 전부 다 우리 주인님께서 특별히 신경 써서 구한 상품들이라우. 특히 이 부채는 말이오, 아주 대단한 것이 깃들어 있지."

부채장수가 짐짓 기분 상한 체를 했다. 뭐 그런 자존심 상하는 의심을 다 하냐는 눈초리였다. 천소는 눈시울을 내리며 고개를 끄덕였다.

"암요. 소인도 잘 알지요. 습관처럼 물어본 것뿐이니 부디 개의치 마셔요."

"또 그랬다간 국물도 없을 줄 아시우. 꼭 그분 앞에서만 펼쳐야 하는 거 잊지 말고."

"예에, 그럽지요. 그럼 소인은 돌아가볼게요."

휘이휘이.

부채장수가 얼른 가라는 듯 손을 휘저었다. 천소는 발걸음 가볍게 뒤돌아서서는 총총 뛰어갔다.

꽃나무 부채가 상품(上品)이기를 바란다. 특특상품 정도면 정말 좋겠다. 당장 아씨께 드려야지. 아씨가 유적으로 떠나버리기 전에.

해죽 웃는 천소의 눈동자가 번뜩였다.

살그머니.

천소는 해의 처소로 가는 내내 주변을 두리번거렸다. 품에 꽁꽁 싸매둔 부채를 누군가에게 들킬까 불안했다.

아이들 때문에 기분이 많이 상하셨지요, 소인이 아씨를 위해 준비했어요, 기분 푸시어요. 몇 마디 되지 않는 말을 계속 중얼거렸다.

"천소야."

"에구머니나!"

혼잣말을 연신 되뇌는데, 누군가 뒤에서 어깨를 톡톡 두드려 거의 기절할 뻔했다.

"겨, 견아! 놀랐잖아!"

비명을 지른 천소가 아는 얼굴을 확인하고서 빽 화를 냈다. 공부의 종복인 견이었다. 평범한 얼굴과 수수한 옷차림새 덕분에 그는 거의 눈에 뜨이지 않았다. 일부러 찾아보지 않으면 있는지 없는지도 모를 정도였다. 어디 살수굴에서 살다 온 것도 아닐 텐데, 기척도 없이 뒤나 옆에서 느닷없이 튀어나오는 통에 까무러칠 뻔한 적이 한두 번이 아니다.

"뭘 하고 있기에 그리 놀라?"

"거야, 네, 네가 갑자기 튀어나오니까 놀랐지!"

버럭 소리치며 품 안의 부채를 천소가 꼭 끌어안았다.

"그 품에 숨긴 건 무언데?"

견이 의문스러운 표정을 지었다.

"그게, 저, 아씨께 드릴 것이 있어서……."

"아씨께?"

가늘어진 그의 눈초리에 천소는 마른침을 꿀꺽 삼키고는 표정을 굳혔다.

"왜, 안 믿겨? 안 믿기면 보여줄게."

주섬주섬 부채를 싸둔 보자기를 푸는데 견이 손을 내저었다.

"됐어. 굳이 확인하고 싶진 않다."

"아니, 봐! 보라고! 평범한 부채일 뿐이잖아."

견의 시큰둥한 태도에 되레 용기를 얻은 천소가 부득불 부채를 내밀었다. 혹시나 견이 부채를 펼칠까 잔뜩 긴장한 손끝이 파르르 떨렸다.

"그래, 평범한 합죽선이네."

견의 시선이 접혀서 잘 보이지 않는 그림에 고정되었다. 말 그대로 평범한 부채였다. 아주 평범한 합죽선.

"그, 그럼 난 간다."

견이 별다른 말이 없자 천소는 서둘러 부채를 보자기로 감쌌다.

그녀의 관자놀이를 타고 식은땀 한 방울이 흘러내렸다. 바싹 마른 입술을 축인 천소는 한 번 더 견의 눈치를 살피더니 황급히 자리를 떴다.

그 모습을 물끄러미 응시하던 견의 입에서 한숨이 흘러나왔다. 눈을 내리뜬 그가 작게 냉소했다.

"멍청한 것."

합죽선에 담긴 꽃나무에 붉은 자국이 역력했다.

그것은 원한이며 저주. 인세에 흔하디흔한 평범한 악의.

"너무 평범하다고."

겨우 그 정도로 제 원하는 걸 얻을 수 있으리라 믿는 저 어리석은 것. 제 목숨이 아홉 개인 양 착각하는 정녕 한심한 것.

쯧, 짧게 혀를 찬 견이 몸을 돌렸다.

저 소심한 계집종은 몇 시진이고 폐주의 처소 앞에서 서성거릴 테니, 저녁까지 합죽선을 전하지 못할 것이다. 마침내 결심을 실행하는 순간은 필시 땅주인이 저녁 약을 들고 폐주를 찾아온 때와 겹칠 터인데, 그 뒤 연은 어찌 흐를까.

얼핏 짐작하면서도 속이 뒤틀렸다. 들끓는 분노를 견은 잠재웠다. 아직 때가 아니다. 아직은.

第三章

화폭에 담긴 덫

一

공부로 돌아온 섭성은 찰나의 꿈을 더듬었다. 일곱 해 만의 꿈이었다. 짧았지만 기억에 새겨졌다. 굳게 눈을 감자, 남이 되어 바라본 순간이 생생히 떠올랐다.

깊은 수렁이었다. 땅 요괴가 남기고 간 식욕의 흔적이었다. 계집은 그 속에 갇혀 있었고, 사내아이 하나가 아래를 바라보고 있었다. 얼굴은 형체 없어 누군지 구분할 수 없었으나, 귓가에 닿은 말소리로 그들의 정체를 추측할 수 있었다.

"공주누이, 괜찮습니까?"

"너는 이곳에 오면 아니 될 터인데?"

아이는 겁 없이 아래로 뛰어내렸다. 작은 몸집이 데굴데굴 굴렀다.

"섭아!"

놀란 계집이 아이를 받으려고 일어섰다가 넘어졌다. 떨어질 때 다친 발목이 부어 있었다. 계집에게 곧장 달려간 아이가 분한 듯이 말했다.

"아버지도 형님도 소제더러 어리다고만 합니다. 하지만 소제도 할 수 있어요. 황자 저하를 찾는 데 보탬이 될 수 있단 말입니다. 누

233

이에게도 도움이 될 수 있어요."

아이는 공주를 좋아하며 졸졸 따랐다. 그때의 감정이, 마음이 망각 깊숙이 파묻혀 있다가 되살아났다. 지끈거리는 가슴을 섭성이 꽉 움켜쥐었다. 턱 막힌 숨을 가까스로 뱉어냈다.

아이는 계집의 상처를 우선 살폈다. 발목에 손을 가져갔다. 검은 도력이 흘러나와 계집의 상처를 감쌌다.

"소제가 누이를 지켜드릴게요."

상처가 가라앉는 것을 보며 사내아이는 기뻐했다. 그가 손을 내밀었다.

"소제가 지켜드릴 수 있도록 허락해주세요."

계집은 그 손을 빤히 바라보았다. 망설이다 마침내 맞잡았다.

"평해의 핏줄은 받은 만큼 되돌려주지. 그러니 네가 나를 지키는 한 나 역시 너를 지켜주마. 그 약조를 어기지 마."

아이는 잠시 굳었다가 활짝 웃었다.

"약조하신 겁니다."

"맹세하마."

두 사람은 약조와 맹세를 나눠 가졌다. 변치 않을 다정을 맹약하였다.

그것은 모두 잊혔다. 산산이 부서져, 존재한 적 없는 망념 되었다.

섭성이 두 눈을 떴다. 심장이 칼날로 얇게 저며지듯 고통스럽고 쓰라렸다. 무엇을 잊었는지 알 수 없었고, 잊은 까닭 또한 알 수 없었다. 그런데도 가슴 먹먹히 차오르는 그리움, 원망, 통한, 그따위 것들이 아귀처럼 달려들었다.

"왜…….."

어쩌다가 잊었을까. 아무도 말해주지 못함은 천계와 관련된 까닭. 그 옛날 대사냥전에서 대체 무슨 일이 있었기에? 물음은 꼬리에 꼬리를 물었다.

답은 심연에 있다. 오직 꿈을 통해서 닿을 수 있는 그곳.

찰나의 꿈조차 많은 것을 보여주었다. 더 깊은 잠은 더 깊은 꿈을 부르고, 당연히 더 많은 것을 알아낼 수 있다. 해가 좀처럼 현북에 적응하지 못하는 이유를 밝혀내고, 그녀의 포악한 성정을 억눌러 황야에 득이 되게끔 바꿀 수 있을지도 모른다.

나락의 요괴는 날뛰고 천하의 균형이 위태로운 지금, 황야의 무사를 위해서라도 해의 성정을 다스릴 방법을 찾는 것은 무척 중요하다.

그러나 섭성은 잠들 수 없다. 그의 의식이 지상에서 사라지는 순간 결계는 무너진다. 수호수는 없고 후계 또한 숨어 있으니, 결계를 유지할 도력은 오직 그의 것뿐이다.

탁. 탁.

책상을 두드리는 손가락에 답답함이 묻어났다. 방법을 알아도 행할 수 없다면, 그 방법이란 존재하지 않느니만 못하다.

"나리, 소인 견이입니다. 양세계 대장군께서 전갈을 보내셨습니다."

밖에서 익숙한 목소리가 들려왔다.

"숙부님이?"

섭성은 답 구할 수 없는 문제를 밀어내고 자리에서 일어났다.

정기보고일이 아니었다. 양세계는 그믐이 아니고선 되도록 전령을 보내지 않았다. 요력이 강할 때에는 유적 밖으로 나간 전령의 안위를 장담할 수 없는 까닭이다. 한 목숨도 허투루 낭비할 수는 없었다. 그런데도 위험을 무릅쓰고 전령을 보냈다.

"전령은?"

밖으로 나선 섭성이 서신을 받아 들며 물었다.

"살아서 도착한 게 기적이라고 합니다."

견이 살짝 미간을 찌푸렸다. 기적이란 말 그대로 전령의 부상은 심각했다. 어깨 한쪽을 물어뜯겼고, 출혈도 상당했다. 장딴지를 먹힌 것인지 제대로 걷지도 못해서 성한 한 발과 한쪽 어깨로 기다시피 도착했다. 이제 겨우 스물을 갓 넘은 청년이 감당하기엔 극심한 고통이었을 터. 전령은 양세계의 서신을 전달하자마자 혼절했다.

"할 수 있는 치료는 모두 해두라고 일러라. 상태가 호전되지 않으면 내가 직접 가보겠다."

"예, 나리."

견이 꾸벅 인사하고 물러나자 섭성은 착잡한 마음으로 서신을 확인했다. 둥글게 말린 서신은 잘 봉인되어 있었다. 밀랍에 찍힌 인장은 숙부 양세계의 것이 분명했다.

봉인을 뜯고 서신을 펼쳤다.

[작금의 전황이 좋지 않아 때가 아님에도 무리해서 소식을 전합니다. 지난 그믐부터 나락에서 기어 올라오는 요괴의 급이 전과 같지 않습니다. 반절 이상이 상급으로 추정되며 우두머리의 지휘를 받는 듯 일사불란하게 움직입니다.

요괴군은 더 이상 오합지졸이 아닙니다. 유적의 힘을 빌려 근근이 방어하고 있으나 그 또한 한계입니다. 지원이 오는 이번 그믐까지 버틸 수 있다고 자신할 수 없으니, 주 변방의 백성을 안으로 피난시켜 만약에 대비하십시오. 현북공께서는 땅의 심장에서 결코 벗어나지 마십시오.]

급히 휘갈겨 쓴 듯 필체가 일정치 않았다. 평소 차분한 양세계의 성정을 생각해보면 전황은 섭성이 각오했던 것보다 더 나쁠지도 모른다.

언제나 최악에 맞서왔다. 이젠 최악이란 말로는 그 참혹함을 모두 표현하지 못할 상황이 되었다.

제 욕심만 챙긴다면 숙부의 곁에 있고 싶었다. 양세계는 부모와 형제를 한날한시에 잃은 섭성이 기댈 수 있는 유일한 핏줄이다. 그가 무너지지 않게 굳건한 버팀목이 되어준 이다.

그러나 섭성의 자리는 전장이 아니었다. 쉬지 않고 단련해도, 수많은 병서를 섭렵해도 그는 출장할 수 없다. 치유에 국한된 그의 힘은 요괴대군 앞에서 무력하고, 후계자도, 수호수도 없는 땅주인의 죽음은 현북의 멸망을 뜻할 뿐이다.

따라서 그에게 허락된 자리는 오직 이곳이다. 현북에서 가장 안전한, 땅의 심장 위에 지어진 땅주인의 저택.

"숙부님……."

섭성은 터질 것 같은 울음을 참았다. 풍전등화의 숙부를 구하기 위해 당장 할 수 있는 일이 아무것도 없다는 게 마음을 무너뜨렸다.

심지 굳은 자라 해도 약해지는 순간은 있는 법이고, 언제나 땅주인의 책무를 망각하지 않으려 애쓰는 섭성 또한 주저앉고 싶은 때는 있는 법이다.

섭성은 짓무른 눈가를 꾹 누르며 고개를 털었다. 허물어지는 마음을 다잡았다. 정신을 똑바로 차려야 한다. 그는 현북의 땅주인이다. 땅을 지킬 책무가 있다. 홀로 살아남았기에 앞으로 일어날 모든 죽음은 그의 책임이 될 것이다. 간절히 더 나은 길을 생각했다. 비록 구원은 되지 못할지언정 필멸만은 피하게 해줄 길을 염원했다.

"견아, 아직 밖에 있느냐?"

잠시 후, 대답이 들려왔다.

"예, 나리."

견이라면 아직 있으리라 생각했다. 주인의 필요를 놀라울 정도로 잘 알아차리는 이였으니.

"잠깐 들어오너라."

"예."

견이 안으로 들어왔다. 순순한 얼굴. 겁먹어 마땅한 상황에도 견은 늘 차분했다. 그것이 기이하면서도 깊게 생각할 여유가 없었다.

"숙부님 댁에 다녀오너라. 숙모님과 사촌들을 데려와야겠다."

양세계의 가솔은 학업을 위해 공부에 머물고 있는 양유성을 제외하고는 모두 밖에서 산다. 가장 외곽은 아닐지라도 공부보다 안전하지는 않다. 그들의 안위가 염려되었다.

견이 두 눈을 동그랗게 떴다. 잠시 생각하듯 입술을 잘근 깨문 그가 걱정스레 말했다.

"대장군의 가솔이 거처를 옮기면 백성이 동요할 겁니다."

타당한 염려다. 섭성이 눈을 내리떴다.

백성을 속이는 것은 싫다. 힘없는 백성을 위험에 방치한 채 제 피붙이만 챙기는 비겁한 인간이 되는 것은 옳지 않다. 하지만 한 번쯤은 괜찮지 않을까? 땅주인이라는 지위를, 딱 한 번은 남용해도 되는 것 아닐까?

"변장시켜 아무도 모르게 데려오너라. 그 후에 변방의 백성은 중심으로 대피하라는 명을 전해라."

견은 잠깐 머뭇대다 고개를 숙였다.

"예, 나리."

견이 나가고 혼자 남은 섭성은 자괴감에 조소했다.

땅의 백성을 지키기는커녕 그들을 위험에 몰아놓고, 이제는 그 생명의 가치를 동등하게 여기지도 못한다. 땅주인의 자격이라고는 눈곱만큼도 없다.

그래도 이 땅에, 그의 대부분을 내바친 이 현북의 땅에 각별히 소중한 자 하나둘은 남겨둬도 되지 않을까. 부모도 형제도 이미

다 잃었는데, 마지막 남은 핏줄을 지키려는 노력쯤은 해도 되는 것 아닐까. 그 정도 욕심은 부려도…….

"내 군주와 다를 것도 없구나. 더 소중한 것을 위해서라면 덜 소중한 것쯤이야 어찌 되든 상관없다는 마음이라니."

붉어진 눈시울 아래 소리 없는 울음이 고였다.

도력 없는 땅주인의 핏줄은 독립하여 헐벗은 이들을 두루 살피며 살아가게 마련이다. 하여 양세계도 공부 밖에 살았다. 현북공일가가 몰살되는 일이 없었다면 그는 그렇게 평범한 귀족으로 머물렀을 것이다. 유적을 지키는 장군 역시 도력 있는 자가 되었을 테니, 지금과 같이 '대장군'으로 목숨 바쳐 현북을 지키는 일 또한 없었을 것이다.

"백성이 동요할 것이라 말할 필요는 없었나."

견이 심드렁하게 중얼거렸다.

괜한 소리였다. 의미 없이 섭성을 괴롭게 만들 뿐이다. 그 심성 다정한 땅주인은 제 편애에 괴로웠을 터. 현북의 모든 백성을 똑같이 귀하게 여기지 못하고, 제 핏줄을 우선하였음에 충격받았겠지.

"아니, 아니지. 의미 없진 않아."

견이 고개를 털고는 픽 웃었다. 섭성을 괴롭게 했다는 것만으로 충분하다. 악취미라 비난받아도 상관없다.

견은 잠시 멈춰 서 뒤돌아보았다. 고개를 들었다. 그의 두 눈에 오색의 광채가 비쳤다.

하늘을 어지럽게 수놓는 색색의 선들. 그중 유독 거슬리는 붉은 선. 남들 눈에는 보이지 않을, 저 천연의 증좌들. 지긋지긋하게 갖길 열망했던, 여전히 이 손아귀에 쥐지 못한 한 영혼이 속한 것.

얽히고설킬 뿐 결코 끊어지지 않았던 천연 하나가 그새 더 강렬해져 있었다. 속내가 뒤틀렸다. 사납게 얼굴을 일그러뜨린 견이 두 눈을 꾹 감았다 떴다.

완전히 잘라낼 수 없는 것이라면 차라리 아예 닿지 못하는 편이 낫다. 영겁이 지나도 얻을 수 없는 것이라면, 세상 그 누구도 가져서는 안 된다.

분노가 끓어오를수록 되레 머릿속은 차가워졌다.

"그래, 의미 없는 건 아니야."

표정 사라진 얼굴로 견은 양세계의 집을 향해 발걸음을 옮겼다.

❈ · ❈

황야는 천계와 나락 사이에 들어섰다. 술사와 요괴가 실재하는 세상을 살아가는 황야인에겐 불가능이 없다. 하늘은 나는 것도, 물 위를 걷는 것도 황야에선 가능했다. 그들의 세상에서 숨 쉬듯 일어나는 그 일들을 황야 바깥에서 얼마나 괴이하게 여기는지 알지 못했다.

수천수만 년 이어진 이 나라엔 수많은 옛이야기가 있으니, 무엇이 진짜이고 무엇이 가짜인지 흔히 가늠되지 않았다.

청동의 땅주인, 청동후 명우현은 그 많은 옛이야기 중 가장 널리

알려졌으면서도 아무도 심각하게 여기지 않는 노래구절을 떠올렸
다.

······뒤엉켜 경계 없으니, 천하는 뒤집어지리

황야의 탄생과 함께해온 노래에 아무 의미가 없을 리 없다고,
청동후는 오래전부터 의심해왔다. 제 눈으로 직접 저 바깥을 볼
수 있으면 더할 나위 없이 좋을 것이다. 의심에 확신을 더할 수 있
을 테니.

하지만 청동후는 땅주인으로 청동에 묶였다. 그의 핏줄 모두가
같은 신세다. 황제의 허수아비 없이는 타주에 가기도 쉽지가 않
다. 하물며 바깥이라니. 무사히 바깥에 도착할 실력을 지닌 데다
신용을 갖춘 자는 백사장에서 바늘 찾기보다 어렵다.

"아버님, 하늘이 심상치 않습니다. 계획을 서둘러야 하지 않을
는지요?"

장남 명재신이 걱정스럽게 말했다. 청동후는 고개를 내저었다.

"아직은 때가 아니다."

청동후는 동쪽 너머 하늘을 바라보았다. 하늘이 붉었다. 불길
한 징조다. 보름이 멀었는데도 요기가 날뛰고 있다. 나락에 필시
변고가 생겼다.

"북쪽이 걱정입니다."

명재신은 북쪽의 어린 땅주인을 염려했다.

"그러게 말입니다. 현북공 혼자서는 오래 버티지 못할 겁니다.

경계가 무너지면 황야의 무사를 보장할 수 없는데, 폐하께서 폐주 외의 지원을 보낼 생각은 없으시더이까?"

차남 재명도 형과 같은 마음이었다. 잘생긴 얼굴에 심려가 가득했다.

사주의 땅주인은 제 땅을 지킨다. 그러나 그 역을 땅주인 혼자 수행했던 경우는 태초 이래 지금의 현북이 유일하다. 결계에 도력을 공급할 수 있는 자가 땅주인 하나뿐인 현북은 언제 무너져도 이상할 것이 없다.

"이해가 안 됩니다. 결계의 유지는 사주의 땅주인이 맡는 것이 천칙이나, 지금은 위급 시 아닙니까? 제아무리 평해가 황경을 둘러싸 보호하고 있는 형국이라 하나 현북이 무너져 득 될 것이 하나도 없는데, 폐하께서는 어찌 방관만 하신답니까?"

재신이 아우의 의문을 거들었다. 답답한 듯 주먹을 꽉 쥐고 있는 두 아들을 번갈아 바라본 청동후가 한숨을 내쉬었다.

"천계의 제약이 있으니 쉬이 움직이지 못하시는 걸 게다. 게다가 이미 폐하께서는 현북에 원군을 파견하셨다. 그 결과 장왕이 전사했지. 황경의 귀족에게 중요한 것은 황경과 황실이다. 그들에게 사주는 별 의미가 없어."

사주는 황야의 경계를 수호한다. 그러나 사주가 없어진다고 황야가 없어지는 것은 아니다. 재명은 경계가 무너지면 황야의 무사를 보장할 수 없다고 생각하지만, 틀렸다. 황야는 황경과 평해만으로도 완전하도록 구성되었다.

"하지만 이리 손 놓고 있다가는 섭성이……!"

"그들이 보기에 현북은 가망 없는 땅이다. 구하지 못할 현북에 매달리느라 또다시 황손을 잃느니, 차라리 현북을 버리고 평해의 북쪽에 경계를 재구축하자고 주장하겠지. 황제 폐하라고 해도 모든 반대를 무릅쓰고 바로 출전을 결정하기는 힘들 게다."

청동후의 눈빛이 가라앉았다.

무엇보다 황제에게 현북에 대한 애착이 있을까? 수만, 수십만 이 죽어가도 황궁에 들어앉은 황제에겐 닿지 않는다. 죽어가는 목숨들은 하찮아서, 모두 긁어모아도 황족 하나의 가치조차 없다. 되지 않은 싸움에 힘을 쏟아대다가 애꿎은 황손을 잃느니, 현북을 송두리째 요괴에게 넘겨주는 한이 있더라도 황경을 보호하는 게 낫다는 주장이 힘을 얻었을 터.

이 상황에서 가장 애타는 것은 청동후다. 청동은 현북과 그 경계를 가장 길게 맞대고 있다. 현북이 무너졌을 때 제일 크게 타격받는 것은 역시 청동이었고, 그런 실질적인 이유 때문이 아니더라도 섭성은 그에게 소중한 핏줄이었다.

사위 양윤계가 살아 있었다면 상황이 이 지경이 되지는 않았을 것이다. 아니, 무의미한 생각이다. 죽은 자는 돌아오지 않으니, 앞으로의 일은 살아남은 자들의 몫이다. 어떻게든 그가 지켜내야 했다.

"현무 님이라도 계셨다면……."

재신이 탄식했다.

현북의 수호수인 현무가 소멸당하고 일곱 해가 지났다. 갈가리 찢긴 육신을 버리고 부랴부랴 새 육신을 만들어냈다 해도, 그 육신이 장성하기까지는 시간이 걸린다. 언제인지도 알 수 없는, 현무가 돌아오는 그날까지 현북공이 버텨내리라곤 누구도 장담할 수 없다.

성정에도 맞지 않는 땅주인 노릇을 하느라 하루하루 말라가는 외손의 모습이 청동후의 눈에 아른거렸다. 가슴이 아렸다. 제 어미를 쏙 빼닮아 다정한 아이였다. 누구도 허투루 미워하는 일 없고, 흔하디흔한 평것조차 하찮게 여기지 않는 성정이었다. 나약하진 않으나 죽고 죽이는 전장에 맞는 성격은 결코 아니다.

"아니면 현북에 후계라도 있었다면⋯⋯."

"쓸데없는 소리 말거라!"

청동후가 벌컥 꾸짖었다. 놀란 재신이 입을 꾹 닫았다. 말실수를 했나, 제 말을 곱씹는 그를 방해하듯 청동후가 새로운 명을 내렸다.

"익족의 전사 탁무경에게 서신을 보내라. 그들의 도움을 청해라."

"익족에게요? 수만 년간 인간과 반목해온 것들입니다. 그들이 순순히 도와주겠습니까?"

재명이 당혹한 목소리로 끼어들었다.

"우리와 익족 사이엔 오래된 약조가 있지 않으냐?"

오랜 옛날, 익족은 단 한 번 청동의 부름에 응하겠다 맹세했다. 그 맹세를 지킬 때가 왔다.

"땅에 얽매인 우리는 현북에 갈 수 없다. 주남과 백서도 마찬가지지. 황경이 나서리라 낙관할 수 없으니, 남은 방법은 익족뿐이다.”

“약조가 있다 한들 그들이 진심으로 싸우지 않는다면 별 도움이 되지 않을 겁니다. 설령설령 약조를 지키는 척만 하다 달아날지도 모르지 않습니까?”

재신의 의심에 청동후는 고개를 저었다.

“징금은 그들의 영산이며 현북은 그들의 고향이지. 그곳이 요괴에게 넘어가는 것을 바랄 리 없다. 현 익족의 제일전사 탁무경은 용맹하고 현명하니, 약조를 가벼이 여기지 않을 것이다.”

“그들의 긍지를 믿는 것 외엔 다른 방도가 없단 말씀이시군요. 그렇다면 섭성은요? 현북공이 받아들이겠습니까?”

“이미 익족보다 더한 원수를 받아들인 아이다. 그런 아이가 고대의 원한을 현재의 필요보다 더 중히 여기겠느냐?”

여전히 납득되지 않는 표정으로, 그러나 일단은 알겠다는 듯이 재신이 고개를 주억거렸다.

“현북도 현북이지만, 준비 중인 일도 확실히 진행시켜야 한다.”

“염려 마십시오.”

“확실히 하고 있습니다.”

두 아들이 동시에 대답했다. 청동후는 주먹을 굳게 쥐었다. 설령 황제가 현북을 포기해도 그는 포기할 수 없었다. 섭성이 무너지지 않는다면 무슨 짓을 해서라도 어린 핏줄의 뒤를 지켜줄 것이다.

“그리고 폐하께 대사냥전 개최를 청해라.”

“예? 대사냥전은…….”

“그래, 아직 시기가 되지 않았지. 하나 한 해 정도는 앞당길 수도 있지 않겠느냐? 여차하면 사주를 버릴 생각이겠지만, 대놓고 그럴 수야 없지. 우리가 계속 시끄럽게 떠들어대면 폐하께서도 아주 조금은 움직일 수밖에 없다. 그러니 뭐라도 하는 게 낫지."

대사냥전이 개최되면 땅주인에게 걸린 모든 제약을 벗어던지고 현북으로 갈 수 있다. 어쩌면 현북뿐 아니라 그 너머의 바깥까지 가볼 수 있을지도 모른다. 어린 외손을 구원하고, 황야 밖의 세상을 직접 확인할 기회가 될 것이다. 청동후의 두 눈이 의지로 번뜩였다.

※ · ※

"나리, 견입니다."

섭성이 고개 들었다. 심부름 보냈던 견이 돌아왔다. 서둘러 나가보니 평겆 차림의 숙모와 어린 사촌들이 있었다.

"모셔왔습니다."

"그래, 수고했다. 숙모님, 안으로 드시지요."

여인은 만삭이었고 겁먹은 표정이었다.

"나리, 전황이 안 좋은 겁니까? 대장군께서는……."

"숙부님은 괜찮으십니다. 숙모님의 산일이 임박하니 이 조카의 마음이 불편하여 이리 모셨습니다."

섭성이 대충 둘러댔다. 굳이 대장군 양세계는 다음 그믐까지 버티지 못할지도 모른다고, 상황이 최악으로 치달으면 그는 제 목숨을 제물 삼아 요괴군의 발걸음을 늦추는 선택을 할 수밖에 없다고 진실을 전할 필요는 없다.

그러나 대장군의 부인은 어리석지 않다.

"정녕 그런 이유뿐입니까? 변방의 백성에게 안으로 대피하라 명하셨다 들었습니다."

"청동으로 떠날 수 있는 자는 떠나라는 피난령의 연장일 뿐입니다. 보름이 무탈하게 지나가지 않았습니까? 보름을 전후한 사나흘만 아니라면 요괴는 위협적인 존재가 못 됩니다. 너무 심려 마세요."

새빨간 거짓말은 아니다. 요력은 달 기운의 영향을 많이 받는다. 요괴가 그믐에 약해지는 것도, 보름에 강해지는 것도 같은 이유다.

"산달이 가까우니 의녀를 불러두었습니다. 처소에서 쉬고 계십시오."

여인은 가만히 섭성을 응시했다. 동굴처럼 검은 그녀의 눈동자가 불안으로 흔들렸다.

"나리."

"예, 숙모님."

섭성은 평정을 가장했다.

할 말이 있는 듯 입술을 달싹이던 여인이 이내 입을 다물었다. 그녀의 눈동자에 체념 같은 것이 묻어났다. 이미 많은 짐을 지고 있는 이에게 제 남편의 안위를 보장해달라 보채는 것은 억지에 불과하다는 생각이 들었을 터다.

"그럼 저희는 이만 들어가서 좀 쉬겠습니다. 나리께서 살뜰히 살펴주시니 마음이 놓입니다."

섭성이 빙그레 웃었다. 가볍게 허리 숙여 인사한 여인이 발길을 돌렸다. 그때, 멀리서 헐레벌떡 계집아이 하나가 뛰어왔다.

"어머니!"

여인의 얼굴에 기쁨의 빛이 떠올랐다.

"유성아."

양유성은 현북공가가 몰락한 뒤, 처음으로 태어난 아이였다. 틀림없이 도력을 타고날 것이라고 모두가 믿어 의심치 않았다. 섭성은 유성을 데리고 땅의 심장으로 가 후계자의 의식을 거행했다. 하지만 술법은 발동하지 않았다고 한다.

당시 여인은 오랜만의 출산으로 몸이 약해졌던 데다 산후병까지 겹쳐 갓 태어난 딸을 돌볼 여력이 되지 못했고, 섭성은 아이를 거두어 공부에서 키웠다. 조금 자란 뒤에는 학업을 이유로 공부에 머물게 했으니, 유성은 비록 도력 없으나 유독 영특하여 현북의 기쁨이 되었다.

"강녕하셨어요? 어쩐 일이셔요?"

여인의 품에 폭 안기며 양유성이 조잘거렸다. 어미의 품에 마음껏 안겨본 적이 없기 때문인지 유성은 가끔 어미를 만날 때면 한시도 떨어져 있지 않으려고 했다. 여인은 영특하다 해도 아직 어린 딸의 머리를 부드럽게 쓰다듬어주었다.

"양유성, 이 오라비가 처소에서 나오지 말라고 하였을 텐데?"

유성이 움찔했다.

"오라버니, 하오나 어머니가……."

"어서 처소로 돌아가라. 행여나 평해에서 온 폐주 눈에 띄어 좋을 것 없으니."

"그분이 누이를 죽이기야 할까요?"

"그럴 일 없다고 그 누가 장담하겠느냐?"

시무룩해진 유성이 마지못해 어미의 품에서 떨어졌다.

"어머니, 또 뵈어요."

"조심히 가거라."

"예."

울먹이면서도 얌전히 고개를 숙인 유성이 주변을 살펴보고는 총총 사라졌다. 그 뒷모습이 보이지 않게 되자 여인이 조심스럽게 입을 뗐다. 섭성을 재촉하는 꼴이 될까 차마 묻지 못했으나, 이왕 폐주가 언급된 김에 확실히 묻는 게 낫겠다는 판단이었다.

"평해의 손님께선 언제쯤 출전하실 수 있으십니까?"

섭성은 잠시 진실과 거짓 사이에서 고민했다.

보통이라면 진작 땅의 독기에 적응하고도 남았을 시간이다. 하지만 해의 적응은 아직도 완전하지 않았다. 그 옛날, 섭성도 해도 기억하지 못하는 어떤 일이 남긴 상흔이 그녀의 적응력을 떨어뜨리고 있다.

그러나 기해는 명백히 현재 현북이 기댈 수 있는 최대의 전력이다. 혹자는 그녀의 도력이 나락왕과 대등하다고 평할 정도다. 그녀를 최대한 빨리 유적으로 내보내는 것만이 양세계를 구할 수 있는 유일한 방법이다. 언제까지고 그녀의 상태가 완벽해지길 기다릴 수는 없는 노릇이다.

결국 섭성은 적당한 기만을 택했다. 진실을 은폐해 숙모를 안심시켰다.

"수일 내로 가능합니다. 땅의 독기에도 거의 적응했으니, 그믐이 되지 않아도 괜찮다고 판단되면 유적으로 보낼 겁니다. 안심하세요. 누가 뭐라든 황야 최고의 술사 아닙니까."

설령 해가 제때 유적에 도착한다고 해도 일사불란하게 움직이는 수천수만의 요괴군을 홀로 제압할 수 있으리란 보장은 없다. 그녀의 참전으로 전황이 역전된다면 다행이나, 최악의 경우 그녀의 전사(戰死)도 가정해야 한다.

"인간만사 새옹지마라, 적일 때 가장 위험한 자가 아군일 때 가장 든든한 자가 되는군요. 정말 사람 일은 한 치 앞도 알 수가 없습니다."

여인이 자조적으로 중얼거렸다. 섭성은 걱정 말라는 듯 부드럽게 미소 지었다. 패배를 각오했다고 해도 굳이 입 밖으로 꺼낼 필요는 없다. 불안은 전파력이 강해서 한번 내뱉으면 돌이킬 수 없을 터니.

전황이 최악으로 치달을 경우 현북의 역할은 자명하다. 시간벌이. 요괴군은 현북을 짓밟고 황경을 향해 곧장 내달리려 들겠지만 쉬이 당해주지는 않을 것이다. 다른 땅주인과 황제가 대비할 시간을 목숨과 맞바꿔서라도 얻어낼 것이다.

황경의 방패인 평해의 계승자는 현재 자격 잃고 이곳에 있다. 황족이 평해왕가의 역을 대신할 수 있으나, 자칫 황자 간 세력의 균형이 무너질 수 있기에 평해는 얼마 전까지도 비어 있었다. 그러나 폐위된 기해마저 자리를 비웠으니, 결국엔 삼황자 수왕이 땅주인의 역할을 대리하게 되었다. 이는 황제가 형제 중 수왕을 가장 총애한다는 뜻이다.

수왕의 결계는 불완전하겠지만, 시간만 충분하다면 능히 방패의 역할을 해낼 것이다. 황족은 백성을 버렸다는 오명을 바라진 않으니, 추후 상황이 안정된다면 현북의 몇몇이나마 구하러 올 것이다. 그것이 비록 시늉에 불과할지라도, 양세계의 가족은 누구보다 먼저 보호받을 터. 제 목숨만 맞바꿔 시간을 벌 가치가 있다.

그래도 가능하다면 전황이 최악으로 흐르기 전, 분위기를 반전할 수 있으면 좋으리라.

섭성은 평해의 폐주, 기해를 생각했다. 그녀의 악명은 현북에서 누구보다 높았고, 그녀의 도력은 많은 이들에게 두려움으로 남았다.

그 철천지원수를 이 땅에 들이면서까지 지키고자 하는 것. 증오의 심장을 도려내고, 원망의 마음을 깊이 파묻어서 맞이한 그 원군이 부디 구원이길 바랐다.

섭성은 숙모와 사촌들을 안전한 곳으로 보낸 후, 약을 챙겨 해에게 향했다. 어느새 저녁 약을 먹을 시간이었다. 길었던 하루가 끝나가고 있었다.

"군주, 안으로 들겠습니다."

간단히 인기척을 내고 문을 열었다. 이 시각이면 약을 가지고 오는 그를 기다리고 있을 것이다. 숙모 일행을 맞느라 조금 지체되었으니 아쉬운 쪽인 주제에 늦는다고 투덜대고 있을지도 모르고. 뚱한 표정이 눈에 선해 슬며시 웃었다.

방 안에 들어서던 섭성이 멈칫했다. 해는 혼자가 아니었다. 천소가 함께였다.

"나, 나리?"

천소가 무언가를 막 해에게 건네고 있었다. 섭성의 두 눈이 커지며 일그러졌다. 천소가 건넨 것을 해가 받아 들었다. 합죽선. 검붉은 기운으로 둘러싸인 기괴한 부채. 그것을 본 순간, 섭성의 온몸에 서늘한 악의가 타고 흘렀다. 강렬한 적의가 심연을 꿰뚫는다. 모든 감각이 곤두서며 예리한 비명을 내지른다.

안 된다. 저것을 펼쳐서는 안 된다. 저것은, 이 세상에 드러나서는 안 되는 것이다.

"펴지 마십시오!"

섭성이 소리쳤다. 이미 늦었다.

무슨 뜻이냐는 듯 해가 미간을 찡긋했다. 가늘고 곧은 손가락이 부채를 펼친다.

그 모든 과정이 아주 느리게 보였다. 섭성이 들고 있던 약그릇을 내팽개쳤다. 그대로 달려 해를 온몸으로 감쌌다.

"양섭성?"

의아 가득한 목소리와 함께 부채에서 검붉은 빛이 쏟아졌다. 그 빛이 순식간에 섭성을 통째로 삼켜버렸다. 천소도, 해도 순간 아무 말도 하지 못했다. 방금 전 들어온 땅주인은 온데간데없고 그가 들고 왔던 약그릇만 요란하게 나뒹굴었다. 뒤늦게 정신을 차린 천소가 비명을 내질렀다.

"아, 안 돼! 나, 나리! 나리!"

천소는 미친 사람처럼 양섭성이 서 있던 자리로 달려들었다. 처절히 바닥을 긁었으나 사라진 그가 나타날 리 없다.

해의 두 눈이 천천히 경악으로 일그러졌다. 부채를 펴는 순간 무언가 잘못되었다는 것을 알았다. 쏟아져 나온 것은 명백한 악의, 살의, 적의. 그 모든 사악한 것. 그 부채가 양섭성을 삼켜버렸다.

일련의 일들은 너무도 갑작스럽게 일어났다. 안 돼, 안 돼, 나리, 제발. 두서없이 울부짖는 천소를 보며 해는 알아차렸다. 이 부채는 필시 요괴의 것이다. 이 땅의 결계를 유지할 수 있는 유일한 존재가 요괴의 영역으로 끌려가버렸다. 해의 안색이 새하얗게 질렸다. 부채를 든 채 밖으로 뛰쳐나갔다.

"이 멍청한 것이!"

양섭성이 잠시 정신을 잃은 것만으로도 산산조각 났던 결계다. 이번엔 육신이 통째로 납치되어버렸다. 그로 인한 결과는 전에 없이 참혹할 것이다. 천하의 멍청이라도 쉬이 예측할 수 있으리.

평시엔 투명하여 보이지 않던 결계에 검은 거미줄 같은 금이 쩍쩍 가더니 그대로 무너져 내리고 있었다. 현북을 보호하고 있던 열두 겹 결계가 일제히 힘을 잃었다.

그 이변은 도력 없는 평것의 눈에도 보였다. 상황을 잘 몰라도 뭔가 큰일이 일어났음을 직감했을 것이다. 여기저기서 비명이 울렸다. 그 비명 속에 서 있는 해의 얼굴이 사정없이 일그러졌다.

이것은 있을 수 없는 일이다. 있어서는 안 되는 일이다.

양섭성이 사라졌다. 왜?

전후인과가 또렷하다. 양섭성은 부채의 수상한 기운을 눈치챘다. 펼치기 직전까진 해도 알지 못한 것을, 그는 알아챘다. 그리고 그녀 대신 부채에 먹혀버렸다. 어리석은 짓이었다. 가치의 상하를 제대로 따지지 못한, 적어도 이 땅에선 자신의 안위가 가장 중요하다는 진리조차 망각한 한심한 행동이다.

그는 그래선 안 되었다. 그녀에게 어떤 위험이 닥치든 그저 지켜만 봤어야 옳다. 그 위험으로부터 멀리 달아나 제 안위를 살폈어야 마땅하다.

그러나 그는 그러지 못했다. 그녀를 지켰다. 멍청한 짓이었지만, 분명 자신이 요괴의 땅으로 끌려가는 이런 결과를 예상치 못하고 저지른 충동이었겠지만, 그에게 보호받았다는 것만큼은 자명하다.

"왜 네가! 왜 너만……!"

아무도 해를 보호해야 할 대상으로 여기지 않았다. 세상의 그 누구도 그녀보다 그녀를 잘 지킬 수는 없다. 그녀는 황야를 통틀어 가장 강한 술사요, 평해의 유일한 계승자다. 황제조차 통제할 수 없는 미치광이 폐주는 두려워해 마땅할지언정 보호할 대상은 결코 아니었다.

양섭성만, 저 멍청하고 나약한 현북의 주인만이 그녀를 지키고, 보호하고, 감싼다. 그럴 힘도 없는 주제에. 제 분수도 모르고.

지켜주겠다던 맹약의 주인조차 지키지 않은 공허한 언(言)이 기억 속에서 비산했다.

"멍청한 것!"

해가 어깨를 감싸며 움츠렸다. 이를 악물었다. 두 눈에 힘을 주었다. 무너지는 정신을 다잡았다. 그가 그녀를 보호했다. 그녀 때문에 그가 사라졌다. 그러니 지금부터 일어날 모든 일은 해의 책임이 될 것이다.

"아아아악! 안 돼! 안 돼!"

해를 뒤따라온 천소가 처절하게 울부짖었다. 해의 두 눈이 살의로 번뜩였다. 겁에 질려 떨고 있는 천소에게 걸어가 뺨을 철썩 후려쳤다. 이 천박한 것이 그녀를 함정에 빠뜨리려다가 되레 양섭성을 잡아먹었다. 순해빠진, 제 책무밖에 모르는 멍청한 땅주인을 위험에 처박았다.

"악!"

"네가 지금 무슨 짓을 저질렀는지 아느냐!"

겁먹은 채로도 천소는 눈을 부라렸다. 이미 목숨을 포기했다. 이제 와 구차하게 생을 구걸할 생각 없었다.

"당신이 내 부모를 죽였어!"

"무어?"

"당신이 내 오라비를 죽이고 내 누이를 죽였어! 네년이 내 모든 것을 빼앗아갔다고!"

내내 감추어둔 분노. 차마 다 숨기지 못했던 악의가 비로소 터져나온다. 해의 얼굴이 일그러졌다. 천소가 제 앞에서 헤실헤실 웃고 있지만, 그 기저에 깔린 것이 증오라는 것은 일찍이 알고 있었다. 증오를 말하면서도 사실 아무것도 증오하지 않던 양섭성과는 정반대의 아이. 그 표리부동에 헛구역질이 났으나 너무도 하찮아서 무시했다. 그 결과가 이것이다.

"나뿐인 줄 알아? 네년을 원수로 삼는 사람이 한둘인 줄 아냐고! 당신이 미워! 싫어! 죽어버렸으면 좋겠어! 요괴에게 산 채로 갈가리 뜯겨 먹혔으면 좋겠다고!"

감출 필요가 없게 된 분노는 서슬처럼 퍼렇고, 잘 벼려진 칼처럼 날카로웠다. 원망은 수억의 화살이 되어 해의 심장을 노리고 쏘아져 날아왔다. 그러나 아프지 않았다. 어떤 생채기도 나지 않았다. 해는 조소했다. 연민해 마땅하나 연민 들지 않았고, 자책해 마땅하나 자책할 수 없었다. 이 순간 마음 쓰이는 것은 단 사람. 사라져버린 양섭성뿐이다.

"내가 밉다고? 죽어버렸으면 좋겠다고? 그래, 그 결과가 이것이다. 네 어설픈 증오와 한심한 복수가 낳은 결과가 지금 이 모습이란 말이다. 양섭성이 먹혔고, 결계가 모조리 사라졌다. 호시탐탐 이 땅만 노리고 있던 요괴들이 이 좋은 기회를 놓치겠느냐? 그것들이 얌전히 결계가 생길 때까지 밖에서 기다리고 있겠느냐? 네가 저지른 짓을 똑똑히 봐라!"

해가 천소의 멱살을 잡아 올렸다. 천소의 작은 몸이 벌벌 떨리기 시작했다. 뒤늦게 제가 저지른 일에 대한 두려움이 밀려들었다. 독 올랐던 두 눈에서 독기가 빠져나갔다. 이윽고 드러난 순박한 얼굴엔 절망이 그득했다.

"오늘 너로 인해 몇이 죽을지 알 수 없구나. 네년을 원수로 삼는 자가 많을지, 나를 원수로 삼는 자가 많을지 세어보면 참 흥미진

진하겠어."

천소는 미친 사람처럼 고개를 내저으며 해에게 매달렸다.

"아, 아씨, 살려주셔요. 나리를, 나리를 살려주셔요. 흑흑. 제발, 제발요."

천소가 애원했다. 꽃나무가 삼키길 바란 건 기해였지 양섭성이 아니었다.

"제가 잘못했어요. 용서해주세요. 저를, 저를 죽이세요. 흑흑. 나리께는 죄가 없어요. 나리는 아무 잘못도 하지 않았잖아요. 그러니 저를 찢어 죽이시고, 나리 좀 구해주세요. 아씨, 제발……."

커다란 눈에 고인 눈물이 후드득 떨어져 내렸다.

해는 멍청해서 죄지은 계집을 노려보았다. 그 하염없는 눈물에 짜증이 치솟아 계집을 바닥에 패대기치며 돌아섰다.

비명은 끝없었다. 필시 살육이 일어나고 있으리라. 상급 이상의 요괴는 업을 두려워해 사주의 인간을 쉬이 해하지 않는다. 반대로 말하자면 중하급 이하는 업을 두려워하지 않고 거리낌 없이 사주의 인간을 해한다는 뜻이다.

피 냄새가 안개처럼 자욱하게 퍼지는 그 아수라장 속에 해는 서 있었다.

결계가 필요하다. 결계를 되살려야 한다.

二

"이래하야."

말린 약초를 정성스럽게 갈고 있던 이래하가 손을 멈추고 고개
를 들었다. 언제 왔는지 맹조위가 그녀를 바라보고 있었다.

"스승님, 오셨습니까?"

이래하가 공손히 고개 숙였다.

"공부에 좀 다녀와야겠구나."

"공부에요? 현북공이 역시 아프답니까?"

하여간 약해빠져 가지고. 치료 다 끝내고 돌아가라니까, 더럽게
말을 안 들어. 몇 시진 전 봤던 섭성의 상처를 떠올리며 투덜거린
이래하가 바쁘게 이 서랍 저 서랍을 뒤적댔다. 맹조위가 다음 말
을 꺼내기도 전, 그녀의 품엔 약재가 한가득이었다.

"그건 다 무어냐?"

"현북공은 늘 무리를 하고 있으니 아픈 것도 당연합니다. 잘 먹
여야 합니다."

"과유불급이다."

"딱 적당합니다."

한사코 고집을 피우는 제자를 보며 맹조위가 한숨을 내쉬었다.

"이번에 가는 건 현북공 때문이 아니다."

"아니면요?"

"양세계 대장군의 부인께서 산일이 임박하지 않았느냐."

"아, 그랬었지요. 하지만 부인이라면……."

"처소를 옮기게 한 모양이다."

이래하의 표정이 굳었다.

"전황이 많이 나쁜가요?"

요괴는 늘 사주를 노렸다. 호시탐탐 기회만 엿봤다. 나락에서 올라온 요괴와, 길을 내어줄 수 없는 인간의 다툼은 멈춘 적이 없다. 다만 우려되는 부분은 결계를 부수고 사주의 내부까지 요괴가 침입하는 횟수가 빈번해지고 있다는 점이다.

전황은 악화일로를 내달렸다. 천하의 균형은 이미 무너진 지 오래일지도 모른다. 황야의 앞날은 여리박빙. 살얼음 위에 세워진 안온은 작은 충격에도 바스러질 터.

그럼에도 황야의 백성은 최악을 생각할 수 없었다. 그들은 결계가 완전히 무너진 황야에서 살아본 적이 없으니까.

결계는 늘 복구됐다. 잠깐의 침략은 두려워할지언정 영원한 점령은 고려되지 않으니, 참패한 앞날은 가정될 수 없었다.

황야의 백성은 태초의 천인들을 믿었다. 인간의 앎을 뛰어넘은 그들이 공들여 만든 결계가 하등한 요괴 따위에게 무력화될 리 없고, 태초의 땅주인들이 제 핏줄이 요괴에게 유린당하는 것을 그저 두고 볼 리 없지 않은가. 무엇보다 지상의 천인으로 추앙받는 황제가 두 손 놓고 방관할 리도 없다.

술법 곁에서 살아온 황야인은 그렇게 처음 황제 된 자와 땅주인 된 자들의 강인함을 숭배했다. 맹조위 또한 마찬가지다.

"배 속의 아이가 잘못될까 걱정이 되신 거겠지. 그 아이는 다른 어떤 아이보다 중하니."

"후계의 자격이 있을지도 모르니까요?"

이래하의 목소리가 저도 모르게 날카로워졌다. 제자를 반히 본 맹조위가 한숨 삼키듯 대답했다.

"천계의 안배가 있다면 이번에야말로 도력 지닌 아이가 태어날 게다."

"스승님, 천계의 안배라는 게 정말 있는지 저는 모르겠어요. 이 전의 두 아이도 후계의 자격이 있을 거라고들 했지요. 특히 양유성 이 태어났을 땐 그 기대가 하늘을 찌를 정도였어요. 하지만 둘 다 아니었잖아요."

전 현북공 양윤계와 그 가솔은 기해가 일으킨 혈사에 휘말려 죽었다. 양윤계의 형제 중 유일하게 살아남은 양세계는 현북공가 술사의 맥이 끊길까 우려했다. 본디 술사인 부모 슬하에 술사인 자식이 태어나는 경우가 가장 흔했으나, 현북이 처한 상황은 특수 했다. 천계에서 황야를 굽어살피고 있는 태초의 현북공이 후손의 위기를 좌시할 리 없었다.

황야는 아주 긴 시간, 인간의 이지로 가늠할 수 없이 오랫동안 유지되어왔다. 바깥의 나라가 수백수천 번 뒤바뀌는 동안 오로지 황야만이 건재했다.

그 긴 세월 어찌 위기 한번 없었겠는가.

땅주인의 핏줄이 명맥 끊길 뻔한 적도 여러 번 있었다. 그때마다 천계의 보살핌 아래 후계가 안배되었다. 양세계에겐 혈사 당시 이미 열 살이 넘은 세 아이가 있었지만, 땅의 후계자를 얻기 위해 넷째를 가졌다. 천계가 후계를 안배해줄 거란 믿음 하나로 양유성을 낳았다. 유성이 술사가 아니란 걸 알았을 때 다시 다섯째를 가졌고, 이제 여섯째를 보려고 하고 있다. 앞선 두 아이는 도력을 받지 못했으나 이번만은 다를 거라고 모두 기대했다.

"천계의 뜻을 우리가 어찌 헤아리겠느냐? 어찌 되었든 배 속 아이는 현북공의 소중한 핏줄이니 사저에 두지 않고 공부로 불러들이는 게 마땅하다."

이래하의 눈썹이 가운데로 모였다. 미묘한 표정으로 그녀는 잠시 스승을 바라보았다.

현북의 백성은 하나같이 후계의 탄생을 기다리고 있다. 후계자는 수호수 없는 현북공의 짐을 덜어줄 수 있는 유일한 존재이고, 결계를 보다 튼튼히 하여 현북을 지켜줄 구원과 같다. 이래하 역시 후계의 탄생을 그 누구 못지않게 바라고 있다.

문득, 의문이 든다.

왜 양섭성은 직접 후계를 볼 생각은 하지 않지? 왜, 아무도 그를 혼인시켜 후계를 낳게 하는 방법은 고려하지 않지?

양섭성은 현북을 몹시 아낀다. 후계의 필요성을 아주 잘 알 터. 그럼에도 그는 혼기가 꽉 차도록 혼자였다. 어느 누구도 그에게 혼인하라 재촉하지 않는다.

"무슨 생각을 그리 골똘히 하느냐?"

말 없는 이래하를 보며 맹조위가 걱정스럽게 물었다. 번쩍 정신을 차린 이래하가 어색하게 웃었다.

"아무것도 아니에요."

다른 누구도 아닌 섭성이다. 현북을 지키기 위해서라면 무슨 짓이든 할 땅주인이다. 그런 그가 아무 이유 없이 부인을 들이지 않았을 리 없고, 당장 후계자가 급할 그 주변의 이들 또한 이유 없이 그의 혼인을 재촉하지 않았을 리도 없다.

그 이유가 무엇이든 익족인 이래하가 관여할 바는 아니리라. 제가 양섭성을 아끼고 현북을 사랑해도 익족은 외부자니까. 새삼 제 처지를 자각했다.

"하면 현북공께 좋은 약재가 아니라 산모에게 좋은 약재를 챙겨야겠군요."

능숙하게 착잡한 표정을 지우며 약재를 바꿔 챙겼다.

"조심히 다녀오너라."

"스승님도 참. 현북에 저보다 빠른 자는 없으니, 위험 또한 저를 따라오지 못할 겁니다."

평소보다 더 발랄하게 웃어 맹조위를 안심시킨 이래하가 빠르게 문을 열고 날아올랐다.

세찬 바람에 맹조위가 두 눈을 질끈 감았다 떴다. 이래하는 이미 보이지 않았다. 인자하던 노의원의 얼굴에서 표정이 사라졌다. 조소가 그 입가를 비틀었다.

"위험 또한 따라오지 못할 것이라……."

어리석은 것. 한숨 내뱉으며, 저를 향해 한없는 신뢰를 내보이던 날짐승의 눈동자를 생각했다.

"네 위험은 그런 것이 아니다. 눈에 보이고, 쉽게 적이라 감별해 낼 수 있는 종류의 것이 아니다. 네 위험은……."

혼잣말은 끝맺음 불분명하게 사그라졌다. 죄가 너무도 깊었다.

이래하는 빠르게 날았다. 현북의 백성은 대개 그녀에게 호의적이었지만, 그래도 익족에게 악의 품은 자는 흔히 있으니 경계를 게을리하지 않았다.

그리 잘 날아가던 그녀의 미간이 팩 구겨졌다. 당혹스러워하며 사방을 둘러보았다.

"이, 무슨!"

열두 겹 결계에 일제히 금이 갔고, 무얼 어떻게 해보기도 전에 와장창 깨어졌다. 결계는 푸른빛 조각이 되어 쏟아져 내렸고, 곧 흔적 없이 사라졌다.

이래하는 하얗게 질린 채 공부 마당에 내려앉았다.

"이게 대체……."

심장이 두방망이질했다. 이성은 금세 바닥났다. 결계에 이상이 생겼다. 그 말인즉 결계를 유지해야 하는 섭성에게 변고가 생겼다는 뜻이다. 두려움이 왈칵 치밀었다.

"섭성!"

이래하는 섭성을 부르짖으며 정신없이 내달렸다. 문이 보이는 대로 벌컥벌컥 열어젖혔다.

'없어. 없어, 없어!'

열고, 또 열었다. 다른 문. 또 다른 문. 매번 섭성은 없었다. 겁에
질린 비명이 사방에서 휘몰아쳤다. 인간보다 예민한 청력은 그 아
비규환 속으로 이래하를 끌고 들어갔다. 울음이 났다. 머릿속은
온통 양섭성으로 가득 찼다.

"양섭성!"

마지막 문을 열어젖히며 섭성이 있기를 간절히 바랐다. 바람은
힘없어서, 무가치하게 사라졌다. 아무도 없었다. 섭성이 없었다.

"안 돼."

망연자실 중얼거리며 풀썩 주저앉았다. 순식간에 눈앞이 뿌옇
게 변해서 아무것도 보이지 않았다.

그때, 밖에서 처절한 애원이 들려왔다.

"제발, 제발, 아씨. 나리를 살려주세요. 제발요. 흑흑."

익히 아는 목소리다. 현북공부의 계집종. 말 많고 쾌활하고 명
랑해 보이나, 속 깊이 슬픔 숨긴 아이.

"천소?"

다급히 눈물을 쓱쓱 문질러 닦은 이래하가 다시 방 안쪽을 보
았다. 마당과 연결된 뒷문이 열려 있었다. 이래하는 허겁지겁 뒷문
으로 달려 나갔다.

두 눈에서 끝없이 눈물을 쏟으며 웬 계집의 다리에 매달려 있는
천소가 보였다. 붉게 충혈된 천소의 두 눈, 부어오른 눈시울. 그리
고 천소를 차갑게 노려보고 있는 절색의 여인. 그 모습이 느릿하
게, 동시에 강인하게 이래하에게 각인되었다.

이래하는 그 여인을 알아봤다. 이가 득득 갈렸다. 빌어먹을 성

질머리에도 경국지색의 절세가인이라 평받는 평해의 옛 군주, 기해.

기해의 손에 수상한 기운이 남실대는 합죽선이 들려 있었다. 이래하의 두 눈이 사납게 번뜩였다. 가늘어진 동공은 합죽선에 깃든 요기를 알아챘다. 저것은 요괴의 물건이다. 인간을 잡아먹는 요괴의 부채다. 결계 안쪽으로 은밀하게 스며든 요괴가 인간을 홀리고 유인하기 위해 슬그머니 풀어놓은 요물이 분명하다.

그것을 왜 폐주가 들고 있지? 천소는 왜 울면서 저 계집에게 매달려 있지? 섭성은? 섭성은 대체 어디에 있어?

툭. 괴이한 환청과 함께 이성이 끊어졌다. 발을 구른 이래하가 도약했다. 그대로 해의 목을 움켜쥐었다.

"섭성에게 무슨 짓을 했지? 당장 죽여버리겠어!"

강인한 악력은 인간을 넘어섰다. 해의 온몸을 보호하듯 둘러싼 도력을 뚫고서 그 살갗을 긁었다.

"이, 이래하 님!"

천소가 비명 질렀다. 기겁을 한 그녀가 이래하에게 달라붙었다.

"안 돼요! 안 됩니다, 이래하 님! 진정하세요. 제발 진정하세요. 흑흑."

"놔라! 저 계집의 목을 기필코 비틀어버리겠다!"

울며 애원하는 천소를 거칠게 뿌리치며 소리쳤다. 갑작스럽게 난입한 이래하를 해도 알아보았다. 의원에서 보았던, 양섭성과 허물없이 어울리던 그 계집이다. 해의 입가에 조소가 걸렸다.

"누가 누구 목을 비튼다는 것이냐?"

분수 모르고 날뛰는 꼴이 같잖다. 조롱 섞인 눈빛으로 쳐다보며 손끝에 살기 띤 도력을 모았다. 날려 보내기만 하면 감히 제 목을 움켜쥔 채 협박이란 것을 하고 있는 이 작은 계집의 머리통을 박살낼 수 있을 터다.

안 돼. 마음속 무언가가 해를 만류했다.

이 계집은 양섭성을 아는 자. 그가 친밀히 여기는 자. 그런 계집에게 변고가 생긴다면 돌아온 양섭성이 어떤 표정을 지을까. 그 얼굴에 혐오가 서리고, 증오가 스미고, 원망이 어리겠지.

저자에서 철없는 어린것들을 거의 죽일 뻔했을 때를 생각한다. 그때 양섭성의 두 눈에 떠올랐던 경멸을 생각한다. 철천지원수 주제에 땅주인을 모욕하고 오만방자하게 깔보던 것조차 평온히 넘기던 그는 살릴 가치라곤 전무한 약해빠진 것들의 위기 앞에서 차갑게 분노하였다.

그 깊은 혐오와 또다시 마주하기를 바라지 않는다. 섭성의 고요한 증오를 견디지 못할 것이다. 해는 난생처음으로 타인의 시선이 두려웠다. 누군가의 저주와 증오가 무서웠다.

손끝에서 스르르 도력이 흩어졌다. 맹랑한 작은 계집의 살의를 인내했다.

"하찮은 것이 감히 누구 몸에 손을 대는 것인지."

이래하의 손목을 붙잡아 아귀에 힘을 실었다. 힘으로 버티던 이래하의 표정이 구겨졌다. 대단한 참을성이다. 해의 눈매가 가늘어졌다.

"너, 인간이 아니군."

순간 이래하가 동요했다. 그 틈을 놓치지 않고 해가 이래하를 세게 내동댕이쳤다.

"윽!"

"익족 주제에 인간의 땅을 그리도 당당히 돌아다녔던 것이냐? 아직 나이 어려 변화기도 거치지 않은 모양이지? 그러니까 뻔뻔하게 싸돌아다녔던 것이겠지."

땅에 패대기쳐져 신음하는 익족 계집을 밟고 선 해가 이죽거렸다. 그 가슴뼈가 부러지도록 짓밟았다. 양섭성이 알고 있는 계집이니 죽일 순 없지만, 모욕을 당하고 그냥 넘어갈 생각도 없다.

"어려도 익족이니 인간보다는 튼튼하겠지. 쉬이 죽지 않을 거야. 그렇지?"

해가 속삭이듯 소곤거렸다.

인간은 약하다. 죽지 않을 만큼 괴롭게 하는 건 너무 어렵다. 힘 조절을 조금만 잘못해도 죽어버리니까. 다행히도 이 계집은 익족이다. 그리고 익족은 아주 튼튼해서 쉽게 죽지 않는다.

차갑게 웃은 해가 발끝에 도력을 모았다. 그대로 이래하의 가슴을 걷어찼다. 뼈 으스러지는 감각이 생생하다.

"아악! 죽여, 죽여버리겠어!"

고통에 차서 악을 쓰는 익족 계집을 해는 무감정하게 내려다보았다. 어린 익족의 두 눈에 증오가 어렸다. 기이하다. 왜일까. 이 계집의 증오는 아무렇지도 않았다. 두렵지도, 아프지도 않다. 양섭성만, 오직 그만 무섭다. 미간을 살짝 찡그린 해가 입술을 잘근 짓씹었다.

이성이 돌아왔다. 익족 계집을 상대하느라 낭비할 시간이 없다.

"같잖은 것. 결계가 무너졌다. 너 따위와 노닥거릴 시간이 없다는 걸 다행으로 알아라."

결계 없는 땅은 요괴의 먹잇감. 결계가 회복되지 않는다면 이 땅의 백성은 오늘을 넘기지 못하고 모두 죽을 것이다. 돌아온 양섭성에게 의미 있는 것들이 전부 사라져버릴 것이다.

그 얼굴에 서린 절망, 좌절, 원망. 그따위 것들이 떠올랐다. 그런 얼굴, 보고 싶지 않다.

'양섭성…….'

수호자를 자처했던 영에게서조차 받지 못한 것을 받았다. 아무도, 정녕 아무도 지금껏 주지 않았고, 앞으로도 줄 리 없으리라 생각했던 것이었다.

해는 분노 사그라진 얼굴로 고개 돌렸다. 가만히 바깥을 바라보았다. 겁에 질린 비명이 현북을 뒤흔들고 있었다. 자조가 그 입가에 흩어졌다.

지켜주겠다는 맹약은 영원히 지하에 파묻힌 줄로만 알았다. 한데 엉뚱한 자에게 받아버렸으니 한 번은 그에게 주어야 했다. 평해의 핏줄은 받은 만큼 되돌려준다. 되돌아온 양섭성을 반기는 것은 핏물이 강을 이루고, 뼈가 산을 이룬 현북이 아닌 살아 있는 현북이어야 한다.

그러니 당장 결계가 필요하다. 결계를 유지해야 할 현북의 땅주인은 요괴에게 납치당했고, 후계자는 존재 없으며, 수호수 또한 사라진 지 오래. 할 일은 정해졌다. 시끄럽던 머릿속이 고요해졌다.

매정한 눈동자가 천소를 똑바로 내려다보았다.

벌벌 떨기만 하는 저 멍청한 계집. 제가 저지른 죄의 무게를 견디지 못하고 눈물만 줄줄 흘려대는 한심한 계집. 끅끅 울음 참는 소리가 역겨웠다.

해는 두 눈을 감았다 떴다. 천것에 대한 환멸이 휩쓸고 간 눈동자엔 고요만 남았다.

"현북이 이대로 망하는 꼴을 보고 싶은 게 아니라면 그만 울고 나를 땅의 심장으로 안내해라."

울기만 하던 천소가 고개를 들어 해를 쳐다보았다. 땅의 심장이 무엇인지 묻고 싶은지 입을 벙긋댄다. 치미는 짜증을 억누르며 해는 설명을 덧붙였다.

"태초의 천인이 내려와 터 잡은 곳. 모든 결계가 시작되는 곳. 공부의 중심 말이다."

두 눈을 굴리던 천소는 뒤늦게 알아듣고 고개를 끄덕였다.

"중심, 공부의 중심이라면……."

비틀비틀 일어나는 천소에게 이래하가 버럭 소리쳤다. 분노로 실핏줄이 터진 두 눈이 시뻘겋다.

"멈춰! 현북공의 허락 없이 외부인을 심장으로 안내할 순 없어! 어찌 감히 현북의 원수를 그곳에 들일 생각을 해?"

벼락같은 노성에 천소가 얼어붙었다. 어찌할 바를 몰라 재차 울음 터진 천소의 낯빛이 새하얗게 질렸다. 해의 표정이 일그러졌다. 한심한 익족 계집을 노려보며 해가 한껏 비아냥거렸다.

"익족 계집아, 아직도 상황이 파악 안 되느냐? 그 현북공이 지금 어디에 있지?"

이래하의 표정이 구겨졌다. 그 맹렬한 시선을 맞받아치며 해는 냉소했다.

"그 약해빠진 것이 살아 있을지 의문이긴 하나, 만약 돌아왔을 때 맞아줄 이가 하나도 없으면 참 볼만하겠어. 아니 그래?"

"닥쳐라! 어떻게든 시간을 벌면 섭성이……."

"그래, 시간. 어떻게든 시간을 벌면 양섭성이 돌아와 이 상황을 해결해줄 것이라 믿느냐? 한데 이를 어찌해. 그 시간이 없지. 이러는 동안에도 현북의 백성은 죽고 있다. 죽었는지 살았는지도 모를 양섭성이 돌아올 때까지 그들을 지킬 방법이 네게 있더냐? 만약 있다면 나를 땅의 심장으로 안내하지 않아도 좋다. 하지만 그게 아니라면 오늘 일어날 모든 죽음은 날 막은 네 책임이 될 것이다."

해와 이래하 사이에 끼어 이러지도 저러지도 못하고 있던 천소가 번뜩 정신을 차렸다. 이래하를 힘껏 밀치고는 납작 엎드려 읍소했다. 현북을 구하려면 어린 익족보다는 미치광이 폐주에게 매달려 비는 쪽이 현명했다.

"아씨! 살려주셔요, 나리를! 현북공 나리를……. 흑흑. 흐윽. 끅."

"천소! 정신이 나갔느냐? 네 어찌 저 간악한 폐주에게 애원하는 것이냐?"

이래하가 천소에게 달려들어 그녀를 일으켜 세우려 했다. 천소는 버둥거리며 바닥에 찰싹 달라붙었다.

"이래하 님께서 무어라 하셔도 소, 소인은……."

"저 계집의 무얼 믿고? 심장에 해코지라도 하려는 심산이면 어찌하려고!"

"알 게 무업니까? 이대로라면 싹 다 죽게 생겼는데!"

승강이를 지켜보는 해의 표정이 서서히 굳었다. 피 냄새가 점점 더 가까워지고 있었다. 익족 계집이 시비 터는 것을 정말 더는 참아줄 수 없다. 기절이라도 시켜 입을 막아야 했다.

해가 도력 모은 손을 들어올렸다. 천소와 말다툼에 여념이 없는 이래하를 공격하기 직전이었다.

"그만들 하세요. 소인이 안내하지요."

누군가 끼어들었다. 돌아보는 해의 두 눈에 의아함이 떠올랐다. 언제 왔는지도 모를 사내종 하나가 서 있었다.

"너는……."

어디서 본 듯한 평범한 인상. 속내 가늠할 수 없는 눈동자가 해를 마주했다. 겁먹은 기색도 없이, 그 어떤 것도 느껴지지 않는 눈이었다.

"겨, 견아! 흐으윽. 흑."

천소가 그를 알아보고 재차 큰 소리로 울음을 터트렸다.

"견아! 너는 또 그 무슨 헛소리냐? 폐주를 심장으로 안내하겠다니? 그곳이 어떤 곳인데! 땅주인의 핏줄이 아니면 그 누구도 들어갈 수 없어!"

이래하는 말릴 사람이 하나에서 둘로 늘었다는 점에 펄쩍 뛰었다.

"저도 압니다. 땅의 심장은 자격 있는 자들이 맹세를 바치는 곳입니다. 제 생과 피를 제물 삼아 영원한 수호를 맹세하는 신성한 곳이지요."

"그걸 알면서 잘도!"

"자격 없는 자는 애초에 들어갈 수 없으니, 안내해드려도 손해 볼 건 없지 않습니까?"

"무어? 지금 그걸 말이라고! 저 미치광이가 심장의 결계를 부수지 않는다는 보장이 어디에 있어?"

이래하가 기막혀 언성 높였다. 견은 차분히 이래하를 응시했다.

"다른 수가 있다면 말씀해주세요, 이래하 님. 요괴가 쳐들어오고 있습니다. 이미 피 냄새가 지척까지 오지 않았습니까? 아무것도 하지 못한 채 모두 죽기를 기다려야 합니까? 아니면 썩은 동아줄이라도 잡아야 합니까?"

견의 말투는 평온했다. 그 침착함이 괴기했다. 이래하는 저도 모르게 천소를 놓아주며 견을 가만 바라보았다. 그녀가 익히 아는 아이였다. 분명 안다고 생각했던 아이다.

별안간 의문이 든다. 내가 이 아이를 아는 것이, 정말로 맞나? 이 아이가 정녕 평범한 몸종이 맞나?

우두커니 굳은 이래하를 두고서 견이 해에게로 다가섰다.

"이래하 님도 이제 상황을 이해하신 것 같군요."

"그럼 날 당장 안내해."

해가 견의 멱살을 잡아당기며 으르렁댔다. 견이 난처한 표정으로 양손을 들어올렸다.

"놓아주셔야 안내를 해드리죠."

해의 날카로운 눈동자가 견을 형형히 노려보았다. 견은 장난스럽게 웃으며 시선을 받아냈다. 황야의 제일술사로 손꼽히는 미치광이를 마주하는 두 눈엔 두려움이 없었다. 해의 미간이 좁아졌다.

"따라오십시오."

슬며시 힘이 풀어진 틈을 타 해의 손을 잡아 떼어낸 견이 돌아섰다. 건조한 눈동자가 찰나 흐려졌다.

얽히고설킨 천연 사이를 걷고 있으니 어지러웠다. 오색찬란한 저 연의 선들이 오직 제 눈에만 보이는 것이 원통하였다. 저 붉은 선은 분명 손에 잡히는데, 그 마음만은 언제나 손가락 사이로 빠져나가니 억겁을 바라온 소망도 흔적 없었다.

"코앞에 두고도 알아보지 못하는군요. 딱 그 정도겠지."

견이 작게, 아주 작게 중얼거렸다. 끝으로 치닫는 내리막길에선 멈출 수가 없다.

사주와 황경에는 수호수가 있다. 지상과 나락의 경계를 유지하기 위해 천계에서 보낸 다섯 마리의 신수. 오직 평해에만 수호수가 없다. 수많은 요괴를 권속 삼을 수 있었으나 그 어떤 신수도 그들을 보호하기 위해 안배되지 않았다.

'왜?'라는 의문은 어리석은 것.

현북의 심장은 해를 거부하지 않았다. 땅주인 없이 스스로 유지되는 유일한 결계는 기꺼이 그녀를 받아들였다. 안내자를 결계 밖에 남겨두고 해는 더 깊이 들어갔다.

아주 긴 시간 변함없이 존재해왔을 신단 앞에 엎드렸다. 태초의 천인께 팔 배의 예를 올렸다.

일 배. 이 배. 삼 배. 사 배…….

여덟 번 절한 후, 천천히 일어나 앞으로 걸어갔다. 신단 옆 은도를 집어 들었다.

"나, 기해는 평해의 주인이며 경계를 수호하는 자. 이 땅에서 가장 고귀하며 무한히 천계에 가까운 자. 맹세를 목숨보다 우선 삼으며, 영혼이 바스러져 가루가 되어도 맹약을 실현할 자."

언(言)에는 힘이 있다. 도력이 실린 말은 그 자체로 언령이 된다. 말로써 바치는 염원은 강력한 족쇄가 되어 그녀를 현북에 옭아맬 것이다.

그녀는 현북공의 핏줄이 아니니 후계자가 될 수 없다. 황족이 아니니 땅주인의 대리자가 될 수도 없다. 그녀의 맹약은 다른 종류의 것.

"태초부터 내려온 이 피에 걸고 북쪽 땅의 수호자가 되길 청하니 태초의 주인은 받아들이라. 북쪽의 경계를 지키도록 명하여라."

칼날이 깊게 손바닥을 베었다. 붉은 피가 신단에 흩뿌려졌다. 도력을 받아들인 신단이 은은히 빛나기 시작했다.

곧 공간 전체가 강하게 진동했다. 온몸이 짓눌리는 압박감에 해의 얼굴이 일그러졌다.

– 평해의 주인이며 경계의 수호자여.

신단의 목소리가 들렸다. 그것은 귀 아닌 머릿속에서 울렸다.

- 그대의 맹약을 받아들인다.

네게 수호수를 대신할 자격이 있다는 동의. 결계를 지켜도 좋다는 허락.

다음 순간, 도력이 순식간에 빠져나갔다. 태초의 결계는 게걸스러웠다. 해를 송두리째 집어삼킬 기세로 그녀의 도력을 탐욕하였다. 뼈 마디마디가 으스러지는 듯한 맹렬한 통증에 비명을 삼켰다.

온몸이 쥐어짜이는 듯한 고통이다. 온몸이 가닥가닥 갈라지고 다시 기워지는 듯한 고통이다. 온몸을 얇게 저미는 듯한 날카로운 고통이 그녀를 난도질했다. 이를 사리물었다. 숨을 참아 고통을 억눌렀다. 납작 엎드린 채 바닥을 긁으며 처절히 몸부림쳤다. 영혼은 찢기어 결계 곳곳에 교착되었다.

그 끔찍한 고통은 거짓말처럼 한순간 잠잠해졌다. 마침 꿈결처럼. 이마에서 흘러내린 식은땀만이 툭툭 차가운 바닥에 떨어졌다.

해가 천천히 고개를 들었다. 활짝 풀린 동공에서 하얀 안광이 쏟아졌다. 산산조각 났던 열두 개의 결계가 비로소 다시 생성되었다.

- 현북의 수호자 되어 이 땅을 지키라.

평해엔 수호수가 없다. 평해의 주인이 땅주인인 동시에 수호자였으므로. 이제 그녀는 현북의 수호자가 되었다. 신단은 새 수호자를 용인했다.

✳ • ✳

　묵오는 호기심 많은 어린 까마귀. 칭찬받는 것을 좋아하는, 무려 황제의 칠 년 차 권속이다. 그렇다. 그는 아주 똑똑한 까마귀였다. 본래라면 겨우 목숨을 부지하다가 생각이란 것을 희미하게 깨칠 나이였으나, 그는 남들보다 배는 똑똑해 일찍이 황제의 권속이 되었다. 형제들 중 저보다 똑똑한 녀석은 없다는 게 묵오의 자랑이었다.

　현북의 감시를 명받고 바지런히 하늘을 날아다니고 있는 그에게는 사소한 흠이 있는데, 워낙 한눈팔기를 잘하는 터라 코앞의 나무를 못 보는 경우가 왕왕 생긴다는 것이었다.

　며칠 전에도 나무에 머리를 쾅 박고 기절하는 바람에 웬 인간도 요괴도 아닌 계집에게 붙잡힌 적이 있었다. 보에 둘둘 말려서 여기저기 끌려다닌 터라 그때만 생각하면 아직도 멀미가 났다. 계집의 치료 덕분인지 금세 낫기는 했지만.

　'아주 이상한 계집이었어.'

　묵오가 날개를 바르르 떨었다. 틈만 나면 그의 상처를 돌보려 드는 계집 때문에 얼마나 파닥거리며 방 안을 날아다녔는지 모른다.

　'그래도 고맙다는 인사는 했어야 했나?'

　묵오가 고개를 갸웃했다. 계집이 아니었어도 별문제 없었겠지만, 그래도 계집은 길 가다가 다친 그를 보고 호의를 베풀었다. 호의에 감사로 답하는 것은 당연한 도리. 그 도리를 행하지 않고 도망친 것이 못내 마음에 걸렸다.

'다음에. 다음에 만나면.'

괜히 계집이 있는 의원 위를 날아다니다가 혼자 결론 내리고는 방향을 틀었다. 평해의 계집을 감시하러 가야 했다.

그때였다.

"깍!"

놀란 묵오가 깍 소리 냈다. 그의 두 눈이 휘둥그레졌다. 무서워서 양 날개가 뻣뻣해질 뻔했다. 제가 추락하고 있는 것을 퍼뜩 깨닫고는 서둘러 홰를 쳤다.

이런 두려운 광경은 난생처음이었다. 열두 겹 결계가 일제히 조각나고 있었다. 며칠 전에도 결계가 잠시 없어졌다가 복구된 일은 있었다. 그때는 지금처럼 두렵지 않았다. 아주 찰나였고, 잠깐의 부재라는 걸 느낄 수 있었다.

그런데 지금은 아니다. 그때와 다르다. 땅과 땅주인의 연결이 일방적이고도 강제적으로 끊어졌다. 일전과 달리 땅주인이 영구적으로 부재하게 될 수도 있다는 예감이 강하게 들었다.

'공부로 가야 해! 무슨 일인지 확인해야 해!'

묵오는 빠르게 날았다. 현북공부에는 되도록 다가가고 싶지 않았다. 평해의 계집을 감시하려면 가까이 가는 게 당연하지만, 거기엔 무시무시한 흰 이무기가 산다. 그것이 저를 보고 식욕을 번뜩이는 것을 묵오는 분명 보았다. 기해 옆에 딱 달라붙어 감시하고 싶은 마음을 꾹꾹 억누른 것은, 목숨이 아홉 개가 아닌 까닭이다.

묵오는 제 목숨 귀한 줄 알았기에 흰 이무기의 눈치를 보며 멀리서 나는 쪽을 택했다. 가까이 다가가지 않으면 흰 이무기는 그에게 거의 신경을 쓰지 않았다. 약한 것이라고 무시하는 게 분명했다. 좋은 게 좋은 것이라고 그 무시는 묵오에게 평화를 가져다주었다. 이제 그 평화도 끝이다. 조금만 더 다가가면 그 사악한 이무기가 식욕을 번뜩이며 다가올 터다.

묵오는 식은땀을 흘리며 공부 가까이로 날았다. 하늘을 두어 바퀴 돌며 목숨앗이의 흔적을 찾았다. 희한하게도 그가 다가오지 않았다. 무언가 큰일, 현북공에게 아주 큰일이 생긴 게 분명하다. 그 덕에 자신에게 신경 쓸 틈이 없는 것이겠지.

'없지? 없는 거 맞지?'

속으로 쾌재를 부르며 묵오가 아래로 내려왔다. 막 나뭇가지에 착지하는 순간이었다.

"깍?"

열두 겹 결계가 다시 생성되고 있었다. 묵오는 부리를 벌리고는 멍하니 결계를 바라보았다. 절로 온몸에 소름이 돋았다. 푸르르 몸을 떨며 발톱에 힘을 꽉 주어 나뭇가지를 잡았다. 지금 형성된 결계는 현북공의 것이 아니다. 그의 다정한 기운이 결코 아니다. 이것은 아주 차갑고, 무척 날카롭고, 너무나도 단단하다.

결계의 주인이 바뀌었다. 주인 황제께 필히 보고해야 한다. 그의 보고를 듣고, 예리하게 잘 살폈다며 칭찬할 것이다.

머리를 쓰다듬어주는 손길을 상상하며 묵오는 날아올랐다.

三

결계가 돌아왔다. 백리의 표정이 차가워졌다. 주인의 기운이다.
눈앞에 이빨을 드러내고 으르렁대는 멍청한 것의 목을 찌부러뜨
렸다. 강한 악력에 놈의 목이 터져나갔다.

"나를 보고도 덤빌 정도로 하급한 것인가?"

아니면, 그 무엇도 가늠하지 못할 정도로 강한 지배를 받고 있
는가? 어느 쪽이든 중요치 않다. 그를 본 것들은 모두 죽였다. 혹
시라도 목격담이 나락으로 흘러들어가게 둘 수는 없다.

어쨌든 결계는 수복됐고, 낮이라 요괴의 기운이 약하니 피해는
있겠지만 곧 정리될 것이다. 이 하등한 것들을 정리하며 인간이 몇
이나 죽을지 알 수 없으나, 그것까진 백리가 염려할 바 아니다. 백
리가 염려할 것은 따로 있다.

"주인……."

해를 찾아야 했다.

기해. 그의 주인. 평해의 옛 땅주인이며, 권영의 수호자였고, 이
젠 현북의 수호자가 된 계집. 보답 없는 맹목만 내바치다 제 영혼
이 문드러져가는 것조차 깨닫지 못한 어리석은 자. 그래서 더 애틋
한 것. 그 뒷모습을 겁에 이르도록 뒤쫓아왔다. 그 맹목을 갖고 싶

어서.

백리가 그림자에 녹아들었다. 제 삶에서 유일하게 의미 있는 것을 찾아 움직였다.

황야가 건국되기 이전의 일은 기록 없었다. 지상의 인간은 그때의 일을 알지 못한다. 황야 있기 전 천겁이 지났는지, 억겁이 지났는지, 천억겁이 지났는지 또한 알지 못한다. 그 옛날 혼돈 있었고, 천계 있었고, 나락 있었으되, 지상은 없던 때. 천계와 나락을 경계 짓기 위해 아홉 천존이 내려와 지상을 만들었다는 아득한 신화만이 전해질 뿐이다.

지상의 중심에 황야가 있고, 틈이라 불리는 나락과의 통로가 있고, 그 틈 건너에 인간의 나라가 무수히 많다. 오로지 황야만이 나락과 천계와 인간의 나라와 연결되어 있다. 요괴가 신수를 꿈꿀 때에도, 인간이 천인의 영역으로 나아갈 때에도 그 관문은 언제나 황야였다.

저 먼 곳에서 인간의 나라가 수천수만 번 흥망성쇠를 반복하는 동안 황야는 건재했고, 저 나락에서 나락왕이 수백 번 바뀌는 동안에도 황야는 건재했다. 황야는 천계의 보호를 받는 유일한 땅이었고, 황야인은 영원토록 황야가 굳건하리라 믿었다. 결계가 불안정한 것도 잠깐. 요괴의 습격도 한철. 고난이 지나면 또다시 평화로워지리라 막연히 낙관하였다.

그러나 세상은 변하고 있었다. 천하는 균형을 잃었고, 황야는 천계를 지키는 관문의 역할을 수행하지 못하고 있으며, 공허에 허덕이는 요괴는 자격 없는 것들조차 천계를 탐하였다. 수만 년간 숨어 있던 균열이 비로소 그 형체 드러내고 황야를 통째로 집어삼키려 하니, 기어이 황야는 무너지고 말 터였다. 그것을 백리는 아는데, 인간들은 모른다.

"주인."

해는 현북의 심장 안에 있었다. 그 새하얀 얼굴에 핏기 없어서 꼭 죽은 것처럼 보였다.

땅의 심장은 불청객은 지나갈 수 없는 결계로 둘러싸여 있다. 깨부수려 들면 못 깨부술 것도 없겠지만 그런 짓을 했다가는 천벌을 받는다. 백리는 이미 많은 업을 받았다. 더는 천칙을 거스를 수 없다.

"백리야."

백리를 발견한 해가 천천히 걸어왔다. 백리가 살짝 몸을 떨었다. 이유 알 수 없는 불안이 그를 덮쳐왔다.

스스로를 내던져 현북을 수호하는 것은 해와 어울리지 않는다. 그녀가 가치 두는 것은 권영뿐. 현북은 그 어떤 가치도 없어야 했다. 결계가 무너지고, 현북이 점령당하고, 백성이 몰살당해도 해와는 무관한 일이어야 했다.

"양섭성이, 그 멍청한 놈이……."

백리의 입매가 딱딱하게 굳었다. 심장이 덜컹거렸다. 눈물 없으나, 해에게서 쏟아지는 감정은 그 농도 짙었다. 마주하자니 물속에 잠긴 듯 숨이 막혔다. 마른 입술을 짓이기며 생각했다.

그 애는 죽었다. 권영은 죽었다. 언제나, 매 생마다 그녀를 독차

지했던 자는 이제 없다. 해의 시선 끝은 텅 빌지언정 누군가를 향해선 안 되는 것이다.

그런데, 왜?

"그를 어찌하면 좋으냐?"

대체 어째서?

불길함은 걷잡을 수 없는 불길 되어 백리의 가슴 깊이 휘몰아쳤다.

"일단 이쪽으로 오십시오."

백리가 제 쪽으로 손짓했다. 그 손끝이 희미하게 떨렸다. 입술이 바짝 메말랐고, 정돈되지 않은 머릿속이 어지러웠다.

해에겐 권영 외엔 전부 무의미하다. 다른 무언가에 의미 두는 방법을 깨치지 못했다. 양섭성을 심려하며 살피고 신경 쓸 까닭이 없다. 분명 그랬을진대.

비틀거리며 다가온 해가 결계를 벗어나자마자 툭 쓰러졌다. 그 가벼운 몸을 품에 받아 안았다. 의식은 잃지 않았으나, 그뿐이었다. 결계를 유지하기 위해 초인적인 정신력으로 의식의 끄트머리를 붙잡은 것이다.

"그 긴 세월을 살아오고도 이해가 안 됩니까?"

문득 들려온 비아냥에 백리가 고개를 돌렸다. 평범한 체구에 흔해빠진 얼굴, 곱슬대는 머리를 아무렇게나 묶은 사내종이 보였다.

"소인도 잘 이해가 안 됩니다."

그가 빙그레 웃었다.

"하긴 이해가 되면 이렇게 되었을 리가 없지. 안 그렇습니까, 백리 님?"

백리의 눈동자가 세로로 가느스름해졌다. 예민한 감각이 곤두섰다. 동공 깊은 곳에서 섬뜩한 안광이 번뜩였다. 사내종의 심연을 들여다보았다. 보이는 것은 검은 어둠. 아무것도 없는 공허. 백리는 당황했다.

"너⋯⋯."

"소중한 것을 모두 잃은 인간은 흔히 그리 보인답니다. 기쁨도, 슬픔도 잊은 지 오래되었지요. 소인을 아무리 들여다보아도 원하는 것은 보지 못하실 겁니다."

사내종이 냉소하며 지나쳐갔다. 비로소 그의 이름이 떠올랐다.

견.

양섭성은 그렇게 불렀다.

상황은 반나절이 지나서야 종료됐다. 백리는 피해사항을 종합해서 해에게로 향했다. 부지런하게 약재를 나르고 환자를 치료하던 익족 계집이 백리에게 들러붙었다. 해의 눈에 거슬릴 게 뻔해서 떼어놓고자 했지만 불가했다. 익족 계집은 양섭성의 행방을 듣기 전까지는 떨어지지 않겠다며, 정 떼어놓고 싶으면 저를 죽여야 할 것이라 협박했다. 확 죽여버릴까 찰나 고민했으나 백리는 살의를 거두었다. 익족을 죽이면 득보다 실이 클 게 뻔했다.

"주인, 들어가겠습니다."

침상에 누워 밖을 보고 있던 해가 고개를 돌렸다. 백리를 지나친 시선이 이래하에게 향했다. 해의 하얀 미간에 골이 팼다. 저 계집이 왜 아직도 여기에 있을까. 짜증이 올라왔다.

벼락같은 분노를 가슴에 품고 일단은 백리를 보았다. 갑작스럽게 도력을 쏟아낸 까닭에 지독히 피로했고, 수호자로 인정받을 때 겪었던 고통은 육신에 후유증을 남겼다. 익족 계집에게 화를 낼 여력이 없었다. 현북의 상황을 챙기는 게 더 급했다.

"피해는?"

겨우 내뱉은 해의 목소리가 갈라졌다. 백리의 눈썹이 가운데로 모였다. 알 수 없는 감정. 그가 알지 못한 해의 얼굴. 오직 권영만 알던 평해의 폐주는 대체 어디로 갔지?

백리의 대답이 없자 해가 신경질적으로 다시 물었다.

"몇이나 죽었느냐고 묻지 않으냐?"

이윽고 백리의 입술이 한숨을 흩어놓으며 열렸다.

"어림잡아 수백이 넘습니다. 침입해 들어온 것들은 거의 제압되었으나, 몇몇은 그림자 속에 숨어들었지요. 밤이 되면 피해가 더 늘어날 겁니다."

수백, 하고 되뇌며 해는 양섭성을 떠올렸다. 한둘의 죽음에도 자책하던 그다. 한순간의 오판으로 수백이 죽었다는 걸 알면 어떤 표정을 지을까. 그 억장이 무너지겠지. 다정한 자이니 아마 많이 울겠지.

그를 찾아야 한다. 해가 힘겹게 몸을 일으켰다. 백리가 급히 해를 말렸다.

"아직 일어나시면 안 됩니다."

"시끄럽다."

백리의 손을 거칠게 쳐낸 해가 머리맡에 놓여 있던 부채를 펼쳤다. 양섭성을 집어삼킨 부채에선 아무 반응이 없다. 아주 평범한 합죽선인 척, 아무 짓도 저지르지 않은 척 시침을 뚝 떼고 있다. 갈가리 찢어버리고 싶은 충동을 해는 가까스로 인내했다.

해는 맹렬히 부채를 노려보았다. 펼치기 전엔 요괴의 물건인 줄도 몰랐다. 방심했다 쳐도 속은 건 속은 거다. 그녀의 눈을 속일 만큼 뛰어난 요괴. 그 요괴의 손아귀에 떨어진 약해빠진 땅주인. 어떻게 해야 그를 되찾을 수 있지?

침음하며 두 눈을 감는 해의 귓속으로 날카로운 목소리가 파고들었다.

"섭성을 어떻게 했지?"

해가 눈을 번쩍 떴다.

"만약 그에게 무슨 일이라도 생긴다면 내 손으로 네 목을 비틀어버릴 것이다."

말은 곧 씨가 된다. 모든 이의 말에는 힘이 있다. 약한 자도, 강한 자도, 천한 자도, 귀한 자도 그 사실을 잊어서는 안 된다. 불길한 소리는 불운을 몰고 오니 도력 있는 자도, 없는 자도 말의 힘을 간과해서는 안 된다.

"경솔한 소리 지껄이지 마라. 그 입을 찢어버리기 전에."

사납게 으르는 해의 눈에 살기가 어렸다. 이래하의 기세가 순간 흔들렸다. 잠시나마 제가 겁먹었다는 사실이 분한 듯 그녀의 표정이 곧 사정없이 일그러졌고, 이내 울 것 같은 얼굴이 되었다.

익족 계집이 겁을 집어먹든, 울 것 같은 표정을 짓든 해와는 하등 상관없었다. 본디 그럴 것이었다. 그러나 저것이 울며불며 돌아다니면 공부의 누군가는 이유를 물을 것이다. 익족 계집과 섭성의 친분은 비밀도 아니니 결계가 사라졌던 것과 결부되어 자연스레 양섭성의 안위에 관심이 모일 터. 만약 그의 부재가 알려지면 현북에 떠도는 불안은 걷잡을 수 없이 폭주할 것이다. 바라지 않는 바다.

결국 해는 약간의 설명을 덧붙였다. 여태 베풀어본 적 없는 친절이다.

"양섭성은 사라졌다. 이 부채의 주인에게 끌려갔지. 사지 멀쩡하게 데려올 방도를 생각 중이니, 양섭성이 돌아오기도 전에 현북이 망하는 꼴을 보고 싶은 게 아니라면 입단속 단단히 하는 게 좋을 거다."

해는 다시 백리에게로 시선을 돌렸다. 그는 조금 복잡해 보이는 표정으로 해를 보고 있었다. 어딘지 평소 칼 같은 백리답지 않았다.

"양섭성이 사라진 것을 아는 자는 몇이나 되지?"

"……."

"백리야."

해가 대답 없는 백리를 불렀다. 그제야 아, 하고 살짝 당황한 백리가 대답했다.

"모두 다섯입니다."

다행히 많은 수는 아니었다. 해는 저를 제외한 네 명을 꼽아보앗다. 백리와 익족 계집, 사건의 발단인 멍청한 계집종, 그리고 그녀를 땅의 심장으로 안내해주었던 사내종. 이래하는 이곳에 있고, 천소는 옥에 갇혔으며, 견은 피해를 살피러 나갔을 것이다.

"입막음은 해두었지만 오래 숨기지는 못할 겁니다."

"그래, 그렇겠지."

해가 고개를 끄덕였다. 잠시지만 모든 결계가 일시에 사라졌다. 수백의 인명피해가 날 때까지 결계는 복구되지 못했다. 전에 없던 일이니 모두들 땅주인의 안위를 염려하고 있을 것이다.

부재를 감출 수 있는 것은 기껏해야 사나흘. 그 이후에도 양섭성이 제 무사한 모습을 드러내지 않으면 염려는 의심이 되어 들불처럼 번질 것이다. 더는 진실을 감출 수 없을 터.

"그래도 현재는 결계가 복구된 상태이니 현북공의 건강이 나쁘다는 말로 며칠은 벌 수 있을 겁니다."

해가 생각에 잠겨 눈을 내리떴다. 사리분별 못 하는 오만한 폐주라고는 도저히 생각할 수 없을 만큼 해는 침착했다.

"그 멍청한 것……."

양섭성을 되찾으려면 부채의 주인을 알아야 한다. 해는 살생력 이외의 도력은 잘 다루지 못한다. 그러나 매개체가 아직 그녀의 손에 있으니, 부채에 들어가 그 주인에 대한 흔적을 잡아내는 정도는 할 수 있으리라.

부채를 반히 바라보는 해의 안광에 새하얀 빛이 깃들었다.

백리는 아주 오래 해의 곁을 지켰다. 저보다 더 오래 그녀를 지

킨 이는 없고, 저보다 더 그녀를 잘 아는 이 또한 없으리라 자부할
수 있었다.

하지만 이 순간, 백리는 자신이 정말 그녀를 알고 있는 게 맞는
지 알 수 없게 되었다. 제 혼백을 분리해 부채 속으로 파고드는 집
념에 침음했다.

해는 무언가를 죽이는 도술에나 능하지 그 외의 도술은 형편없
다. 보통의 술사라면 손을 대는 것만으로도 사물의 기억을 읽어낼
수 있으나 해는 그것이 불가했다. 대신 무지막지한 도력을 이용해
제 육신과 혼백을 분리해내고, 혼백을 움직여 물건의 사념을 만나
러 갔다. 그 단순무식한 방법에 기가 찼다.

"뭐, 뭐 하는 거야?"

이해를 벗어난 상황에 몸을 떠는 이래하를 백리는 무시했다. 그
도, 그녀도 해에게서 빠져나온 하얀 기운이 부채에 스며드는 것을
보았다. 그것이 해의 혼백이며, 제때 돌아오지 못하면 침상에 앉
은 채로 굳은 저 육신이 영원히 눈뜨지 못하리란 것을 알았다.

"어째서?"

이래하가 미약하게 의문했다. 그것은 곧 백리의 의문이 되었다.
스스로 인식하지도 못하면서, 오직 양섭성을 위해 목숨 바치는 까
닭은 무엇일까.

백리는 말없이 자리에서 일어났다. 요력을 흩뿌려 결계를 구성
했다. 무방비한 주인의 곁에 그 어떤 삿된 것도 다가오지 못하도
록.

심장이 꽉 조여들었다. 거북한 두근거림이 목구멍에 걸렸다. 아

뜩한 절망이 차오른다.

해는 눈을 떴다. 부채에 스며들어 많은 것을 보았다. 부채를 만든 자는 한때는 신성했던 꽃나무 요괴였다. 하늘의 문을 열 자격을 얻었던 요괴는 정인에게 버려진 원한에 파묻혀 흉목이 됐다. 본 거지가 어디인지 보고자 했으나 더 다가갈 수 없었다. 요괴의 처절한 원망이 해를 집어삼킬 듯 파도쳤다. 자칫 혼백을 사로잡혀 영영 돌아오지 못할 우려가 있었다.

결국 방향 돌려 빠져나왔다. 속내 알 수 없는 표정의 백리가 곁에 있었고, 낯빛 창백한 익족 계집이 안절부절못하며 서성대는 것이 보였다.

"살구꽃부인이 누구지?"

"천 년 전 봉인된 화선녀라는 대요괴입니다."

기다렸다는 듯 백리가 대답했다.

"천 년 전 봉인된 요괴의 물건이 어찌 이곳에 굴러다니는데?"

"누가 개입했는지는 모르겠으나 봉인이 풀렸습니다."

천 년 전 황제가 제 수명을 제물 바쳐 화선녀를 봉인했다. 정인에게 배신당해 복수심밖에 남지 않았던 그 꽃 요괴가 인간을 잡아가기 위해 세상 곳곳에 뿌려둔 물건은 전부 파괴되었다. 이제 와서 갑자기 굴러다닐 이유가 없다.

"나락왕……."

작게 중얼거리는 해의 표정이 굳었다.

아주 큰 존재. 나락왕의 짓이라 단언할 수 없어도 그에 비견되는 존재가 개입했으리. 오합지졸이던 요괴들이 점점 정예군화 되는 것도 같은 이유일 터다.

"천소를 데려와. 아니, 직접 가겠다."

습관적으로 하명하던 해가 고개를 내젓고는 일어났다. 그녀가 비틀거렸다. 결계에 도력을 빼앗긴 후유증에서 회복되지 않은 채로 무리하게 술법을 운용했다. 허약해진 몸이 괜찮을 리 없다.

해의 어깨를 단단히 붙잡아 부축하는 백리가 입술을 살짝 깨물었다.

"주인, 그 계집은 아무것도 모릅니다."

해가 더 이상 관여하지 않기를 바랐다.

"이 부채를 어디서 구했는지 정도는 기억하겠지. 그곳에 가면 화선녀의 물건이 더 있을지도 모르지 않으냐?"

백리의 속내를 알지 못하고, 설령 알았다 한들 들어줄 리 없는 그의 야박한 주인은 곧장 옥사를 향해 움직였다. 그녀를 부축하며 따라가는 백리의 동공에 혼란이 깃들었다. 재차 불안증처럼 심장이 뛰었다.

'그 애는 죽었어.'

스스로 안심시키듯 백리는 속으로 되뇌었다.

장왕 권영은 죽었다. 백리가 직접 목도하였다. 개입할 수 있었으나, 명백히 구할 수 있었으나, 방관하였다. 나락의 일에 관여하지 않겠다는 허울 좋은 핑계로 제 죄를 가렸다. 그 죽음을 모른 체한 진짜 이유를 어리석은 주인은 알지 못한다. 권영에게 눈멀어 그를 죽인 것들 외에는 생각하지 못한다. 그게 백리가 아는 해였다. 그의 주인. 그의 전부.

그런데 왜. 대체 왜.

양섭성은 해에게 무의미하다. 의미 있을 수가, 없다. 없다…….

백리는 화선녀를 생각했다. 한때는 칭송받던 신목에서 기록조차 지워진 흉목이 된 그 멍청한 요괴. 어리석게도 인간을 믿어 모든 것을 잃었다고 조롱받는 태초의 요괴. 천 년 전 정인에게 복수하기 위해 그를 찾아 헤매고 있다는 소문이 떠돌았지만, 과연 그것뿐이었던가? 단지 복수를 위해서였던가?

마음이 뒤흔들린다. 백리의 입가에 조소가 걸렸다.

아니다. 그저 그런 복수 때문이 아니다. 다른 누구도 알지 못해도 그는 안다. 무용한 애정을 알면서도 놓지 못하고, 그 앞날이 진창에 처박힐 것을 알면서도 매달리는 것. 제 연이 아님을 알고 있으나 '혹시' 하는 미련은 똑같을 테니.

그 애는 죽었다. 죽었어야 맞다.

백리가 우뚝 멈추었다. 해를 부축하고 있던 손을 놓았다. 의아한 표정으로 해가 백리를 돌아보았다. 왜, 라고 묻듯 미간이 살짝 찡그려진다. 그 두 눈을 응시하며 백리는 조용히 물었다.

만약을 가정한다.

"한데 현북공이 주인의 앞을 막아선 것이 분명합니까?"

그의 고요한 눈동자를 바라보며 해가 확실하게 대답했다.

"나는 잘못 보지 않았다."

백리의 동공이 수축했다. 체념하듯 그의 단단한 무표정이 허물어졌다.

"그렇습니까?"

부채가 열리는 순간, 섭성은 해보다 먼저 위험을 감지했다. 게다가 그는 해보다 더 또렷하게 백리의 본체를 본다. 나약한 도력과 비교하자면 터무니없이 좋은 눈. 시력은 도력에 비례하는 법인데, 양섭성은 그 이치를 벗어났다.

이치에 어긋난 땅주인과 천 년 만에 나타난 화선녀. 백리가 알고 싶지 않았던 어떤 이야기. 우연일 리 없으니, 작금의 판은 누가 벌였는가.

역린이 곤두섰다.

천소는 옥에 갇힌 채 떨고 있었다.

"아, 아씨!"

해가 사납게 천소를 노려보았다. 겁 많고 나약한 계집이었다. 눈물이 펑펑 샘솟는 저 두 눈을 뽑아버리고 싶다. 가느다란 저 목을 우악스럽게 움켜쥐고, 그대로 목뼈를 바스러뜨리고 싶다. 온 머릿속을 지배하는 난폭한 충동을 가까스로 억누른 채 묻는다.

"너, 이 부채가 무엇인 줄 아느냐?"

"소, 소인은 아무것도……. 정녕 아무것도……."

아무것도 모르면서 일단 저지르고 보는 무모함에 화가 치밀었다. 이래서 평것이 싫다. 제가 감당 못 할 물건도 알아보지 못하는 멍청이들.

"그래, 알았을 리가 없지. 감히 요괴의 물건에 손을 대다니."

"흑흑. 아씨, 나리를 살려주세요. 흑, 흐윽."

일을 저질러놓고 눈물로 무마되길 바라는 나약함이 끔찍하다.

"어디서 구했느냐?"

저 어수룩한 계집이 화선녀의 봉인을 풀었을 리 없으니, 어디서 부채를 얻었는지 알아야 한다. 그곳에 화선녀의 또 다른 물건이 있으면 가장 좋고, 설령 없더라도 배후에 대한 단서가 남아 있을지도 모른다.

"그, 그것은……."

"똑바로 말해라. 양섭성을 구하고 싶은 마음이 눈곱만큼이라도 있다면!"

해의 다그침에 천소가 바닥에 납작 엎드렸다. 바들바들 떠는 것 외엔 할 줄 아는 게 전연 없는 계집이다. 그 한심함에 넌더리가 났다. 저따위 것들을 제 목숨 깎아 지키는 데에 대관절 무슨 의미가 있을까. 수천수만의 인간보다, 양섭성 하나의 목숨이 가치 있을 것인데.

그 당연한 것을 모르는 양섭성은 이젠 제 보호를 필요로 하지 않는 원수마저 지키려다 요괴의 땅으로 끌려갔다.

"이 부채의 주인은 천 년 전 황제가 그 목숨을 제물 삼아 겨우 봉인한 대요괴. 약해빠진 양섭성이 혼자 빠져나오는 것은 불가하다."

"그, 그럴……. 그럴 수가……. 아씨, 소인은 그저, 그저……."

"네 변명을 들으려는 게 아니다. 출처를 알고 싶은 것이지."

"소인은……."

"그 요괴는 붙잡힌 자의 영혼이 모두 소진되도록 가장 소중한 것을 주었다가 빼앗길 반복할 것이다. 너는 양섭성이 고통 속에서 영혼이 바스러져 죽길 바라느냐?"

"아니, 아닙니다! 그렇지 않습니다! 현북공 나리는……. 나리는……."

"그래, 양섭성은 그런 대접을 받을 이가 아니지. 네가 그런 대접을 받길 바란 건 나였겠지. 하나 이를 어찌할까? 양섭성이 내 대신 네 증오를 뒤집어쓰고 나락으로 끌려가버렸으니."

해가 이를 갈았다. 조금 전까지만 해도 현실감 없던 상황을 제 입으로 내뱉자 비로소 실감이 났다. 한마디 한마디 짓씹을수록 지금의 이 사태가 또렷이 인지되어 심장이 빠르게 뛰었다.

한심한 짓이었다. 제 나약함과 무력함을 알면서도 섶을 지고 불길 속으로 뛰어드는 꼴이 어리석었다. 차라리 천소의 바람대로 자신이 끌려갔다면 나았을 것이다. 화선녀든 나락왕이든 모두 없애버리고 돌아오면 그만일 테니까. 불행히도 양섭성에게 그런 능력을 기대할 수 없다.

"네가 이러는 동안에도 양섭성은 죽어가고 있다."

일은 이미 벌어졌다. 이랬다면, 저랬다면. 가정은 무가치하고 무력하다. 양섭성을 되찾아와야 한다. 오직 그것만이 의미 있다. 어리석은 땅주인은 이렇게 사라져선 안 된다. 그것만은 안 된다.

"그, 그 부채는, 기, 기시 가는 골목의……."

심하게 떨려 알아듣기조차 힘든 목소리로 천소가 겨우 대답을 시작했다.

"세, 세 번째……. 흐억! 혀억, 으아악!"

그때였다. 천소가 갑자기 제 목을 붙잡고서 데굴데굴 굴렀다. 몸이 튕겨오르더니 구겨졌다. 해의 동공이 커졌다. 사납던 표정이 흔들렸다.

"천소……."

"흐어억, 어억, 으으윽! 자, 잘못……. 잘못했어요……. 잘못했어……."

발작은 순식간에 멈추었다. 겁 많던 두 눈에서 빛이 꺼졌다. 눈에서 시작된 죽음은 빠르게 천소의 전신을 잠식했다. 인간의 육신이 만들 수 없는 각도로 엉킨 채 계집은 축 늘어졌다.

"금언술이 걸려 있었군요."

백리가 중얼거리는 소리를 들으며 해는 우두커니 얼어붙었다. 천소와의 순간들이 스쳐 지나갔다.

헤헤 웃으면서도 속으로는 덜덜 떨고, 아름다우시다 칭송하면서도 속은 증오로 들끓고. 그러면서도 졸졸 따라다니는 꼴이 같잖아서 짓밟아버릴까 싶다가도 그 무력함에 못 본 척하게 되던……. 흔하디흔한 계집종. 주제 모르고 복수를 꿈꾸고, 그 복수가 제 은인과 저를 송두리째 집어삼킬 것도 모른 채 설렘에 겨워 있었을 한심한 계집.

그래도 이리 죽을 아이는 아니었는데. 이리 하찮게, 이리 비참하게, 짓밟힌 벌레처럼 몸을 뒤틀다 죽어야 하는 아이는 아니었는데.

"아씨, 어서 드셔요. 꾸울꺽! 옳지, 잘한다!"

"아씨, 여기 물이요. 얼른 드셔요. 오구, 잘 마신다!"

증오와 원망. 그 짙은 저주를 가슴에 품고도 등을 두드리던 손길은 상냥하였다. 해를 대하는 천소의 다른 모든 마음이 거짓이었다 한들 고통에 몸부림치는 그녀를 연민하는 마음만은 진실이었다.

"주인?"

어쩌면. 아주 어쩌면.

우리 다른 곳에서, 다른 모습으로 만났다면 좋은 인연이 되지 않았을까. 살면서 좋은 연이란 것은 가져본 적 없으나, 내 만약 현북의 원수가 아니었다면 너는 손아래누이처럼 나를 따르지 않았을까.

옅은 후회가 밀려든다. 쓸모없는 감상이다. 해는 두 눈을 감았다 떴다. 무가치한 상념을 밀어냈다. 마른 얼굴로 냉정히 돌아섰다.

"기시로 가는 골목의 세 번째. 그 부근을 뒤지면 뭔가 나오겠지."

권영만 생각할 때는 신경 쓰지 않았던 것. 평해에 갇혀 있던 때엔 고려할 필요 없던 것들. 이제 와서 신경 쓰고 고려해봐야 이미 늦었을 뿐인 것들이 무겁디무거운 추가 되어 해의 발목에 매달려 덜컹거렸다.

　어리석은 짓이었다. 무슨 짓을 했는지는 기억나지 않지만, 아주 멍청한 짓이었다는 느낌만은 강하게 남았다.

　'여긴⋯⋯.'

　아이는 주변을 둘러보았다. 어딘지 알 수 없었다. 하지만 아주 포근하고, 소름 끼칠 정도로 그리운 기분이 들었다.

　"섭성."

　아이는 화들짝 놀라 고개를 돌렸다.

　"형님?"

　"예서 무얼 하느냐?"

　"아, 그것이⋯⋯."

　아이는 대답할 말을 떠올리지 못했다. 두 눈을 또록또록 굴리다가 왈칵 울음을 터트렸다.

　"섭아?"

　"형님. 형님을 아주 오래, 정녕 오래 뵙지 못한 것 같은 기분이 듭니다. 너무 무섭고, 두렵고, 괴롭고⋯⋯. 아주 오랫동안 슬퍼했는데. 슬픔이 슬픔이란 것조차 모르게 될 만큼 오랫동안⋯⋯."

　사내가 아이를 품에 안았다. 작은 등을 다독였다.

　"우리 아우가 꿈을 꾸었나 보구나. 아주 길고 슬픈 꿈을 꾼 모양이야. 그건 모두 꿈이다. 잊어버려라. 슬픈 것도, 아픈 것도, 괴로운 것도 전부 잊어버려. 이 형님이 예 있으니 그깟 거짓들은 잊어버려도 되지 않겠느냐?"

"누이……. 누이는 어디 있어요? 아버지는, 어머니는요?"

"다들 여기 있지 않으냐?"

아이가 사내의 품에서 고개 들었다. 주변을 둘러보니 어느새 사람들이 한가득 모여 있었다.

"어머니? 아버지? 누이?"

그들이 팔을 뻗었다. 아이를 감싸 안았다. 아이는 그 품에서 목 놓아 울었다. 두렵고, 슬프고, 괴로웠던 기억이 차츰 잊혔다. 이대로 영원히 잊고 싶었다. 아무것도 떠올리고 싶지 않았다. 그저 이 다정한 품에 머무르고 싶었다.

"그래, 다 잊어라. 모두 잊고 예서 사는 게다."

"아주 오래 기다렸단다, 아우야."

"우리 막내공자가 왜 이리 울보가 되었대?"

"쉬이, 자장자장, 우리 아가. 잘도 잔다, 우리 아가."

아이는 눈 감았다. 이내 스르륵 잠들었다. 아이를 다독이던 손길이 하나둘 멈추었다. 다정하던 눈에서 순식간에 감정이 사라졌다. 무표정한 얼굴들이 울다 지친 아이를 가만 바라보았다. 그 얼굴들은 이내 흉악하게 일그러졌고, 참혹하게 뭉개졌고, 모든 것을 삼킬 듯 검은 구멍만 남았다.

– 어리석은 것.

– 멍청한 것.

– 가엾지 않은 것.

– 갈가리 찢겨 죽어 마땅한 것.

섬뜩한 쇳소리가 뻥 뚫린 구멍을 긁어댔다.

- 그 고통을…….

- 그 저주를…….

- 그 증오를…….

- 그 원망을…….

그 검은 구멍에서 시뻘건 피눈물이 흘러넘쳤다.

四

일곱째 천존 월선은 연을 관장한다. 그녀는 빛 발하는 천연 하나를 보고 있었다. 태초에 가장 강한 자와 가장 바른 자를 엮은 빛은 아름다웠다. 당장이라도 맺어질 것 같던 그 천연은 되레 악연되어 두 주인을 옭아맸다.

차가운 바닥에 앉아서 무릎 세워 끌어안았다. 무릎에 뺨을 비스듬히 대고서 생각한다. 천계는 부패했다. 천신은 모든 것을 뒤엎어 새 질서를 찾으려 할 터. 그렇다면 지금 질서의 천연은 어찌 되는가. 이어지지 못한 그들은, 하늘이 맺어준 운명을 거부했다는 죄명을 뒤집어쓰고 영원한 죄인 되리.

그러니까 마지막이라면, 이번이 오래된 질서의 끝이라면.

월선이 홀연 몸을 일으켰다. 달빛에서 태어난 은빛 머리카락이 하늘거렸다. 새하얀 발을 드러낸 채 천천히 걸었다. 그녀조차 체념했던 천연이 빛을 되찾았다. 영문은 모르겠으나 오랜 방해자가 순순히 물러났을 리 없다. 어떤 추악한 계획이 있을 것이다.

'영원한 관망자의 맹세'를 했으나, 끝에 다다른 이번만큼은 보기만 할 수 없다. 아무것도 하지 않은 채, 아무것도 알지 못한 척, 제가 아끼는 두 영혼이 진창에 처박히는 꼴은 볼 수 없다. 작금의 이 상황은 분명 제가 초래한 불행이었다. 그러니 무어라도 해야 했다. 설령 죄짓게 될지라도.

월선은 궁을 빠져나가 한 우물 앞에 섰다. 황야를 내려다보며 그곳에 발 담갔다. 지상으로 이어진 통로가 열렸다.

황경(黃京). 황야 만물의 중심. 그 중앙에 황궁이 있다.

월선은 보는 것만으로 기 질리게 화려한 대궐을 거닐었다. 술법으로 가려진 그녀를 아무도 보지 못했다. 제각각 살아가며 희로애락을 노래하는 인간들. 그 삶 짧아서 처절하고 아름다운 이들을 지나쳤다. 발끝은 소리 없이 움직였다.

편전은 기다렸다는 듯 열렸다. 막는 이 없는 그 안으로 월선은 들어갔다. 지루한 듯 눈을 감고 용좌에 앉은 이를 보았다. 선 굵은 얼굴은 깎아놓은 조각처럼 아름다웠다. 황야 인간의 것과 다른 짙은 피부가 그 신성을 방증한다.

그가 눈을 떴다.

바다를 고스란히 옮겨 담은 벽안이 월선에게 고정되었다. 투명하나 속 보이지 않는 그 눈은 빠져들듯 깊었다. 허공처럼 보이는 그곳에 월선이 서 있음을 이미 알고 있으리.

"일곱째야."

월선은 주저 없이 모습을 드러냈다. 새하얀 옷은 나비처럼 나풀거렸고, 결 좋은 머리카락이 부드럽게 흔들렸다. 원망과 저주로 뒤덮인 눈동자가 그를 향했다.

"이효."

넷째 천존 이효. 월선은 제가 점지한 천연을 어그러뜨리는 그 애를 끝없이 비호하는 형제를 노려보았다. 바짝 다가서 그 가슴을 긁듯이 쥐었다.

"그 애를 더 이상 싸고돌지 마."

이효는 대답 없이 조소했다.

"내 손으로 처음 이어준 연이야. 가장 고귀했어야 할 연이지. 누구보다 순결한 그들을 어디까지 추락시킬 셈이지? 그럴 가치가 없는 아이다."

이효가 월선의 손을 떼어냈다.

"돌아가라, 일곱째야."

"이효!"

"죄를 짓지 마라."

월선의 눈매가 사나워졌다. 죄를 짓지 말라고? 그 어떤 천존보다 편파적이며, 편애 가득한 그가 할 말은 아니다.

"너는 늘 그 애를 아꼈지! 네가 버린 찌꺼기로부터 태어난 그것을 아우로 삼고, 네 전부를 내어주었어. 애초에 천인이 되어서는 안 되는 것을 내처 끼고돌더니 내가 점지한 아이들을 진창에 처박았어. 죄는 그런 것이야, 이효. 감히 네가, 다른 누구도 아닌 네가 죄를 말하느냐?"

월선은 맹렬히 쏘아붙였다. 손 뻗은 이효가 월선의 뒷머리를 감싸 당겼다. 균형 잃은 월선이 그 품에 쓰러졌다. 흘러내린 머리카락 사이로 드러난 귀에 대고 이효가 속삭였다.

"그러니 네게 죄짓지 말라는 것 아니냐? 일곱째야, 죄는 한번 짓기 시작하면 멈출 수가 없단다. 다음을 준비해야지."

확 그를 밀어낸 월선의 표정이 일그러졌다. 애정과 증오가 뒤범벅된 눈동자가 흔들렸다.

다음을 준비하라.

월선은 '다음'을 생각했다. 천계에 머물러야 할 천존이 황야에 내려섰다. 요괴의 난입으로 그러잖아도 흔들리던 천계. 천계를 지탱하는 아홉 축 중 하나가 사라졌으니, 변화는 더욱 가파르게 진행될 것이다.

월선은 남은 시간을 가늠했다. 애초에 예상했던 것보다 훨씬 짧을지도 모른다. 막 빛을 되찾기 시작한 천연이 피어날 기회를 잡기도 전에 전부 끝나버릴 수도 있다. 월선의 눈빛이 가라앉았다.

이효는 이미 늦었으니 돌아가라 말한다. 네가 개입하든 개입하지 않든 천하는 뒤바뀔 테니 괜히 죄짓지 말고 다음 질서를 준비하라 경고한다.

그러나 월선은 망설였다. 제가 도망가면 지금의 이 질서에 갇힌 두 아이는 어찌 되지? 그녀가 맺어준 천연을 이루지 못한 죄로 영원히 천인의 자격을 박탈당할 그 죄 없는 아이들은?

굳은 얼굴로 월선이 한 발 물러났다. 필요한 것은 시간이다. 영원에 비하면 아주 짧은 찰나. 오래도록 고통받은 두 아이를 위해 그 정도는 벌어줘야 한다. 그것이 월선의 책임이며 죄가 될 것이다.

월선은 단호하게 홱 돌아섰다. 그림자 속으로 손을 쑥 집어넣었다. 공간 저편에 웅크리고 있던 까마귀 한 마리가 깍깍거리며 끌려 나왔다.

까마귀 이마 뒤에 숨어 있는 뿔을 보았다. 그녀가 이어준 것은 아니나, 천연 못지않게 반짝거리는 연도 보았다.

머릿속이 명료해졌다. 살육 깨치기 전에 우연히 힘 얻은 요괴는 더럽혀지지 않아 순수하였다. 제가 스스로 찾아낸 그 연을 위하여 쉬이 목숨 바치리. 관망자의 맹세에 묶인 그녀는 할 수 없는 위대한 일을 해내고 말리.

"깍, 까악!"

"작은 까마귀야. 네 주인은 선량하지 않단다. 넌 갈림길 앞에 서게 될 거야. 계속 꼭두각시로 살 것인지, 스스로 찾은 네 연을 지킬 것인지…… 전부 네 선택이란다. 단, 이것만은 기억하렴."

놀라 홰를 치는 까마귀에게 월선이 상냥하게 속삭였다. 그녀의 시선이 까마귀의 이마에 꽂혔다. 숨겨져 있던 뿔이 뿌드득 돋아났다. 깜짝 놀란 까마귀가 뿔을 숨기려고 버둥거렸다.

"깍! 까악!"

"네 소중한 것은 아무도 대신 지켜주지 않는단다."

까마귀를 바닥에 내려놓았다. 이걸로 되었을까. 부디 충분했기를 바란다.

다음 순간 살랑 바람이 불었고, 까마귀가 주변을 두리번거렸을 때 월선은 보이지 않았다.

묵오는 멍하니 서 있다가 퍼뜩 정신을 차렸다.

"깍!"

얼른 인간으로 화해 얼얼한 이마를 어루만졌다. 강제로 끄집어내졌던 뿔을 도로 숨겼다. 아파 죽는 줄 알았다. 울상을 짓다가 뒤늦게 주인 황제에게 고할 사실이 있다는 걸 떠올렸다.

"주인, 잠깐이지만 북의 열두 겹 결계가 일제히 사라졌다가 다시 생겼습니다. 보통 일이 아닌 것 같아 이를 알려드리려고 왔습니다."

"그래, 잘했다."

묵오의 머리를 황제가 가만히 쓰다듬었다. 육 척이 훌쩍 넘는 거구에도 이 순간만큼은 작고 어린 새 같았다. 주인의 손길이 기분 좋은지 나른히 눈 감은 묵오는 황제의 손이 설핏 이마를 스치자 화들짝 놀랐다. 펄쩍 뛰어 물러난 그가 주저주저 물었다.

"한데 주인, 조금 전의 그 무시무시한 천인은 누굽니까?"

"신경 쓸 것 없다. 잊어라."

"예? 하지만……."

"잊어라."

"아……."

묵오의 초점이 잠시 흐려졌다. 의문이 스러진 눈동자에 이윽고 총기가 돌아왔다.

"주인, 잠깐이지만 북의 열두 겹 결계가 일제히 사라졌다가 다시 생겼습니다. 보통 일이 아닌 것 같아서 왔습니다."

마치 처음처럼 묵오가 재잘재잘 고했다.

"그래, 잘하였다."

황제가 처음 들은 것처럼 칭찬하며 묵오의 머리를 쓰다듬었다. 묵오가 배시시 웃었다.

"이만 돌아가서 그들을 감시하여라. 너를 믿는다."

묵오가 신나서 고개를 끄덕였다.

❊ · ❊

천소에게 합죽선을 팔았을 것으로 추측되는 곳은 이미 폐허였다. 언제 주검 되었는지 알 수 없는 백골이 텅 빈 가게를 지키고 있었다. 스산한 한기가 뼛속까지 스며들고, 지독한 악의가 악취 되어 풍겼다. 해는 코를 한 손으로 틀어막고는 폐허를 샅샅이 뒤졌다. 아무것도 남아 있지 않았다.

"흔적을 지우는 데 능한 놈입니다."

"아니, 아니야. 흔적을 잘 지운다 한들 이리 아무것도 남지 않을 수는 없다."

해는 고개를 저었다. 그녀는 천치가 아니다. 세상 모두가 그녀를 장왕밖에 모르는 미치광이로 여긴들, 그것은 진실이 아니다. 백리가 입술을 살짝 깨물었다.

"이 점포는 일고여덟 해 전부터 비어 있었다지. 그 정체 모를 것이 결계를 파고들어 인간인 척 숨어 지낸 기간이 적어도 일곱 해란 뜻이다. 하루 이틀도 아닌 그 긴 세월 동안 인간 사이에 숨어 지내려면 이지를 꽤 갖추어야 할 것인데……. 여기서 의문이 생겨."

갓 태어난 요괴는 짐승과 같다. 그들은 요력을 쌓아야만 이지를 갖게 된다. 요력이 쌓인 요괴는 제아무리 신중하게 접근해도 땅주인에게 발각될 수밖에 없다. 열두 겹 결계를 전부 부수고 들어오는 것이 거의 불가하거니와, 설령 해낸다 한들 땅주인이 모를 수가 없다. 한데 양섭성은 알지 못했다.

"이지를 갖춘 상급 요괴가 침입한 것을 양섭성이 몰랐다? 불가하다. 양섭성이 약해빠졌어도 땅주인이다. 땅주인의 권능이 그의 무능을 보완해주었겠지. 그런데도 알아채지 못했다면 요괴라 취급하지도 못할 만큼 버러지 같은 것이었을 터. 하나 그토록 약하다면 이지를 갖출 수 없으니 예서 모순이 생긴다."

해가 골똘히 생각에 잠겼다. 요괴란 것들은 본디 목적이 분명하다. 요력을 증진한다는 확고한 목적이 있다. 오직 그것만이 목적이어야 하는데, 이 점포의 주인은 그렇지 않았다. 그게 이상했다.

사실 결론은 나 있다. 다만 결론에 이르고도 여전히 의문이 들 뿐이다.

"벌레같이 약한 주제에 이성을 갖춘 종류가 딱 하나 있지. 강한 것의 분신, 허수아비 말이다."

나락의 정체 모를 것이 제 허수아비를 만들었다. 요력 아닌 이지만을 실어 현북을 감시하게끔 했다. 무려 일곱 해 넘게. 양섭성을 죽이기 위해서? 아니, 아니다. 지난 수년간 양섭성의 아랫것을 꼬여내 그를 위험에 빠뜨릴 기회는 얼마든지 있었다. 그런데도 내처 숨죽이고 있다가 이제야 활동을 개시했다면, 필시 그 이유가 최근에 있다.

정체 모를 요괴가 천소를 꼬드겨 인간을 집어삼키는 물건을 건넸다. 천소는 해를 노렸다. 부채는 엉뚱하게도 양섭성을 삼켰으나, 그 후 미련 없다는 듯 힘 잃었다. 그 의미가 명백하다. 부채는 분명 해를 노리고 일회용으로 만들어졌다.

해가 눈을 내리떴다. 부채의 주인은, 혹은 그 주인을 봉인에서 풀어준 요괴는 애초부터 해를 노렸다. 사주보다 더 깊숙한 곳에 위치한 평해로 침입하기란 쉽지 않고, 그 어려운 일을 강행하는 대신 현북에 숨어 해를 납치할 기회를 기다리는 쪽을 택했다.

언젠가 해가 현북으로 올 것이라 굳게 믿지 않았다면 내지 않았을 잔꾀다. 그녀조차 자신이 현북에 오게 되리라 상정한 적 없건만.

"화선녀는 나락의 귀족이지. 귀족의 봉인을 풀어내고 수족처럼 부리려면 적어도 나락왕의 자식급은 되어야 할 것인데, 그 정도 되는 요괴가 왜 나를 이 현북에서 기다리고 있었을까?"

해가 혼잣말처럼 중얼거렸다. 의문을 말로써 내뱉자 머릿속이 한결 깔끔하게 정리되었다.

"생각해보면 이상하지. 나락의 틈이 발생하는 횟수는 동서남북이 다르지 않을진대, 괴이할 정도로 현북만 심한 공격을 받았지. 황제가 손 놓고 구경만 할 것이 아니라면 언젠가 지원을 보낼 수밖에 없는 상황으로 내몰았어. 땅주인은 땅에 묶여 있으니 그 지원이란 결국 내가 되었을 터. 그렇다면 그 정체 모를 요괴는 한결같이 나를 노린 셈인데, 허수아비를 심는 번거로운 짓까지 하면서 나를 납치하려 한 이유가 무엇일까?"

술사를 삼키면 요력은 크게 증진된다. 하지만 살생력으로는 나락왕에 비견된다고 평받는 평해의 폐주는 손쉬운 먹잇감이 결코 아니다. 요괴로서도 피할 수 있으면 피하면 좋을 적. 그런데 정체 모를 요괴는 그녀를 기다렸다. 땅의 경계를 넘어오느라 약해진 그녀를 바로 공격한 것도 아니고, 번거롭게 납치 계획까지 세워서.

"어쨌든 원점입니다. 이곳에서 화선녀의 권역으로 가는 길을 찾긴 글렀군요."

백리의 말에 해가 냉소했다.

"아니지."

세로로 가늘어져 번뜩이는 그의 황금색 두 눈을 똑바로 마주하며 고개를 내저었다.

"요괴의 목적이 양섭성이 아니란 것은 분명해졌다. 그렇다면 양섭성이 아직 무사할 가능성도 높아진 셈이다. 그는 땅주인이니 어떤 식으로든 쓸모가 있겠지. 이지 있는 요괴라면 당장 그를 죽이는 대신 다른 쓸모를 도모했을 것이다. 그러니 시간은 있다. 그걸 알게 된 것만으로도 아예 원점인 것은 아니야."

해가 잠시 침묵하다 말을 이었다.

"화선녀의 영역으로 안내해줄 요물을 찾을 수 없다면 직접 나락으로 내려가 찾아보면 돼."

다짐하듯 내뱉자 그것은 진실한 결심이 되었다.

그래, 직접 내려가서 찾으면 된다.

"돌아가자. 여긴 더 볼일 없으니."

해가 돌아섰다. 백리는 발걸음을 떼지 않은 채 해의 뒷모습을 응시했다.

백리의 기억은 아주 먼 옛날 시작된다. 태초부터 지금까지 길고 긴 시간이 흘렀다. 그동안 백리에게 의미 된 것은 몇 없었다.

"주인."

앞으로 한 걸음 걸었다. 그 눈길은 바닥을 더듬었다.

푸른색 비늘의 환영. 푸른 이무기가 보란 듯이 남겨둔 흔적.

백리는 오래된 피붙이를 떠올렸다. 나락왕의 딸. 하나의 알에서 태어나 백리를 누구보다 잘 아는 그의 쌍둥이누이, 청유. 그녀는 백리가 집착하는 것, 애착하는 것, 해는 감히 짐작도 못 할 어리석은 부분까지 전부 알고 있다.

칠 년 전, 백리는 그 쌍둥이누이에게 뿔 뽑혀 추락했다. 누이 역시 큰 부상을 입었으나, 나락으로 후퇴한 와중에도 형제에 대한 집착은 결코 놓지 않았다. 황야 깊숙이 숨어버린 형제를 끄집어낼 덫을 곳곳에 준비해뒀다. 오로지 쌍둥이의 눈에만 보이는 비늘의 환영을 입구에 놓아두었다. 반드시 너를 찾아내겠다는 도발일까, 이제 그만 돌아오라는 회유일까.

청린이 요요히 번뜩였다. 청유가 남겨둔 요력이 흘러나왔다. 그 것은 사위를 감지하여 백리를 인지했을 것이다. 남겨둔다면 소리 없이 뒤따라와 백리의 일거수일투족을 청유에게 노출시킬 터.

백리는 발끝에 요력을 실었다. 환영을 밟아 부스러뜨렸다. 청린이 흩어졌다. 당분간이라도 청유의 추적을 피하기 위한 임시방편이다.

"그를 꼭 찾아야 합니까?"

무슨 소리냐는 듯 뒤돌아보는 해의 표정에 짜증이 묻어났다.

"요괴가 노린 것이 주인이든 현북공이든 무슨 상관입니까? 현북공이 살아 있을 가능성이 있든 없든, 그것은 또 무슨 상관입니까?"

해는 요괴가 자신을 노렸다 여기지만, 틀렸다. 그녀는 수단이며 방편이다. 청유의 목적은 해가 아니다. 그리고 정말로 해가 나락으로 가 청유와 맞서게 된다면 해는 절대 무사할 수 없다.

해의 도력이 나락왕에 비견된다 평받아도 거대한 능력에는 필시 대가가 따른다. 천인 아닌 인간이 편법 없이 나락왕과 겨룰 수는 없다. 능력 이상의 도력을 휘두르기 위해서 인간은 흔히 수명을 바쳤다. 제 목숨의 짧음을 간과하고 미치광이처럼 쏟아내겠지.

바라지 않는다. 더 이상은 그 죽음을, 수백수천 년을 헤매도 만날 수 있을지도 모르는 그 이별을, 다 망각한 자와 처음부터 다시 관계 쌓아야 하는 막막함을 백리는 견딜 수 없다.

"그를 되찾기 위해 주인이 위험을 무릅쓰려는 까닭을 이해할 수 없습니다. 애초에 화선녀의 권역은 어디에 있는지도 알려져 있지 않고, 현북공 양섭성은 너무 무력하여 주인께 전혀 도움이 되지 않습니다. 버리는 패로 삼으심이 타당합니다. 현북 또한 주인과는 무관한 땅. 무리하여 수호수의 역할까지 떠안을 필요가 대관절 어디에 있습니까?"

백리의 목소리는 고저 없었다. 그 아래 깔린 불안과 초조를 감추었다.

"무엇보다 주인의 목적은 장왕의 복수라는 것을 잊지 마십시오. 목적에 맞게 요괴를 처치하고 평해로 돌아가면 될 일입니다."

해가 미간을 모았다. 백리를 응시하던 그녀가 새삼스럽게 깨달은 듯 작게 중얼거렸다.

"그래, 굳이 되찾을 필요 없지."

그렇다. 양섭성을 되찾으려 애쓸 필요도, 이 땅을 지키려 아등바등할 이유도 없다. 그가 그녀 때문에 나락에 처박혔든 어쨌든, 그녀가 요구했던 바가 아니다. 멍청한 양섭성이 제멋대로 벌인 일을 나서서 책임질 이유가 없다. 애당초 그는 그녀가 현북을 지켜주리라는 기대조차 하지 않았을 것이다.

그런데 왜 너만은 이리도 마음에 밟혀서.

해가 하늘을 바라보았다. 날이 저물고 있었다. 붉게 노을 진 하늘이 아름다웠다. 그림자 드리운 땅은 여전히 굳건해 보였다. 죽으면 죽었지 도망은 치지 않을 거라던 양섭성이 지키고자 했던 땅과 하늘이다.

"이곳의 땅과 하늘이 사라지고 양섭성이 돌아오지 못해도 나와는 상관없는 일이다. 그래야 하는 것이 자명해."

이 세상에 그녀에게 가치 있는 것은 권영뿐이다. 황야도, 평해도 영에 비하면 무의미하다. 세상의 가치를 전부 더해도 영의 털끝에도 미치지 못한다. 그토록 강렬한 맹목을 바쳐온 이를 한순간에 잃었다. 손써볼 도리도 없이 멀리서 그 죽음을 전해 들었다. 매달릴 수 있는 것이라고는 복수뿐. 모든 목숨을 바쳐 그를 빼앗아 간 것들을 멸하기로 맹세했다.

그 어디에도 양섭성의 존재는 없었다. 그는 아주 무가치한 것들 중 하나일 뿐이었다. 그러니 죽든 살든 무관해야 했다.

"다치셨잖습니까?"

"작은 상처라 해도 우습게 보면 안 됩니다. 이리 오세요."

해의 두 눈이 굳게 감겼다. 아무도, 정녕 아무도. 영조차도 주지 못한 것. 그 누구도 감히 그녀를 보살필 수 없었고, 지킬 수 없었다. 그것을 허락한 것은 영뿐이었는데, 맹약을 잊은 그녀의 주인은 죽어 영존에 묻혔다.

그녀를 원수로 여겨 마땅한 땅주인만이 그녀의 앞에 섰다. 염려할 필요 없는 이의 상처를 염려하고, 보호받을 필요 없는 이를 온몸으로 보호했다. 아무 거리낌 없이 원수를 향해 손 내뻗었다. 한 번도 올바른 길로 안내되지 못한 평해의 폐주를 이끌었다. 그 손의 온도가 아직 남아 있으니 정녕 어지러웠다.

"주인?"

상관없는 자였다. 특별할 리 없는 자였다.

잘 봐줘야 그녀는 그의 원수였고, 나쁘게 보면 쳐 죽여도 부족할 철천지원수였다. 잘 봐줘야 그는 멍청한 땅주인이었고, 나쁘게 보면 어디서 영혼이 천만 갈래로 찢겨져 죽든 개의치 않을 남이었다.

그런데 그를 다시 볼 수 없을 거라 생각하니 심장이 지옥으로 내리꽂히는 것 같았다. 숨이 막혔고 가슴이 아프도록 쿵쾅거렸다.

해는 입술을 세게 깨물었다. 굳게 감았던 두 눈을 떴다. 속내 가늠되지 않는 표정으로 저를 보고 있는 백리에게서 고개를 돌렸다.

말이 되는지 전혀 자신 없는 변명을 중얼거렸다.

"화선녀는 나락의 귀족이라며. 그쯤 되는 요괴를 부리려면 급이 몹시 높겠지. 현북을 공격하는 요괴의 우두머리와 같은 놈일 수도 있다. 화선녀가 우두머리 요괴의 수족이라면, 그 요망한 꽃나무도 영의 죽음과 관계되었다고 볼 수 있겠지. 나는……. 그래, 나는 그저 영을 죽게 했을지도 모르는 그 모든 것들을 찾아 죽이고 싶은 것뿐이다. 양섭성은……. 양섭성은 그 과정에 불과해."

상관없는 자다. 특별할 리 없다.

내처 되뇌는 그녀에게 누군가 소곤거렸다.

상관없지 않아. 이미 특별하잖아.

해는 귀를 막았다.

그녀를 바라보는 백리의 눈동자가 흔들렸다. 표정이 빠져나간 그의 얼굴에 혼란만 남았다. 멍하니 손을 뻗었다. 양 귀를 틀어막은 해의 등을 감싸 강하게 제 쪽으로 끌어당겼다. 한숨이 흩어졌다.

그 애는 죽었다. 해의 사랑이며, 우정이며, 전부일 이. 그 천연의 주인은 주검 되어 관 속에 누웠다. 그렇게 되도록 그가 방관했다.

그런데 그 애가 정말 죽었을까.

"일단 공부로 돌아가지요."

마음이 와르르 뒤흔들렸다.

해를 나락으로 가게 둘 수는 없다. 시간이 없다. 청유는 그의 존재를 인식했을 테고, 양섭성을 구하려는 해와 현북으로 쳐들어오는 청유는 필연적으로 맞부딪힐 수밖에 없다. 그 전에 다른 누구를 보내 양섭성을 구해 오게 종용하거나, 해를 기절이라도 시켜서 평해로 데려가야 한다.

✶ · ✶

이래하는 오라비에게 편지를 썼다. 섭성은 분명 나락에 있다. 반인반요의 익족에게 나락은 너무 위험한 곳. 호기심조차 금기시되었으나, 이대로 두 손 놓고 있을 수만은 없다. 그녀의 오라비인 탁무경은 익족의 제일전사로 모르는 게 없으니, 분명 나락으로 가는 방법도 알 것이다.

"네 오라비에게 물어서는 백 년이 지나도 나락으로 가는 방법을 듣지 못할 것이다."

느닷없이 들려온 목소리에 기겁한 이래하가 돌아보았다. 기척도 없이 다가온 요괴가 그녀의 뒤에 서 있었다. 아는 자다. 폐주의 권속. 정체에 대한 소문 흉흉한 이무기, 백리. 벌써 일곱 해나 미치광이 폐주의 곁에 남아 있는 것을 보면 신수가 될 자격을 얻었다는 소문은 거짓이었는지도 모른다.

"그럼 어찌하라고? 지푸라기도 잡아야 할 것 아니야?"

울컥한 이래하가 벌떡 일어나 쏘아붙였다. 터질 것 같은 울음을 겨우 다스렸다. 눈시울이 뜨겁다.

"양섭성을 구할 수 있다면 무슨 짓이든 할 것이냐?"

"당연하지! 그는 내 유일한 벗이야. 난 그가 세 살 때부터 보았어. 내 키의 반도 되지 않던 아이가 훌쩍 자라고, 내 머리가 그 애의

316

가슴께에 겨우 닿게 될 때까지 지켜보았어. 그 다정이 나를 구원하고, 지금의 나를 만들었지. 방법만 안다면 당연히 그를 구하러 갈 거야. 내 목숨을 내놓아야 한다면 그렇게 할 거고."

이무기의 황금색 눈동자가 이래하를 응시했다. 그녀가 한 말의 진위를 살피듯 요요히 번뜩였다.

마침내 침묵하던 그의 입이 열렸다.

"징금으로 가라."

"뭐?"

"인간은 징금이 혼란 그 자체라 말하지. 모든 장소가 뒤엉켜 흔히 길 잃고 다신 나오지 못한다고들 지껄이지. 전부 틀렸다. 징금은 모든 곳으로 통하는 문. 목적지만 분명히 알고 있다면 징금이 안내해줄 것이다."

이래하가 두 눈을 깜빡였다.

"당신이 어떻게 그런 걸 알아? 왜 내게 그런 것을 알려주지?"

백리가 바짝 다가섰다. 늘 무감정해 보이던 눈동자에 일종의 분노가 깃들었다.

"어떻게 아느냐고? 오래 살다 보면 모르는 것을 찾는 게 더 어려워지지. 왜 알려주느냐고? 그야 당연히 네가 그 멍청한 땅주인을 당장 찾아오길 바라니까."

씹듯 내뱉는 말투에 이래하가 주춤주춤 물러섰다. 두려움이 삽시간에 그녀의 전신을 휘감았다. 눈앞의 요괴를 보았다. 언제 태어났는지조차 알려지지 않은 오래된 요괴. 대체 무엇을 바라 폐주의 권속이 되었는가.

태초만큼 나이 먹은 요괴의 속내는 누구도 짐작할 수 없고, 이래하 또한 마찬가지다.

"화선녀에게 대적할 수 있는 독약을 몇 가지 알려주마. 징금에서 구할 수 있는 것들이니 하나도 빼놓지 말고 기억해라."

백리가 수십 가지 약초를 불러주었다. 순식간에 제조법까지 읊고 사라지려는 그를 이래하가 다급히 붙잡았다.

"잠깐!"

불결한 것이 닿은 듯 백리가 이래하의 손을 쳐냈다. 뼈마디가 조각나는 통증에 이래하가 이를 악물었다. 요력을 실은 것도 아닌데, 그저 툭 쳐낸 것만으로 익족의 튼튼한 뼈를 조각내는 백리의 실체가 아득히 멀게 느껴졌다.

"나락이 고을 하나처럼 좁지 않잖아. 못해도 현북만큼, 아니, 황야 전체만큼 넓은 거 아니야? 그 넓은 곳에서 섭성을 어떻게 찾지? 화선녀를 어찌 찾아?"

"화선녀가 봉인되고서 천 년이 지났다. 봉인이 풀린 지 얼마 되지 않았으니 지상에 올라와 있던 내가 그 거처까지 알 수는 없지. 하지만 넌 알 수 있을 것이다. 길잡이가 따라붙을 테니."

"뭐?"

"네 스승에게 인사하고 당장 떠나. 네가 돌아오는 게 늦는다 싶으면 나는 내 주인을 데리고 평해로 돌아갈 것이다. 그럼 결계는 다시 무너지고, 현북은 사라지겠지. 며칠이나마 말미를 주는 것은, 일단은 옛정 때문이라고 말해두마. 이게 내가 베풀 수 있는 최선이다."

백리가 돌아섰다. 이래하는 멍하니 서서 욱신거리는 손을 붙잡았다. 그를 믿어도 되는지 고민했다. 폐주를 믿을 수 없는 만큼 백리도 믿을 수 없다. 하지만 저 오래 묵은 이무기가 거짓을 늘어놓았다는 생각은 들지 않았다. 그래서 얻는 실익이 없으니까. 필시 방법이 있으니 행하라 했을 것이다. 그녀가 섭성을 데리러 가는 게 그에게 무슨 득이 되는지는 모르겠지만.

의문은 남았으나 고민은 길지 않았다. 나락으로 끌려간 섭성이 무슨 짓을 당하고 있는지 알 수 없는데, 멍청하게 앉아 있지는 않겠다.

"일단 징금으로 가라고?"

그래, 징금으로 가자.

징금은 익족이 태동한 그들의 영산이다. 익족이 아닌 자는 흔히 길 잃고 헤매게 되니, 약재를 찾아 나섰던 약초꾼은 무수히 돌아오지 못했다. 이에 사람 잡아먹는 귀신산이라는 소문이 퍼졌으니 인간이라면 절대로 들어서지 않는 금단의 구역이 되었다.

그곳에 가서 섭성에게 데려다달라고 간절히 빌자. 징금이 혼란의 땅이 아니라 모든 곳으로 통하는 길목일 뿐이라면 그녀의 바람을 들어줄 것이다.

오라비에게 보내려 했던 편지를 갈기갈기 찢었다. 그녀의 인간 세상 유랑조차 격렬히 반대했던 오라비다. 순순히 나락으로 가는 길을 알려주기는커녕 그녀를 데리고 둥지로 가버릴 성정이라는 걸 뒤늦게 떠올렸다.

급히 의원으로 돌아가 이래하는 봇짐을 꾸렸다.

"어딜 가려는 게냐?"

맹조위였다.

"징금에 갈 것입니다."

"아니 될 일이다!"

"가야 합니다."

이래하는 이미 결정을 했다. 해를 데리고 돌아갈 것이라는 백리의 협박 때문은 아니다. 해가 떠나면 현북의 결계가 무너지고, 그로 인해 모두가 죽게 될 것이 두려운 까닭도 아니다. 그녀의 오랜 벗, 유일한 벗을 위해서였다. 언제나 남을 위해 목숨 바칠 줄만 알지, 가족 잃은 이후로는 단 하루도 저를 위해서 살지 못했던 다정한 이.

"징금에 다녀온 지 얼마나 되었다고? 몸에 무리가 갈 것이다. 다신 나오는 길을 찾지 못할 수도 있어! 왜 고집을 부리는 것이야?"

이래하가 스승을 빤히 바라보았다. 섭성의 부재는 되도록 알려지지 않는 게 낫다. 하지만 그의 부재를 맹조위가 모를 수 있을까? 아니, 금방 알게 될 것이다. 그렇다면 거짓을 늘어놓을 필요가 없다.

"섭성을 찾아야 합니다. 화선녀라는 요괴가 그를 끌고 갔어요."

"화선녀라고?"

맹조위가 벌어진 입을 급히 다물었다.

"시간이 없습니다. 미적거리다간 섭성이 영영 돌아오지 못할지도 몰라요. 또 너무 늦으면, 그가 돌아와도 현북이 이미 없을 수도 있고요. 폐주가 방법을 찾고 있다고 하지만, 그녀는 변덕스럽습니다. 애초에 그 계집의 목적은 섭성을 지키는 데 있지 않아요. 그 계집은 장왕의 복수만 할 수 있다면 그만일 겁니다. 섭성이 죽든, 다신 돌아오지 못하든, 망할 폐주에겐 아무 의미 없단 말입니다. 소문 흉흉한 그녀의 권속은 제 주인을 데리고 평해로 돌아갈 생각뿐이고요."

이래하가 이를 갈았다. 말할수록 분명해졌다. 섭성을 구해낼 자는 이 현북을, 그리고 황야 전체를 탈탈 털어도 그녀뿐이다.

"이래하야."

"스승님이 말리셔도 저는 갈 겁니다. 섭성을 구하기 위해서라면 무슨 짓이라도 할 겁니다."

"그럴 가치가 있느냐? 너는 익족이다. 변화기가 멀지 않았는데, 그때가 지나면 넌 네 가족에게 돌아가야 하지. 어차피 곧 끊어질 연에 네 전부를 걸어야겠느냐?"

"도대체 무슨 소리를 하시는 겁니까?"

이래하의 표정이 사정없이 구겨졌다.

"섭성은 제 하나뿐인 벗입니다. 전 그가 아주 어릴 때부터 알아왔어요. 그 작은 아이가 훌쩍 자라나는 모습을 지켜보았죠. 세상을 유랑하는 저를 처음으로 받아준 아이입니다. 저는 그 아이가 자라는 게 정말 기뻤어요. 그래요, 그것은 벗의 마음이면서 동시에 어미의 마음이지요."

섭성에 대한 이래하의 애정은 각별하다. 처음으로 정을 준 인간. 처음으로 마음을 열어준 인간. 익족이란 것을 알면서도 거짓 없이 대해준 아이. 그 살가운 마음이 그녀를 구원했다. 훗날 둥지로 돌아간다 해도, 생 짧은 인간들이 그녀만 남겨두고 모두 떠난 뒤에도 그 다정한 아이를 이래하는 기억할 것이다.

"알아요, 저는 익족이에요, 스승님. 인간과 같은 시간을 살 수 없고, 변화기가 지나면 같은 공간을 누릴 수도 없어요. 대관절 그게 무슨 상관이랍니까? 곧 제 일족에게 돌아가야 한다고 한들, 그래서 다신 섭성을 만나지 못하게 된들, 그게 어떻게 섭성을 구하지 않을 이유가 됩니까?"

이래하가 대차게 따져물었다. 어린 외양과 달리 말투가 매서웠다. 고작 열대여섯 살밖에 안 되어 보여도 그녀는 백 년 넘게 살아왔다. 평균적으로 천 년을 사는 일족인 만큼 겉모습으로 나이를 유추하기는 어렵다.

그러나 확실한 것은, 그녀는 곧 일족의 둥지로 돌아가게 되리란 점이다. 백 살을 전후하여 익족은 인간과 거의 흡사한 외양을 벗어나 새 요괴와 흡사해지는 시기를 겪고, 이래하도 변화기를 피할 수 없다. 그 전에 섭성을 구할 수 있다면 못 할 짓이 무엇일까.

"기어이 가겠다는 것이냐?"

"징금을 통해 나락으로 넘어갈 수 있다고 합니다. 나락으로 가서 화선녀를 찾을 겁니다. 어떻게 찾아야 할지는 아직 모르겠지만, 방법이 있을 거라고 했어요."

맹조위가 살짝 주름진 미간을 구겼다. 이래하의 말을 가만 듣다 보니 이상했다. 누가 꼭 그녀더러 나락으로 가라고 종용한 것 같지 않은가.

"누가?"

반사적으로 묻던 맹조위는 이래하가 대답하기도 전에 답을 알았다. 평해 폐주의 권속, 백리. 그자다. 현북을 통틀어 그보다 오래 산 존재는 없고, 그보다 나락에 대해 잘 아는 존재도 없을 테니까.

스승의 표정에 제 대답이 필요 없다고 결론 내린 이래하가 말없이 봇짐을 지고 일어났다.

맹조위는 꾹 다문 입술을 깨물었다. 한번 결정한 것을 되돌리지 않는 성정이다. 가타부타 말 없다고 그녀가 봇짐을 풀고 자리에 앉을 일 없다. 맹조위가 더 말이 없자 이래하가 엎드려 절했다.

"그럼 다녀오겠습니다, 스승님."

한번 애정 준 자는 절대 배신하지 않고, 결코 실망시키지 않는 익족 계집이 밖으로 사라졌다. 남겨진 맹조위는 우두커니 그 자리에 서 있었다.

꽃 · 꽃

맹조위는 꽃병의 물을 갈았다.

곱게 꽃 핀 나뭇가지 하나. 사시사철 그의 창가에 놓여 있는 신비로운 꽃. 그 꽃이 무엇인지, 어찌 이리 오랫동안 만개해 있는지 많은 이들이 궁금히 여겼으나 맹조위는 단 한 번도 그 답을 준 적 없었다.

너무 오래 피어 있다 보니 사람들은 꽃이 가짜이거나, 사실은 맹조위가 아무도 모르게 새로운 꽃으로 바꿔놓는 게 아닐까 하고 의심했다. 하지만 맹조위가 한결같이 입을 다물고 있으니 결국 그 모든 의혹은 답 얻지 못한 채 스러졌다.

맹조위가 손을 뻗어 꽃가지를 쓰다듬었다.

'화선녀라……'

오랫동안 듣지 못한 이름이다.

오래된 후회. 하루하루 더욱 생생해져가는 고통. 주름진 눈가에 회한이 스몄다.

'화선녀 님……'

정녕 오랫동안 부르지 못한 이름이다.

맹조위가 꽃병을 들고 일어났다. 고집스러운 제자를 생각했다. 이제 곧 익족의 특성이 만개할 아이. 비늘이 나타날 것이다. 대대로 유전되어온 익족의 요력이 담긴 비늘. 그 비늘을 흡수해 익족은 더 강한 존재로 거듭난다. 그리고 비늘을 흡수할 수 있는 것은 익족뿐만이 아니다. 인간도, 요괴도 힘을 바라 그들의 비늘을 탐냈다.

언제 변화기가 시작될지 알 수 없는 이래하가 지금 나락으로 가는 것은 완전히 미친 짓이다. 그녀의 변화기는 오늘 당장 시작될 수도 있다. 비늘 돋아난 익족은 매력적인 먹잇감. 나락의 요괴들이 두 눈 뒤집어져서 달려들 터. 호랑이 목구멍 속으로 기어들어가는 것보다 더 위험한 짓이다.

위험을 알면서도 무릅쓰는, 그 용감하면서도 다정한 성정을 안다. 그래서 말렸다. 스승으로서 마지막으로 살길을 베풀어주었다.

그 손길을 거절한 것은 이래하다. 불구덩이로 뛰어든 것도 그녀의 선택이다. 자신의 안전보다 아끼는 이의 무사귀환을 바라는 고귀한 마음이다.

문득 늙은 의원의 입가에 바람 같은 조소가 스쳤다.

그 고귀함이 나를, 우리를, 구원해줄까.

그렇다면, 만약 그럴 수만 있다면.

"방법이 있을 거라고?"

맹조위는 이래하와의 대화를 되짚었다. 이래하는 일단 나락으로 가면 어떻게든 될 것이라 여기고 있었다. 그러나 돌진하고 보는 그런 무식한 방법으로는 절대 화선녀의 땅을 찾지 못한다.

화선녀는 신성했던 살구꽃 요괴. 영역을 만드는 비술만큼은 나락왕과 비등하다 평받는다. 겨우 백 살 난 반인반요 익족이 찾아낼 수준이 아니니, 길잡이가 있어야 했다.

꽃을 만지작거리는 늙은 의원의 주름진 두 눈이 감겼다. 한참. 또 한참. 돌연 그의 살갗에 변화가 일어났다. 주름진 얼굴이 딱딱히 굳는가 싶더니 차츰 균열이 갔다. 가면 같은 거죽이 산산조각 나며 바닥으로 떨어졌다.

주름진 노인의 얼굴 뒤 숨어 있던 또 하나의 얼굴이 드러났다. 매끈한 미형의 사내였다.

"시간이 벌써 이리……."

맹조위는 침을 혈에 꽂아넣었다. 도력이 없다 해도 인피(人皮)를 바꾸는 방법은 얼마든지 있다. 탱탱하던 살갗에 다시 주름이 생겼다. 자비로운 의원이며 인자한 스승의 껍질. 시간이 지나면 밑에서 새살이 돋아 거짓된 껍데기를 벗겨내겠지만, 감수할 만한 불편이다. 술법으로 만든 것이 아니라서 술사의 눈마저 속일 수 있으니까.

맹조위는 잘 만들어진 노인의 얼굴은 확인한 후 꽃병을 들고 밖으로 나갔다. 바깥은 눈부셨다. 늙은 의원인 척 살아온 시간들이 속을 어지럽힌다.

기나긴 세월이었다. 제 목적을 잊고, 위선을 진심인 양 착각하기에 충분할 만큼. 거짓된 애정이 참인 양 믿게 될 만큼. 정녕 그리 긴 기다림이었다.

익족 계집을 제자로 거둔 이유를 기억한다. 제가 너무 일찍 타락하여 고결해질 수 없음을 잊지 않는다.

이제 와 바라는 것은 단 하나.

그것을 위해서라면 십 수 년 사제의 정을 버리는 건 어렵지 않다. 어차피 거짓된 정이었다. 다른 요괴에게 붙잡히게 두느니, 애초에 의도한 대로 행하는 게 낫다.

맹조위가 마침내 움직였다. 착잡함도, 조악한 죄책감도 모두 털어내고 나니 발걸음이 신선놀음처럼 가벼웠다.

맹조위는 날듯이 달렸다. 긴 삶은 그에게 많은 깨달음을 주었다. 몸에 익힌 이치는 도력 없이도 여러 비술을 행할 수 있게 하였다.

그래서 그는 오래 산 것들이 끔찍했다. 앎의 깊이를 헤아리는 것보다 모르는 것을 찾는 게 더 빠를 그것들. 전부 알면서도 굳이 말하지 않고, 평범한 인간의 지식 범주에 맞춰 천연덕스럽게 행동하는 치들. 평해 폐주의 권속 백리도 그런 존재였다.

아득히 긴 세월을 살아온 자. 어느 날 하늘에서 뚝 떨어져 인간의 권속이 된 자. 속에 무엇이 깃들었는지 가늠되지 않는다. 그 와중 확실한 것은 일전에 해가 의원에 왔을 때, 백리도 은신한 채 뒤따라왔다는 것. 그리고 맹조위가 애지중지 아끼는 꽃나무의 존재를 알았다는 것. 전부 알면서도 시치미를 뚝 떼고, 이래하에겐 그저 방법이 있을 것이라고만 일렀다.

이제 그가 무슨 생각이었는지는 중요치 않다. 중요한 것은 이래하가 나락으로 갈 것이며, 자신은 제 애제자에게 길잡이를 건넬 것이라는 사실뿐.

맹조위는 제자들 중 누구도 알지 못하는 모습으로 마을을 가로질렀다. 세상 그 누구도 예측할 수 없는 움직임으로 징금에 다다랐다.

"스, 스승님? 어떻게?"

잠시 후, 익숙한 목소리가 들렸다. 맹조위는 고개를 돌려 어린 익족 계집을 바라보았다. 어떻게 인간인 스승이, 분명 출발 전까지는 의원에 있었던 스승이 날개로 날아온 저보다 먼저 징금 입구에 서 있을 수 있는지 의문하는 표정이다. 의문이 깊어지기 전, 맹조위는 그녀에게 꽃병을 내밀었다.

십 수 년을 쌓아온 신뢰관계다. 제 사람을 끔찍이 아끼고 믿는 익족 계집은 형체 이루지 못한 의문을 보지 못할 것이다.

"그 꽃은……."

"이래하야, 나를 믿고 있느냐?"

의아한 표정으로 맹조위를 본 이래하가 미간을 찡그렸다.

"당연한 것을 물으십니다."

"그렇다면 받아라. 이 꽃이 너를 안내할 것이다."

맹조위가 인자한 미소를 지었다.

화선녀 님, 화선녀야.

오랫동안, 정녕 오랫동안 그리워한 이여. 이 진귀한 선물을 받으면, 그대의 증오가 조금은 옅어질까. 조금, 아주 조금은. 하여 혹이 못난 이를 만나러 와줄까.

이래하는 전혀 영문을 모르겠단 얼굴로, 그러나 깊이 신뢰하는 스승이 건넨 것이기에 별 의심 없이 꽃병을 받아 들었다.

황궁에서 돌아오던 묵오는 기이한 광경을 목격했다.

"깍?"

현북엔 괴이한 것들이 하도 많아서 별로 신경 쓰고 있지 않던 자. 인간이 겪을 수 없는 시간을 겪어낸 오래된 의원. 거짓 세월을 얼굴에 덧그리고, 요괴보다 빠르게 땅을 접어 내달리는 자. 여러 이치를 깨달았으되, 결코 천계에 오를 자격은 얻지 못할 천하의 죄인.

그자가 웬 꽃가지를 날개 감춘 반쪽짜리에게 건네주었다.

그 꽃은 무척 신령해서 눈길이 갔다. 호기심이 동했다. 주인 황제가 말하기로 어린 까마귀의 호기심은 세상을 구한댔다.

묵오는 멀리 나뭇가지에 내려앉았다. 날개를 탁탁 쳐 균형을 잡고서 두 눈을 초롱초롱 빛냈다. 반쪽짜리가 징금 안으로 들어섰고, 의원은 휙 사라졌다.

"호오."

인간화한 묵오가 바닥으로 폴짝 뛰어내렸다. 그의 시선이 징금 입구에 박혔다. 저곳은 위험한 곳인데. 반쪽짜리들이 태동한 곳이라 해도, 위험한 것은 틀림없을 텐데.

고민이 되었다. 평해의 계집을 감시해야 하는데 이대로 두면 반쪽짜리가 위험에 처할지도 모른다. 별로 도움이 안 되긴 했지만, 그래도 어쨌든 나무에 머리 박고 기절한 그를 구해준 은인이 아니던가.

임무와 호기심, 그리고 보은 사이에서 갈팡질팡하던 묵오가 마침내 방향을 정했다. 어린 까마귀의 호기심은 그 무엇도 막지 못하는 거랬다. 무엇보다 까마귀는 은혜를 잊지 않는다.

징금으로 몸을 튼 그가 빠르게 내달렸다. 요괴에도, 인간에도 속하지 못한 반쪽짜리가 향한 곳으로.

第四章

나락꽃밭

一

그것은 꿈이었다. 끝없는 상실만이 반복되는 지독한 악몽. 그러나 꿈속에선 그 사실을 알 수 없었다. 기쁨의 순간에 나락으로 처박히길 수백수천 번. 심장은 이미 너덜거려 더 남은 것도 없는데, 영역의 주인은 고통 주길 멈추지 않았다.

피붙이는 양섭성의 눈앞에서 무수히도 넝마 되어 찢겨나갔다. 그 피눈물을 닦아주려 손 뻗어도 닿지 않았고, 가슴을 움켜잡으며 차라리 따라 죽고자 하여도 죽을 수 없었다. 그날 이후, 단 한 번도 울음 울지 못했던 마음은 피눈물 고여 만신창이 되었다. 이 악문 채 섭성은 모든 광경을 눈에 담았다.

이것은 벌일 것이다. 혈육의 죽음을, 친우의 죽음을, 너무도 쉽게 마음에 묻어버린 그에게 내려지는 천벌. 잊지 않으면 견딜 수 없었고, 기억하기 두려워 아예 없던 일로 치부하고 싶었던 그날의 순간. 매듭짓지 못하고 의식 구석으로 미뤄둔 고통은 쉼 없이 되살아나 섭성을 바닥까지 끌어내렸다. 볼수록 괴로웠고 겪을수록 아팠는데, 천벌이라고 인지하면서도 오래도록 그리워한 얼굴이 눈앞에 있으니 그것이 꿈이라도 깨고 싶지 않았다.

보고 싶다 생각하면 견딜 수 없을까 봐 생각조차 하지 않았다.

그립다 인정하면 그대로 무너져 내릴까 봐 심장의 빗장을 단단히 걸어 잠갔다. 그 무엇도 그의 속내로 침투하지 못하게 했다. 그럼에도 결국 강제로 마주하게 된 과거의 조각은 너무도 손쉽게 섭성을 난도질했다.

이곳은 나락이었다. 바닥없는 지옥. 침잠하는 것 외엔 그 무엇도 할 수 없는 곳.

"가엾은 것."

돌연 모든 것이 사라졌다. 현실은 꿈을 너무도 간단히 부수었다. 꿈이라도 깨지지 않길 바랐던 순간은 박살이 나고, 꿈보다 덜 잔인한 현실이 들이닥쳤다.

섭성은 제 앞으로 다가오는 여인을 노려보았다. 단 한 순간도 감기지 못한 그의 두 눈은 붉게 충혈되어 고통을 쏟아냈다.

"눈물조차 마음껏 흘리지 못하는구나."

여인이 손을 들었다. 눈매가 기껍게 휘었다. 여인의 눈가를 따라 피어난 붉은 선이 고혹적이었다. 아름다웠을 연분홍 두 눈은 빛 꺼져 어두웠다. 그 서늘한 손이, 섭성의 뺨을 매만졌다.

섭성이 조소했다.

"네가 날 동정할 자격이 되더냐?"

"못 할 이유가 있느냐? 너나 나나 똑같이 버려진 생이거늘."

한때는 신령했던 것. 요괴의 한계를 뛰어넘어, 어쩌면 저 천계에 닿았을지도 모를 저것. 그러나 고결한 영혼은 이제 없다. 저것은 거짓으로 얼룩지고, 증오에 집어삼켜진, 그 옛날 신령했던 어떤 것의 잔해일 뿐이다.

저것의 동정은 거짓. 연민도 가짜. 모든 것이 꾸며진 와중에 오직 진실된 것은 사람의 영혼이 고통으로 마모되어가는 것을 기껍게 바라보는 저 눈뿐이다.

"같잖은 연기는 집어치워라."

"후후, 같잖았느냐? 건방진 것."

여인이 섭성의 뺨을 매만지던 손을 들었다. 하얗고 긴 손가락에 살을 찢을 듯한 요력이 실렸다. 여인은 무자비하게 그의 뺨을 후려쳤다.

"언제까지 버티나 보겠다. 그 잘난 자존심을 굽히고 살려달라 애원하는 꼴도 볼만하겠지."

고혹적인 여인의 얼굴이 일그러졌다. 연분홍 화사한 꽃이 순식간에 섭성을 뒤덮었다. 지독한 꽃향기에 질식할 것 같았다. 두 눈을 꾹 감아 도망가고 싶었으나, 섭성은 도리어 두 눈을 부릅떴다.

"섭아."

다정한 목소리. 그리운 눈빛. 심장이 덜컥거렸다. 그 애틋하고도 가득한 애정을 잊고 싶었다. 잊어야 살 수 있었다.

섭성은 가빠진 숨을 진정시켰다. 괴로워하고, 괴로워하다 어쩌면 죽게 될지도 모른다. 영혼째로 마모되어 사라질지도 모른다. 매번 반복해 겪어도 마음은 부서져 내린다. 아비가 죽고, 어미가 죽고, 형이 죽고, 누이가 죽는 그 모습은 볼 때마다 지옥불에 타들어가는 듯 고통스럽다.

아무리 도력을 퍼부어도 그들을 구할 수 없었다. 제 목숨을 깎아 그들을 살려달라 빌었지만 그 누구의 눈에도 다신 빛이 돌아오지 않았다. 구하지 못하고, 비겁하게 혼자 살아남은 것이 죄스러워서, 어느 순간부터는 제 몸이 난도질당해도 스스로 치유하지 않았다. 차라리 아픈 게 나았다. 고통스러우면 잠시나마 죄책감이 잊혔다.

그럼에도 온몸을 타고 흐르는 도력은 그를 끊임없이 치유해댔다. 싫다고 발버둥 쳐도 금세 멀쩡해지는 육신이 저주스러웠다.

이것은 꿈이었다. 그래, 오직 '꿈'이었다.

섭성이 허물어지듯 웃었다. 괴로워도 버틴다면 그는 죽지 않는다. 고통스러워도 견딘다면 그의 영혼은 무너지지 않는다. 꿈은 애초에 몸에 상처 입힐 수 없으니, 마음만 지킬 수 있다면 언젠가 벗어날 수 있다.

시간이 얼마나 걸리든, 그사이에 얼마나 상처 입게 되든 섭성은 돌아갈 것이다. 그가 속한 곳으로. 현북으로. 그것이 홀로 살아남아 땅주인 된 그의 천명이다. 섭성이 두 눈을 똑바로 들었다.

이것이 정녕 꿈이라면. 이곳이 그의 심연이라면.

"틀렸습니다. 답은 공의 안에 있습니다. 잊혔다고 하나 잊히지 않았으며, 망각했다 한들 기실 영혼 깊숙이 각인돼 있습니다. 누구도 알려줄 수 없으니, 심연 깊이 들어가 자문해야만 할 것입니다."

적어도 답은 얻을 수 있겠지. 수천수만 번 고통스러워야 할 것이라면, 적어도 답은 얻어내야 수지타산이 맞겠지.

섭성은 덮쳐오는 모든 것을 응시했다. 의지는 그를 살아 있게 했고, 목적은 그를 나아가게 한다.

❁ · ❁

쯧, 화선녀가 혀를 찼다.

독한 인간이다. 진즉 정신이 붕괴되어도 됐을 터인데 사내는 버티고 있었다. 죽음보다 더한 상실을 수없이 반복하면서도 도망가려는 발버둥조차 하지 않는다. 그저 제게 내려진 천벌인 양 감내하고 있다.

어리석고 고귀한 것.

그래서 더 참을 수가 없었다. 인간 주제에 그토록 고결하다는 것이.

화선녀는 인간을 미워해 마지않았다. 그들은 저주하고 증오해 마땅한, 신뢰와 애정을 배신으로 되갚기 일쑤인 추악한 족속이다.

"화선녀."

바람처럼 살랑 불어온 목소리에 화선녀는 정신을 차렸다. 겉보기엔 앳된 소녀가 기척도 없이 곁에 와 있었다. 화선녀가 서둘러 눈인사했다.

"청유 님."

나락왕의 딸이며, 정체된 질서에 변화를 가져올 상서로운 자.

소녀는 제 특유의 푸른 비늘을 감추지도 않고 드러내고 있었다. 귀를 뒤덮고, 뺨을 감싸고, 목을 타고 가슴까지 내려온 비늘 사이 선명한 역린 하나. 역린은 용이 될 준비를 마친 이무기에게만 돋아난다. 함부로 쳐다보는 것은 허락받지 못했으니 화선녀는 고개를 조아렸다.

"왜 저 인간을 죽이지 않아?"

"도력 있는 인간은 더없이 훌륭한 먹이지요. 더욱이 청유 님, 저는 천 년을 봉인당해 있었답니다. 그러니 요력을 회복하는 게 중요합니다."

물론 화선녀가 죽이지 않으려 공들여도 스스로 죽어버리는 인간도 있다. 인간은 서너 번의 절망만으로 흔히 제 목을 비틀고 심장을 뜯어내 죽음을 택했다. 화선녀가 살려두려고 해도 별수 없었다. 반면 양섭성은 달랐다. 그는 극한의 절망에도 생을 포기하지 않는다. 최고의 먹이였다.

"저것 말고 내가 요구했던 계집을 잡아와. 그게 네 봉인을 풀어준 대가라고. 잊었어?"

화선녀의 답이 마음에 들지 않았는지 청유가 짜증스레 채근했다. 화선녀는 고혹적인 미소를 지었다.

"잊었을 리가요. 아주 오랜만의 먹이라 잠시 음미하고 있는 것뿐이랍니다. 조금만 기다리시면 청유 님께서 원하는 것을 얻을 수 있을 겁니다."

화선녀가 상냥하게 타일렀다. 흥, 콧소리를 낸 청유가 의자에 턱 걸터앉았다. 화선녀는 익숙한 듯 그녀에게 찻잔을 내밀었다.

"화선녀야."

"예."

"아주 예전에."

청유는 연녹색 찻물에 비친 제 모습을 가만히 응시했다. 유황색에 둘러싸인 검은 동공이 가늘어졌다. 그녀의 신체 중 유일하게 백리와 닮은 부분이다.

"그러니까 아주, 아주 아주 예전에."

먼 과거. 천 년 전인지, 혹은 만 년 전인지. 수천수만 년을 살아가기에 정확히 언제쯤이었는지도 떠오르지 않는 오래된 옛날.

"인간 하나를 죽인 적이 있어."

수천수만 년을 살아오면서, 인간을 하나만 죽였을까. 개미처럼 하찮아 일일이 기억할 가치조차 없는 것들.

"이곳에만 오면 그때가 생각나. 그 계집을 죽이던 순간. 그 순간의……."

백리가.

청유는 입을 다물었다. 앙다물어진 입술이 선명히 붉었다.

"네 요력 때문인가?"

화선녀가 말없이 청유를 응시했다.

"그래, 그렇겠지. 그것 때문에 요괴들조차 널 싫어했던 거야. 피아를 구분치 않고 환영을 불러오니까. 꿈으로 끌고 가니까. 끔찍했던 순간이 자꾸만 되살아나니까."

"그래서 청유 님도 제가 끔찍하신가요?"

청유가 고개를 기울였다. 그녀의 입매가 살짝 말려 올라가다 굳었다.

"글쎄."

아주, 아주 아주 오래전. 정확히 언제였는지도 모를 오래된 옛날. 인간 계집 하나를 죽였던 날.

그날 청유는 보았다. 처참히 무너져 내린 오라비의 얼굴. 다시는 관계를 돌이킬 수 없을 거라는 직감에 심장이 세차게 뛰었다.

그때의 두려움. 느껴본 적 없는 매서운 감정. 그 강렬한 두려움이 청유의 영혼에 각인됐다. 그토록 격렬한 감정은 처음이었고, 지금까지도 느껴본 적 없다. 언제나 모든 것이 무의미했고 무가치했는데, 그 순간만큼은 달랐다.

그리고 이곳, 화선녀의 영역에 들어서면 어렴풋하게나마 그 감정이 되살아난다. 간절히 원해도 가질 수 없고, 애타게 애원해도 얻을 수 없던 것의 허상이라도 잡을 수 있다.

"잘 모르겠어."

청유가 자리에서 일어났다. 표정 없던 얼굴에 미세한 균열이 갔다. 지상에 남겨둔 환영에 이상이 생겼다.

바스러지는 감각.

백리 외의 누구도 그녀의 청린 환영을 깨뜨릴 수 없다. 오직 백리만 볼 수 있고, 관여할 수 있다.

청유는 우뚝 멈추어 화선녀를 응시했다.

"계획이 바뀌었어. 그 계집, 안 잡아와도 돼."

화선녀의 연분홍 눈동자가 흠칫 커졌다.

"네?"

"대상승의 때가 되었어."

화선녀를 이용해 평해의 땅주인을 사로잡을 잔꾀를 부렸다. 현북에 허수아비를 풀어두고 기해가 오기만을 기다렸다. 요괴의 침략이 극심해지면 인간 황제는 유폐된 기해를 움직여야 할 터였다. 요괴의 삶은 길고 인간의 삶은 짧으니 기다림은 그리 길지 않을 터.

황야의 약점인 현북을 들쑤셔 기해를 유인했다. 그녀를 나락으로 끌고 오면, 제아무리 백리라도 더는 지상에서 버틸 수 없으리라 여겼다. 백리를 현북으로 끌어들이기 위한 잔꾀다. 아무리 청유라 해도 결계로 겹겹이 싸인 사주를 무너뜨리고, 또다시 결계로 겹겹이 싸인 평해로 쳐들어가 백리를 끌고 오는 것은 불가했으니까.

하지만 백리가 현북에 와 있다면 이야기는 달라진다. 잔꾀는 무의미하고, 머뭇거릴 이유가 없다. 현북의 열두 결계는 그녀의 손에 무참히 깨질 것이다.

청유의 시선이 나락의 하늘이며 지상의 땅인 곳을 더듬었다.

저를 버리고 떠난 형제를, 우애를 짓밟고 패대기친 배신자를 맞으러 가자.

❈ · ❈

"우리 막내공자가 왜 이리 심통이 났을까?"

양차성이 어느새 곁에 다가와 있다. 뚱한 표정의 섭성이 보란 듯이 등 돌려 앉았다.

"형님과 이야기하고 싶지 않습니다."

"어허, 현북의 공자가 이리 옹졸해서야. 군자가 되려면 마음을 넓게 써야지."

"이 아우는 군자 따위 아니 될 겁니다. 그러니 옹졸하게 굴어도 되겠지요?"

새침하게 쏘아붙인 섭성이 입술을 말아 물었다. 대사냥전 참여자 명단에 제 이름만 쏙 빠져 여간 서운한 게 아닌 듯했다.

"섭아, 요괴란 그리 만만히 볼 상대가 아니다. 아버지께선 너를 아끼는 마음에 내리신 결정인데, 네 이리 항명을 해서야 아랫것들이 무어라 생각하겠느냐?"

"그건 다 핑계입니다. 오황자께서도 참여하시는 거 다 압니다. 황자께서도 여덟 살이시고, 소제도 여덟 살입니다. 한데 황자 저하는 되고, 왜 소제는 아니 됩니까? 저하는 위험해도 되고, 소제는 위험하면 안 되니까? 아니면 소제가 방해가 될까 봐요? 사사건건 짐으로 여길 것이면 아버지께서는 소제를 대체 왜 낳았답디까?"

차성이 입을 다물었다. 심통이 제대로 난 아우를 어찌 달래야 할지 고민스러웠다. 이럴 땐 누이 설성에게 뒤처리를 맡기곤 했는데, 안타깝게도 설성은 사냥전 진행을 위해 먼저 유적으로 떠났다.

"섭아, 그런 것이 아니라……."

차성이 섭성의 곁으로 슬쩍 다가갔다. 섭성이 인상을 홱 찌푸리며 차성이 다가온 만큼 휙 멀어졌다. 어린 아우의 고집에 차성은 난감했다. 좀체 고집을 피우는 일이 없는 아이라 더 곤란했다.

설성은 어찌어찌 잘 달래서 등 몇 번 다독이고 재워서 끝내던데 그는 말을 걸수록 더 깊은 수렁이었다. 이젠 하다 하다 저 순한 녀석이 왜 절 낳았냐는 패륜적인 발언까지 하게 만들다니. 차성은 아우 하나 달래지 못하는 제 무능에 크게 낙담했다. 형으로서 실격이다. 정녕 쓸모없는 형 같으니라고.

"형님?"

내처 투정을 부리던 섭성이 두 눈을 동그랗게 뜨며 다가왔다. 당황한 차성이 황급히 눈가를 훔쳤다. 제 부족함이 서글퍼서 찔끔 눈물이 나왔다. 그 한심한 모습을 섭성에게 들키지 않으려고 고개까지 홱 돌렸다.

"형님, 소제가, 이 아우가 자꾸 억지 부려서……."

날 서 있던 섭성의 목소리는 어느새 누그러지다 못해 물기를 머금었다. 차성이 화가 난 것 같아서 서러워진 것이다.

"이, 이젠 꼴도 보기 싫어지신 겁니까?"

당황한 차성이 황급히 고개를 저으며 무릎을 꿇어 섭성과 눈높이를 맞췄다. 그렁그렁한 눈으로 으앙 울음을 터트리기 직전이던 섭성이 울음을 겨우 참으며 차성을 바라보았다.

"아니다, 섭아. 이 형님이 어찌 너를 꼴 보기 싫다 여기겠느냐? 그저 네 마음 하나 헤아리지 못하는 게 너무 속상해서 그런다. 누이가 여기 있으면 좋을 텐데 하는 생각이 드니, 내가 쓸모없게 느껴져서 그래. 이 형님이 잘못했다. 용서해다오. 응?"

차성이 절 싫어하는 게 아니란 사실에 안심한 섭성이 그의 품에 안기려 두 팔을 쫙 벌렸다. 그 순간이었다.

"형님?"

차성의 얼굴이 검게 뭉개어졌다. 눈, 코, 입은 오간 데 없고, 검은 공동(空洞)이 그의 얼굴에서 소용돌이쳤다. 모든 것을 집어삼킬 듯 어둡고 음습했다. 저도 모르게 흠칫 물러난 섭성은 겁에 질렸다.

— 너 때문에 우리가 죽었다. 바로 너 때문에!

한때 양차성의 모습이었던 것이 천 갈래로 나누어지며 터졌다. 피와 살점이 낭자한 그 와중에도 저주의 말소리는 멈추지 않았다.

— 너만 아니었어도…….. 네가 차라리 죽어버렸다면…….

섭성의 온몸이 사시나무처럼 떨렸다. 감지 못한 두 눈에서 눈물이 쏟아졌다.

— 그래, 네가 죽었어야 해! 너 하나만 죽었으면 되었을 텐데!

증오. 원망.

섭성은 뒷걸음질 쳤다. 발에 뭔가가 걸렸다. 섭성은 돌아보았다. 깊은 우물이 있었다.

우물에 비친 제 모습이 낯설었다. 여덟 살의 양섭성은 흔적 없고, 열다섯 살의 양섭성이 그 안에 있었다. 그 낯설고도 익숙한 모습을 섭성은 홀린 듯 응시했다. 돌연 깨닫는다.

"이건 꿈이야."

그래, 꿈.

머리를 세차게 흔들었다. 무너지는 마음을 다잡았다. 설령 그 때문에 온 가족이 절멸했다고 해도 차성이 그를 탓할 리 없다. 그럴 사람이 아니다.

몸을 돌렸다. 두 눈을 똑바로 떴다. 이것은 꿈이다. 그의 행복이
며, 그의 고통이며, 그의 심연이다.

"왜 나 때문에 죽었다고 생각하지?"

사위에 흩뿌려진 살점과 핏물이 모여들었다. 검은 것이 꿈틀거
리며 재차 사람의 형체를 갖추었다. 팔다리가 튀어나왔고, 눈, 코,
입이 생겼다. 그것은 곧 검은 머리를 뒤로 질끈 묶은, 안색 나쁜 남
자의 모습이 되었다.

"나는 답을 알아야겠어."

두 양섭성이 마주했다. 갓 만들어진 양섭성은, 섭성이 익히 알고
있는 표정으로 그를 응시하며 손짓했다.

따라와.

섭성이 발 옮기는 순간, 와장창, 꿈의 세계가 깨어졌다.

"허억!"

거친 숨을 내쉰 섭성이 두 눈을 부릅떴다. 처음이었다. 꿈이며
거짓이란 걸 꿈이 깨지기 전 인식할 수 있었다.

"너, 무슨 꿍꿍이지?"

"그게 중요한가?"

"하긴, 중요하진 않지."

화선녀가 비웃듯 입매를 비틀며 중얼거렸다. 그녀는 섭성을 잡
아온 뒤로 하루하루 화사해지고 있었다.

요괴는 그 본체가 다양한 만큼 요력을 회복하는 방법 또한 다
양하다. 화선녀는 살아 있는 것의 고통을 먹고 힘을 회복했다. 한

때는 살아 있는 것들의 행복, 기쁨 따위로부터 힘을 얻던 때도 있었다. 모두 지나간, 이제는 땅에 묻혀 사라진 시간의 이야기다.

천 년이나 봉인되어 있던 화선녀에게 양섭성은 가치 있는 먹이였다. 그의 심연은 고통으로 가득 찼고, 그럼에도 숨 끊어지지 않으니, 쉼 없이 요력을 회복할 수 있었다.

"그래도 아직은 죽으면 곤란하니……."

화선녀가 섭성의 양 뺨을 한 손으로 움켜쥐었다. 그의 입을 강제로 벌린 그녀가 찻잔에 있던 차를 쏟아부었다.

"재주껏 살아 있어보렴."

화선녀의 본체가 다시 양섭성을 덮었다. 꽃은 매 순간 더욱 화사해지고 향기는 점점 진해졌다. 섭성은 곧 저를 뒤덮을 것이 꿈이라는 걸 부디 이번에도 인지할 수 있기를 바랐다.

※ • ※

"까악!"

웬 검은 나뭇가지 하나가 스슥 움직였다. 소스라치게 놀란 묵오가 재게 두어 발 물러났다. 심장이 콩콩거렸다.

징금은 이상한 곳이다, 정말 이상한 곳이다, 소문은 익히 들었지만 이렇게 괴이할 줄은 몰랐다. 나락도, 지상도 닮지 않은 모습. 하늘과 땅이 구분되지 않는다. 절벽에서 뛰어내렸나 싶었는데 하늘이었고, 하늘로 날아올랐나 싶었는데 돌벽에 머리를 꽝 박기를 수차례. 어린 까마귀의 두 눈에 눈물이 그렁그렁했다.

인간도 요괴도 아니어서 혼돈에 속했다는 반인반요만 드나들 수 있다던데, 과연 그럴 만했다. 절대 제 의지로 또 오고 싶지 않았다. 거기다 언제 밤이 된 것인지, 계속 밤이었던 것인지 주변이 어두웠다.

'아니야, 밤은 아니야.'

묵오가 세차게 고개를 내저었다. 꼬르륵, 하는 배꼽시계가 아직 울리지 않았다. 주변의 시간흐름이 멍청하게 꼬여도 육신은 똑똑한 법. 징금은 공간도, 시간도 바깥과는 동떨어진 곳이라 보는 게 옳았다. 온통 이런 모양이니 이곳에서 태동했다는 익족조차 견디지 못하고 밖으로 나간 것일 터. 묵오는 머리깃을 잔뜩 세우고 조심조심 걸었다.

언제부터인지 익족 계집이 보이지 않았다. 계집은 이곳이 익숙한 듯 총총 잘도 돌아다녔다. 서둘러서 찾지 못하면 계집을 놓치고 말 것이다. 그럼 큰일인데.

탁.

"악!"

시무룩해하던 묵오가 앞으로 넘어졌다. 바지가 찢어지고, 살가죽이 벗겨졌다.

"아야얏."

괜스레 찔끔 눈물이 나왔다. 바닥에서 솟은 나무뿌리가 원망스럽다.

"주인……."

주인 황제가 시키는 대로 얌전히 현북이나 감시했어야 했는데.

후회는 아무리 빨라도 늦다. 호기심이 기어이 그를 죽일 것이다. 어린 까마귀의 호기심은 세상을 구하기는커녕 어린 까마귀를 죽이고 말 것이다. 그런 생각이 드니 울음이 와락 터졌다.

"엉엉엉."

한번 터진 설움은 잦아들 줄 몰랐다. 그때, 바스락. 무언가가 다가왔다. 울음을 뚝 그친 묵오가 서둘러 은신할 곳을 찾았다. 그러나 이미 늦었다.

"어머."

위험한 것이면 어쩌나. 두 눈을 또록또록 굴리며 묵오가 고개를 들었다.

"여긴 어떻게 들어왔니?"

계집이 상냥하게 물었다. 놓친 줄 알았던 익족 계집이다. 인간도 요괴도 아닌 반쪽짜리. 묵오는 입을 꾹 다물었다. 네가 들고 있는 그 신령한 꽃나무가 궁금해서 쫓아왔다고 말할 수는 없었다. 별 필요 없는 도움이긴 했지만, 그래도 날 구해준 네가 죽을까 봐 도와주러 왔다고 말할 수도 없었다.

황제의 권속이 된 지 어느덧 칠 년. 저를 몰래 따라오는 것을 인간들이 얼마나 싫어하고 무서워하는지 익히 배웠다.

물론 계집은 인간은 아니다. 하지만 계집도 반은 인간이다. 미행했다는 걸 들키면 저 상냥한 목소리는 영영 못 듣게 될 것이다.

"흐엉엉."

묵오는 울음으로 대답을 대신했다. 닭똥 같은 눈물을 뚝뚝 흘리는 어린 까마귀. 계집은 나무에 부딪쳐 기절한 그를 주워 갈 만큼 동정심 넘치는 성정이니 이 눈물에 필시 동요할 것이다.

"너 다쳤구나."

계집이 묵오의 무릎을 보고는 서둘러 다가왔다.

"어쩌다 다친 거야?"

"흑흑."

"가만, 인간이 아닌 모양이구나."

거참, 빨리도 눈치채네. 딱 보기에도 나 요괴요, 라고 쓰여 있지 않나?

묵오는 계집의 눈치 없음에 속으로 탄식했다.

"아직 말을 배우지 못했니?"

묵오가 고개를 끄덕끄덕했다. 말은 진작 배웠지만, 이것저것 취조당하면 곤란하다. 주인 황제는 그에게 '너는 거짓말을 못하니 곤란한 상황에선 아예 말 못하는 척을 하여라.'라고 당부했다. 묵오는 그 당부를 충실히 이행했다.

"천적을 피하다가 길을 잃었니?"

묵오는 고개를 또 끄덕끄덕했다. 계집이 한숨을 폭 내쉬더니 봇짐을 풀었다. 야무지게 약을 조제하는 그녀를 묵오가 반히 바라보았다.

맹추 같은 계집이다. 경계심이라곤 하나도 없는 건가. 길 가다 만난 요괴를 이렇게 덥석 믿다니. 누가 봐도 수상한데, 혹시 어미 배 속에 의심을 두고 나왔나? 저러다가 보쌈당하고 말 거다. 하긴, 저리 경계심이 없으니 요괸지 까마귄지 확인도 하지 않고 덥석 주웠던 거겠지. 눈앞의 새 요괴가 그때 그 까마귀라는 것조차 모를 만큼 둔하기까지.

'아직 인간화가 가능한 걸 보면 어린 거 같은데…….'

묵오는 계집의 수준을 가늠해보았다. 변화기를 전후로 익족의
삶은 크게 나뉜다. 인간에 가까운 변화기 이전의 백 년. 요괴에 더
가까운 변화기 이후의 구백 년. 종족의 특징이 두드러지지 않은 익
족은 모두 어린 익족으로 구분된다.

어린 익족은 약하다. 겉보기엔 인간과 흡사하니 사냥당할 위험
은 그나마 적지만, 여기저기 쏘다니기에 적절하진 않다. 거기다가
비늘이 돋아나며 시작되는 변화기는 극심한 통증을 수반하니, 어
린 익족은 흔히 위기에 빠졌다. 유랑을 허락받은 익족도 변화기
즈음이 되면 반드시 둥지로 돌아갔다. 익족의 복수를 두려워해 어
린 익족을 사냥하는 일은 많이 줄었다고 하지만, 아예 없어진 것
은 아니니까.

아니, 모든 특수한 상황을 고려하지 않아도 묵오가 보기에 이
익족 계집의 상황은 너무 위태로웠다. 위험을 바리바리 짊어지고,
나락으로 뛰어드는 무모함이 이해되지 않았다. 제가 얼마나 위태
위태한지 당사자는 전혀 모르는 것 같다. 경계심 하나 없이 털썩
앉아 약을 가는 그 모습을 가만히 응시했다.

하여간 남 돕기 참 좋아하는, 단명하기 딱 좋은 성정의 계집이
다.

"난 이래하. 너는?"

하마터면 묵오라고 소리 내어 대답할 뻔했다. 다행히 퍼뜩 정신
을 차리고 깍 소리를 냈다.

"깍."

"아, 맞다. 아직 말을 못 배웠지."

계집이 민망한 듯 웃으며 바지런히 손을 놀렸다. 곱게 갈린 약재는 순식간에 연고가 되었다. 딱 보기에도 상처에 좋아 보이는 특제연고를 계집이 묵오의 무릎에 발라줬다.

"자, 됐다. 저쪽으로 쭉 가면 들어온 길이 있을 거야."

계집이 묵오의 뒤쪽을 가리켰다. 묵오가 고개를 갸웃했다. 그는 분명 동서남북 오만 방향을 다 헤집고 다녔다. 그런데 뒤로 쭉 가면 들어온 길이 있을 것이라고?

"말도 안 된다고?"

이래하가 씩 웃었다.

"깍."

묵오가 고개를 끄덕였다.

"의심하지 마. 징금은 미로가 아니야. 모든 곳에 이어진 길목이며 통로지. 난 지금까지 그게 현북으로 나갈 때만 해당되는 이야기인 줄 알았는데……. 아, 아무튼 현북만 생각해. 계속 현북을 생각하면서 앞으로 쭉 나아가는 거야."

진짜? 고작 그런 방법으로 나갈 수 있어?

"믿음이 없으면 익족이라 해도 징금에 갇히게 돼. 믿음이 있으면 인간이든 요괴든 나갈 수 있어. 정신 똑바로 차려. 알겠지?"

계집이 남은 연고를 작은 통에 덜어 건네주었다. 얼떨결에 연고를 받아 든 묵오가 두 눈을 끔뻑거렸다.

"자, 이제 가봐. 아, 나? 나는 갈 곳이 있어."

어디? 어딜 가려고?

묵오는 혼신의 힘을 기울여 눈빛에 의문을 실었다.

"만나서 반가웠다고? 나도. 나도 그래. 밖에 나가서도 되도록 눈에 띄지 말고 숨어 있어. 현북에 아주 흉포한 주술사가 한 명 와 있거든. 그녀는 요괴라면 일단 죽이려 들 거야."

요괴는 대개 나락에서 태어난다. 하지만 가끔은 평범한 짐승에게서 태어나기도 한다. 살의 배우지 못한 어린 요괴는 짐승과 다를 바 없다. 결계는 그들을 짐승으로 간주한다.

시간이 흘러 제 가족이 모두 죽고, 그럼에도 자신은 살아 있는 걸 알게 될 때. 자신이 평범한 짐승과 다르다는 것을 깨우칠 때. 바로 그때 그것들은 진정한 요괴가 된다. 그 후엔 나락의 요괴와 다를 바 없이 요력을 탐하다가 쫓겨나거나, 짐승인 척 평범하게 살다가 인간주인을 섬기게 된다.

"조용히 있다가 주인을 찾으렴. 주남으로 가는 게 좋겠다. 그곳엔 술사가 많다고 하니 널 거둬줄 누군가가 있을 거야. 알겠지?"

계집은 묵오를 현북의 숲에서 태어난 요괴 정도로 생각하고 있었다. 인간주인 없이 떠돌다가 천적을 만나 징금으로 숨어든 가엾은 어린 요괴. 제 반도 요괴였기에 그녀는 길 잃은 어린 요괴를 거리낌 없이 돕는다.

그 다정이 묵오는 낯설었다. 어느 누구도 그에게 이처럼 상냥했던 적 없다. 하다못해 그의 주인조차 이토록 대가 없는 친절을 베풀지 않았다. 가슴 한구석이 몽글거리며 따뜻해졌다. 기이한 감각. 심장이 녹아내릴 것만 같다.

묵오가 멍해 있는 사이 계집은 갑자기 다가왔던 것처럼 홀연히 멀어졌다. 두 눈을 끔뻑대던 묵오가 화들짝 정신을 차렸다.

저 계집을 따라가야 해. 혹시 길을 잃는다면 바로 등 돌려 똑바로 걸어가면 출구가 나온댔어. 그러니까 지금은 저 계집을 따라갈 거야. 저 계집을 도와야 해. 보은을 할 거야.

묵오가 고민하다 까마귀로 화해 날아올랐다. 까마귀인 본체는 빨리 날 수 있는 것 외엔 귀찮은 일투성이였다. 약해 보이는 까닭인지 귀찮은 것들이 자꾸 따라붙어서 묵오를 짜증나게 했다.

그래도 지금은 어쩔 수 없다. 계집을 따라가야 하니까. 귀찮은 것도 감수할 가치가 있다.

'이래하. 래하.'

비로소 알게 된 계집의 이름을 속으로 내처 되뇌었다.

二

부채가게에서 아무것도 얻지 못한 채 며칠이 지났다. 화선녀의 요물인 합죽선은 완전히 평범해졌다. 부채를 가져왔던 천소가 죽어버렸으니 화선녀와의 접점도 끊어졌다. 해는 막다른 골목 앞에 선 심정으로 입술을 잘근거렸다.

양섭성을 삼킨 후 화선녀는 나타나지 않았다. 만약 또 다른 피해자가 생겼다면 거기에서부터 시작할 수 있었을 것이다. 양섭성의 흔적을 잡을 수 있었을 것이다. 그러나 화선녀는 마치 다시 깊은 잠에 빠진 양 아무 움직임이 없었다.

설령 운 좋게 화선녀의 흔적을 잡았다 해도 문제는 있다. 해가 현북을 떠나면 이곳의 결계를 유지할 사람이 없다는 아주 근본적인 문제.

'양섭성……'

그는 약하다. 그 나약한 도력을 고려하면 그를 살아 있는 상태로 구해낼 수 있는 시간은 절대적으로 짧다. 양섭성이 오래 버틸 수 있으리란 믿음은 허무맹랑한 것이다. 어쩌면 이미 죽어버렸을지도 모른다. 살아 있을 가능성보다 죽었을 가능성이 더 높은 게 현실이다.

하지만 해는 거칠게 고개를 내저었다.

'그리 쉽게 죽을 리 없다.'

제 식솔이 모두 몰살당하는 와중에도 홀로 살아남은 자다. 역경은 그를 무너뜨리지 못한다. 더욱이 그의 치유력을 고려해야 한다.

'어쨌든 한시라도 빨리 찾아내야 할 것인데······.'

시간이 없는데, 빌어먹게도 방법도 요원했다. 따뜻한 방 안에 앉아 시간을 죽이느니 아무 전략 없이 나락으로 쳐들어가는 게 낫겠다 싶었다. 마음으로는 이미 백번 천번 실행했다. 결계를 유지할 만한 수단만 있었다면.

"그 여자의 산일이 언제라고 했지?"

톡. 톡.

해가 턱을 괸 채 다과상을 두드리며 물었다. 손도 대지 않은 다과가 한 상 가득했다.

결계, 결계, 그 망할 결계! 무엇을 하든 결계 문제는 해결해야 했다. 지금 같은 상태로는 해가 결계 밖으로 나가는 순간 현북은 무방비해진다. 대안이 필요하다. 도력을 공급할 수 있는 대체제가.

"······."

백리가 대답이 없자 해가 인상을 쓰며 고개를 들었다.

"그 여자, 양섭성의 숙모라는 여자의 산일이 언제냐고 묻지 않으냐?"

신경질적인 말투에 백리가 정신을 차렸다.

"한 달 정도 남았습니다."

해가 미간을 구겼다. 요 며칠 백리가 이상했다. 넋 놓고 생각에 잠기는 순간이 많아졌다. 그를 일곱 해나 알았지만 요즘처럼 정신 나간 모습은 처음이다.

"한 달?"

해가 다과상을 옆으로 치우며 재차 확인했다. 백리가 눈썹을 치켜세웠다.

"드셔야 합니다."

"입맛이 없다."

"조금이라도 드십시오."

백리도 물러나지 않았다. 해가 백리를 노려보았다. 이제야 좀 백리답다. 공손한 척하면서 불손하고, 예의 바른 척하면서도 오만방자한 그녀의 유일한 권속.

"싫다."

"인간은 먹지 않으면 죽습니다."

"너……."

백리는 물러서지 않고 해와 시선을 마주했다. 해가 코웃음 쳤다. 조금 전까지 넋 빼고 있을 땐 언제고.

"어서요."

불퉁하게 백리를 노려본 해가 마지못해 유과 하나를 집었다.

백리는 그녀의 마지막 권속이다. 소중하다는 의미를 모른다 한들 백리가 중요하지 않은 것은 아니다. 그의 말을 백 중 구십구 번은 무시해도 한 번 정도는 들어주어야 한다. 주인 된 자로서 그 정도의 아량은 베풀어 마땅하다. 백리가 빙그레 웃었다.

"잘하셨습니다."

백리의 눈치를 보다가 내키지 않는 얼굴로 유과 하나를 더 집어 먹었다.

문득 생각한다. 백리의 존재. 백리의 정체.

당연한 듯 곁에 있고, 외양은 제 또래와 다를 것이 없어서 그에 대해 의문한 적이 없었다. 어느 날 하늘에서 뚝 떨어진 나락의 이무기. 용이 되지 못한 뱀 요괴.

승천을 시도할 정도로 강한 요력을 지녔던 그는 아마 아주 오래 살아왔을 것이다. 아득히 긴 세월 나락과 지상을 헤매어왔을 것이다. 요괴란 본디 그렇다. 승천하지 못한 요괴는 영겁에 이르도록 허기에 허덕이며 살아간다.

백리의 앎은 넓고 깊다. 먼저 아는 체 떠들지 않아도 해가 물었을 때 모르는 법이 없었다. 입을 다무는 것도 몰라서가 아니다. 말하기 싫어서. 말할 수 없어서. 모른 척 입 다물고 있는 것도 사실 전부 알고 있고, 제가 티 낸 적 없는 감정도 알아보는 그가 새삼 기이하다.

인간은 윤회한다. 망각하고 다시 시작하며, 그렇게 하염없이.

처음 택한 인간주인이 윤회하는 것을 영겁 동안 기다리는 권속에 대한 전설은 황야 어디에나 있다.

너와 나는, 우리는 정말 일곱 해 전 처음 만난 것이 맞을까?

너무나도 늦은 의문이다. 모든 권속이 떠나갈 때 되레 제 곁에 와준 그에 대해 진작 한 번은 품었어야 하는 의문이다. 해가 자리에서 일어났다.

"그 여자를 만나야겠어. 안내해."

"예."

백리가 당연한 듯 두어 발 앞장선 뒤, 따라오라는 듯 돌아봤다. 해가 물끄러미 백리를 응시했다. 그녀는 누군가 제 뒤를 따라 걷는 것을 끔찍하게도 싫어했다. 등을 노리면 승산이 있으리라 여기는 하찮은 것들이 넘쳐나니까. 그 마음을 꿰뚫듯이 백리는 늘 두 발 앞에서 걸었다. 처음 만났던 그날부터 항상.

그 단정한 몸가짐을 반히 보며 해가 입술을 달싹였다. 마침내 묻는다.

"백리야."

"예, 주인."

"우리가 일곱 해 전에 처음 만난 것이 맞느냐?"

백리의 유황색 홍채에 둘러싸인 동공이 가늘어진다. 흐릿한 조소가 그 입가를 스치며 사라졌다.

"의미가 없습니다."

"의미가 없어?"

"시간의 흐름은 수명 짧은 인간에게나 중요하지 저 같은 것들에겐 별 의미가 없습니다. 헤아려본 적 없습니다."

해는 잠시 입을 다물었다.

처음 만난 것이 언제이든 중요하지 않다. 칠 년 전 만났든 그 이전에 만났든 의미가 없다. 부정도 긍정도 아닌 대답이다.

그렇다면, 시간이 아무 의미 되지 못한다면. 대체 네게 의미가 되는 것은 무엇이지?

"하면 너 같은 것들에게 의미 있는 건 무엇이냐? 저 천계로 가는 길? 아니면 저 나락의 왕이 되는 것?"

백리는 대답하지 않았다. 그저 입매를 길게 늘여 고요히 웃는다. 그 두 눈에 해가 비쳤다.

❋ · ❋

양세계의 부인, 소경희는 현북공부에서도 가장 안전한 곳에 있었다. 여차하면 땅의 심장으로 바로 피신할 수 있는 통로가 있는 방이다. 땅의 심장은 땅주인의 부재 시에도 유일하게 유지되는 결계로부터 보호받으니, 현북을 통틀어 이보다 안전한 장소는 없었다.

'아가……'

그녀는 만삭에 가까운 배를 조심스럽게 쓰다듬었다. 마음 깊숙한 곳에서 자꾸만 자라나는 불안을 애써 무시해왔지만 그마저도 이젠 한계였다. 현북공 양섭성은 주 변방의 백성에게 더 안쪽으로 피난할 것을 명했다. 지금껏 피난권고는 여러 번 있었지만 강제적인 피난령은 처음이다.

그녀와 아이들을 공부로 불러들인 것도 수상쩍었다. 물론 그녀는 후계가 될지도 모르는 아이를 잉태하고 있으니 공부에 두고 안전히 보호하는 것도 이상한 일은 아니다. 하지만 왜 하필 지금일까?

소경희는 상징적인 존재였다. 현북공이 공부 밖의 외진 곳도 신경 쓰고 있다는 선언이었다. 그녀가 있기에 주 변방의 백성은 혼란에 빠지지 않을 수 있었다. 어떤 어려움이 있더라도 현북공이 그들을 지켜낼 것이라고 굳게 믿었다.

그런 그녀를 남모르게 공부로 데려왔다. 아직 미처 피난하지 못한 백성이 그 사실을 알게 되면 격노할 것이다. 그중 일부는 땅백성을 버렸다며 현북공을 비난할 것이다. 역사 이래 백성을 버리고 구차하게 혼자 살아남으려고 했던 자들의 말로는 좋았던 적이 없다.

그 모든 것을 감안하고도 현북공은 그녀를 불러들이기로 결정했다. 땅백성을 끔찍이 아끼는 그를 생각하면 상황이 그만큼 나쁘다는 뜻이다. 어쩌면 막다른 골목길에 다다른 것일지도 모른다.

굳게 다물린 경희의 입술이 파르르 떨렸다. 주 경계에 있는 남편의 안위가 염려되었고, 지쳐 보이던 섭성도 마음에 걸렸다. 현북공이 제 목숨을 깎아 결계를 유지하고 있다는 소문은 현북에 파다해서 그녀 또한 익히 알고 있었다.

'나리……'

섭성의 짐을 덜어주기 위해 한시라도 빨리 도력을 지닌 후계를 낳아야 한다는 압박감에 시달렸다. 장성한 아들들이 후계를 잇는 일은 저와 제 처에게 맡기라고 다독였고, 섭성 또한 아우들이 힘쓰고 있으니 숙모까지 애쓰지 않아도 괜찮다고 만류했지만 두 손놓고 보호만 받을 성정의 경희가 아니었다.

그녀는 양가의 어른으로서 제가 할 수 있는 모든 일을 했다. 양세계와 혼인하던 때 했던, 아이는 일곱 정도가 있으면 좋겠다는 생각도 그녀를 멈추지 않게 했다. 그렇게 다섯을 낳았고, 여섯째 아이가 나올 준비를 하고 있다.

한데 만약 이 아이도 도력이 없으면 어찌하나. 그녀는 괜찮지만, 현북은 어찌하나? 왈칵 치미는 복잡한 감정을 억눌렀다. 아직 태어나지도 않은 아이에게 너무 많은 짐을 맡기고 있는 것이 미안했다.

'미안하다, 아가.'

울음을 터트리고 싶은 마음이 고개를 쳐들었다. 경희는 세차게 고개를 내저었다. 어미가 약해지면 그 나약함이 배 속 아이에게도 전해진다.

'강하게 태어나야 한다.'

언제까지고 섭성에게 결계의 전부를 맡기고 있을 수는 없다. 그는 해내지 못할 것이라는 모두의 예상을 깨고 상상 이상으로 잘해왔다. 그러나 그의 목숨은 무한하지 않고, 홀로 짊어지기에 현북의 무게는 너무도 무거우니 그 후계가 절실했다.

그러니 이번에 태어날 아이는 아주 강해야만 했다. 그래야 모두가 살 수 있다. 우는 것은 남편이 무사히 돌아온 후 그의 품에서 하면 된다.

"마님, 손님이 오셨습니다."

밖에서 들려온 종복의 목소리에 경희가 고개를 들었다.

"손님?"

그녀가 허락하기도 전에 문이 열렸다. 아름다운 여인이 성큼 들어왔다. 정돈되지 않은 채로 질끈 묶은 새까만 머리카락. 햇빛 한 번 쐬지 않은 듯 창백한 살결. 심연을 들여다보듯 어둡고 날카로운 눈빛. 선 고운 얼굴에 자리한 탐스러운 입술. 천상의 것인들 저토록 아름다울까.

경희는 여인을 알아보았다. 소문 무성한 평해의 폐주, 기해.

일순 경희의 두 눈이 분노로 들끓었다. 그녀의 부군이 전장으로 내몰린 것도, 현북의 백성이 고통으로 신음하는 것도, 모두 이 계집 때문이다. 고난과 고통의 원흉이 눈앞에 있다. 할 수만 있다면 저 목을 비틀고, 심장을 꺼내어 죽은 자들에게 바치고 싶었다.

"네가 양세계의 부인이더냐?"

퍽 오만한 말투. 거만한 눈짓. 땅주인 일가를 경외하는 기색이라고는 눈곱만큼도 없다. 오연한 계집은 제 잘못을 모조리 잊은 듯 뻔뻔했다.

경희는 주먹을 움켜쥐었다. 살짝 고개를 숙였다. 들끓는 분노를 잠재웠다. 득실대는 증오를 어르고 달랬다. 과거야 어쨌든 지금 기해는 황제가 보낸 원군이다. 도력 없는 천군만마보다 쓸모 있을 터.

개인의 원한은 묻어두었다. 경거망동해서는 아니 된다. 그녀는 대장군 양세계의 부인이며, 존경받는 땅주인 일가의 한 사람이다. 두 눈을 지그시 감았다 떴다. 다시 뜨인 두 눈은 고요하고 평온했다. 들끓던 분노도, 득실대던 증오도 봄눈처럼 사라졌다.

"예, 소경희라 합니다."

"산일이 한 달 남았다지?"

경희의 안색이 굳었다. 왜 태중 아이에 대해 묻는 것일까.

"그렇습니다만……."

경계의 빛을 감추지 않으며 경희가 해를 올려다보았다.

"칠삭둥이도, 팔삭둥이도 살아남는 마당에 고작 한 달을 더 채우지 못했다고 죽진 않겠지."

"예? 그 무슨?"

경희가 말뜻을 채 이해하기 전, 해가 손을 내뻗었다. 해의 손끝에서 쏟아져 나온 새하얀 도력이 순식간에 경희의 배를 감쌌다. 경희의 동공이 한껏 확장됐다.

"무슨 짓입니까?"

"양섭성이 없으니 후계라도 있어야지."

"그게 대체 무슨……. 으윽!"

"정당한 현북공의 후계자가 태어나야 할 것이다. 도력 있는 아이가 필요해."

복부에서 극렬한 통증이 몰려왔다. 경희의 두 눈이 부릅떠졌다. 이해할 수 없다는 표정으로 해를 노려보던 경희가 배를 감싸고 쓰러졌다. 얼굴에서 핏기가 사라졌다. 배가 너무 아팠다. 아기가 잘못되면 어쩌지? 그러면 안 되는데. 두려움이 용솟음쳤다.

"으윽! 아, 아가……."

"마님? 마님! 이게 무슨 일이십니까?"

그녀의 비명을 들은 계집종이 황급히 들어왔다.

"아가……. 배가, 으윽. 배가 너무……."

"소인이 당장 의원을, 아니, 산파를, 아니, 의원을……."

363

계집종이 우왕좌왕하다 고개를 휘휘 저었다. 그녀는 당황했으나 이내 침착해졌다. 어려운 상황은 범인을 용기 있게 만든다. 계집종의 두 눈에 결의가 차올랐다.

"의원과 산파, 둘 다 모셔오겠습니다. 마님, 조금만 참으셔요."

단호히 말한 계집종이 뛰어나갔다. 경희는 이를 악물며 해를 노려보았다. 창백해진 이마에서 연신 식은땀이 흘러내렸다.

"아기가 잘못되면 절대, 으윽, 절대로 용서하지 않을 것이오!"

복수를 경고하는 경희를 해는 무감정한 표정으로 내려다보았다. 실소가 스치듯 해의 입가에 걸린다.

"날 용서하지 않을 겨를이나 있을까? 그 나약한 몸뚱이로 내게 복수하겠다고 날뛸 기회가 과연 있을까?"

고통은 점점 더 심해졌다. 복부에서 시작된 통증은 온몸으로 퍼졌고, 이내 정신을 혼미하게 만들었다. 꺼질 것 같은 정신을 가까스로 붙잡은 경희는 불현듯 해가 그녀를 공격하기 전 했던 말을 떠올렸다.

"양섭성이 없으니 후계라도 있어야지."

그러고 보니 요 며칠 섭성이 보이지 않았다. 아무리 바빠도 피붙이는 살뜰히 챙기는 성정의 그가 아침저녁으로 문안을 여쭙지 않았을 리 없다. 제가 올 수 없다면 문안비라도 보내 매일 안부를 확인했을 것이다.

"현북공께서는……."

의문을 경희는 이어갈 수 없었다.

"으윽! 흐윽!"

산통이 재차 극렬해졌다. 눈앞이 새하얘져 아무 사고도 할 수 없었다. 온몸이 으스러질 것 같은 고통으로부터 정신을 놓지 않는 것이 경희가 할 수 있는 전부였다.

"마님! 산파를 데려왔습니다!"

마침내 산파가 도착했다. 의원도 곧 도착할 것이라며 산파가 경희를 격려했다.

그때까지도 해는 가만히 소경희를 내려다보고 있었다. 감정 없어 보이는 그 얼굴은 아름다웠으나, 그래서 더 괴물 같았다.

인간 중 악귀가 섞여 있다면 필시 저런 모습이겠지. 너무도 아름다운 외모로 사람을 미혹하고, 악의 없는 잔악함으로 사람을 찢어 죽이겠지.

"흐윽, 아아악!"

비명을 지르며 소경희는 밖으로 나가는 해를 노려보았다.

진통이 시작된 지 벌써 두 시진이 지났다. 소경희의 비명이 연신 들려오는 마당에 서서 해는 북쪽 하늘을 보고 있었다. 너무 붉었다.

요괴의 활동은 보름 즈음 최고조에 달했다가 그믐에 가장 약해진다. 오늘은 그믐도 보름도 아닌 평범한 하루. 하늘이 저토록 시뻘겋게 변할 이유가 없다. 저 붉은 하늘은 나락으로 이어진 틈이 커졌다는 뜻. 불길한 징조다. 나락에서 올라오는 것들의 우두머리가 억지로 틈을 벌렸을지도 모른다.

"후계가 태어나야 해. 후계가 아니면 아무 의미가 없어, 아무 의미가."

해가 초조하게 혼잣말을 중얼거렸다. 태어날 아이가 유일한 희망이며 기회였다. 주 경계로 나갈 해를 대신해서 결계를 유지해줄 존재. 술사가 태어나야 현북과 현북의 백성이 무사할 수 있다. 그 천박한 것들이 무사해야 돌아온 양섭성이 고마워할 것이다.

제 생각에 멈칫한 해가 차갑게 조소했다.

"내가 정녕 미쳤는가? 어처구니가 없군."

현북의 백성이 무슨 상관이라고. 이 땅의 평것들이 수십만이 죽든 수백만이 죽든 대관절 무슨 상관이라고. 양섭성이 고마워하는 건 또, 대체 무슨 의미가 있다고.

이토록 결계 유지에 집착하는 까닭을 스스로도 이해할 수 없다. 본디 제 임무가 아닐뿐더러 전혀 상관없는 일이다. 결계가 무너지든 말든 밖으로 나가 요괴를 도륙하면 그만일 터다. 예전이었다면, 몇 달 전이었다면, 응당 그리했을 것이다. 뒤도 돌아보지 않고 뛰쳐나가 저 삿된 것들을 갈기갈기 찢어 지옥불에 처박아버렸을 것이다.

그런데 왜 지금은 그럴 수가 없는 것이지? 대체 왜, 차마 두 발이 떨어지지 않는 것이지?

"양섭성……."

전부 다 그자 때문이다. 그 멍청하고, 한심하고, 나약한 땅주인 때문이다.

힘도 없는 주제에 그녀를 보호하겠다고 설치다가 화선녀에게 끌려가버린 멍청한 것. 제 몸을 돌보지 않고, 제 마음도 돌보지 않고, 오직 현북을 지키겠다는 일념 하나만으로 원수 앞에서 허리 숙이고, 구차하고도 당당하게 구원을 청하던 한심한 것. 나약해 빠진 그자가 자꾸 눈에 밟혀, 현북에 오기 전의 기해라면 절대 하지 않을 선택을 하게 한다.

"응애!"

손톱을 깨무는데, 우렁찬 아이 울음소리가 터져나왔다. 해는 곧장 안으로 뛰어 들어갔다. 양수를 뒤집어쓴 핏덩이를 꽉 껴안는 소경희의 두 눈이 해를 보자마자 거세게 흔들렸다. 해는 자비 없었다.

"아이를 내놔라."

"이제 막 첫울음을 운 아이입니다! 첫젖도 아직……."

"젖 같은 건 이 아이가 후계의 자격이 있다면 얼마든지 먹일 수 있겠지!"

해가 손을 뻗었다. 필사적으로 아이를 끌어안는 경희를 향해 도력이 쏟아져 나갔다. 순백의 기운은 차갑고 예리하게 경희의 목을 움켜쥐었다.

"아이를 놓아라."

"싫습니다! 안 돼. 안 돼요."

겁에 질린 채 경희는 미친 듯이 고개를 내저었다. 아직 초유도 먹이지 못했다. 달도 채우지 못하고 억지로 세상에 끄집어내어진 가여운 아이다. 아무리 후계가 중하다 해도, 한시가 급하다고 해

도 어미에게서 갓난쟁이를 빼앗아가서는 안 되는 것이다. 흉악무
도한 평해의 폐주라 해도 이리 잔인해서는 안 된다.

"당신도 인간이라면, 피와 눈물이 흐르는 인간이라면! 이리 냉
혹할 수는 없는 겁니다. 이레만, 아니, 닷새만……."

해는 무감정한 눈으로 경희를 응시했다. 그 무심한 눈빛에 경희
는 점점 절망적인 표정이 되어갔다.

"닷새가 너무 깁니까? 그래요, 그럼 사흘……. 이것도 길어요?
그럼 이틀, 아니, 단 하루만이라도……."

해가 재차 손을 내뻗었다. 경희의 두 눈에서 눈물이 터졌다. 목
을 점점 조여 오는 도력에 반항하려 애쓰는 동안 아이는 속절없이
해의 손아귀로 넘어갔다.

"아니 됩니다! 아니 되어요! 군주, 제발. 제발요……. 어찌, 어찌
그 작은 몸에 상처를 내려 하십니까? 어찌 어미젖도 물어보지 못
한 아이에게 사지가 찢겨나가는 고통을 주려 하십니까?"

"그리 고통스러울 수 있다면 차라리 다행이겠지."

"군주!"

아이를 땅의 심장으로 데려가, 태초의 신단에 갓 태어난 이 아
이의 피를 바칠 것이다. 아이에게 후계의 자격이 있다면 신단은 거
침없이 아이의 도력을 빨아들일 것이다. 사지를 갈라놓고, 생살을
발라내는 고통이 아이에게 뒤따를 것이다.

스스로 도력 바칠 줄 모르는 갓난쟁이는 그 와중에 수백수천 번
혼절할 것이다. 그때마다 누군가는 혼절한 아이를 깨워야겠지. 그
래야 결계가 유지될 수 있을 테니까. 현북의 땅주인이 돌아오기 전

까지 후계는 끔찍한 고통 속에서 울음 울게 될 것이다.

누군가는 너무하다고 할 것이다. 잔혹하다고, 어찌 갓난쟁이에게 그리 잔인할 수 있느냐고 비난할 것이다. 연민에 눈멀어 혼절한 아이를 잠시간 깨우지 못할지도 모른다. 하지만 대안은 없다. 섭성도, 해도 없는 상황에서 후계자마저 혼절해버린다면 결계는 유지되지 못한다. 결계 없는 현북은 요괴에게 유린당할 뿐이니, 제 아무리 마음 여린 자라도 결국엔 아이를 깨우게 될 것이다.

그러나 이는 아주 희망적인 상황이다. 아이에겐 잔인하지만 다른 이들에겐 살아날 구멍이 생기는 셈이니까. 최악은 아이에게 후계의 자격이 없는 경우다. 후계의 의식은 아이의 몸에 칼자국이 조금 나는 것으로 끝날 것이다. 신단이 탐욕할 도력은 아이의 몸 어디에도 없고, 결계는 힘 얻을 근원을 찾지 못할 것이다.

하여 해가 이 땅을 벗어나는 순간, 도력 잃은 결계는 또다시 사라지게 될 것이다. 열두 겹 결계 무너진 현북은 요괴에게 무방비로 노출될 것이고, 현북의 백성은 그 목숨앗이들로부터 제 한 목숨 지키지 못할 것이다.

냉정하고 잔인해도 아이를 신단으로 데려가는 것은 기해가 발휘할 수 있는 최대한의 인내였다. 그녀가 여태 베풀어본 적 없는 아량이었다. 이 시도마저 실패한다면 더 이상 지체할 이유가 없다.

"이 아이에게 후계의 자격이 있든 없든 나는 결계 밖으로 갈 것이다. 나락에서 기어 올라온 요괴들을 처부수고, 멍청하게 나락으로 잡혀가버린 양섭성을 끌고 올 것이다. 그사이 현북이 망하든 사라지든 내 알 바가 못 돼. 운이 좋아 네 아이에게 도력이 있다면, 어쩌면 양섭성이 돌아올 때까지 버틸 수 있겠지.”

“그, 그럴 수는⋯⋯.”

소경희가 질린 눈으로 해를 쳐다보았다. 냉담하고 악랄한 해의 말에 진저리가 났다. 권영 외엔 그 무엇에도 가치를 두지 않는다는 잔악한 폐주. 과연 그러했다. 수십만 백성이 살해당하는 것조차 개의치 않는 본성에 소름 끼쳤다.

천계는 왜 저토록 자격 없는 자에게 그토록 많은 도력을 안배했을까? 어째서 어디보다 강한 술사를 필요로 하는 이 땅엔 후계를 안배하지 않는 것일까?

“아, 아가! 아가!”

울부짖는 소경희를 뒤로한 채, 해는 돌아섰다. 야차라도 본 듯 겁먹은 이들을 무시하고 한 발 한 발 내디뎠다. 사납게 일그러졌던 표정이 차츰 무정해졌다.

저주하고 증오해 마지않는 원수를 눈앞에 두고서 끝내 아무 말도 지껄이지 못하는 저 어리석은 것들. 그들의 땅주인을 닮아서 무력하고 한심한, 정녕 하찮은 것들.

“저는 현북의 땅주인입니다. 이 땅에서 피 토하고 죽으면 죽었지, 도망은 안 갑니다.”

그리 말하던 그는 이곳에 없다. 제 목숨 깎아 저것들을 지켜낼 그는, 어리석게도 원수 대신 화선녀의 땅으로 끌려가버렸다. 권영을 지킨다는 것 외엔 아무것도 몰랐던 계집에게 이해 못 할 부채감을 남겼다. 오직 권영만이 보이고, 권영만이 의미 있던 계집의 세상을 뒤흔들었다.

'멍청한 것.'

그 속 모를 얼굴. 원망도, 미움도, 어떤 기대도 남지 않은 무심한 얼굴. 그를 다시 이곳에 데려올 수만 있다면⋯⋯.

울부짖는 어미와 울음 우는 아이의 소리로부터 해는 귀 닫았다.

양섭성을 찾으러 갈 것이다. 그녀를 말려 죽이는 이 명명 못 한 감정으로부터 벗어나는 길은 그것뿐이다.

해는 신단 앞에 섰다. 칭얼대는 아기를 제물로 바쳤다. 은도를 들어 그 작은 손바닥을 그었다. 아기가 자지러지게 울었다.

"으앙! 으아앙! 아앙!"

해는 가만히, 얼어붙은 듯이 서서 주변을 경계했다. 현북의 결계는 고요했다. 어떤 반응도 없었다.

"자격이 없어?"

멍한 목소리가 저도 모르게 툭 튀어나왔다.

"그럴 리가⋯⋯."

전대 현북공 양윤계가 죽은 후 벌써 세 번째 아이라 들었다. 이쯤이면 천계의 안배가 있어야 한다. 태초의 땅주인은 천계로 돌아간 뒤에도 영겁 동안 제 땅을 보살피게 되어 있으니, 응당 후계가 태어나는 게 옳다. 그런데 결계가 반응하지 않는다. 그 뜻이 선명하다. 아이에게 도력이 없다. 후계의 자격이 없다.

해의 표정이 크게 흔들렸다.

"아니 돼. 이럴 수는 없어."

인두겁을 쓰고서 하지 말아야 할 짓을 했다. 산일이 한 달이나 남은 아기를 억지로 배 속에서 나오게 했고, 어미가 젖을 물리기도 전에 빼앗아왔다. 한 줌도 되지 않는 작은 몸에 상처를 내 그 뜨거운 피를 바쳤다. 아무리 죄 몰라도, 지금 이 순간, 자신이 죄지었음을 모를 수는 없었다. 그런데도 후계가 아니라니.

왈칵 분노와도 같은 절망이 치밀었다. 해는 미치광이처럼 비명 지르며 신단을 뒤집어엎었다.

후계의 자격이 없다면 대체 이 아이의 생에 무슨 의미가 있을까? 제가 떠나면 한순간도 유지되지 못할 이 땅에 무슨 미래가 있을까? 아비는 저 밖 유적에 있고, 어미는 평범한 여인일 뿐인 이 아이가 과연 살아남을 수는 있을까? 아무 의미도 없겠지! 아무 미래도 없겠지! 살아남을 방법 또한 전무하겠지. 요괴에게 뜯어 먹혀 죽게 될 텐데, 그럴 바엔 차라리 여기서 죽여버리는 게 낫다.

어느새 해의 손엔 은도가 다시 들려 있었다. 갓 태어나 때 묻지 않은 것의 피를 뒤집어쓴 은도는 몹시 잔악해 보였다.

해는 붉어진 눈으로 아기를 노려보았다. 이 어린것의 목숨을 취하기란 무척 쉬울 것이다. 모든 곳이 급소니, 내키는 곳에 찔러넣기만 하면 된다. 그럼 이 사리분별 못 하는 갓 태어난 것은 피를 콸콸 쏟으며 차갑게 식어버리겠지. 모든 것이 죽어갈 이 현북에서, 가장 먼저 죽는 것이 되겠지.

"너는 유일한 것이었는데! 양섭성이 지키고자 했던 것들을 지켜낼 유일한 방법이었는데!"

"으아앙! 아아앙!"

아이는 크게 울었다. 칼에 베인 손바닥에서 계속해서 피가 흘렀다. 서둘러 치료하지 않으면 손을 못 쓰게 될지도 모른다. 상관없는 일이다. 당장 죽여버릴 것이니까.

해의 두 눈이 광기로 번득였다.

"이 쓸모없는 것!"

해가 은도를 내찔렀다. 아이의 심장에 꽂히기 직전, 해가 이를 악물었다. 아이의 옆에 칼이 툭 떨어졌다.

"독단적인 판단으로 제 백성을 해하지 마십시오."

죽여선 안 된다. 죽일 수 없다. 그 혐오 어린 눈빛을 견뎌내지 못할 것이다. 불구대천지원수라서 더 나빠질 것도 없을 사이인 줄 알았으나, 바닥 밑에 바닥이 있다는 것을 알게 될 것이다. 양섭성은 살아서도, 죽어서도 그녀를 저주하고 경멸하게 될 것이다.

해가 힘없이 주저앉았다. 울음을 참아냈다. 도력 없는 아이가 미웠다. 죽여 마땅하다 생각했지만, 차마 죽일 수 없음이 이상했다. 이 무지렁이에게 희망을 걸었던 제가 어이없었다. 희망, 기대, 그따위 것들은 본디 저와 어울리지도 않는데.

참고 참았던 인내의 끝이 실망이란 게 허탈했다. 지난 며칠의 시간을 낭비한 것이 원통했다. 결국 양섭성이 지키고자 했던 것들은 단 하나도 지키지 못하리라. 이 땅도, 이 아이도 흔적 없이 사라지리라.

차라리 처음부터 현북을 포기했다면 양섭성은 구해낼 수 있었을지도 모른다. 요괴에 유린당한 현북을 본 그의 원망을 받아내야 했을지언정, 그는 살릴 수 있었을 것이다. 둘 다 구하려다 둘 다 잃었다. 해답지 않게 최선을 바랐으나 최악이 되었다. 후회와 후회가 겹쳤다. 모든 것이 엉망이었다.

"주인."

나직하게 들려온 부름에 해가 고개를 들었다.

"백리야."

땅의 심장을 둘러싼 결계 밖, 백리가 그녀를 보며 서 있었다. 울컥 시야가 흐려졌다.

"후계가 정해지지 않았다. 이럴 수는 없는 것이다."

눈물이 흐르는 것도 모른 채, 해는 백리에게 가 무너지듯 주저앉았다.

三

　백리는 아주 오래 살았다. 태초부터, 혹은 그 이전부터 살아왔
다. 나이 같은 것은 무의미하다. 세월 같은 것엔 가치가 없다. 그러
나 그 많은 시간이 그에게 많은 것을 알려주었다.

　알아야 할 것, 몰라야 할 것, 구분 없이 깨우쳤다. 보고 싶지 않
은 것도, 듣고 싶지 않은 것도 보이고 들렸다. 어쩔 수 없었다. 오래
산 것의 눈과 귀는 천계에 가깝게 되니, 항상 그의 의지대로 통제
할 수는 없었다.

　태초의 네 땅주인은 천계에 있다. 그들은 늘 사주와 제 후손들
을 보살핀다. 그 태초의 현북공이 지금까지 후계를 안배하지 않은
것은 말이 안 된다. 현북공의 핏줄이 모두 몰살당한 후 단 한 아이
도 태어나지 않았다면 모르겠으나, 양세계와 소경희가 이미 두 아
이를 더 보았다.

　백리는 양섭성을 생각했다. 그 다정하고 심성 단단한 땅주인의
성정을 헤아렸다. 도력 약한 자는 결계를 유지하기 위해 산 채로
온몸이 찢기는 고통을 감당해야 한다. 갓 태어난 사촌을 그 끔찍
한 고통으로 밀어넣을 수 있을까? 그 성정에?

　아니다. 그럴 리 없다.

백리의 본체마저 꿰뚫는 그 눈으로 아마 타인의 도력 또한 가늠할 수 있을 것이다.

"네가 양유성이로군."

별채에 있는 아이를 찾았다.

양세계와 소경희의 넷째 아이. 현북공가의 술사라곤 양섭성을 제외하고 모두 죽은 후 처음으로 태어난 아이.

"누구……."

양유성의 눈이 불안으로 흔들렸다. 양섭성을 닮은 다갈색 눈동자가 바닥의 그림자를 살폈다. 나이답지 않은 그 침착함에 백리는 냉소했다.

후계가 한시라도 급했기에 모두가 양섭성을 믿었다. 땅주인이 자신들을 속일 리 없다고 여겼다. 틀렸다. 그들은 양섭성을 몰랐다. 백리보다 더 그를 짐작하지 못했다.

후계가 태어나도, 그 후계가 장성할 때까지 양섭성이 무사하지 못하면 현북은 유지될 수 없다. 그것은 후계가 장성할 때까지 양섭성이 홀로 모든 것을 감수하려 했을 수 있다는 뜻이다. 어차피 후계가 다 자라기 전 그가 죽으면 현북은 멸망한다.

그렇다면 갓난쟁이 사촌을 고통으로 몰아넣느니, 꽁꽁 숨겨두고 무사히 자라도록 지키는 쪽이 더 양섭성답지 않을까.

"그가 도박을 했어."

모두 살거나, 모두 죽거나.

"혹시 백리 님이셔요?"

어디선가 주워들은 이름을 떠올려내는 양유성을, 백리가 가라

376

앉은 눈으로 내려다보았다.

해를 생각했다. 그의 야속하고도 매정한 주인의 심정을 헤아렸다.

현북의 수호자를 자처했으나, 그녀는 애초에 현북에 속해 있지 않다. 당초 현북에 들어선 것만으로 극심한 땅의 독기에 시달린 그녀다. 결이 다른 도력으로 결계를 유지하는 것은 생명을 파먹는 고통이 뒤따른다. 그 고통을 감내하며 현북을 지키고 있으나, 인내는 이미 바닥일 터다. 당장 나락으로 뛰어들어도 이상할 것 없다. 그나마 아직 현북에 머물러 있는 까닭은 결계를 유지할 대안이 없기 때문.

그래서 대안을 찾기 위해 소경희를 찾아갔다. 곧 태어날 아이를 신단에 제물로 바칠 것이다. 그러나 아이는 후계가 아닐 것이다. 백리는 이미 소경희의 배 속을 꿰뚫어 보았고, 그 속에 평범한 아기가 들어 있는 것을 확인했다. 해는 결국 떠나지 못할 것이다.

백리가 바라는 결말은 아니다. 백리는 제 주인이 수호자로서 고통받길 바라지 않는다. 단지 안전하게 평해로 돌아가기를 원한다.

"오라버니께 무슨 일이 생겼나요?"

그렇다면 먼저 이 아이를 드러내야겠지. 후계가 정해지면 적어도 지금 해가 받고 있을 고통은 줄일 수 있겠지. 그 뒤에 억지로 평해로 데려가든 해야겠지.

양섭성을 찾아오는 것은 그의 죽마고우라는 익족 계집이 하면 된다. 길잡이 얻었을 테니, 운이 좋다면 함께 살아 돌아올 것이다.

"그래."

백리가 손 뻗었다. 금세 울먹울먹해진 얼굴로 양유성이 급히 다가왔다.

아이를 데리고 땅의 심장으로 향했다.

잠시 후, 땅의 심장을 보호하는 결계 앞에 백리는 멈춰 섰다. 그 안에서 주인이 울고 있었다. 나약해진 모습으로, 더없이 애처롭게.

"주인."

"백리야."

가슴이 우르르 뒤흔들렸다. 권영의 죽음을 들었을 때도 분노할지언정 울지 않았던 주인이다. 권영에게 눈멀어 있던 때도 복수를 연료 삼아 삶의 의지를 놓지 않던 주인이다.

"후계가 정해지지 않았다. 이럴 수는 없는 것이다."

가까이 다가온 해가 무너지듯 주저앉았다. 강하면서 나약하고, 오만하며 애처로운 그의 주인이 두 손바닥에 얼굴을 파묻은 채 어깨를 바들바들 떨었다. 그 어떤 죽음과 저주와 증오도 무너뜨리지 못한 주인이 무너지고 있었다.

백리는 가만히 눈을 감았다. 마음 깊은 데서 싹텄던 의심을 비로소 인정했다. 그토록 성마르게 현북을 떠나고 싶어 했던 불안의 원인이 청유 하나가 아님을 받아들였다.

그 애는 죽지 않았다.

해의 사랑이며, 우정이며, 전부인 이. 해를 변화시키고, 살아 있

게 하며, 움직이게 할 유일한 연. 도리 모르고, 윤리 모르며, 법리
알지 못하는 무구한 계집이 추구할 유일한 빛. 그 애가 권영이라
믿었으나, 틀렸다. 일순 허탈감이 밀려들었다. 체념과 닮은 감정
이었다.

"양섭성은 다정하며 사려 깊지요."

백리가 표정 없는 얼굴과 감정 숨긴 목소리로 조용히 말을 이었
다.

"그는 이런 상황은 가정하지 않았을 겁니다."

풍랑 담긴 눈동자가 가라앉았다. 해가 의아한 표정으로 고개를
들었다.

"가정하지 않아?"

"현북 안에서 양섭성은 불사에 가깝습니다. 태초의 가호가 함
께하고, 무엇보다 치유의 힘을 가졌지요. 그의 도력은 미약하나
마르지 않으니 누가 그를 위험하게 만들 수 있겠습니까?"

백리는 입술 안쪽을 잘근 씹었다. 미간을 모은 채 골똘히 생각
에 잠긴 주인을 바라보는 마음이 고독했다. 그 마음이 주인에게
닿지 않게 했다.

"또한 그는 원한을 사는 성품도 아니고, 현북의 백성 모두가 그
를 진정으로 우러르며 경외합니다. 그들 중 어느 누가 그의 부재를
가정하였겠습니까?"

지난 일곱 해 동안 결계가 사라졌던 것은 얼마 전 양섭성이 잠들
었던 잠깐뿐이다. 완벽하진 않아도 그는 열심히 했다. 최악의 상
황에서 차선을 포기하지 않았다. 백성은 그를 존경했고 존중했고

사랑했다.

"양섭성은 자신의 부재를 예측할 수 없었어?"

해가 멍하니 중얼거렸다.

양섭성은 다정하며 사려 깊다. 양섭성은 제 부재를 예측하지 않았다. 두 명제가 뒤엉켰다.

"땅주인이 된다는 건 고통스러운 일입니다, 주인. 후계가 되는 것 또한 마찬가지입니다. 피를 바쳐 자격을 증명하는 것만으로 그들은 끔찍한 고통 속에 내동댕이쳐집니다. 온몸이 갈가리 찢기고, 모든 뼈가 잘게 바스러지며, 온 살이 얇게 저며지는 고통은 한낱 어린애가 감당할 만한 것이 아닙니다. 태초의 결계는 제가 흡족할 때까지 도력을 게걸스럽게 탐할 뿐이니, 땅주인이나 후계의 고통은 안중에도 없습니다. 도력이 약한 자일수록 결계는 심연까지 뜯어 먹을 겁니다. 양섭성은 누구보다 그 고통을 생생히 알고 있겠지요. 만약 아이에게 도력이 있되 아직 약하다면 제가 겪은 것과 같은 고통을 겪게 될 것도 알고 있었겠지요. 그렇게 고통스러워하며 도력을 내바쳐도 부족할 땐 수명으로 대체해야 하는데, 그 다정한 자가 제 어린 사촌을 그 지옥으로 끌어들이겠습니까?"

해의 두 눈이 커다랗게 흔들렸다. 이내 깨달았다.

"천계는 진즉 후계를 내렸구나."

양섭성이 모두를 속였다. 후계의 자격을 갖춘 아이가 태어났다는 것이 알려지면 가신들은 득달같이 달려들어 갓난쟁이를 제물로 바칠 것이 빤하기에 후계의 탄생을 외부는 물론 그 피붙이조차 모르게 했다.

백리가 옆으로 비켜섰다. 그의 뒤에 예닐곱 살 되어 보이는 어린 계집이 서 있었다. 허탈하게 웃던 해가 계집을 노려보았다. 날 때부터 양섭성에게 거두어져 자신에게 후계의 자격이 있음을 철저히 숨기도록 교육받았을 계집. 갈색의 다정한 눈동자가 양섭성을 닮았다.

"양섭성, 그 멍청한 것이! 정녕 어리석은 짓을!"

벼락같은 분노 앞에 백리는 고소했다. 다시 생각하고, 처음부터 다시 맞춰보아도 분명하다. 권영은 가짜고 양섭성이 진짜다. 그 어떤 생에서도 그를 잘못 알아본 적 없는 해가 이번 생에선 틀렸다. 그릇된 자에게 충성을 바쳤다. 엉켰던 연이 이제야 제자리를 찾고 있다.

좋은 눈도 다정한 성품도 그대로였다. 어떻게 몰랐을까 싶을 정도로 그는 변함없었다. 영원히 변치 않는 것은 없다는 진리를 비웃듯 수없이 이용당하고 살해당하고 버림받으면서도 변하지 않았다. 망각수를 마신들 고통스러운 기억은 영혼에 새겨져 본성을 갉아먹었을 텐데, 그는 여전히 햇살처럼 반짝거렸다. 모든 존재 중 가장 무구한 영혼이 추구할 수 있는 유일한 가치였다.

그래서 그가 미웠다. 오직 그만이 해의 가치가 될 수 있었다. 언제나. 정녕 언제나.

"그 고통은 아무도 모를 것인데! 그 노력을 누구도 알아주지 않을 것인데! 기껏 해봤자 무력하다는 비웃음이나 들었을 것인데! 그 한심한 것이, 정녕!"

그래서 그 애를 아꼈다. 언제나. 정녕 언제나. 그것이 곧 해를 지키고 위하는 길이었다.

습관처럼 새겨진 그 모든 애정을 깊이 파묻었다. 이번 생만큼은 제 탐욕을 우선하여 비겁해지기를 선택했다. 제 또 다른 연을 짓밟고서, 제 또 다른 우애를 모른 척하며, 그렇게 갈가리 찢긴 마음을 재차 천 갈래로 찢어 어렵사리 그 죽음을 방관했다. 나락과 관계되지 않겠다는 핑계를 들었으나 두 번은 그리 못할 것을 안다.

아득히 긴 세월 살아오며 무뎌진 마음이 이토록 고통스러울 수 있다는 게 의아하다. 이제 와 바라는 것은 해만이라도 무사히 돌려보내는 것.

"들어가. 후계를 이어라."

백리는 양유성의 등을 살짝 밀며 부채가게에서 보았던 청린을 떠올렸다. 아무도 모르게 밟아 바스러뜨린 그것을 생각했다.

그것은 나락왕의 딸, 나락의 용이라 불리는 청유의 흔적. 아비를 일찍이 뛰어넘은 나락의 새로운 우두머리. 그녀는 분명 백리의 존재를 알아챘을 것이다. 백리와 모든 걸 함께하길 바라는 집착을 놓았을 리 없으니 곧 현북으로 올 것이다.

해가 아무리 뛰어난들 억겁의 기억을 지닌 청유를 그냥 이길 수 없다. 그 상서로운 이무기와 대적하여 무혈로 이길 수 있는 자는 삼계를 통틀어도 존재하지 않는다.

형제를 빼앗겼다는 생각에 해를 지극히 미워하는 청유는 해의 영혼을 천만 갈래로 찢어 없애려 들 것이다. 영혼이 산산조각 나면 저 하늘의 천신이 내려와도 되돌리지 못한다.

어떻게 해야 해를 무사히 평해로 데려갈 수 있을까.

대체 어떻게 해야…….

막막함이 휘몰아쳤다. 비겁해져서라도 얻고자 했는데.

두 눈을 꾹 감았다 뜬 백리는 땅의 심장 안으로 들어가는 양유성을 지켜보았다.

"아기를 돌려주세요."

유성은 이제 막 새로 생긴 어린 동생을 안아 들었다. 여전히 피흐르고 있는 작은 손을 꼬옥 붙잡았다. 현무의 색을 닮은 도력이 갓난쟁이의 손바닥에 스며들었다. 아이의 도력은 양섭성의 것과 닮았다.

"너와 양섭성이 모두를 속였다. 모두를 위험에 빠뜨렸어!"

해는 길길이 날뛰었다. 날것 그대로의 분노에 유성은 처음에는 겁먹었으나 곧 침착해졌다. 아이답지 않은 담대함으로 해의 분노를 받아냈다.

"유가 후계를 이을 거예요."

갓난쟁이 사촌을 고통 속으로 끌고 오기 싫어서, 저 혼자 감내할 수 있기를 바라며, 그 성정 다정한 땅주인이 꽁꽁 숨겨둔 아이. 결계가 제 생명을 갉아먹는 것을 알면서도 내색 한번 하지 않고 지켜온 아이. 어려서 부모와 형제를 모두 잃고, 홀로 짊어지는 것밖에 배우지 못한 그 멍청한 땅주인이 세상에 드러나지 않길 바랐던 아이. 그 어린 후계자가 신단 앞에 섰다. 은도를 집어 들어 깊게 손바닥을 베어냈다.

붉은 피가 결계의 근원에 뚝뚝 떨어져 내렸다. 신단에서 푸르스름한 광채가 터져나왔다. 어린 후계자는 고통에 찬 비명을 힘겹게 되삼켰다.

후계가 결정되었다. 그 모습을 지켜보는 해의 표정이 세차게 흔들렸다.

백리 안의 무언가가 무너졌다.

※ • ※

"아버지! 섭성이!"

섭성은 양차성의 품에 안겨 있었다. 정신이 혼미했고 온몸이 불에 타듯 뜨거웠다. 열로 시야가 흐려져 주변이 흐리멍덩했다. 꿈인지, 생시인지조차 분간되지 않았다. 그 경계는 분명한 듯하면서 너무도 모호하여 꿈과 현실의 증좌를 찾고자 하여도 찾을 수 없었다. 단지 다시 안길 수 없을 줄 알았던 형제의 품을 간절히 파고들었다.

"이게 어찌 된 일이냐?"

사색이 된 양윤계가 섭성을 받아 안았다.

"모르겠습니다. 일단 맹 의원을 불러오리까?"

"그리하여라. 한데 오황자는 찾았느냐?"

"예. 저하께선 무사하십니다."

"불행 중 다행이구나."

요괴사냥전은 본디 무척 위험하다. 역대 사냥전 중 고위귀족이 잘못된 사례는 얼마든지 있었다.

그러나 황야는 본래 요괴와 대적하기 위하여 세워진 제국. 요괴와의 싸움은 명예였고, 그 명예로운 일로부터 도망친 자는 비겁자로 평생을 조롱받았다. 이 때문에 귀족의 어린 자제들은 사냥전에 참가하길 갈망했다. 제 용기를 증명하고자 하는 어린아이들이 어른 몰래 결계를 벗어날 가능성을 고려했어야 했다.

"아버지."

맹 의원을 부르러 가려던 차성이 돌연 멈춰 서 부친을 불렀다. 양윤계의 짙은 눈썹이 꿈틀거렸다.

"섭성은 황자 저하 곁에서 발견되었습니다."

"기어이 황자를 찾으러 갔더냐? 그리 안 된다고 했거늘."

"평해공주도 함께였습니다."

그건 조금 의외였는지 양윤계는 놀란 얼굴이다.

"하여?"

섭성의 치유가 최우선인 지금 양차성이 굳이 그를 붙들고 이야기하는 까닭이 있을 것이다. 불길한 예감에 양윤계의 어깨가 살짝 떨렸다.

"······."

차성이 운만 떼고 말을 잇지 않자 양윤계가 초조하게 재촉했다.

"요괴에게 습격이라도 당한 것 같더냐?"

"요괴에 당할 아이가 아닙니다. 아시잖습니까."

한숨을 내쉬며 고개를 내저은 차성의 눈길이 아우에게 머물렀다.

"하면?"

"모르겠습니다. 여하튼 요괴는 아닙니다. 다만 그곳에 황자 저하뿐만 아니라 평해공주도 함께였고, 셋 모두 상태가 좋지 않았습니다."

"평해공주까지?"

"예. 평해왕 부부는 공주를 보자마자 평해로 돌아갔습니다. 그들은 공주가 땅의 독에 중독된 것 같다고 했지만, 글쎄요. 소자가 보기에 독 때문은 아닙니다. 공주는 시간을 들여 적응했습니다. 갑자기 상태가 나빠질 이유가 없습니다."

양윤계는 잠시 생각에 잠겼다.

"요괴의 흔적은 없었다. 외상도 눈에 띄지 않는다. 그러나 세 아이의 상태가 모두 좋지 않다……."

혼잣말처럼 중얼거린 양윤계가 차성에게 시선을 두었다.

"그들 사이에 무슨 일이 있었겠구나."

차성이 착잡한 얼굴로 고개를 끄덕였다.

"예. 안 좋은 일이 있었을 겁니다. 아주, 아주 안 좋은 일이 말입니다."

두 사람이 대화하는 와중에도 섭성의 열은 점점 더 심해졌다.

"일단 맹 의원부터 모셔오너라."

"서둘러 다녀오겠습니다."

차성이 가는 것을 확인한 양윤계는 섭성을 급히 방으로 옮겼다. 양윤계가 어린 아들의 얼굴을 하염없이 어루만졌다.

"섭아."

뜨거웠다. 너무도. 이대로 활활 타 재가 되어버릴 것처럼. 이리 아플 아이가 아니었다. 원체 도력을 잘 다루는 데다가 치유력이 뛰어나 자잘한 병치레 한번 한 적 없었다. 한데 온몸이 뜨거운 물처럼 펄펄 끓으니, 대체 무슨 일이 있었던 것일까?

"네 무슨 일이 있었느냐?"

애가 타들어갔다. 차성과 설성을 얻고 꽤 오랫동안 셋째가 들어서지 않아 거의 포기하던 차에 얻은 막내아들이었다. 눈에 넣어도 아프지 않을 만큼 귀애했다.

누구보다 선량하게 키웠다. 역대 현북공을 뛰어넘는 도력은 선한 마음과 함께여야만 빛 발할 것이었다. 다정하고, 올곧고, 어떤 것에도 굴하지 않는 성정으로 자라길 바랐다. 차성과 설성 또한 나이차 많이 나는 막내아우를 애지중지 아꼈다. 그렇게 온 가족이 아낌없이 사랑을 퍼부었다.

"이 아비가 지켜주마. 다 괜찮을 것이다."

아이는 대답 없었다. 힘겹게 아비의 옷자락을 움켜쥘 뿐이다.

펄펄 끓는 열은 나흘이 지나도록 내리지 않았다. 맹조위는 시름 가득한 얼굴로 막내공자의 땀을 닦았다.

"아이는 괜찮은가?"

문득 들려오는 목소리에 맹조위가 홱 고개를 돌렸다. 아름다운 여인이 섭성을 내려다보고 있었다. 현북의 수호수, 현무였다. 그녀는 주 경계에서 사냥을 막 끝내고 돌아온 참이다. 그사이 이런 난리가 났을 줄은 미처 몰랐다.

강한 위압감이 뿜어져 나오는 신수는 신중한 얼굴로 섭성을 살폈다.

"그 어떤 처방도 듣지 않습니다."

맹조위가 난감한 듯 고개를 내저었다.

"그래? 네 보기에 어떤 것 같으냐?"

"소인은 처음 보는 경우입니다. 더 나빠지지 않는 것을 다행으로 여겨야 할 것입니다."

"다행?"

현무가 코웃음 쳤다.

"처음 보는 경우다? 더 나빠지지 않음을 다행으로 여겨라? 웃기지 마라! 치유의 도력이 월등한 아이다. 보통의 경우라면 이리 아플 리 없다. 의원이라는 자가 모르쇠로 일관하여 이 상황을 모면하려는 것이냐? 가당치도 않다! 똑바로 고하지 않으면 내 너를 친히 갈기갈기 찢어버릴 것이다!"

현무가 사납게 다그쳤다. 잠시 얼어붙었던 맹조위가 뒤늦게 바닥에 엎드렸다. 야위고 늙은 몸이 가늘게 떨렸다.

"모르쇠로 일관하여 상황을 모면하려 하다니요? 당치 않습니다. 그저 소인의 학식이 부족하여 그릇된 추측을 올릴까 저어한 것뿐입니다."

"네게 죄 묻지 않겠다. 네 생각을 말하라."

맹조위는 한동안 엎드린 채 움직이지 않았다. 한참 뒤에야 그는 천천히 노쇠한 몸을 일으켰다. 눈썹은 하얗게 셌고, 얼굴엔 주름이 자글자글했다. 그 두 눈만은 총기 잃지 않아 번뜩이니 청년의 것과 다르지 않았다.

그는 잠시 가만히 땅의 수호수를 응시했다. 검은 거북이란 별칭처럼 온통 검은 여인. 특히나 검은 것은 저 눈동자. 아무리 어두운 것이라도 그 눈동자의 어둠에는 비할 수 없다. 어떤 어둠 속에 숨은 심연이라도 그 눈동자 앞에서는 발가벗겨지리.

"소인의 생각으로는……."

현무는 집요하니, 답을 말하지 않는 한 놓아주지 않을 것이다. 체념한 듯 맹조위가 입을 열었다.

"막내공자의 열은 천열입니다. 일종의 천벌이지요."

"네 그 말뜻을 알렷다?"

"말인즉, 막내공자께서 역천에 버금가는 죄를 지었다는 뜻이지요."

"섭성은 죄지을 성정이 아니다!"

현무가 벌컥 소리쳤다.

"천륜을 거스르는 죄에 휘말리는 것만으로도 역천의 죄는 성립됩니다."

맹조위는 동요 없이 차분했다. 현무가 그런 그를 물끄러미 훑어보았다. 인간으로 치자면 퍽 오래 산 의원이었다. 그러나 이치를 깨닫기엔 어려도 한참은 어린 것. 그럼에도 통찰력이 예사롭지 않다.

"그래, 네 말이 맞다. 천계는 자비롭지 않으니 역천에 휘말리는 것만으로도 죄인의 낙인이 찍히지."

섭성에게 다가선 현무가 그의 젖은 이마를 어루만졌다.

"무언가 악한 의지를 품고 막내공자의 천연을 빼앗았습니다.

천연이란 강하고도 질긴 것. 천계에서 직접 나선 것이 아닐 테니 완전히 끊어지지는 않았겠지요. 하지만 그 영혼은 이미 깊이 상처를 입었습니다. 물론 그 천연의 상대도 멀쩡하진 않겠지요."

"그 상대가 누구인지 짐작하고 있겠구나."

현무의 눈빛이 착잡하게 가라앉았다.

"치료가 가능하오리까?"

"의원은 내가 아니라 너이지 않으냐?"

"소인은 한낱 인간에 불과합니다. 천계의 이치는 알지 못합니다."

"그러하더냐."

자조한 현무가 조용히 말을 이었다.

"치료가 가능하겠느냐고? 글쎄, 목숨만 부지하는 것이라면 못할 것도 없겠지. 하나 잃어버린 연이 하필 억겁의 연이니 깨어나도 전과 같진 못할 터. 차라리 이대로 죽어버리는 게 나을지도 모르지."

"이대로 죽어버리는 게 낫다니요? 그 무슨 해괴한 말씀이십니까?"

현무는 씁쓸한 표정을 지었다.

"나는 현북의 수호수다. 천연에 이 정도로 개입할 수 있는 자는 많지 않아. 이 정도 힘이라면 자칫 섭성을 지키려다 현북공과 그 일가 모두가 위험해질지도 몰라. 하나를 버려 모두를 지킬 수 있다면, 너는 어찌할 것이냐?"

"소인의 의견이 왜 필요합니까? 필요한 것은 오직 현북공의 의견이지요. 그분은 포기하지 않을 겁니다. 그들은, 제 가족을 포기하지 않아요. 그 어떤 현북공도 제 자식을 포기한 적 없습니다."

현무는 잠시 입을 다물었다. 맹조위의 말이 옳았다. 그녀의 생각도, 맹조위의 생각도 불필요하다. 필요한 것은 오직 양윤계의 결정뿐이다. 그녀는 현북의 수호수이기에 양윤계를 지키는 것이 가장 중요했으나, 그를 지킨다는 것은 단지 그의 목숨만 지킨다는 뜻은 아닐 터였다. 그의 신념과 마음 모두 지키는 것이 그녀의 임무였다.

"윤계가 오면 네 생각을 고하여라. 그에게 선택을 하게 해. 그가 어떤 결정을 내리든 나는……."

옳고 그름을 가리는 것은 윤계의 소명이고, 정의로움을 지키는 것은 윤계의 신념이니, 어린 자식을 보호하는 것은 그의 금지가 될 것이다. 그녀는 단지 그의 몸과 마음을 모두 지켜내, 그의 모든 바람을 행하게 할 뿐.

"지킬 것이니."

바람이 불어왔다. 맹조위가 두 눈을 질끈 감았다. 다시 눈을 떴을 때, 현무는 없었다.

양윤계를 비롯하여 그 자식들이 섭성을 찾아왔다. 맹조위는 그들의 눈치를 살피며 입술을 달싹거렸다.

"아직 고하지 않은 것이 있구나. 당장 말하여라."

양윤계가 채근했다. 무거운 한숨을 내쉰 맹조위가 망설임 끝에 바닥에 깊게 엎드렸다.

"감히 아룁니다, 나리. 소인이 생각키로 막내공자님의 증상은 천열입니다!"

"천열?"

맹조위가 고개를 들었다.

"일종의 천벌이지요."

"천벌이라니?"

연신 되묻는 양윤계의 목소리가 갈라졌다.

천벌. 천계에 거스른 자에게 내려지는 불가피의 형벌. 세상에서 가장 지고한 자도, 가장 천박한 자도 피할 수 없는 천계의 의지.

닷새 전, 요괴사냥전에 참가한 태황자 권운을 따라왔던 오황자 권영이 실종됐다. 그리고 나흘 전, 오황자 권영과 함께 평해공주 기해와 섭성이 발견됐다. 발견 당시 세 사람 모두 상태가 그리 양호하지 못했는데, 평해왕 부부는 공주를 데리고 즉시 평해로 복귀했고, 태황자 권운은 아우 권영에게 무수히 많은 호위를 붙여 황경으로 돌려보냈다. 사냥전은 그 후로도 계속돼 어제 비로소 마무리되었다.

양윤계는 오황자와 평해공주의 상태를 직접 보지 못했다. 주경계에서 발견되었으니 대외적으로는 요괴의 소행이라 공표되었다. 맹조위는 그 사고의 원인이 다른 어떤 것도 아닌 천계와 관련되어 있다고 말하고 있다.

"섭성은 죄지을 성정이 아니다. 황자도, 공주도 아직 어린아이일 뿐이다. 그들이 천계의 분노를 살 만한 짓을 저질렀다고는 생각할 수 없다. 존속을 살해한 것도 아니고, 맹세를 어기고 친우를 배신하지도 않았으며, 하늘의 문을 열 자격을 얻은 신령한 존재에게 해를 가했을 리도 없다. 그런 일이 있었다면 진즉 알았겠지. 섭성은 천벌을 받을 만한 죄는 그 어떤 것도……."

"아버지."

돌연 옆에 있던 설성이 끼어들었다. 양윤계가 여식을 바라보았다.

"소녀가 들은 말이 있습니다."

설성이 고개를 똑바로 들었다. 천열을 앓으며 타들어가는 아우에게 시선이 고정되었다.

"천안이 열린 분들이 하나같이 하는 말씀이 있지요. 이 세상은 수많은 연의 선으로 가득하다고. 부부, 부자, 친우, 군신……. 그 모든 연 중 으뜸은 당연 천연이라, 오직 천연만이 월선의 붉은 선으로 나타난다고."

양윤계의 표정이 굳었다. 설성은 영리한 아이다. 이유 없이 천연에 대해 읊고 있을 리 없다.

"오황자께서 붉은 선을 본다는 이야기를 들었습니다."

"말도 안 된다. 천연은 오직 천안 뜨인 자만이 볼 수 있다. 그러기엔 오황자는 너무 어리다."

"저도 압니다, 아버지. 하지만 소녀는 잘못 듣지 않았어요. 오황자가 말하는 걸 분명 들었습니다. 천연을 만질 수 있다고도 했습니다. 만질 수 있다면 천연을 꼬아버리는 것도 가능하지 않겠습니까? 설령 천연의 무게를 모르고 저지른 짓이라도 천연에 개입하는 것은 역천에 준하는 대죄. 천벌이 내려진들 이상하지 않습니

393

다."

짧은 침묵이 흘렀다. 마른 얼굴을 문지른 양윤계가 고개를 흔들었다. 정신을 바짝 차려야 했다.

"열 살도 채 되지 않은 어린아이가 천안을 얻었던 적은 없다. 기록관 그 어디를 뒤져도 그와 같은 사례는 없을 것이다."

"지금까지 없었다고 해서 영원히 없으리란 보장은 없습니다."

설성이 단언했다.

"설이 너는, 오황자께서 천안을 얻었다 생각하는 것이냐?"

"예. 소녀는 그리 생각합니다."

흔들림 없는 여식의 두 눈을 바라보며 양윤계가 얕은 신음을 흘렸다. 영특한 아이다. 무엇보다 감이 뛰어난 아이다. 여식의 확신이 틀렸던 적은 없다.

"만약 네 추측이 옳다면 우리가 해야 할 일은 하나뿐이다. 천연은 천계의 일곱째 천존께서 직접 맺어준 연이다. 그 어떤 연보다도 강하고, 나아가 섭성을 천계로 이끌 수도 있는 연이지. 제아무리 대단한 술사라도 천연을 끊을 수 없고 뒤틀 수 없다. 그럼에도 만약 정말로 오황자께 그럴 만한 힘이 있다면, 섭성을 온전히 구하기 위해서는 천연을 꼬아놓은 그 힘을 제거해야만 할 것이다. 하지만 신하 되어 감히 황자께 해를 가할 수는 없다."

"시간을 주세요, 아버지. 오라버니와 함께 방법을 찾아보겠습니다. 황자 저하를 해하지 않아도 이 세계와 완벽히 유리시키면 되지 않으리까? 잠깐이면 될 겁니다. 천연은 그 어떤 연보다도 강하니 아주 잠깐이라도 방해하는 힘이 사라지기만 한다면 필시 제

자리로 찾아올 겁니다. 태초의 주술을 찾아보면 분명 방법이 있을 거예요."

전부 추측뿐이었다.

"어려운 길이 되겠구나."

"제 아우입니다. 절대로…….".

"우리는 포기하지 않습니다."

언제 왔는지 모를 차성이 설성의 말을 가로채 끝맺음했다. 놀란 설성이 뒤돌아보더니 빙그레 웃었다. 그 순간이었다.

- 네가 우릴 죽였다!

- 하찮은 너 하나를 구하려다 우리 모두가 죽었다!

- 너만 없었어도! 너만!

그들의 얼굴이 동시에 일그러지더니 추악하게 변했다. 심연을 빨아들이는 검은 공동이 얼굴 한가운데 뻥 뚫렸고, 새빨간 피눈물이 흉악하게 흘러내렸다.

천열에 시달리며 신음하던 섭성은 맥없이 그 모습을 지켜보았다. 온몸이 덜덜 떨렸다. 목에 고인 울음에 온몸이 문드러졌다. 아비와 형과 누이가 동시에 섭성의 목을 졸랐다. 섭성은 몸부림쳤다. 속이 메스꺼웠고 토악질이 났다.

문득 깨닫는다. 이것은 꿈이다. 현실의 탈을 쓴 악몽이다. 이미 잃은 가족을 수백수천 번 다시 잃게 되고, 다신 볼 수 없는 이들의 품을 갈망하며 끝내 스스로 죽어가게 만드는 더없이 깊은 나락이다.

'그만, 제발…….'

달아나고 싶은 동시에 깨어나고 싶지 않았다. 피눈물은 흘러내리는 용암이 되어 심장을 뒤덮었다.

비명이 잦아들었다. 양섭성을 감싼 채 정기를 취하던 나뭇가지들이 슬금슬금 물러나 그의 숨통을 터주었다. 아직 죽으면 곤란하다.

"이번에도 즐거운 시간이었니?"

우아하게 꽃잎차를 마시며 화선녀가 물었다. 화선녀를 노려보던 섭성이 픽 조소했다.

"그래, 즐거운 시간이었다."

기억은 조각을 맞추어간다. 뜯겨서 비어버린 기억을 하나하나 찾아냈다. 두서없이 흘러드는 악몽은 과거의 단서였다. 모든 일은 연관돼 있다. 해가 땅의 독을 해독하는 약재에 이상하리만큼 강한 거부반응을 보였던 것도, 강력한 부모를 두고도 턱없이 약하게 된 그도, 역모의 마음을 품은 것도 아니면서 감히 황자를 잡으려한 그의 가족도.

악몽은 예측에 불과하던 것에 확신을 더했다. 거짓과 뒤엉킨 참을 하나하나 구분해냈다.

꿈속의 상황은 매번 달랐으나 반복해서 지칭되는 것이 있었다. 황야의 인간이 누릴 수 있는 것 중 가장 값지고 아름다운 것. 억겁이 지나도 끊어지지 않는다는 하늘의 연.

'천연……'

모든 인과가 천연으로 귀결된다. 그리고 그의 부모와 형과 누이는 그를 지키려다 죽었다. 그 하나만 포기했다면 모두 무사했을 텐데, 멍청하게도 끝까지 그를 포기하지 못해서 결국 그를 혼자 남겨두었다.

두 눈이 뜨거워졌다. 이를 악물었다. 울음을 참아냈다. 맨 정신인 상태로 화선녀 앞에서 눈물 흘릴 만큼 나약하게 자라지 않았다. 대의를 위해서라면 굴복하는 것도, 굴종하는 것도 비참하지 않으나, 화선녀 앞에서 울음 우는 것에는 아무런 대의도 없다.

"별로 즐거워 보이는 표정은 아닌데?"

"그럴 리가."

섭성이 태연을 가장하여 웃음 웃었다. 와르르 무너져 내리는 정신을 가까스로 붙들었다. 그리운 이들의 얼굴을 하나하나 그려보았다. 지금이라도 웃으며 그를 구하러 와줄 것만 같았다. 헛되어 서글픈 바람이다.

참 나쁜 사람들. 정녕 나쁜 사람들. 죽어서도 원망해 마지않을, 사랑하는 이들.

그들이 틀렸다. 그들은 그래선 안 되었다. 오직 그 하나 살리겠다고 모두 함께 불구덩이로 뛰어들 필요가 없었다. 단 한 번도 가족의 목숨을 제물 삼아 살아남고 싶다고 생각하지 않았다. 단 한 순간도 혼자 살아남는 오늘을 바란 적 없다.

만약 과거를 바꿀 수 있다면 스스로 죽어버릴 것이다. 제 피붙이가 무모한 일에 뛰어들기 전 모두 끝내버릴 것이다. 그럴 수 있다면. 하여 그들을 되살려낼 수만 있다면 이 혼백을 손수 지옥불에 내바칠 텐데…….

"그래, 마음껏 잘난 듯 지껄이렴. 과연 얼마나 갈지 궁금하구나."

화선녀가 상냥하게 비웃으며 돌아섰다. 그녀의 걸음마다 연분홍 꽃잎이 살랑대며 떨어졌다.

섭성은 두 눈을 부릅떴다. 악몽이 닥쳐올 것이다. 그리움에 끝없이 무너지고, 원망에 목 졸려도 정신을 차릴 수 있기를 바랐다. 과거로부터 달아나지 않을 용기를 염원했다.

四

후계가 결정됐다.

이제 해는 거리낄 게 아무것도 없었다. 후계에게 결계를 맡기고
주 경계로 나가면 된다. 맹조위가 잠을 막아주는 약을 지어 올릴
것이라 했으니 후계는 홀로 땅주인의 임무를 대리할 수 있을 것이
다. 약이 잘 듣지 않는다 해도 양유성의 도력은 섭성과 마찬가지
로 치유에 바탕을 두고 있으니 스스로 제 몸 정도는 돌볼 수 있을
터.

이제 현북의 결계는 해가 염려할 바가 아니었다. 문제는 백리였
다.

"무어? 다시 말해보아라."

해가 얼굴을 찌푸렸다.

"평해로 돌아가야 합니다, 주인."

"느닷없이 무슨 헛소리냐?"

"너무 오래 떠나 있었습니다. 기력이 지나치게 떨어진 상태입니
다. 평해에서 회복하고 돌아오는 것이 옳습니다."

예상보다 적응에 시간이 소요돼, 현북에 머무는 기간 또한 길어
졌다. 애당초 길어야 한 달이면 끝날 것이라 여겼던 임무가 벌써

두 달을 훌쩍 넘어서고 있었다. 권속으로서 주인의 안위를 걱정하는 것은 당연한 일이나, 해는 의아했다. 백리는 본디 그녀의 결정에 토를 달지 않는다. 지금까지 단 한 번도 그는 그녀의 선택을 가로막은 적 없다.

"요괴군을 섬멸하는 데는 그리 긴 시간이 필요치 않을 것이다. 이제 와서 평해에서 쉬고 올 이유가 없어. 무엇보다 너무 오래 걸려. 그때까지 양섭성이 살아 있을 리도 없다."

"계획되지 않은 소모가 너무 컸습니다. 타주의 결계를 유지하는 것은 보통 일이 아닙니다. 겉으로 드러나지 않은 내상을 입으셨을 겁니다. 돌아가서 회복하는 것이 우선입니다."

백리가 평소와 달리 끈질겼다. 해가 짜증스레 눈썹을 찡그렸다.

"권속 주제에 감히 내게 간섭하려 들어?"

"주인."

"비켜라! 다음 번 권속은 꼭 말 못하는 놈으로 골라야겠어."

해가 성질을 부렸지만 백리는 물러서지 않았다. 결국 해의 인내가 먼저 바닥을 드러냈다.

"백리! 비키라고 하지 않으냐? 감히 항명하겠다는 것이냐?"

"주인은 아무것도 모릅니다."

백리의 창백한 얼굴에 깊은 피로감이 묻어났다. 그 황금색 눈에 드러난 절박함이 의아했다. 왈칵 짜증이 치밀었다.

왜 너까지? 대체 왜 너마저?

세상이 그녀의 맹목을 비웃어도 백리는 그러지 않았다. 세상이 그녀를 포악하다 비난해도 백리는 그러지 않았다. 세상 전부가 그녀를 악으로 규정해도, 백리는 그러지 않아야 했다. 그는 그녀의 유일한 권속이고, 마지막까지 그녀의 편이어야 했다.

그런데 왜 내 앞길을 가로막지? 왜 내 결정을 부정하지?

"그래, 난 아무것도 모른다! 난 본래 아는 것이 없어. 죽여야 하는 것도, 살려야 하는 것도 잘 모르겠다. 그래서 어쩔 테냐? 내가 아는 것은 저 밖에 영의 원수가 널려 있고, 양섭성도 거기 있다는 것뿐이지. 원수를 갚고, 멍청한 땅주인 하나를 구하려면 밖으로 나가야 해. 여기에 뭘 얼마나 더 알아야 하느냐?"

"주인의 맹목은 그 대상이 틀렸습니다."

"무어?"

"주인의 선택은 이미 주인의 것이 아닙니다."

"헛소리 말고 당장 비켜라! 나를 막지 마! 명이다."

해의 두 눈이 사납게 번뜩였다. 화를 견딜 수가 없었다. 한시가 급한데 제 앞을 막아선 백리가 미웠다. '명'을 내렸다.

맹약으로 이어진 백리의 육신이 순간 옴짝달싹 못 하게 되었다. 강하고 예리한 속박이 그의 심장을 움켜쥔 채 단 한 발짝이라도 움직이면 그대로 터트려버리겠다고 위협한다.

백리의 표정이 구겨졌다.

"주인."

"백리, 똑똑히 알아라. 너는 내 권속이고, 나는 네 주인이다. 네 심장에 새겨진 권속의 맹약이 그 증좌이지. 그러니 항명하고 싶거든 맹약을 깨부숴. 그리 못 하겠다면 더 이상 항명하지 마라."

백리를 묶어둔 채 해는 멀어졌다.

백리는 우두커니 서서 눈 감았다. 실망, 분노, 안타까움. 오랫동안 묻어둔 온갖 감정들이 휘몰아쳤다. 깊은 한숨을 내쉬며 흐트러진 머리를 쓸어넘겼다. 손등에 돋아낸 비늘이 방금 느낀 살기의 진의를 방증한다.

그가 냉소 머금고는 감았던 눈을 떴다. 황금색으로 둘러싸인 검은 동공이 요요히 번뜩였다.

주인과 권속. 그 상하가 명백하다. 한 번이라도 더 아니 된다 말했다면 해는 백리의 심장을 잡아 뜯었을 것이다.

고작 그게 두려워 입 다문 것은 아니다. 요괴는 인간과 달라서 심장이 뜯긴다고 죽지 않는다. 요력의 상당 부분 잃겠지만, 그 또한 두려워할 바 못 된다.

"너는 늘 그랬지."

백리가 두려운 것은 또다시 잊히는 것. 홀로 남겨지는 것. 다시 만날 수 있는지 없는지도 모를 이를 찾아 헤매는 영겁 같은 시간.

"아무것도 모르면서 다 안다고 믿지."

해가 맹목 바쳐왔던 자는, 그녀의 천연인 척 속여온 그릇된 이. 그녀가 지금 구하려는 자는 하늘이 점지해준 연. 매 생마다 그녀를 불구덩이로 끌어들였던 그 약한 것. 그들을 지키려는 의지의 그 어디에 그녀의 진심이 있지?

수천만 년을 지켜봐도 변하는 건 없다. 매양 망가져 죽고 다시 태어나 그 약한 것을 택했다. 정녕 명줄 짧아서 기어이 그녀를 남겨두고 가는 그를 간절히 찾아 헤맸다. 고통스러운 모든 과거를 잊어버린 채 반복하고, 또 반복하고……. 가장 천할 때도 귀할 때도 그것만은 변함없다. 약할 때도 강할 때도 마찬가지. 언제나 어긋나고 망가지고 진창에 처박힌다. 해는 늘 그렇게 실패했다. 덧없게도. 가련하게도.

"나도 늘 그랬지."

이 생에도 안 될 것이라 체념하면서도 코앞에 열린 하늘의 문을 닫았다. 어리석게도 기어이 이 땅에 남았다. 보답받지 못할 것을 알면서도 긴 세월 반복해온 외사랑을 놓지 못했다.

금방 스러지는 인간의 생이 덧없는 걸 알아서 더 갖고 싶었다. 네 천연이 죽으면 이번에야말로 네 눈이 내게 닿을까, 권영의 죽음을 방관하였다. 두 눈 감고 외면했다. 그리 스스로 비겁해져 연을 탐냈으나, 애초에 잘못된 판단이었다.

천하가 뒤집어진다. 삼계로 나누어진 세상의 질서는 영원하지 않다. 천인의 천계도, 인간의 지상도, 요괴의 나락도 때에 따라 뒤바뀌었다.

태어난 것들은 천계를 추구한다. 천상의 것도, 지상의 것도, 나락의 것도. 그들의 삶과 죽음은 형태 달랐으나, 천계를 바라는 마음은 같았다. 천계의 수용력엔 한계가 있으니, 때가 되면 자격 잃은 것들을 토해내며 뒤집어졌다.

그때가 다가오고 있다. 나락왕의 자식으로 태어나, 나락의 모든 존재를 보듬고 자라난 누이를 생각했다. 청유라 스스로 이름 지은 그 이무기가 요괴군을 이끌고 천계로 간다. 천계의 부패한 것들이 억지로 붙잡아둔 천칙은 기어이 무너지고 질서는 재정립될 터.

해는 이번 질서에 속해 있다. 그녀는 천존 월선이 택한 영혼. 천계가 뒤바뀌기 전까지 천계에 오르지 못한다면, 해는 천존의 뜻을 거부했다는 죄목으로 영원히 번뇌의 굴레에 갇히게 된다. 죄지은 적 없이 역천의 죄인이 되어 영영 천인의 자격을 박탈당한다.

해가 천인 된다는 것은 천연 이룬다는 뜻. 천연 이루었다는 말은 영겁의 연이 맺어졌다는 뜻. 다시는 백리에게 기회가 없을 것이라는 선고. 그리 그녀의 옆자리를 탐하는 승부로부터 튕겨나오느니, 해가 영원한 죄인 되는 것도 나쁘지 않으리라 여겼다.

하지만 청유가 온다. 오라비를 빼앗겼다는 생각에 해를 지극히 미워하는 그의 누이는 해의 영혼을 기필코 천만 갈래로 찢어 흩뿌리리. 갈기갈기 찢어진 혼백은 백리조차 기워낼 수 없으니, 이제 선택의 순간이다. 그녀가 영영 사라지게 두느니 차라리 그 곁을 영영 얻지 못하는 게 낫다.

고개 든 백리가 먼 하늘을 응시했다.

"네 죽음은 언제나 나를 무너뜨려. 언제, 어떤 모습으로 태어날지도 알 수 없는 너를 찾아 헤매는 것도 이젠 지겨워. 기억 없는 네 곁을 지키는 것도 너무 괴로워. 모든 것을 방관하여도 네 죽음만큼은 그럴 수 없으니, 그것이 네게 복일지 아닐지 알 수 없구나."

백리가 허물어지듯 웃었다.

이리될 일이었다. 그는 해를 평해로 데려가지 못할 것이다. 그녀는 또다시 절망에 처박히게 될 것이다. 늘 그랬듯이. 매 생 그래왔듯이.

긴 꿈이었다. 깨고 싶지 않았고 곧 부서져 내릴 거짓이라 해도 붙잡고 싶었다. 피붙이는 다정하고 잔악했다. 한없이 달콤한 목소리로 섭성을 달래다가 더없이 고통스러운 음성으로 그를 몰아붙였다. 사랑하는 이들은 수백수천 번 죽었다. 천만으로 뜯겨졌고, 형체 없이 짓밟혔으며, 암흑으로 그를 끌어내렸다.

고통엔 적응할 수 없었고 상실엔 무뎌지지 않았다. 제 목숨보다 소중한 이들은 쉬지 않고 살점과 뼛조각이 되어 죽었다. 시뻘겋게 충혈된 두 눈은 다 타버릴 듯 뜨거웠다. 섭성은 숨을 몰아쉬며 차성을 응시했다. 그의 얼굴이 무너져 내리고 있었다.

가슴은 갈리고 갈려 남아 있는 것 같지 않다. 심장이 너덜거렸다. 숨 쉬는 것조차 괴로웠다.

차라리 내가 죽었다면. 내가 죽어버렸다면. 그랬다면 아버지도, 어머니도, 형님도, 누이도 살았을 텐데. 나 하나만 없었다면!

"형님, 형님!"

미치광이처럼 차성을 부르며 섭성은 울었다. 무너진 차성의 얼굴엔 검은 공동만 남았다. 모든 행복을 삼키고 오로지 악몽과 고통만 쏟아내는 구멍이었다.

"차성 형님⋯⋯."

섭성은 차성이었던 것을 향해 기어갔다. 차성의 형체를 잃어버린 그것은 촛농처럼 자꾸만 흘러내렸다. 섭성을 영혼째로 빨아들일 것 같은 검은 구멍은 점점 더 커졌다.

"가지 마세요, 형님. 제발 소제를 혼자 두고 가지 마세요."

네가 모두를 죽였다.

너 때문에 모두가 죽었다.

고작 너 때문에! 너처럼 약해빠진 것 때문에!

차성이었던 것이 저주를 퍼부었다. 섭성은 고개를 내젓다가 문득 깨달았다.

'형님은 결코 날 탓하지 않는다.'

설성도 마찬가지. 부친도, 모친도 마찬가지. 그들은 결코 자신의 죽음을 섭성의 탓이라 하지 않을 것이다. 그것은 아들을 지키고, 아우를 살리기 위한 선택의 결과. 그들은 본인들의 선택을 자랑스러워할 것이다.

섭성이 홀로 남아 끔찍한 고통 속에 살아가게 된다고 해도 그들은 섭성을 살릴 것이다. 설령 섭성이 스스로 죽고자 하여도 그들은 제 목숨을 제물 삼아 기어이 섭성을 살리고 말 것이다. 살아서 그가 행복해지기를 바랄 것이다. 그는 그토록 큰 애정 속에서 자라났다. 무한한 신뢰와 사랑을 받았다. 악몽을 자각했다.

'현실이 아니야. 진짜가 아니야. 거짓이다. 허울이다.'

이곳은 화선녀가 만들어낸 꿈속이다.

섭성은 두 눈을 부릅떴다. 내처 그를 저주하는 검은 것을 응시했다. 검고 검어서 바닥없을 것 같은 어둠을 노려보았다.

"화선녀!"

저주는 대가를 치러야 한다. 많은 것을 빼앗으려면 그와 동급의 것을 내놓아야 한다. 섭성이 고통스러운 기억을 내보이면, 상대도 고통을 내보인다. 승자는 내 고통은 들키지 않고 상대를 고통에 밀어넣는 자. 그리고 자신은 아프지 않다는 듯 재빠르게 숨기는 자. 지금까진 화선녀의 승리였다. 그녀는 제 악몽을 능숙하게 숨겨왔다.

그러나 이번엔 다를 터. 섭성은 쉴 새 없이 저에게 절망을 속삭이던 검은 것을 들여다보았다. 그 추악하고 사악한 구멍을 똑바로 응시했다. 너덜거리는 마음으로부터 달아나지 않았다. 비로소 과거와 마주했다. 비명 지르며 울부짖는 여인이 있었다. 저편에선 섭성의 악몽과 별개로 화선녀의 악몽이 전개되고 있었다.

그것은 천여 년 전, 화선녀가 정인에게 배신당한 기억이었다.

섭성은 눈을 떴다. 버림받은 고통이 제 기억인 양 가슴 저릿해도 나쁜 꿈은 끝났다. 그를 휘감고 있던 화선녀의 나뭇가지는 이상하게도 무력해서 섭성은 어렵지 않게 구속으로부터 벗어났다.

바닥에 착지해 주변을 둘러보았다. 꿈과 현실이 뒤섞여 어지러웠다. 모든 인과가 뒤엉킨 가운데 단 한 가지는 확실했다.

"숙부님은 알고 계셨어."

평해의 옛 군주 기해는 망가져 있다. 그녀가 미치광이라는 데는 이견이 없다. 그 원인을 섭성은 이제 알았다. 그녀가 그의 연이었다. 그가 그녀의 연이었다. 그들은 천연으로 엮여 악연 되었다.

해가 그토록 현북의 땅에 적응하기 어려워한 까닭은 그 중요한 천연이 망가진 상태로 되돌아가지 않으려는 몸부림이었다. 기억은 망각 너머에 숨었어도 육신은 알고 있다. 그때와 같은 상태가 되지 않도록 필사적으로 거부했던 것이다.

천계가 정해준 연은 뒤엉켜 길 잃었고, 그 충격은 섭성과 해, 두 사람 모두에게 악영향을 끼쳤다. 섭성은 도력을 잃었고, 해의 맹목은 엉뚱한 자에게로 향했다. 그릇된 자에게 애정과 충성을 바쳤다.

양세계는 그 모든 사실을 알고 있었다. 황실에서 기해의 처분을 논할 때마다 어떤 의견도 내지 않았던 것이 바로 그 방증이다. 후계를 얻는 것이 그 누구보다 시급한 땅주인에게 혼인하라 채근하지 않았던 것 또한 그렇다.

땅주인의 직계일수록 도력 뛰어난 후계가 태어날 가능성이 높아지는데, 양세계는 섭성의 앞에서 단 한 번도 혼인에 대한 이야기를 꺼낸 적이 없다. 흘리는 말로라도 재촉하지 않았다.

섭성 그 자신조차 혼인을 도외시했다. 땅주인의 책무를 막중히 인지하면서도, 혼인에 대한 것만은 본능적으로 그러했다. 그 모든 괴리가 이제야 납득되었다.

천연 맺어진 상대가 이미 있는데, 다른 연을 짝지어줄 수는 없었을 것이다. 망각된 기억은 천연의 주인을 알고 있는데, 감히 다른 계집을 마음에 들일 수 없었을 것이다.

"모두 알고 있었어."

숙부도, 부모도, 형도, 누이도. 맹조위를 비롯하여 그 옛날 대사냥전에 참석했던 전부가. 심지어 망각했을지언정 그와 기해조차 알고 있었다.

"천연?"

천계와 관계되어 있으리란 예상은 일찍이 했다. 누구도 말해주지 못한다는 맹조위의 말은 그 자체로 답이었다. 천계에 관련된 것은 무관한 자들끼리 떠들어도 당사자에게는 언급할 수가 없다. 천연도 마찬가지. 천연의 주인이 제 천연에 대해 모른다면 아무리 말해주고자 노력하여도 누설할 수가 없다. 지상을 감시하고 있는 천인의 눈 밖에 나, 천기누설의 역심을 품었다며 천벌이나 받을 터다.

섭성은 울음을 참았다. 바란 적 없는 천연이다. 그깟 천연 때문에 소중한 모두를 잃었으니, 애써 다독여온 마음이 처참히 무너졌다.

가장 아름답고 고귀한 연이라 해도 부모와 형제자매와 뒤바꿀 만한 가치는 없었다. 나약한 채로 살아도 상관없었거늘, 기억에도 없는 그 잃어버린 힘을 되찾아주기 위해 그의 부모가 죽었고, 형이 죽었고, 누이가 죽었다.

"어찌 그러셨습니까?"

들어주는 이 없는 원망을 쏟아냈다.

"혼자 남을 소자를, 소제를 단 한 번이라도 생각하셨다면 그럴 수는 없는 것입니다."

모두가 살린 목숨이란 걸 알아서 차마 죽지 못해 살아가는 이 심정을 단 한 번이라도 헤아려보았다면, 그들은 그래서는 안 되었다.

해가 그들을 몰살한 이래로 섭성은 줄곧 아비를 원망해왔다.

어떤 이유에서든 장왕 권영을 잡으려는 계획을 세운 아비가 미웠고, 그 계획에 가족들을 동참시킨 것이 미웠고, 기왕 계획했으면 성공해야 했을 터인데 사전에 발각돼 기어이 참패한 무력함이 미웠다.

도대체 무엇을 얻으려고 오황자 권영을 치려고 했던 것인지 알수 없어서 매해 기일이 다가오면 섭성은 소리 없이 울었다. 다신 찾지 못할 따뜻한 품. 다정한 목소리. 그 모든 것이 사무치게 그리워서 차라리 기억에서 도려내길 원했다.

어린 날의 권영은 제가 손댄 것이 천연이란 것을 알고 있었을까. 제가 꼬아버린 그 붉은 선이 누군가의 모든 것을 무너뜨릴 것을 예상했을까.

늘 이 땅을 내려다보며 이치에 맞게 모든 것을 안배한다는 저천계는, 대체 왜 한낱 인간에게 천연을 보는 눈과 천연에 개입할 수 있는 손을 주었을까.

"정녕 그럴 수는 없는 것인데……."

만약 장왕이 모든 것을 알고 관여한 것이라면 영존에 쳐들어가 죽은 그의 육신이라도 도륙 낼 것이나, 이미 죽은 자의 의중을 알아낼 방도가 없다. 모든 것이 허망해졌다.

화선녀의 환상에 갇혀 그냥 바스러져버리는 게 낫지 않았을까. 영원히 절망할지언정 그리운 이의 껍데기나마 볼 수 있을 텐데. 온마음 바쳐 사랑했던 연은 이미 남아 있지 않고, 단 한 순간도 바란적 없는 천연만 남아 있는 세상이라면, 굳이 버텨낼 이유가 있을까.

섭성은 고개를 내저으며 두 눈을 굳게 감았다 떴다. 들어주는 이 없는 어리광이다. 지상엔 그가 기댈 곳 하나 없고, 약한 모습 보일 자 또한 전연 없으니, 땅주인의 책무와 책임으로부터 멀리 떨어진 이 나락에서 홀로 투정 부리는 것에 불과하다.

바라지 않았다 한들 그는 현북의 땅주인이다. 그가 사랑한 이들이 사랑했던 땅. 그가 사랑한 이들이 지켜왔던 땅. 아무도 없어도 돌아가야 했고, 아무것도 남지 않았어도 지켜야 했다.

섭성은 주변을 둘러보았다. 그를 속박하고 있던 나뭇가지는 아직도 그의 탈출을 알아채지 못했다. 화선녀의 혼이 빠질 만한 일이 바깥에서 일어난 것일 터. 그녀는 섭성이 술법을 풀어내고 제 과거를 낱낱이 들여다보는 것조차 눈치채지 못했다.

탈출한다면 지금이 기회다. 화선녀의 경계가 느슨해진 이 기회를 놓쳐선 안 된다. 섭성은 마음을 다잡았다. 어리광은 끝났다.

그때 멀지 않은 곳에서 비명이 들려왔다.

"까아악!"

"으윽!"

섭성이 고개를 홱 돌렸다. 그의 두 눈이 한껏 커졌다.

"이래하?"

짧은 비명이었지만, 그 목소리의 주인이 누구인지 단숨에 알아챘다. 섭성이 소리가 난 곳을 향해 내달렸다.

❊ • ❊

징금을 통과했다. 나락에 도착했다. 너무 쉬워서 이상했다. 이
래하는 품에 든 꽃을 바라보았다. 스승 맹조위가 애지중지 아끼
던 꽃. 십 수 년이 지나도록 꽃은 시든 적이 없다. 제자들이 그 비
화를 궁금해했지만 스승은 늘 인자한 웃음으로 답을 대신했다.

그 꽃에 자아가 있다는 생각이 처음으로 들었다. 꽃은 이래하
를 이끌었다. 목적지를 아는 것처럼, 알 수 있는 것처럼.

"네가 어떻게 내 목적지를 알아? 너, 길잡이 꽃이었니?"

그래, 그럴 수 있다. 태초의 천인들은 신기한 것을 남겨두었다.
대표적으로 땅마다 있는 그 땅의 기록관이 그렇고, 땅을 지키는
결계와 유적이 그렇고, 요괴사냥전에 쓰이는 황실의 물건들도 그
렇다. 이제는 실전된 술법으로 만들어진 물건들이 여럿 있다. 맹조
위가 터 잡은 의원도 마찬가지다. 태초의 의원이 자리 잡았던 그
곳엔 의술과 관계된 여러 술법이 걸려 있다. 시시때때로 귀한 약재
가 필요한 의원이니, 무언가를 간절히 생각하면 그곳으로 안내해
주는 꽃가지가 있다 해도 이상할 것이 없다.

이래하는 짧은 고민 끝에 그럴듯한 가정을 완성했다. 그 수만
년 묵은 이무기는 이 신비한 꽃의 존재를 진작 알고 있어서, 화선
녀를 나락에서 어찌 찾느냐는 그녀의 질문에 무뚝뚝하게 길잡이
가 따라붙을 것이라 대답한 것일 터다. 제법 타당한 추론이라 이
래하는 뿌듯해졌다.

스승이 준 길잡이고, 백리가 보장한 길잡이다. 꽃가지의 안내를
따르면 필시 화선녀의 영역에 들어설 수 있으리란 확신이 들었다.

"기다려. 구해줄게."

그 작은 아이. 너무도 작아서 잠시 눈을 떼는 것조차 염려되던 아이. 이제는 장성하여 현북을 책임지는 땅주인이 되었어도 이래하에겐 여전히 지켜줘야 하는 아이였다.

그러니까 찾아낼 것이다. 구해낼 것이다. 반드시. 두 날개가 꺾이고 다신 날지 못하게 되는 한이 있어도.

이래하는 마침내 화선녀의 권역 앞에 섰다. 꽃이 가지를 쭉 내밀었다. 허공에 투명한 균열이 가더니 옆으로 벌어졌다. 악명 말고 남은 것이 없는 옛 신목의 땅으로 이래하가 들어섰다.

나락의 귀퉁이. 이곳은 나락꽃밭.

온갖 수목이 뒤엉켜 고립된 공간을 만들었다. 후각을 마비시키는 진한 꽃향기가 그 안에 그득했다. 화선녀의 본신으로 이루어진 이 땅은, 주인의 인도 없이는 나락왕이라 해도 제대로 찾아오기 힘든 곳이었다.

양섭성을 괴롭히며 여유를 즐기고 있던 화선녀의 얼굴이 사나워졌다. 누군가, 초대한 적 없는 두 연놈이 그녀의 땅을 향해 다가오고 있었다. 두 불청객의 거리는 꽤 멀어서 같이 온 것인지, 따로 왔는데 우연히 같은 날 찾아온 것인지 알 수 없었다.

먼저 도착한 자가 땅의 입구 앞에 섰다. 자신의 안내 없이 나락꽃밭에 들어온 것도 놀라웠지만, 또 다른 기운의 존재는 더욱 놀라웠다. 벌떡 일어난 화선녀가 멍하니 중얼거렸다.

"어찌?"

익숙한 기운. 지금까지 존재할 수 없는 것이 내뿜는 생기. 마침내 반짝이는 꽃가지 하나가 균열이 간 입구 사이로 빼꼼 나타났다. 화선녀의 고운 얼굴이 처참하게 일그러졌다.

꽃가지는 꽃병까지 달고서 화선녀에게 날아들었다.

"뭐, 뭐야?"

불청객이 당황하여 꽃가지를 붙잡으려 했으나 소용없었다.

천 년 만의 해후였다. 꽃가지는 반가워하며 날아왔으나, 화선녀는 기뻐 반기는 대신 역정을 냈다.

"네 어찌 아직 살아 있느냐?"

그 옛날, 화선녀가 신령했던 시절 만들어낸 신령한 꽃이 움찔 허공에서 멈추었다. 어떤 상처도 낫게 하며, 어떤 병도 씻은 듯이 없애주는 신비한 꽃이 바르르 떨었다.

"너는 이미 말라 죽었어야 할 것인데!"

꽃가지를 뒤따라온 불청객과, 그 불청객과 좀 떨어져 다가오던 또 다른 불청객은 잊혔다.

이해가 되지 않았다. 이 꽃은, 본신의 보호를 받지 못한 이 분신은 진작 시들어 말라비틀어졌어야 옳다. 본신에서 떨어져 나온 분신을 돌보는 것은 아주 어렵고, 무척 섬세한 관심을 퍼부어야 했으니까. 분신에게 그러한 애정을 줄 수 있는 자는 본신뿐이었다. 하여 화선녀가 만들어낸 분신들은 대부분 몇 주 견디지 못하고 생기를 다했다.

"너는……. 너는……."

화선녀가 두 눈을 질끈 감았다. 숨이 멎을 것만 같았다. 오랫동안 살아남은 이 분신을 누구에게 줬는지는 여전히 기억에 또렷하다.

과거의 감정에 파묻힌 그녀를 앳된 목소리가 현실로 끌어올렸다.

"당신이 화선녀로군."

살기등등한 눈빛이 가소롭게도, 어리고 약한 익족 계집이 서 있었다.

이래하는 아름다운 꽃나무 요괴와 마주 섰다. 피 머금은 아름다움에 대해 생각했다. 영원한 아름다움을 꿈꾸었다는 어떤 황후에 대한 전설을 떠올렸다.

과거, 어쩌면 황야가 건국되고, 삼계의 현 질서가 정립되기도 전의 오래된 옛날, 시호조차 받지 못한 어떤 황후는 갓난쟁이 피를 취하여 젊음을 유지하고자 했다고 한다. 그 악랄한 이야기는 현 황야 황족의 자비로움을 칭송하는 재료로 쓰였다. 아이들의 피와 고통은 그 황후에겐 아무 득도 가져다주지 못했다는데, 어찌 이 요괴에겐 이토록 지독한 아름다움을 선물했을까. 죄 없는 생명을 수없이 꺼뜨리고도, 어째서 영겁에 가까운 삶을 허락받았을까.

천계는 공평하지가 않다. 정말로, 공평하지가 않다.

이래하는 입술을 꾹 깨물며 주먹을 쥐었다. 화선녀의 주변이 일렁거렸다. 화선녀의 내부에서 흘러나온 요력의 흔적이다.

공격은 예고 없었다. 화선녀는 불청객과 대화할 생각이 전연 없었다. 당연히 섭성을 그냥 내줄 리도 없어 보였다.

칼보다 날카롭고 강철보다 단단한 나뭇가지가 창처럼 찔러 들어왔다. 이래하는 일순 요력을 온몸에 휘둘렀다. 단단히 요괴화된 육신이 어렵게 화선녀의 공격을 막아냈다.

"여기가 어디라고 들어오느냐? 익족 따위가 감히!"

적의와 악의로 점철된 요력은 한입에 이래하를 집어삼킬 듯 사나웠다. 이래하는 침착하게 기회를 노렸다. 등에 멘 봇짐에 화선녀에게 대적할 수 있을 것이라던 독약이 한가득이다. 징금을 가로지르는 내내 쉬지 않고 조제했다.

백리의 말을 완전히 신뢰하지는 않았기에 중간중간 꽃나무 요괴들을 상대로 시험도 해보았다. 나락꽃밭에 도착하기 전, 그녀를 습격했던 몇몇 꽃나무 요괴는 독약 앞에 속수무책이었다. 그들은 독약에 닿자마자 끔찍한 비명을 지르며 타들어갔다. 독약에 당한 부분을 잘라내서 어찌 목숨을 부지한 것 같았으나, 가지를 재생해내는 덴 긴 시간이 걸릴 터였다.

'기회는 단 한 번……'

화선녀는 한때 신목이 될 자격을 얻었던 대요괴다. 오는 동안 만난 잔챙이 꽃나무들과 수준이 다르다. 독약을 아끼다간 섭성도 구하지 못하고 제 목숨마저 위태로워질 것을 이래하는 화선녀와 마주 선 순간 느꼈다. 두려움에 대한 본능은 살갗 아래 잠들어 있던 비늘을 바짝 세웠다.

그러니까 기회는 단 한 번이다. 모든 것을 쏟아낸다. 필요하다면 심장이라도 내어준다. 섭성은 뛰어난 의술사이니, 화선녀만 무력화시키면 어떻게든 해줄 것이다. 익족의 생명력은 끈질기니까, 설령 화선녀의 가지에 심장을 꿰뚫려도 그가 올 때까지는 버틸 수 있을 것이다.

이래하는 제 모든 것을 걸고 날개를 꺼냈다.

"가소롭지도 않구나. 죽어라!"

창칼 같은 가지가 그녀의 날개를 노리고 쭉 뻗쳐 나왔다. 화선녀의 공격은 예리하고 과감했으나, 이래하는 머뭇거리지 않고 적을 향해 날았다.

"으윽!"

화선녀의 공격이 급소를 꿰뚫기 직전, 이래하는 몸을 틀었다. 충분하지 못해서, 날개 하나가 가지에 찢겼다. 봇짐의 매듭이 헐거워졌다. 이래하는 이를 악물었다. 봇짐이 완전히 풀어지기 전, 화선녀에게 도착해야 했다. 독약을 그녀에게 쏟아내야 한다.

이래하가 화선녀에게 닿기 전, 봇짐에서 빠져나간 독약 몇 병이 바닥에 떨어졌다. 이래하의 얼굴에 낭패가 번졌다. 화선녀의 본체는 아직 멀었다. 독약이 다 쏟아지면 상대할 수 없게 된다. 바닥에 닿은 약병이 요란한 소리를 내며 깨졌다. 그때였다. 가지를 뻗던 화선녀가 타들어가는 듯한 비명을 내질렀다.

"아악! 아아악!"

끔찍한 비명에 이래하는 깜짝 놀랐다. 급히 주변을 둘러보았다. 나락꽃밭 곳곳에 살구꽃이 피어 있었다. 오직 살구꽃만이 피어 있었다.

'설마 이 땅 자체가 화선녀의 본신인가?'

뒤늦은 깨달음에 이래하가 반색했다. 등에 메고 있던 봇짐을 앞으로 해 약병 몇 개를 꺼내 땅에 던졌다. 약병이 깨져 독약이 땅에 닿을 때마다 화선녀는 몸부림쳤다. 희망이 보였다.

'좋아, 이대로라면!'

화선녀의 손발을 묶어둘 수 있다. 섭성을 구할 수 있다.

이래하는 다친 날개를 움직였다. 균형 잡기 힘들었으나 어찌어찌 앞으로 나아갈 수 있었다. 이래하는 비명 지르는 화선녀를 보았다. 저를 노려보는 화선녀의 두 눈은 섬뜩하게 붉었다.

두려워 온몸이 떨렸지만 물러나지 않았다. 나락꽃밭 전체가 화선녀 자체이겠지만, 인간의 태를 뒤집어쓰고 움직이는 저 형체야말로 급소일 것이다. 저 부분을 제압하면 섭성을 구할 수 있다.

화선녀도 당하고만 있지는 않았다. 고통 중에도 정신을 차렸다. 그녀는 성한 가지를 동시에 내뻗었다. 익족 계집을 죽이고, 그 찢겨 터진 육신이 뿌린 피를 마셔야 이 고통이 잦아들 것이었다.

이래하가 일격을 준비했듯, 화선녀도 일격으로 맞섰다.

그때, 익족 계집을 뒤따라오던 또 다른 불청객이 화선녀의 땅에 들어섰다. 어린 까마귀 요괴는 두 눈을 동그랗게 뜨더니, 곧 날아올랐다. 화선녀의 나뭇가지에 도륙 나기 직전인 익족 계집의 뒤로 날아가 꽉 끌어안았다.

"까아악!"

"으윽!"

미처 막지 못한 가지 하나가 익족 계집을 꿰뚫었다.

五

나락꽃밭은 이미 난장이었다. 왜 화선녀가 꿈에 집중하지 못했는지, 제 과거를 들키는 것조차 알아채지 못했는지 섭성은 비로소알 수 있었다.

온통 타들어가며 고통에 몸부림치는 저 꽃 요괴는 분명 죽어 마땅한 사악한 것이었다. 그러나 엿보았던 화선녀의 기억은 너무 괴롭고 외로워서, 조금은 동정하였다. 인간 향한 그 분노를 미약하게 연민했다.

"조위."

마치 제 이름인 양 가슴 저미게 하는 부드러운 목소리가 귓가에어른댄다.

섭성은 그 다정함을 산산조각 낸, 화선녀의 기억 속 남자를 떠올렸다. 지켜주고 보호해주겠다는 맹세를 오물통에 처박은 자. 그녀가 흘린 피와 눈물과 수액에 불로불사의 힘이 깃들었다며, 평범한 인간을 종용하여 그 사지를 찢어댄 자. 살아 있는 모든 것을아끼며 사랑하여 존경받던 꽃나무를 일개 흉목으로 추락시킨 자.

사랑을 속삭이던 사내는 화선녀를 팔아먹은 대가로 명의가 되어 널리 이름 떨쳤다. 억울하고 원통하여 인간을 해하고 다니던 화선녀는 끝내 황제에게 봉인돼 나락에 처박혔다. 봉인이 풀리기까지 무려 천 년을 갇혀 있었으니, 원한이 오죽할까.

섭성은 상황을 똑바로 주시했다. 화선녀, 이래하, 까마귀 요괴를 한눈에 담았다. 아무도 죽지 않고 이 상황이 정리되길 바랐다. 답은 화선녀의 마음에 있다.

정인이 저를 배신하던 순간을 여전히 악몽으로 꾸는 요괴다. 그자가 소중하지 않다면, 이미 의미 없어졌다면 꾸지 않을 악몽이다.

"조위."

화선녀의 악몽 속 그 이름을 따라 읊조렸다. 섭성의 입가에 고소가 번졌다.

익히 아는 자다. 너무도 잘 알고 있는 자.

"의원 맹조위……."

세월은 그 의원에게 가면을 만들어주었으나, 이목구비의 잔상은 주름진 얼굴 아래 또렷했다. 존경해 마지않는 제 스승이 신목을 추락시킨 그 배신자라는 게 참담했다. 그토록 이기적이고 추악한 속내를 감추고서 자애로운 스승 행세를 했다는 게 역겨웠다.

섭성은 고개를 돌려 저를 구하기 위해 불구덩이로 걸어 들어온 벗을 보았다. 오랫동안 가족으로 여겨온 이. 지금도 가족으로 아끼는 이. 어째서 제 가족은 저를 대신해 죽지 못한 안달인 걸까.

눈가를 꾹꾹 눌렀다. 홀로 살아남는 미래를 바란 적 없는데, 그 마음을 헤아려주지 않는 이래하가 야속하다. 다시는 그를 구하기 위해 이런 무모한 짓 하지 않겠다는 맹세를 받아줘야겠다.

너무나 당연해서, 제 모든 기억의 순간에 함께 있던 이래하의 존재가 지극히 당연해서 여태 생각하지 못했던 부분을 생각했다. 자애로운 척했지만 사실은 자애롭지 않은 옛 스승에 대해 생각했다. 정인조차 팔아 처먹은 작자다. 사랑을 속삭이며 배신의 칼날을 꽂아놓은 작자다. 그런 자가 배척받는 익족을 대가 없이 제자로 받아들였을까? 곧 변화기가 닥쳐올 익족의 비늘을 탐냈다고 보는 쪽이 타당하지 않을까?

화선녀의 곁을 맴도는 눈에 익은 꽃을 보았을 때, 의혹은 확신이 되었다. 역겨웠다. 신뢰와 애정에 답하는 방법이 배신뿐인 자를 스승으로 모셨던 순간을 견딜 수가 없었다.

"죽어, 죽어! 죽여버리겠다!"

화선녀가 길길이 날뛰었다. 독 스며든 곳곳에서 썩은 내가 피어올랐다. 맹독은 쉬지 않고 그녀 깊숙이 침투해, 그녀의 본신을 검게 썩히고 있었다. 그녀에게 붙잡혀 있는 이래하와 까마귀도 무사하진 못했다.

섭성은 신중하게 상황을 끝낼 말을 골랐다. 천 년을 추악하게 살았다 한들, 그것과는 비교할 수 없이 긴 세월 선량하고 순수하고 자애롭게 살아온 꽃 요괴다. 제 마음을 저버린 정인을 진저리나도록 미워하고, 뼈저리게 원망하면서도, 악몽 속에서 사무치게 그리워하는 어리석은 계집이다. 그 마음은 여전히 연정이니, 섭성은 곧 답을 알았다.

"너는 그러고 싶지 않을 것이다."

나직한 음성은 놀라우리만치 또렷하게 주변을 물들였다. 일순 고요가 찾아왔다. 악에 받친 화선녀의 음성도, 고통스럽게 잦아들던 이래하의 신음도 뚝 멈추었다.

목소리의 주인을 찾듯 이래하가 힘겹게 고개를 움직였다. 흐려진 두 눈이 간신히 섭성에게 고정되었다.

"섭, 성?"

고통으로 갈라진 목소리가 퍽 안도한 듯 울음을 품었다. 이래하와 마찬가지로 섭성을 본 화선녀의 표정이 일그러졌다.

"네가 어떻게!"

"화선녀, 조위와 만나게 해주겠다."

화선녀가 불처럼 타오를수록 섭성은 얼음처럼 차가워졌다. 이래하와 까마귀가 화선녀의 손아귀에 잡혀 있지만, 서둘러서 안 된다. 미쳐 날뛰는 화선녀가 이래하의 숨을 끊어내기 전, 이래하를 구해낼 도력이 섭성에게는 없다. 아주 어릴 적엔 황야에서 손꼽히는 도력을 갖고 있었다지만, 어쩌면 그 도력은 평해의 폐주를 뛰어넘었을지도 모르지만, 그 힘은 지금 섭성의 것이 아니다. 기억조차 없는 영광이다. 섭성에게 남은 것은 본질을 꿰뚫어 보는 눈과 포기 모르는 집념뿐이다.

이래하를 죽일 듯이 조르던 가지가 멈추었다. 섭성의 말뜻을 헤아리려 애쓰듯 화선녀가 미간을 모았다.

"네가 그를 어찌 아느냐? 네가! 네가 어떻게!"

뒤늦게 날카로운 노성이 터져나왔다. 그 분노는 명백히 섭성을 죽일 기세였으나, 이어진 행동은 달랐다.

화선녀의 나뭇가지들이 힘없이 풀어졌다. 더 이상 이래하와 까마귀에게 어떤 위해도 가하지 않았다.

"그게 중요하더냐?"

"너 따위가 조위를 어찌 아느냐고 묻지 않으냐!"

"시간이 네 요력뿐 아니라 이지마저 갉아먹었구나."

"무어라?"

"너는 내처 내 과거를 보았다. 네 사악한 요력을 채우기 위해 내 고통의 시간을 수없이 만끽했지. 그러는 내내 멍청하게도 알아보지 못했으니, 눈뜬장님과 무어 다를까."

화선녀는 우두커니 선 채 섭성을 쳐다보았다. 의미 알 수 없는 말의 의미를 가늠하듯 연분홍 눈동자가 흔들렸다. 그 혼란스러워하는 눈빛 앞에서 섭성은 쓸쓸해졌다.

그녀는 정인에게 저를 화선녀라 소개했다. 성이 없는 요괴이기에 이름만 말한 것이나, 그녀의 정인은 그러한 사정을 알지 못했다. 하여 그녀가 성을 제외한 이름만 알려주었다고 생각했고, 그 또한 성을 뺀 이름만 조위라고 알려주었다.

나락의 요괴는 성씨에 대한 개념이 없다. 지상에 머문 시간이 짧았던 화선녀는 지상에 올라와서도 성씨에 대해 배우지 못했다. 그래서 몰랐던 것이다. 섭성의 악몽 속에서 끝없이 맹조위를 보면서도, 그 맹조위를 조위와 연관시킬 수 없었다. 맹렬히 그리워하고 애타게 원망한 자를 코앞에 두고도 알아보지 못했다.

"네가 정인에게 준 네 분신을 이래하가 가지고 왔다. 그녀가 그걸 누구에게 받았을까? 네 정인은 의원이고, 너의 저주로 인해 지금까지도 죽지 못했으며, 이래하는 의녀다. 연관성을 정말 모르겠느냐?"

"그건……."

화선녀는 생각에 잠겼다. 이래하와 까마귀를 붙잡고 있던 마지막 가지가 스르륵 힘 풀려 사라졌다. 상처 입은 두 불청객이 바닥에 떨어져 굴렀다.

"쿨럭, 쿨럭!"

밭은기침을 토하는 이래하에게 섭성이 급히 다가갔다. 화선녀는 섭성을 방해하지 않았다. 조용히 그 모습을 보았다. 싸울 의욕은 이미 티끌만큼도 남지 않았다. 양섭성이 조위에 대해 알고 있었다. 그의 행방을 알고 있다. 온 머릿속이 단지 그 사실 하나로 가득해졌다.

"이 겁 없는 꼬맹이가! 여기가 대체 어디라고 온 것이야?"

이래하의 창백한 얼굴을 보자 벌컥 화가 난 섭성이 속상한 마음에 일단 한소리 하고서 그 등을 토닥였다. 따뜻한 기운이 그녀의 몸속으로 스며들었다. 한결 편안해진 표정으로 주변을 살피던 이래하가 미간을 살짝 구겼다.

"넌 왜 여기 있어? 돌아가라고 했잖아. 설마 징금에서부터 계속 날 따라온 거야?"

이번엔 섭성이 미간을 구겼다.

"같이 온 것이 아니었어?"

"내가 처음 보는 까마귀 요괴랑 왜 같이 오겠어? 내가 아무리 아무나 덥석덥석 믿어도 처음 보는 요괴를 믿을 만큼은 아니거든?"

이래하가 말이 되는 소리를 하라는 듯 섭성을 흘겨봤다. 온몸에 구멍이 난 까마귀는 세상 서러운 표정이 되었다. 까만 두 눈에 눈물이 그렁그렁 차오르는 것을 본 섭성은 차마 아무 말도 할 수 없어 입을 다물었다.

솔직히 처음 보는 까마귀는 아니었다. 필시 폐주를 감시하라 명받은 황제의 권속이었고, 그 때문에 공부 주변을 날아다니는 것을 하루에도 열두 번은 더 보았다. 무엇보다 다쳤으니 돌봐주겠다며 이래하가 주워 왔던 그 까마귀였다.

"그, 그것이 소오, 소오는……."

요괴는 은원을 잊지 않는다. 특히 피 마셔본 적 없는 순수한 요괴는 갓 태어난 아이와도 같아서, 자신이 처음 받은 호의를 반드시 기억한다.

섭성이 보기에 까마귀는 순수한 요괴였다. 나락이 아닌 황야에서 태어나, 우연한 계기로 이지의 눈을 떴을 것이다. 풍기는 요력이 깨끗한 것을 보니, 요괴로 각성한 뒤에도 피를 마신 적이 없을 것이다. 이 까마귀와 같은 부류의 순수한 요괴가 나중에 깨우침을 얻으면 신수가 된다.

"잠깐, 너."

이래하가 까마귀의 말을 끊었다. 물기 그득한 눈으로 까마귀가 이래하를 바라보았다.

"말 못한다고 했잖아."

까마귀가 입을 꾹 다물었다. 눈동자를 또록또록 굴리다가 천연덕스럽게 고개를 갸웃거렸다.

"까아?"

이미 들켜버렸는데, 이제 와서 까악거린다고 뭐가 해결되겠는가. 이래하의 표정이 더욱 험악해졌다.

"이 까마귀가 어디서 사기를 쳐?"

다짜고짜 까마귀의 뒤통수를 후려친 이래하가 틀림없이 자길 잡아먹으러 따라왔다느니, 익족을 노리는 사냥꾼의 권속이 틀림없으니 잡아서 족을 쳐야 한다느니 길길이 화를 냈다. 사색이 된 까마귀의 두 눈에서 기어이 눈물이 뚝뚝 떨어졌다.

"이래하, 너 정말 눈이 어둡구나."

보다 못한 섭성이 중얼거렸다.

"뭐? 눈 나쁜 인간 주제에 지금 누구더러 눈이 어둡다는 거야?"

"성질머리 보니 멀쩡한 거 같아서 조금 기쁘긴 하다. 어쨌든 이 까마귀가 네게 해를 끼칠 작정이었다면 화선녀에게서 널 보호하지도 않았을 거다."

이래하는 그제야 만신창이가 된 까마귀를 보았다. 자신을 대신해서 화선녀의 공격을 고스란히 맞은 그의 부상은 정신을 차리고 있는 것만으로도 경이로울 정도였다. 이래하의 두 눈이 커지며 흔들렸다.

일단 다친 등을 대라는 듯 섭성이 손짓하자 이래하의 눈치를 살짝 살핀 까마귀가 얼른 다가왔다. 등을 대고 돌아앉자 따스한 기운이 스며들어왔다. 난도질당한 육신의 구멍이 차츰 아물었다.

"얘 대체 뭐야?"

이래하가 황당해하며 물었다. 아무리 섭성이 착해빠졌어도 적인지 아닌지 불분명한 요괴를 치료해줄 리 없다. 눈치 빠른 그는 이미 까마귀의 정체를 확신하고 있는 것일 터다.

"폐주를 감시하라고 보낸 폐하의 권속이겠지. 날아다니는 걸 너도 자주 보았을 거야."

그제야 이래하가 무언가 깨달은 표정을 지었다.

"어쩐지! 요즘 까마귀가 자주 보이더라니. 그거 다 같은 까마귀였어?"

그래, 그 까마귀가 다 한 마리고, 네가 전에 주웠던 그 까마귀도 이놈이지. 섭성은 속으로만 타박했다. 이것저것 다 설명해주기엔 자리가 좋지 않다.

"현북공, 고맙소. 주인 황제도 고마워할 거요. 소오는 묵오라고 하오. 묵오라고 부르면 되오. 래하 소저도 묵오라고 불러주시오."

부상이 거의 아물자 살 것 같아졌는지, 묵오가 조잘거렸다. 현명하게도 말 못하는 하급 요괴 흉내는 포기한 모양이다. 종족은 까마귀에, 덩치는 맹금류고, 수다는 참새과다. 재잘재잘. 재잘재잘.

묻지도 않은 것을 묵오는 잘도 늘어놓았다. 자긴 이제 겨우 백살 났지만 황제의 권속이 된 지 칠 년이나 되었다느니, 동년배 요괴 중 자기보다 뛰어난 놈은 없다느니, 주인 황제가 저를 특별히 신뢰하여 이 먼 현북까지 보낸 것이라느니.

듣고 있으면 끝이 없을 것 같아서 섭성은 일단 못들은 척 고개를 돌렸다. 어차피 그에게 하는 말은 아니었다. 재잘대는 까마귀의 두 눈은 줄곧 이래하에게 고정되어 있었다.

섭성의 시선은 가만히 서서 그들의 재회를 지켜보고 있는 화선 녀에게로 향했다. 두 눈을 치켜뜬 화선녀에게 섭성이 천천히 걸음을 옮겼다.

화선녀는 제게 다가오는 섭성을 노려보았다.

"너, 정말 멍청하구나."

화선녀가 이죽거렸다. 그는 그녀에게 고문당하는 내내 제 고통은 온전히 인내했다. 그런데 익족 계집과 볼품없는 까마귀의 상처는 작은 것 하나까지 그냥 넘기지 않고 꼼꼼히 치유했다. 그 한심한 모습이 옛날의 그녀를 닮았다.

"멍청하기론 너만 하랴?"

섭성이 냉소적으로 받아쳤다.

화선녀는 섭성의 고통을 비웃고, 조롱하고, 그 어두운 기운을 삼키며 힘을 키웠다. 그렇게 그의 심연을 들여다보는 동안 제 심연 또한 어느 정도 열릴 것을 알고 있었다.

하지만 고통에 빠진 인간은 다른 것을 보지 못했다. 그들이 악몽을 꾸는 동안 화선녀도 악몽을 꾸었지만, 제 악몽에서 벗어나기 급급한 인간은 결코 화선녀의 악몽까지는 보지 못했다.

그래서 방심했고, 결과적으로 약해빠진 인간에게 치욕스러운 과거를 드러내고 말았다. 그 어리석음을 섭성은 비웃었다. 화선녀의 얼굴이 벌겋게 달아올랐다.

"죽여버리……."

"그를 만나고 싶은 게 아니었더냐?"

화선녀가 두 눈을 치떴다. 분했지만 반박할 수가 없었다.

섭성은 입술만 꾹 깨물고 있는 화선녀를 바라보았다. 그녀의 과거를 보지 못했다면, 그 감정을 고스란히 느끼지 못했다면, 그녀가 증오해 마지않는 자를 그리워하고 있다고는 절대 생각하지 못했을 것이다. 그토록 멍청하고 어리석고 한심한 연정이란 것을 이해할 수 없었을 테니까. 미워하고 저주하면서도 그리워하는 마음은 천 년이 지난 지금까지 변함없으니, 섭성은 이 삿된 것이 어찌할 바 없이 안쓰러웠다.

"이래하, 화선녀에게 해독제를 만들어줘."

화선녀에게 눈을 뗐다. 돌아서며 이래하에게 청했다. 까마귀의 재잘거림에 거의 혼이 빠질 지경이던 이래하가 번쩍 정신을 차리고 기함했다.

"무어? 아니 돼!"

"화선녀는 더 이상 우리에게 해 끼치지 못할 거다."

"미쳤어? 요괴의 뭘 믿고 그리 확신해?"

버럭 언성 높이던 이래하가 순간 입을 다물었다. 옆에 앉아 있던 까마귀의 표정을 살폈다. 묵오는 뒤통수를 망치로 얻어맞은 듯한 얼굴을 하고 있었다. 요괴 따위 믿을 수 없다는 말은 화선녀를 향한 것이었는데, 황당하게도 상처는 까마귀가 받았다.

"아니, 아니. 저, 내 말은 그게 아니라……."

"소오, 소오는 믿을 수 없는……. 신용할 수 없는……."

이래하가 묵오를 달래는 동안에도 시간은 흘렀다. 화선녀는 점점 더 지독한 냄새를 내며 썩어갔다. 일부 가지를 잘라냈지만 독약이 퍼진 부위가 광범위했다. 이대로라면 회복을 위해 아주 긴 잠에 빠져들 것이다. 혹은 영원히 소멸하거나.

"화선녀에겐 그를 만날 자격이 있어."

"그게 무슨 뜻이야?"

이래하가 고개를 기울였다. 찌푸려진 미간에 의문이 고였다.

"하늘의 문을 열 자격까지 얻었던 요괴가 더없이 추악한 흉목이 되어 추락했다. 그러니 그녀는 그 책임을 물을 자격이 있어. 해독제를 만들어줘, 이래하. 부탁이다."

'부탁'을 강조했다. 이래하는 섭성의 부탁을 거절하지 못할 것이다. 꼭 필요한 일이 아니라면 결코 청하지 않는 그의 성정을 아니까.

"설마 저 요괴를 현북으로 데려가겠다는 건 아니지, 섭성?"

섭성은 대답하지 않은 채 이래하를 바라보기만 했다. 결국 이래하가 한숨을 내쉬었다.

"좋아. 땅주인은 너니까 네 뜻대로 하는 게 맞겠지."

영 내키지 않는 표정으로 이래하는 사방에 흩어져 있는 약재를 긁어모았다. 이래하가 해독제 조제에 들어가자, 한결 누그러진 표정으로 섭성이 화선녀에게 다가갔다.

"잠깐 그 꽃 좀 보겠다."

"내 분신을? 왜?"

"이유는 알 것 없지 않으냐?"

섭성이 살짝 신경질을 냈다. 화선녀의 눈매가 사나워졌다.

"그를 만나고 싶지 않은……."

"봐라! 보여주면 될 것 아니야?"

화선녀가 짜증을 내며 마지못해 꽃병을 내밀었다. 꽃병에 얌전히 꽂혀 있는 꽃가지는 분명 신령했던 시절의 화선녀가 만들어낸 분신이었다. 본신은 더럽혀졌으나 그 분신만은 여전히 맑고 깨끗했다.

섭성은 죄에 대해 생각했다. 자애롭고 다정하던 신목을 추락시킨 죄. 그 죄는 용서받을 수 있는 종류일까. 그럴 가치가 있는 자일까. 이미 애정을 짓밟고, 신뢰를 배반하고, 오로지 제 이득만을 위해 모든 것을 저버렸는데.

섭성이 꽃병에서 꽃가지를 빼냈다. 꽃병에 들어가 있던 줄기에 서신 하나가 매어져 있었다. 이제는 쓰이지 않게 된, 오래전 문자로 쓰인 편지였다. 명백히 천 년 전 봉인당해 최근 문자를 익히지 못했을 화선녀에게 보내는 편지였다.

"그게 무어냐?"

화선녀의 두 눈이 번쩍 뜨였다.

"혹 조위가 내게 보낸 것이냐? 이리 다오!"

섭성은 절박하게 매달리는 화선녀를 빠르게 피하며 서신을 펼쳤다. 한눈에 내용을 확인했다. 역시 볼 가치도 없는 것이었다. 역겨움을 참으며 그대로 찢어버렸다.

"무슨 미친 짓이냐? 내게 보낸 것이었잖으냐! 조위가 내게! 내게……."

화선녀의 두 눈이 붉어졌다. 원통하고 분통했다. 다른 누구도 아닌 조위가 천 년 만에 보낸 서신이었다. 그를 읽지도 못한 채 양

431

섭성에게 빼앗겼다는 게 억울했다. 분신을 더 꼼꼼히 확인하지 않은 것이, 양섭성이 달란다고 의심 없이 덜컥 내어줘버린 것이 너무도 화가 났다. 인간은 모두 간특하고, 그것은 양섭성이라 해서 다를 것도 없는데. 그가 무슨 꿍꿍이를 꾸미고 있다는 걸 알아차렸어야 했는데.

"안 돼, 아니 돼……."

잘게 찢어져 흩날리는 종잇조각을 긁어모았다. 하나하나 맞춰보면 분명 어떤 내용이었는지 알 수 있을 것이다. 눈물이 뚝뚝 떨어져 내렸다.

"조위. 조위야."

천 년을 기다렸다. 긴 세월 미워하고 원망하고 저주했다. 더없는 증오를 되새기다가 결국엔 그리워했다.

"화선녀, 너는 정말……."

양섭성의 목소리가 떨어져 내렸다. 진저리내는 그 음성에 종이를 끌어모으던 화선녀의 손이 멈추었다. 뻣뻣한 고개를 들었다. 양섭성이 냉정한 눈으로 그녀를 내려다보고 있었다. 그 표정의 뜻을 가늠하기 어려웠다.

한심해하는가? 가여워하는가? 혹여 수없이 생명을 해하고, 그 악몽을 먹이 삼아 생을 영위해온 흉목을 연민하는가? 견딜 수 없는 끔찍한 과거를 반복해 보여준 이 잔악한 것을 정녕 동정하는가?

"버림받고도 잊지 못하여 천 년을 헤매었더냐?"

툭툭 흘러내리던 피눈물이 멈추었다.

"인간은, 너처럼 짧은 삶을 사는 인간은 결코 이해 못 해. 다 가진 채로 태어나는 인간은 절대 몰라."

화선녀가 중얼거렸다. 섭성의 한숨이 무겁게 흩어졌다. 안타까
워할 가치 없는 자를 위해 내뱉는, 차마 참아내지 못한 한숨이 화
선녀의 심금을 파고들었다.

"그것은 맹조위가 제게로 오는 방법을 적은 서신이었다. 다른
내용은 없었다. 네가 내 명을 따르겠다고 약조한다면, 북의 땅주
인으로서 너를 조위와 만나게 해주겠다. 하니 그리 처량하게 울
필요 없다."

화선녀가 주먹을 꾹 쥐며 천천히 몸을 일켰다. 화가 나고 원
통해도 그녀가 바라는 것은 섭성의 손에 있다.

"내가 널 어찌 믿지?"

"날 믿지 않으면 다른 방도는 있느냐?"

승패는 이미 기울었다. 그녀의 본신은 계속 썩어가고 있다. 반면
익족 계집과 까마귀 요괴는 현북공을 얻었다. 약해빠진 현북공이
라 해도 그의 치유력은 아군에게 큰 힘이 될 터. 계속 썩어가는 꽃
나무와, 계속 치유되는 익족과 까마귀. 소모전이 될 것이고 결국
화선녀는 패할 것이다.

"너는 날 어찌 믿지?"

"제약을 걸어. 내 명을 따르겠다는 맹세를 해."

화선녀가 두 눈을 굳게 감았다 떴다. 섭성이 말하는 제약의 의
미를 알았다. 섭성은 자비롭지만, 측은지심 넘치지만, 그렇다 하
여 감정에 파묻혀 사리분별 못 하는 멍청이는 아니다. 인간의 신
용을 잃은 흉목을 제약 없이 제 땅에 들일 리 없다.

조위를 만나려면 인간을 해하지 못한다는 증좌를 혼백 깊숙이
새겨야 한다. 봉인된 채 천 년을 그리워한 이를 만날 수 있다면 그
깟 제약이 무슨 대수라고.

　"좋다. 제약을 걸겠다."

　고민할 가치도 없었다. 망설일 것도 거리낄 것도 없다. 화선녀의
왼손이 뾰족한 가지처럼 변했다. 가지는 오른손에 박혔다. 검은 진
액이 인간의 피처럼 흘러내렸다.

　"나 화선녀는 부모 없이 태어난 최초의 꽃나무이며, 예정된 신목
에서 나락의 흉목으로 추락한 자. 내 지나간 겁과 다가올 겁을 바
쳐 권속이 되기를 맹세하니, 현북의 땅주인은 내 맹세를 받들라."

　화선녀가 진액이 흐르는 오른손을 뻗었다. 앞에 서 있던 섭성의
가슴에 맹약의 진을 그렸다. 권속의 맹약을 행했다.

　맹약이 유지되는 한 화선녀는 양섭성의 '명'에 복종할 것이다.
항명하려고 하면 심장에 새겨진 맹약이 그녀를 옭아맬 것이며, 일
방적으로 맹약을 파기할 시 요력의 절반을 잃을 것이다.

　섭성이 은도를 꺼내 손바닥을 그었다. 핏물이 뚝뚝 흐르는 손을
들고서 예의 속 모를 눈으로 화선녀를 응시했다. 그 눈에 어린 것
이 연민인지 동정인지 조롱인지 화선녀는 알 수 없었다.

　"양섭성."

　어떤 것이든 상관없었다. 조위만 만날 수 있으면 된다. 재촉하
려고 그의 이름을 부르는데, 섭성이 마침내 그녀의 이마에 핏물 흐
르는 손바닥을 가져갔다.

　"현북공 양섭성, 그 맹세를 받들겠다."

그의 말이 끝나는 순간, 검고 붉은빛이 둘을 휘감았다.

하늘에서 벼락이 쳤다.

권속의 맹약은 성립되는 것만으로도 주인과 권속의 진을 빼놓는다. 이래하가 만들어준 해독제를 마시고 완전히 지쳐버린 화선녀는 잠시 잠들었다. 그녀는 본디 치유를 근본으로 하는 살구꽃나무이니 회복이 오래 걸리지는 않을 것이다. 섭성은 화선녀가 정신을 차리면 바로 떠날 수 있도록 짐을 챙겼다.

"섭성."

꽃 요괴의 탈을 쓴 짐덩이를 흘겨본 이래하가 섭성의 곁에 앉았다.

"스승님이 보냈다는 그 서신, 무슨 내용이었어?"

"스승님께 찾아가는 방법이……."

"거짓말! 단지 그런 내용이었는데, 그토록 살벌한 표정을 지었다고?"

이래하가 섭성의 말허리를 잘라냈다. 날카롭게 치켜뜬 그녀의 눈동자가 맹렬히 타올랐다.

"양섭성! 솔직히 말해!"

섭성은 입을 다물었다. 맹조위가 보낸 서신의 참내용은 이대로 묻히는 게 낫다. 특히나 이래하는 모르는 게 낫다. 맹조위가 돌아온 화선녀에게 헛소리만 하지 않으면 서신의 내용은 섭성만 아는 채로 끝날 것이다.

"저 까마귀 요괴는 어쩌다 예까지 따라온 것이야?"

솔직할 수 없으므로 섭성은 화제를 돌렸다. 이래하는 답을 회피하는 섭성을 불퉁하게 노려보고는 마지못해 그에게 응해주었다. 속 깊은 그녀의 벗이 말하고 싶어 하지 않는다면 그럴 까닭이 있을 터다. 답해달라고 집요하게 채근하여 벗을 곤란하게 하는 것은 익족의 방식이 아니다.

"나도 모르지. 징금에서 다친 걸 좀 치료해주었는데 그때부터 쭉 따라온 모양이야."

"그때부터 쭉?"

"아마?"

섭성과 이래하가 묵오에게로 고개를 돌렸다. 까마귀는 새까만 두 눈을 크게 뜨고 먼 곳을 보고 있었다. 시시각각 변하는 표정이 다채로웠다.

섭성은 잠시 묵오의 심정을 헤아렸다. 이래하는 묵오가 징금에서부터 따라왔다고 추측하고 있지만, 그보다 훨씬 이전부터 묵오는 이래하를 따라다녔을 것이다. 저를 다친 새인 줄 알고 주워 치료해주었던 날부터 이래하를 은인으로 여겼을 터. 이래하는 요력을 느끼는 면에서 아주 둔하니 누군가 일러주지 않는다면 제가 주웠던 그 까마귀가 이 까마귀라는 것을 평생 모를 것이다. 하지만 묵오가 말할 생각이 없어 보였기에 섭성 또한 말하지 않는 쪽을 택했다.

"고작 그런 연 때문에……."

지나가는 연이었을 터다. 흘리듯 베푼 호의였을 터다. 그 작은 온정에 기대어 목숨까지 걸고 나락으로 따라온 마음을 헤아리기 어렵다.

자조하려다가, 섭성은 고개를 내저었다. 연의 경중을 누가 정하고, 마음의 경중을 누가 정할까. 무엇보다 요괴는 인간과 다르다. 요괴의 행동을 인간의 사고로 판단해서는 안 된다.

텅 빈 저것들은, 작은 다정에도 쉽게 넘어가는 나약한 존재. 날 때부터 약육강식의 세상에 내던져진 저것들은, 자신들의 이치를 벗어난 인간에게 쉽게 마음을 준다. 그 옛날 화선녀가 그랬던 것처럼. 그러다가 배신당하고 버려지고 사라지는 것이다.

인간은 흔히 요괴를 잔인하다 한다. 그것들에게 가족 잃은 원한은 세대를 거쳐 뼈에 사무쳤다. 증오하는 것이 마땅하다. 서로에게 관계되지 않는 것이 인간에게도, 요괴에게도 행복한 결말일 것이다.

그러나 문득 의문한다. 정녕 요괴가 인간보다 악랄할까. 한때 스승이라고 믿었던 자가 제 제자를 팔아넘긴 서신이 머릿속을 맴돈다.

[이 아이는 익족 족장의 여식으로, 성장할 때 그 어떤 익족보다 귀한 비늘을 갖게 될 것입니다. 부디 당신이 잃어버린 시간의 보상이 되길 바라며, 저를 조금은 용서해주십시오.]

섭성은 천 년의 세월이 지났으나 여전히 어리석고 이기적인 한 인간을 보았다. 그 추악하고 잔악한 성정을 면면히 느꼈다.

선한 의원의 가면을 쓴 그자는 오직 제가 버린 정인에게 언젠가 용서받기 바라, 천 년 동안 적절한 공물을 찾아다녔다. 자애로운 스승인 척 귀하고 순진한 것들을 꾀어 제 옆에 꽁꽁 묶어두었다. 저를 스승으로 믿고 따르는 어린것들을 이용해먹기 위해 긴긴 시간 속여왔다.

제 정인이 정녕 바란 것이 무엇인지도 모르고. 그 정인이 정말로 바란 것이 무엇인지 고민해보는 노력조차 하지 않은 채로.

믿고 의지하던 스승의 참모습은 구역질이 났다. 속이 메스꺼웠다. 그런 역겨운 자를 만나고자 무력한 땅주인의 권속 되길 마다하지 않는 꽃나무를 바라보았다. 지쳐 잠든 그 모습엔 악의 한 톨 없었다. 고요한 숨소리에 섭성은 눈을 감았다.

※ · ※

묵오는 눈이 좋다. 맹금류에 비할 바는 아니지만, 새 요괴들은 대체로 인간보다 월등한 시력을 지녔다. 묵오가 먼 하늘을 바라보다가 심각한 표정으로 고개를 갸웃거렸다.

나락의 하늘은 지상의 땅이라서 인간의 나라에서 보는 것과 아주 달랐다. 푸른 하늘, 뭉게뭉게 떠다니는 구름 대신 척박한 흙이 수백수천 리의 두께로 지상과 나락을 분리하고 있었다.

갈라진 틈만이 지상과 연결된 통로였는데, 틈은 대체로 달 기운이 강해지는 보름에 가장 커졌다가, 달 기운이 사그라지는 그믐에 가장 작아졌다. 황야를 세운 태초의 천인들은 틈이 무한정 벌어질 수 없도록 술법을 남겨두었고, 틈의 주기는 태초부터 변치 않는 법칙이 되었다. 그 하늘이 때 이르게 심상찮았다.

"저, 현북공."

섭성이 묵오를 돌아보았다. 묵오는 다시 한 번 먼 하늘을 보고
는 마른침을 삼켰다.

"평해의 계집이 데리고 다니는 권속 정도 되는 요괴가 흔하오?"

"백리 님을 말하는 겁니까? 흔할 리가 없지요. 그분은 일찍이 하
늘을 뛰어넘으셨을 겁니다."

"하늘을 뛰어넘어?"

그 의미를 홀로 헤아려본 묵오가 파르르 떨었다. 하마터면 꽁지
깃이 삐져나올 뻔했다.

"소문에 의하면 백리 님은 일곱 해 전 하늘길을 오르다 추락하
여 평해군주의 권속이 되었는데, 당시 뿔 하나를 잃었다지요. 하
지만 외뿔이라 하여도 그의 요력은 이미 천계에 닿았으니 마음만
먹는다면 능히 하늘의 문을 열고 신수로 거듭날 수 있을 겁니다."

"그런 자가 왜 여태 일개 권속으로 지상에 남아 있는 것이오?"

묵오가 어깨를 움츠린 채 조심스럽게 물었다. 신수가 되는 것이
최고라 생각하는 어린 요괴로선 이해하기 힘들었다.

섭성이 스치듯 흐리게 웃었다.

"제가 그 속을 어찌 알겠습니까? 다만 짐작컨대 묵오 님께서 이
래하를 따라다니는 것과 비슷하지 않겠습니까?"

"비슷하다고?"

"묵오 님은 지금 승천할 수 있다면 신수가 되려 저 천계로 가실
겁니까?"

"당연히 안 갈 것이오! 이 위험한 곳에 어찌 래하 소저만 두고 천계로 가겠소?"

묵오가 펄쩍 뛰었다가 입을 꾹 다물었다. 이해가 될 듯 말 듯하였다.

그때였다. 쾅, 쾅! 굉음이 위에서부터 벼락처럼 내리꽂혔다.

섭성이 벌떡 일어났다.

"저게 무슨……."

창백해진 양섭성을 보며 묵오의 얼굴에서도 핏기가 사라졌다. 저 이변이 양섭성의 눈에도 보이는 모양이었다. 역시 그가 잘못 본 것이 아니었나 보다.

"저, 현북공, 내 갑자기 백리라는 요괴에 대해 물은 까닭은 말이오. 사실 아까부터 저 먼 곳에 그와 꼭 닮은 요괴가 날아다니는 게 보이지 뭐요? 비늘의 빛깔은 조금 다른데, 여하튼 살기등등한 눈빛은 꼭 닮았다오."

묵오가 횡설수설 쏟아냈다. 불안으로 흔들리는 두 눈에 두려움이 가득했다.

"아무리 봐도 그 요괴가 나락의 틈을 벌리려 하는 것 같았단 말이오. 한데 아직 보름이 아니잖소? 일개 요괴가 틈을 벌리려 한다고, 그 틈이 벌어질 리가 없잖소? 아무리 이무기라 해도 나락의 틈이란 것이 요괴 한 마리가 비집는다 하여 벌어지는 것이 아니잖소?"

쿵! 쾅! 하늘에선 계속 벼락 치는 소리가 났다.

해독제가 잘 먹혔는지 화선녀를 살피고 있던 이래하도 하얗게 질려서 다가왔다.

"섭성, 저게 뭐야? 무슨 일이 일어나고 있는 거야?"

섭성이 답할 수 없는 물음이었다.

아주 먼 곳에서 굉음이 울렸다. 지진이라도 난 듯 땅이 뒤흔들렸다. 깍 비명을 지른 묵오가 섭성에게 매달렸다.

"이를 어쩌면 좋소, 현북공? 그 시퍼런 요괴가 보통 요괴가 아니었나 보오."

회복을 위해 잠들어 있던 화선녀도 하늘에서 벌어지는 이변에 눈을 떴다.

"청유 님?"

화선녀가 중얼거리다 미간을 살짝 찌푸렸다. 대상승. 청유가 남기고 간 말이 뒤늦게 떠올랐다.

쩌적. 하늘의 조각이 와르르 무너져 내렸다. 틈이 벌어졌다. 그 규모가 틈이 가장 크게 열린다는 보름 때와 비하여도 곱절은 되었다. 인간도, 요괴도, 익족도 그대로 굳었다. 사위에서 시꺼멓게 몰려든 요괴들이 일제히 그곳을 향해 날아올랐다.

"양섭성! 지금부터 길을 만들겠다!"

화선녀가 윽박지르듯 소리치고는 곧장 꽃나무로 화했다. 본신의 크기가 천계에 닿는다던 전설은 거짓이 아니었는지 그녀는 끝없이 자라났다. 꽃나무가 우뚝 솟았다. 벌어진 틈으로 오르는 길이 만들어졌다.

2권에서 계속.